1

Es war ein kalter, grauer Tag, spät im November. Die Witterung hatte über Nacht umgeschlagen: ein tückischer Wind hatte einen granitenen Himmel und Sprühregen mit sich gebracht, und jetzt, wenig später als nachmittags zwei Uhr, standen die Hügel wie in Winterabendblässe und Nebel gehüllt. Um vier Uhr mußte es Nacht sein. Die Luft war bitter kalt; trotz der dicht geschlossenen Fenster drang sie von allen Seiten in die Postkutsche ein. Die Ledersitze fühlten sich feucht an, und irgendwo im Dach gab es einen kleinen Riß, denn zuweilen fiel in feinen Tropfen Regen herab und hinterließ auf dem Leder dunkelblaue Spuren wie Tintenkleckse. Der Wind schnob in starken Stößen; mitunter schüttelte er die Kutsche, wenn sie um eine Wegbiegung fuhr, und an den hochgelegenen Stellen war er von solcher Gewalt, daß der ganze Kutschenleib zitterte und schwankte, zwischen den hohen Rädern wie ein Betrunkener taumelnd.

Der Kutscher, bis über die Ohren in seinen Mantel gemummt, legte sich auf seinem Bock fast zusammen, in dem vergeblichen Bemühen, zwischen den eigenen Schultern etwas Schutz zu finden, während die betrübten Pferde unter seinem Zuruf verdrossen weiterstapften, zu sehr von Wind und Regen mitgenommen, um den Peitschenhieb noch zu fühlen, der hin und wieder, von ihres Lenkers erstarrter Hand geführt, auf sie niedersauste.

Die Kutschenräder kreischten und stöhnten, wenn sie in den Geleisen der Straße einsanken. Mitunter warfen sie den auseinanderfahrenden Straßenkot an die Fenster, wo er sich mit dem ständig rinnenden Regen vermischte, dann war es mit der Hoffnung auf eine Aussicht ins Land vorbei.

Die paar Fahrgäste drückten sich aneinander, um sich zu wärmen, schrien einstimmig auf, wenn der Wagen in einer tieferen Radspur als gewöhnlich einsank. Ein alter Geselle, der, seit er bei Truro die Kutsche bestiegen, beständig etwas auszusetzen gehabt hatte, schnellte wütend von seinem Sitz und hantierte am Fenster. Mit einem Krach ging es nieder; ein Regenschauer überschüttete ihn und seine Gefährten. Er streckte den Kopf hinaus, und mit einer hohen, verärgerten Stimme verfluchte er den Kutscher als Schurken und Mörder: sie alle würden nur als Leichen in

Bodmin anlangen, wenn er mit so halsbrecherischer Eile weiterrasen wolle; ihm sei der Atem schon ausgegangen, und jedenfalls sei er zum letztenmal mit der Post gefahren.
Ob der Kutscher ihn verstanden hatte, das war nicht festzustellen; wahrscheinlich war der ganze Strom von Verwünschungen im Wind verweht, denn der alte Knabe schloß das Fenster und setzte sich wieder in seine Ecke, die Knie mit der Decke umwickelnd, und brummte vor sich hin.
Seine Nachbarin, eine frohsinnige, rotbackige Frau in blauem Mantel, seufzte verständnisvoll und erklärte nun schon zum zwanzigstenmal, dieses sei ihre schlimmste Nacht, soweit sie zurückdenken könne, und sie habe ihrer etliche gekannt; richtiges Spätjahrwetter sei dies und der Sommer endgültig vorbei. Aus dem Schacht eines großen Korbs förderte sie hierauf ein mächtiges Stück Kuchen zutage, in das sie sich alsbald mit starken weißen Zähnen vertiefte.
Mary Yellan saß in der Ecke gegenüber, wo der Regen durch den Riß im Dach niedertröpfelte und hin und wieder ihre Schultern netzte; dann wischte sie mit dem Finger unwillig das Feuchte weg.
Sie saß, das Kinn in beide Hände vergraben, die Blicke auf das mit Schmutz und Regen bespritzte Fenster gerichtet, in einer verzweifelten Gespanntheit da: ob nicht ein Lichtstrahl die schwere Wolkendecke zerreißen und wenigstens eine Spur zum Vorschein bringen werde von dem Blau, das sich gestern über Helford gewölbt hatte, als Vorbote des guten Glücks.
Obwohl sie sich von der Gegend, die während dreiundzwanzig Jahren ihre Heimat gewesen war, noch kaum vierzig Meilen entfernt hatte, war in ihrem Herzen die Hoffnung bereits gesunken; die freudige Zuversicht, die sie so lange bewahrt hatte und die ihr bei der Krankheit und dem Sterben ihrer Mutter von solchem Nutzen gewesen war, war nun durch diesen ersten Regenfall und den zänkischen Wind erschüttert worden.
Dieses Land war ihr fremd; sie empfand das an sich schon als eine Niederlage. Während sie durch das trübe Kutschenfenster spähte, sah sie eine andere Welt als die, welche sie noch vor einem Tag gekannt hatte. Wie entlegen und für immer entrückt war das glänzende Wasser von Helford, die grünen Hügel, die abschüssigen Täler, die weißen Häusergruppen am Uferrand. In Helford fiel ein sanfter Regen, ein Regen, der den vielen Bäumen wohltat und sich im saftigen Grün verlor; er bildete kleine Flüsse und Bäche, die sich in den großen Strom ergossen, versank in der dankbaren Erde, die dafür mit Blumen entgalt.
Doch das hier war ein peitschender, unbarmherziger Regen, der an die Kutschenfenster prasselte, und er wurde von einem harten und tauben

Boden geschluckt. Keine Bäume, oder doch nur vereinzelte, da und dort, die ihre leeren Äste nach den vier Winden streckten, durch die Stürme der Jahrhunderte gebeugt und verdreht; so schwarz waren sie durch Zeit und Unwetter geworden, daß, auch wenn die Lenzluft in dieser Gegend wehte, sich keine Blüten zu öffnen getrauten, aus Furcht, ein später Frost könnte sie töten. Ein karges Land; man sah weder Hecken noch Wiesen – nur Steine, schwarzes Heidekraut und kümmerlichen Ginster.

Zu keiner Jahreszeit würde es hier freundlich sein, dachte Mary; entweder grimmiger Winter, so wie heut, oder dann die trockene, sengende Sommerhitze; nirgends ein schattiges Tal, das Schutz gewährte, nur Gras, das schon vor Ende Mai gelbbraun wurde. Das Land war unter dieser Witterung ergraut. Selbst die Menschen der Dörfer und auf der Straße veränderten sich in Übereinstimmung mit ihrem Hintergrund. In Helston, wo sie die erste Kutsche bestiegen hatte, war sie auf vertrautem Grund gewesen. So manche Kindheitserinnerung war mit Helston verbunden. Die allwöchentliche Marktfahrt mit dem Vater und, nach seinem Tod, die tapfere Haltung ihrer Mutter, an seiner Stelle hin- und zurückfahrend, im Winter wie im Sommer; wie er mit Hühnern, Eiern und Butter hinten auf dem Karren, neben sich Mary, die einen Korb umfaßt hielt, so groß wie sie selbst, das schmale Kinn auf seinen Henkel gestützt. Es waren freundliche Leute, die in Helston; der Name Yellan war in der Stadt geachtet und bekannt, denn die Witwe hatte einen harten Kampf zu kämpfen gehabt nach ihres Gatten Tod. Nicht viele Frauen hätten, so wie sie, weitergelebt, mit einem Kind und einem Bauernhof, und ohne an eine Wiederverheiratung zu denken. In Manaccan gab es einen Bauern, der gern um sie angehalten, wenn er dazu nur den Mut gehabt hätte, und ein anderer, oben am Fluß, bei Gweek. Doch sie konnten es ihr an den Augen ablesen, daß sie von keinem von ihnen etwas wissen wollte, sondern mit Leib und Seele dem Mann gehörte, der von ihr gegangen war.

Nach und nach hatte sich ihr Vermögen vermindert, und bei den schlechten Zeiten – so erklärte man ihr in Helston – und da die Preise auf Null gefallen waren, gab es nirgends mehr Geld. Im oberen Teil des Landes war es dasselbe. Bald herrschte Hungersnot auf den Bauernhöfen. Dann kam die Seuche und vernichtete in der Helforder Gegend die Viehbestände. Man kannte ihre Art nicht, und kein Mittel half. Es war eine Krankheit, die alles ergriff und umbrachte, wie ein Spätfrost, der mit dem Neumond kommt und wieder verschwindet und nur eine Anzahl tödlich getroffener Gewächse als Denkzeichen hinterläßt. Für Mary Yellan und ihre Mutter war das eine sorgenvolle, schwere Zeit: Eins ums andere sahen sie die Hühner und die jungen Enten, die sie aufgezogen,

hinsiechen und sterben: das junge Kalb brach auf der Wiese weidend zusammen. Das Traurigste war die alte Stute, die ihnen zwanzig Jahre lang gedient hatte und auf deren breitem und starkem Rücken Mary zum erstenmal ihre jungen Beine im Reiten geübt hatte. Sie starb an einem Morgen im Stall, den Kopf vertrauend in Marys Schoß gelegt. Als man ihr unter dem Apfelbaum im Garten ein Grab gegraben hatte und sie dort lag, und sie wußten, daß sie nun nie wieder von ihr zum Markt nach Helston gebracht würden, sagte ihre Mutter: »Etwas von mir ist mit der armen Nell in dieses Grab gegangen, Mary. Ich weiß nicht, ist's mein Glaube oder was, aber mein Herz ist müde, und ich kann nicht mehr.«
Sie ging ins Haus und setzte sich in die Küche, weiß wie ein Laken und um zehn Jahre gealtert. Als Mary den Arzt holen wollte, zuckte sie gleichgültig die Schultern. »Zu spät, Kind, siebzehn Jahre zu spät.« Und dann begann sie leise zu weinen, sie, die nie zuvor geweint hatte.
Mary brachte den alten Arzt, der in Mawgan wohnte und der bei ihrer Geburt geholfen hatte. Als er sie in seinem Wagen zum Haus fuhr, schüttelte er den Kopf. »Ich will dir sagen, Mary, was es ist. Deine Mutter hat sich seit deines Vaters Tod weder geistig noch körperlich je geschont, und nun kam der Zusammenbruch. Es tut mir leid, er kam zu ungelegener Zeit.«
Sie fuhren durch den gewundenen Heckengang zum Haus am Ende des Dorfes. Eine Nachbarin lief ihnen am Eingang entgegen, begierig, ihre Mitteilung zu machen. »Es geht ihrer Mutter schlecht«, rief sie, »eben kam sie aus der Tür und blickte wie ein Geist und zitterte an allen Gliedern, dann fiel sie hin auf den Weg. Frau Hoblyn lief zu ihr und Will Searle. Sie haben sie hineingetragen, die arme Seele. Sie sagen, die Augen habe sie zu.«
Der Arzt schob die kleine Schar der Gaffer zur Seite. Mit Searles Hilfe wurde die leblose Gestalt vom Boden gehoben und in die Schlafkammer getragen.
»Es ist ein Schlag«, sagte der Arzt, »doch sie atmet; der Puls geht normal. Einen solchen plötzlichen Kollaps hatte ich immer befürchtet. Warum er gerade jetzt kam, nach so viel Jahren, das weiß nur Gott und sie selbst. Nun zeig dich als deiner Eltern Kind, Mary, und hilf ihr durch alles hindurch. Du bist die einzige, die das jetzt vermag.«
Mehr als sechs lange Monate pflegte Mary ihre Mutter in dieser ihrer ersten und letzten Krankheit. Aber trotz aller von ihr und dem Arzt aufgewandten Sorge, die Witwe hatte nicht mehr den Willen, zu leben; es verlangte sie nicht mehr, um ihr Leben zu kämpfen.
Sie schien sich nach Erlösung zu sehnen; es war, als bete sie heimlich, daß sie ihr bald gewährt werde. Sie sagte zu Mary: »So hart, wie ich es gehabt,

sollst du es nicht haben, Leib und Seele gehen dabei zugrunde. Wenn ich nicht mehr bin, dann zwingt dich nichts, in Helford zu bleiben. Das beste ist für dich, du gehst zu Tante Patience nach Bodmin.«

Es wäre nutzlos gewesen, der Mutter zu versichern, sie müsse nicht sterben. Sie hatte diese fixe Vorstellung, und dagegen war nicht aufzukommen.

»Ich habe gar keine Lust, unser Haus zu verlassen, Mutter, ich bin hier geboren und vor mir mein Vater, und du bist von Helford. Die Yellans gehören hierher. Ich fürchte die Armut nicht und auch nicht den Verlust der Farm. Du hast hier siebzehn Jahre allein gearbeitet, warum sollte ich nicht das gleiche tun? Ich bin stark; ich kann werken wie ein Mann, du weißt es.«

»Das ist kein Leben für ein Mädchen«, erwiderte die Mutter. »Ich tat es für deinen Vater und für dich. Für jemanden zu arbeiten, das gibt einer Frau Ruhe und Frieden. Für sich selbst arbeiten aber ist etwas anderes. Da ist das Herz nicht dabei.«

»Ich wäre in einer Stadt nicht zu gebrauchen«, meinte Mary. »Ich habe nichts anderes gekannt als dieses Leben am Fluß und verlange nicht mehr. Nach Helston gehen, das ist für mich Stadt genug. Hier geht's mir am besten, bei unsern paar Hühnern, die wir noch haben, und der alten Sau und ein wenig Bootfahrt auf dem Fluß. Was soll ich in Bodmin, bei Tante Patience?«

»Ein Mädchen kann nicht allein leben, Mary, ohne daß es querköpfig wird oder schlecht. Das eine oder das andere. Denk an die arme Sue, die nachts bei Vollmond auf dem Kirchhof herumstrich und nach ihrem Liebsten rief, den sie nie gehabt hatte. Und dann war da ein Mädchen, noch bevor du geboren warst; sie wurde mit sechzehn Jahren Waise. Sie lief weg nach Falmouth und trieb es mit den Matrosen. Ich und dein Vater, wir hätten im Grab keine Ruhe, wenn du in solcher Unsicherheit zurückbliebst. Du wirst Tante Patience liebgewinnen. Stets war sie aufgelegt zu Spielen und Scherzen. Erinnerst du dich, als sie vor zwölf Jahren hier war? Sie trug Bänder am Hut, und seidene Unterröcke. Ein Junge, der in Trelowarren arbeitete, hatte ein Auge auf sie, aber sie fühlte sich zu gut für ihn.«

Ja, Mary konnte sich an Tante Patience erinnern, mit ihren Stirnlöckchen und großen blauen Augen, an ihr Lachen und Geplauder, und wie sie die Röcke hochnahm und auf den Zehen durch den Schmutz des Hofes ging; sie war zierlich wie eine Fee.

»Was für ein Mann Onkel Josuah ist, kann ich nicht sagen«, fuhr die Mutter fort, »denn ich habe ihn nie persönlich gesehen und kenne auch niemanden, der ihn sah. Aber als die Tante sich vor zehn Jahren, am Michaelistag, mit ihm verheiratete, da schrieb sie einen Haufen tolles

Zeug, wie man es eher von einem Mädchen als von einer Frau über Dreißig erwarten könnte.«

»Sie werden mich ungehobelt finden«, sagte Mary langsam. »Ich habe nicht die guten Manieren, die sie erwarten. Wir werden einander wenig zu sagen haben.«

»Sie werden dich lieben als das, was du bist, nicht wegen irgendwelcher Reize oder Manieren. Ich möchte, Kind, daß du mir das versprichst: nach meinem Tod wirst du Tante Patience schreiben; sag ihr, es sei mein letzter und innigster Wunsch gewesen, daß du bei ihr leben würdest.«

»Ich verspreche es«, antwortete Mary, doch schweren und beklommenen Herzens beim Gedanken an eine so ungewisse Zukunft, voller Veränderungen und fern von allem, was ihr lieb gewesen war, nicht einmal den Trost hätte sie, in schlimmen Zeiten den vertrauten Boden unter den Füßen zu haben.

Von nun an wurde die Mutter täglich schwächer, mehr und mehr ging ihre Lebenskraft zurück. Geduldig wartete sie die Frucht- und Obsternte ab und den ersten Blätterfall. Als aber die nebligen Morgen kamen und Fröste den Boden deckten und der angeschwollene Fluß hochwogend der tosenden See zueilte und die Wellen sich donnernd am Strand von Helford brachen, da warf sich die alte Frau unruhig in ihrem Bett hin und her und zerrte an ihren Laken. Sie rief Mary mit dem Namen ihres verstorbenen Mannes und redete von lang vergangenen Dingen und von Menschen, die Mary nicht gekannt hatte. Während drei Tagen lebte sie in einer eigenen kleinen Welt, und am vierten starb sie.

Nun sah Mary alles, was sie besessen und an dem sie gehangen hatte, in andere Hände übergehen. Das Vieh wurde auf den Markt nach Helston gebracht. Den Hausrat kauften die Nachbarn stückweise. Ein Mann aus Coverack fand Gefallen an dem Haus und erstand es; mit der Pfeife im Mund ging er breitspurig im Hof auf und ab, bezeichnete die Veränderungen, die er vornehmen, die Bäume, die er fällen wolle, um freie Aussicht zu haben, während Mary ihm durchs Fenster mit einem Gefühl der Hilflosigkeit und des Ekels zusah und ihre kleine Habe in ihres Vaters Koffer packte.

Dieser Fremde aus Coverack machte sie zu einem Eindringling in ihrem eigenen Haus; sie sah ihm an, daß er sie wegwünschte, und so war es denn nun auch ihr einziger Gedanke, weg und von allem los zu sein. Nochmals las sie den Brief ihrer Tante durch, den eine verkrampfte Hand auf gewöhnliches Papier geschrieben hatte. Die Schreiberin sagte, sie habe den Schlag, der ihre Nichte betroffen hatte, selbst auf das schwerste empfunden; sie habe nicht geahnt, daß ihre Schwester krank sei. Seit so vielen Jahren sei sie ja nicht mehr in Helford gewesen. Und weiter hieß es:

»Hier gab es Veränderungen, von denen du nichts wissen kannst. Ich lebe nicht mehr in Bodmin, sondern zwölf Meilen entfernter, auf der Straße nach Launceston. Es ist ein wilder und einsamer Ort, und wenn du kommst, dann werde ich im Winter über deine Gesellschaft froh sein. Ich habe den Onkel gefragt; er hat nichts dagegen. Er sagt, wenn du deine Zunge im Zaum hältst und keine Schwätzerin bist und wenn nötig Hand anlegst. Er kann dir kein Geld geben oder dich umsonst erhalten, das wirst du verstehen. Er erwartet, daß du in der Bar aushilfst, als Entgelt für Kost und Wohnung, denn du mußt wissen: dein Onkel ist der Wirt vom Gasthaus ›Jamaica‹.«

Mary faltete den Brief zusammen und legte ihn in ihren Koffer. Das war ein seltsames Willkommensschreiben von der lachenden Tante Patience, die sie in Erinnerung hatte. Ein kalter, leerer Brief, ohne Trostwort, ohne das geringste Zugeständnis, außer, daß ihre Nichte kein Geld verlangen dürfe. Tante Patience, mit ihrem seidenen Unterrock und dem feinen Gebaren, die Frau eines Wirts! Mary sagte sich, ihre Mutter habe davon nichts gewußt.

Wie verschieden war dieser Brief von dem, den eine glückliche Braut vor zehn Jahren geschrieben hatte!

Aber Mary hatte ein Versprechen abgelegt, und ihr Wort ließ sich nicht zurücknehmen. Ihr Heim war verkauft, es gab hier keine Stätte für sie. Welcher Empfang sie auch erwartete, ihre Tante war die Schwester ihrer Mutter, und das allein gab den Ausschlag. Hinter ihr lag das frühere Leben – das liebe vertraute Haus und die glänzenden Wellen von Helford; vor ihr die Zukunft – und das Gasthaus »Jamaica«.

Und so war es gekommen, daß Mary Yellan sich jetzt in der von Helston nordwärts fahrenden, kreischenden, schwankenden Kutsche sah. Sie kamen durch die Stadt Truro, am oberen Tal, mit ihren vielen Dächern und Türmen, ihren breiten gepflasterten Straßen, dem blauen Himmel darüber, der noch etwas Südliches hatte, mit den aus den Türen lachenden und winkenden Leuten. Als sie jedoch Truro im Tal zurückgelassen hatten, überzog sich der Himmel, und das Land zu beiden Seiten der Straße wurde rauh und unbebaut. Die Dörfer lagen weit auseinander, da und dort zeigte sich noch ein lachendes Gesicht an einer Tür. Die Bäume wurden selten; die Hecken hörten auf. Dann begann der Wind, und mit ihm kam der Regen. So rumpelte die Kutsche auf Bodmin zu, das so abstoßend und grau war wie die Hügel, zwischen denen es lag. Einer nach dem andern griffen die Reisenden nach ihrem Gepäck und machten sich zum Aussteigen bereit – alle, ausgenommen Mary, die immer noch in ihrer Ecke saß. Der Kutscher sah mit regenüberströmtem Gesicht ins Fenster.

»Wollen Sie nach Launceston?« fragte er. »Es wäre eine arge Fahrt heute nacht durch das Moorland. Sie könnten aber in Bodmin bleiben und am Morgen mit der Kutsche weiter. Niemand, außer Ihnen, will diesen Wagen heute mehr benutzen.«

»Meine Freunde erwarten mich«, sagte Mary. »Vor der Fahrt hab' ich keine Angst. Und ich will nicht bis Launceston; bringen Sie mich, bitte, bis zum Gasthaus ›Jamaica‹.«

Der Mann schaute sie merkwürdig an: »Gasthaus ›Jamaica‹? Was wollen Sie im Gasthaus ›Jamaica‹? Das ist kein Ort für ein junges Mädchen. Das ist sicher ein Mißverständnis.« Er sah sie noch immer ungläubig an.

»Oh, ich weiß wohl, daß es dort sehr einsam ist«, sagte Mary, »aber ich bin ja kein Stadtkind. In Helford, von wo ich komme, ist es im Sommer und im Winter ebenfalls sehr still, und ich habe mich dort noch nie einsam gefühlt.«

»Ich meinte nicht die Einsamkeit«, erwiderte der Mann. »Aber Sie werden wohl nicht verstehen, da Sie hier fremd sind. Ich habe nicht an die zwanzig ekligen Meilen Moorboden gedacht, obwohl das die meisten Frauen abschrecken könnte. Da, warten Sie eine Minute.« Er rief über die Schulter nach einer Frau, die im Torgang des »Royal« stand und die Lampe anzündete, denn es dämmerte bereits.

»Fräulein«, sagte er, »kommen Sie her und reden Sie ein wenig mit diesem Mädchen. Man sagte mir, sie soll nach Launceston, aber sie möchte nach dem Gasthaus ›Jamaica‹ gefahren werden.«

Die Frau kam die Stufen herab und guckte in die Kutsche.

»Es ist ein wilder, ungastlicher Ort«, sagte sie, »und wenn Sie dort in der Gegend Arbeit finden wollen, auf den Höfen gibt es nichts zu tun. Sie lieben die Fremden nicht im Moorland. Besser, Sie bleiben hier in Bodmin.«

Mary lächelte: »Ich werde schon am rechten Ort sein. Mein Onkel ist der Wirt vom Gasthaus ›Jamaica‹.«

Es gab eine lange Pause. Im grauen Licht der Kutsche konnte Mary sehen, wie die Frau und der Mann sie anstarrten. Plötzlich fühlte sie einen kalten Schauder, eine Bedrücktheit; sie erwartete von der Frau ein beruhigendes Wort, doch es kam keins. Dann trat sie vom Wagen zurück und sagte zögernd: »Mich geht's natürlich nicht im geringsten etwas an! Gute Nacht!«

Der Kutscher begann zu pfeifen und war auf einmal rot im Gesicht, wie einer, der sich gern aus einer unangenehmen Lage befreit hätte. Mary lehnte sich vorwärts und berührte seinen Arm. »Wollen Sie's mir nicht sagen? Ich nehm' es Ihnen nicht übel, was es auch sei. Ist mein Onkel unbeliebt? Was gibt es dort?«

Dem Mann war es unbehaglich. Er antwortete mürrisch und vermied es, sie anzusehen: »Das Gasthaus ›Jamaica‹ hat einen schlechten Ruf; man erzählt sich von dort seltsame Geschichten; daß Sie's nur wissen. Aber ich habe nichts gesagt. Vielleicht ist von allem nichts wahr.«
»Aber was für Geschichten denn?« fragte Mary. »Wird dort viel getrunken? Ist mein Onkel zu nachsichtig gegen schlechte Gesellschaft?«
Der Mann wollte nicht weiter aus sich heraus. »Ich will nichts gesagt haben«, wiederholte er, »und ich weiß nichts. Grad nur, was die Leute reden. Anständige Menschen gehen nicht mehr nach dem ›Jamaica‹. Das ist alles was ich weiß. In früherer Zeit haben wir dort die Pferde getränkt und dann in der Schenke getrunken und einen Bissen genommen. Jetzt halten wir dort nie mehr an. Wir jagen mit den Pferden vorbei und weiter, bis wir in Five Lanes sind, und auch dort bleiben wir nicht lange.«
»Warum geht niemand mehr hin? Aus welchem Grund?« fragte Mary immer dringender.
Der Mann besann sich, als müsse er die Worte suchen.
»Sie fürchten sich«, sagte er endlich; dann schüttelte er den Kopf und verstummte ganz. Doch fühlte er wohl, daß er grob gewesen war, und es tat ihm leid, denn einen Augenblick später sah er wieder ins Fenster und fragte:
»Möchten Sie nicht eine Tasse Tee trinken, ehe wir abfahren? Wir haben eine lange Strecke vor uns, und im Moorland ist's kalt.«
Mary schüttelte den Kopf. Die Lust zu essen war ihr vergangen, und wenn der Tee sie auch erwärmt hätte, sie wollte den Wagen nicht verlassen und das »Royal« betreten, wo die Frau sie angaffen und die Kunden murmeln würden. Überdies flüsterte ihr ein kleiner Feigling im Innern zu: »Bleib in Bodmin, bleib in Bodmin«, und wie sie sich kannte, hätte sie, einmal unter dem Dach des »Royal«, wohl nachgegeben. Aber sie hatte ihrer Mutter versprochen, zu Tante Patience zu gehen; ihr Wort durfte sie nicht brechen.
»In dem Fall ist's gut, wenn wir losziehen«, sagte der Kutscher. »Außer Ihnen fährt heute nacht niemand. Da haben Sie noch eine Decke auf die Knie. Ich lasse die Pferde laufen, sobald wir oben auf dem Hügel, da draußen hinter Bodmin sind. Ich werd' erst Ruhe haben in meinem Bett, in Launceston. Nicht viele von uns fahren im Winter gern durchs Moorland, wenigstens nicht bei dreckigem Wetter.« Er schlug die Tür zu und stieg auf den Sitz.
Die Kutsche rollte fort, die Straße hinab, vorbei an den sicheren und dauerhaften Häusern, den bewegten Lichtern, den Menschen, die heim zum Essen eilten, die Gesichter vor Wind und Regen geneigt. Durch die Fensterladen gewahrte Mary freundlichen Kerzenschein; da knisterte

wohl ein Feuer im Herd, und ein Tuch war über den Tisch gebreitet, und eine Frau und Kinder setzten sich zur Mahlzeit, während der Mann an der fröhlichen Flamme seine Hände wärmte.

Nun erklommen die Pferde den steilen Hügel vor der Stadt, und durch das Hinterfenster der Kutsche sah Mary die Lichter von Bodmin, eins nach dem andern, rasch entschwinden, bis nur noch ein letzter Schimmer blinkte und verglomm. Sie war allein mit Wind und Regen, vor sich zwölf Meilen kaltes Moorland zwischen ihr und ihrer Bestimmung.

Sie dachte, so müsse es einem Schiff zumute sein, das die Sicherheit des Hafens verlassen hatte. Aber kein Schiff könnte sich trostloser fühlen als sie, auch wenn der Wind in seiner Takelage donnerte und die See auf sein Deck niederschlug.

Es war jetzt dunkel in der Kutsche, denn die Fackel verbreitete nur einen matten gelben Schein, und der Luftzug durch den Riß im Dach ließ die Flamme nach allen Seiten greifen, zur großen Gefahr für das Leder; Mary hielt es für geraten, sie auszulöschen. Sie saß zusammengekauert in ihrer Ecke und schaukelte nach dem Takt der Kutsche hin und her; es schien ihr, sie habe nie zuvor gewußt, daß die Einsamkeit voller Übelwollen sein könne. Die Kutsche selbst, die sie den ganzen Tag über wie eine Wiege geschaukelt, hatte jetzt etwas Drohendes in ihrem Gekreisch und Gestöhne. Der Wind zerrte am Dach, die Regenschauer, nun hefiger in ihrem Ungestüm, da die schützenden Hügel fehlten, schlugen mit erneuter Bosheit an die Fenster. Zu beiden Seiten der Straße dehnte das Land sich endlos hin. Keine Bäume, keine Wiesen, keine Weiler noch Häusergruppen, nur Meilen und Meilen öden Sumpf- und Heidelands, dunkel und unerforscht, gleich einer Wüste nach einem unsichtbaren Horizont hinwellend. Kein menschliches Wesen, dachte Mary, könne in dieser Öde leben und dabei bleiben wie andere Menschen; sogar die Kinder müßten hier verkrüppelt zur Welt kommen, so wie die schwarzen Ginsterpflanzen von der Gewalt eines Windes zerbogen waren, der unablässig von Osten und Westen, von Süden und Norden herblies. Auch ihr Verstand mußte verkrüppelt sein und ihre Gedanken böse, da sie immer nur zwischen Sumpf und Granit, unter harschem Heidekraut und verwitterndem Gestein zu leben verdammt waren.

Sie mußten die Nachkommen seltsamer Ahnen sein, die sich diese Erde unter diesem schwarzen Himmel zur Ruhestatt erwählt hatten. Sie mußten noch etwas vom Teufel in sich haben. Weiter ging's durch finsteres und schweigsames Land; nirgends flackerte für einen Augenblick ein Licht auf als ein Hoffnungsgruß für den Fahrgast in der Kutsche. Vielleicht gab es nicht eine einzige Wohnung auf den ganzen zwanzig Meilen zwischen den beiden Städten Bodmin und Launceston, nicht

einmal die arme Hütte eines Hirten an der trübseligen Straße, nichts als die düstere Grenzmark: das Gasthaus »Jamaica«.
Mary verlor den Sinn für Zeit und Raum; sie wußte nur, es könnten hundert Meilen, es könnte Mitternacht sein. Sie klammerte sich jetzt an die Sicherheit, die die Kutsche ihr zu bieten schien; diese hatte doch schon den Charakter von etwas Vertrautem. Sie kannte sie seit dem frühen Morgen, und das war nun schon lange. Was für ein Angsttraum diese endlose Fahrt auch war, hier schützten sie vier geschlossene Wände und das schäbige, rinnende Dach, und in Rufnähe war der gemütliche Kutscher. Aber nun schien es ihr doch, er treibe die Tiere zu größerer Eile an; sie hörte, daß er ihnen zurief; der Schrei seiner Stimme wehte an ihrem Fenster vorbei.
Sie öffnete es und sah hinaus. Ein Stoß von Wind und Regen hinderte sie einen Augenblick am Sehen; dann gewahrte sie, ihr Haar von Stirn und Augen zurückstreichend, wie die Kutsche in wildem Galopp die Höhe eines Hügels erreichte. Links und rechts der Straße lag düsteres Moorland, pechschwarz im Nebel und Regen. Gerade vor ihr, auf der Höhe und zur Linken, stand ein Gebäude, ein wenig von der Straße zurück. Sie erkannte große Kamine undeutlich in der Dunkelheit aufdämmernd. Nirgends sonst ein Haus oder eine Hütte. Wenn hier das Gasthaus »Jamaica« war, dann stand es in seiner Pracht allein, vierschrötig im Wind. Mary raffte ihr Kleid zusammen und befestigte es mit einer Spange. Die Pferde hatten angehalten und standen dampfend im Regen. Wie eine Wolke stieg der Dampf von ihnen auf.
Der Kutscher stieg ab und stellte ihren Koffer hin. Er hatte es augenscheinlich eilig; über die Schulter deutete er nach dem Haus:
»Da wären wir; gehn Sie durch den Hof, bis dort hinab. Klopfen Sie an die Tür, und man läßt Sie ein. Ich muß weiter, wenn ich heute nacht nach Launceston kommen will.« Schon saß er wieder oben und zog die Zügel an. Er schrie und peitschte die Pferde in ängstlicher Erregung. Der Wagen rumpelte und schüttelte; im nächsten Augenblick war er weg und unten auf der Straße; er verschwand, als wäre er nie gewesen, in der Finsternis verloren und verschluckt.
Mary stand da, den Koffer zu ihren Füßen. Sie hörte in dem dunklen Haus hinter ihr das Schieben von Riegeln, dann flog die Tür auf, und eine große Gestalt mit einer Laterne trat in den Hof.
»Wer ist da?« wurde gefragt. »Was wollen Sie hier?«
Mary machte ein paar Schritte und sah dem Mann ins Gesicht.
Doch das Licht verwirrte ihre Augen. Er schwang die Laterne vor ihr hin und her; plötzlich lachte er, faßte ihren Arm und schob sie ohne weiteres durch die Tür.

»Also du bist's«, rief er, »bist du endlich zu uns gekommen? Ich bin dein Onkel, Joss Merlyn; sei willkommen im Gasthaus ›Jamaica‹!« Er zog sie ins Innere des Hauses, lachte wieder, schloß die Tür und stellte die Laterne auf einen Tisch. Dann schauten sie einander an.

2

Er war ein großer, ungeschlachter Mensch, fast sieben Fuß hoch, mit einer zerfurchten Stirn und dunklen Brauen und der Hautfarbe eines Zigeuners. Sein dichtes, schwarzes Haar fiel in Fransen bis auf die Augen, hing um seine Ohren. Er sah stark aus wie ein Pferd, mit gewaltigen Schultern; die langen Arme reichten bis fast zu den Knien, und seine Fäuste waren wie Schinken. So mächtig war sein Körper, daß der Kopf darauf zwerghaft erschien und zwischen den Schultern verschwindend, was an die halbgebückte Haltung eines Gorillas gemahnte, mit seinen dichten Brauen und seinem Haarschopf. Aber trotz seiner langen Glieder und der starken Gestalt hatten seine Züge nichts Affenähnliches; seine Nase war gebogen, über einem Mund, der einst vollkommen gewesen sein mochte, nun aber verkniffen und eingesunken war, und es lag noch etwas Schönes in seinen großen dunklen Augen, ungeachtet der Säcke darunter und der Rillen und des roten Geäders.
Das Beste, was er noch hatte, waren seine Zähne, die noch alle gesund waren und sehr weiß; wenn er lachte, schienen sie hell aus seinem braunen Gesicht und gaben ihm das hagere und hungrige Aussehen eines Wolfs.
»So, du bist also Mary Yellan«, sagte er endlich, vor ihr aufragend, doch etwas vorgeneigt, um sie genauer zu sehen, »und du hast diesen weiten Weg gemacht, um deinen Onkel Joss zu sehen. Das heiß' ich wirklich artig.«
Er lachte wieder, machte sich lustig über sie, und sein Lachen bellte durch das ganze Haus und wirkte wie ein Peitschenhieb auf Marys gespannte Nerven.
»Wo ist Tante Patience?« fragte sie, sich in dem schwach erhellten, unfreundlichen Hausflur mit den kalten Steinplatten und den schmalen Backsteintreppen umblickend.
»Wo ist Tante Patience?« äffte der Mann sie nach. »Wo ist mein liebes Tantchen, das mich küssen und hätscheln und ein Wesen aus mir machen soll? Kannst du nicht einen Augenblick warten, ehe du zu ihr hinläufst? Hast du keinen Kuß für deinen Onkel?«
Mary trat einen Schritt zurück. Die Vorstellung, ihn zu küssen, war ihr

peinlich. Er war bestimmt verrückt oder betrunken; vermutlich beides. Sie wollte ihn aber auch nicht kränken; dazu war sie zu furchtsam.
Er erriet, was in ihr vorging, und lachte wieder.
»O nein«, sagte er, »ich werde dich nicht berühren; bei mir bist du sicher wie in der Kirche. Ich fand nie Geschmack an dunklen Frauen, meine Liebe, auch hab' ich Besseres zu tun, als mit meiner eigenen Nichte Katz und Maus zu spielen.« Er sah spöttisch und verächtlich auf sie hinab und nannte sie, des Scherzens müde, eine Närrin. Dann rief er gegen die Treppe hinauf:
»Patience, wo, zum Teufel, steckst du? Da ist das Mädchen angekommen und winselt nach dir. Von meinem Anblick ist ihr bereits übel geworden!«
Es gab ein leichtes Geräusch oben an der Treppe; man vernahm Schritte. Hierauf bewegtes Kerzenlicht und ein Ausruf. Die enge Stiege herunter kam eine Frau, ihre Augen vor dem Licht schützend. Sie trug eine schmutzigbraune Haube über dünnem, grauem Haar, das in Elfenlocken auf ihre Schultern hing. Sie hatte die Spitzen ihrer Strähnen vergeblich zu ringeln versucht; die Spur davon war nahezu vergangen. Ihr Gesicht war abgezehrt, die Haut über den Backenknochen gespannt. Ihre Augen blickten groß und starr und hatten einen Ausdruck, als fragten sie beständig, und sie hatte eine nervöse Art, den Mund zu bewegen, die Lippen bald schürzend, bald freilassend. Sie trug einen verwaschenen, gestreiften Unterrock, der einmal kirschfarben gewesen sein mußte, nun aber in verblaßtem Rot schimmerte; über ihren Schultern lag ein vielfach geflickter Schal. Offenbar hatte sie erst vor kurzem ein neues Band an ihre Haube genäht, um so ihrer Kleidung einen lebhafteren Ton zu geben, der nun aber falsch und unharmonisch klang. Es war knallrot und stand in schrecklichem Widerspruch zu der Blässe ihres Gesichts. Mary sah sie verblüfft und traurig an. War dieses arme, halb zerfetzte Geschöpf die bezaubernde Patience ihrer Träume, wie eine Schlampe gekleidet und um zwanzig Jahre älter?
Die kleine Frau kam von der Treppe in den Vorraum; sie nahm Marys Hände in die ihrigen und blickte ihr in die Augen: »Bist du wahrhaftig gekommen?« flüsterte sie. »Das ist meine Nichte Mary Yellan? Meiner lieben Schwester Kind?«
Mary nickte und dankte Gott, daß ihre Mutter sie nicht sehen konnte. »Liebe Tante Patience«, sagte sie freundlich, »ich freue mich, dich wiederzusehen. Es sind so viele Jahre, seit du nach Helford kamst.«
Die Frau hielt sie mit ihren Händen umklammert, strich über ihre Kleider, befühlte sie; plötzlich fiel sie ihr um den Hals, legte den Kopf auf ihre Schulter und brach in ein furchtbares Weinen und Schluchzen aus.

»O hör auf damit«, knurrte ihr Gatte. »Was ist das für ein Willkommen? Worüber hast du zu heulen, verdammte Närrin? Siehst du nicht, daß das Mädchen etwas essen muß! Geh mit ihr in die Küche und gib ihr Speck und zu trinken.«

Er bückte sich und schwang Marys Koffer auf seine Schulter, als wäre er ein leichter Packen Papier. »Ich trag' das in ihr Zimmer«, sagte er, »und wenn du, bis ich wieder unten bin, nicht etwas Eßbares auf den Tisch gestellt hast, dann bekommst du was ab, um nicht ohne Grund zu heulen; und du auch, wenn du willst«, wandte er sich an Mary und legte einen Finger über ihren Mund. »Bist du schon zahm oder beißt du?« Und dann lachte er wieder, daß es bis zum Dach hinauf schallte, und polterte mit dem Koffer die schmalen Stufen empor.

Tante Patience faßte sich. Sie machte eine Anstrengung zu lächeln, brachte ihre dünnen Locken in Form, mit einer Gebärde, an die sich Mary von früher zu erinnern glaubte, und unter heftigem Blinzeln und Zucken mit dem Mund wies sie den Weg durch einen andern dunklen Gang und in die Küche, wo drei Kerzen brannten, während im Herd ein Torffeuer schwelte.

»Du darfst das Onkel Joss nicht übelnehmen«, sagte sie, ihr Benehmen plötzlich ändernd, nun fast so kriecherisch wie ein Hund, der durch ständige Grausamkeit zu unbedingtem Gehorsam gebracht worden war und der, trotz Tritten und Flüchen, seinen Herrn wie ein Tiger verteidigt. »Dein Onkel braucht Scherze und Späße; er hat seine Eigenarten; Fremde verstehen ihn darum nicht gleich. Gegen mich ist er ein sehr guter Gatte, und das ist er seit unserer Hochzeit gewesen.«

Sie plapperte mechanisch weiter, ging in der gepflasterten Küche hin und her, deckte den Tisch, holte Brot, Käse und Bratenfett aus dem großen Schrank hervor, während Mary am Feuer kauerte, in der leeren Hoffnung, ihre erstarrten Hände zu erwärmen.

Die Küche war von Torfrauch erfüllt. Er stieg zur Decke auf und hockte in den Winkeln und hing als dünne, blaue Wolke in der Luft. Er brannte Mary in den Augen, drang duch ihre Nasenlöcher, legte sich auf ihre Zunge.

»Du wirst Onkel Joss bald gern mögen und dich ihm anpassen«, fuhr die Tante fort. »Er ist ein tüchtiger und braver Mann. Er ist hier weit herum bekannt und geachtet. Niemand sagt etwas Nachteiliges über Joss Merlyn.

Wir haben hier oft große Gesellschaft. Es ist nicht immer so ruhig. Die Straße, mußt du wissen, ist sehr belebt. Die Postkutschen fahren täglich vorbei, und die Landedelleute sind sehr höflich gegen uns. Erst gestern war einer von den Nachbarn hier drin, und ich habe für ihn einen Kuchen gebacken zum Mitnehmen. ›Frau Merlyn‹, sagte er, ›Sie sind die einzige Frau in Cornwall, die einen Kuchen zu backen versteht.‹ Genau das hat er gesagt. Und der Junker selbst – Junker Bassat mein' ich – von North-Hill – das ganze Land hier herum gehört ihm –, er traf mich kürzlich – am Dienstag war's – auf der Straße und zog seinen Hut. ›Guten Tag, Frau Merlyn‹, sagte er und verbeugte sich auf seinem Pferd. Es heißt, er sei ein großer Damenfreund gewesen. Da kam Joss aus dem Stall, wo er ein Wagenrad ausgebessert hatte. ›Wie sieht das Leben aus, Herr Bassat?‹ fragte er. ›So wohlauf wie Sie selbst, Joss‹, antwortete der Junker, und beide lachten.«

Mary erwiderte irgend etwas auf diese kleine Rede, aber es bedrückte und schmerzte sie, daß Tante Patience während des Erzählens ihren Blicken ausgewichen war, und die Geläufigkeit, mit der sie sprach, war selbst schon verdächtig. Sie redete wie ein Kind, das sich Geschichten erzählt, und das mit einer beträchtlichen Erfindungsgabe. Es tat ihr leid, sie in diesem Zustand zu sehen; sie wünschte sehnlich, daß sie ein Ende finden oder schweigen möchte, denn dieser Redefluß war für sie schrecklicher als ihre Tränen. Man hörte draußen Schritte; Mary überlegte mit Bangen, daß Joss Merlyn wieder heruntergekommen und möglicherweise den Vortrag seiner Frau mit angehört hatte.

Auch Tante Patience hörte ihn, denn sie wurde blaß und ihr Mund spielte sein stummes Spiel. Er kam herein und blickte von der einen zur andern.

»So gackeln die Hühner bereits?« rief er. Lächeln und Lachen waren ihm vergangen, und seine Augen blickten hart. »Deine Tränen sind gleich getrocknet, sobald du schwatzen kannst. Ich hab' dich gehört, du alberne Tratsche, glu, glu, glu, glu, wie eine Truthenne. Meinst du, deine kostbare Nichte glaubt auch nur ein Wort von dem, was du sagst? Nicht ein Kind dürftest du im Hause halten, geschweige denn einen solchen Ausbund in Röcken wie diese!«

Er nahm einen Stuhl von der Wand und schmetterte ihn gegen den Tisch. Schwer setzte er sich nieder; der Sitz krachte unter ihm. Er langte nach dem Brotlaib, schnitt sich einen großen Happen herunter und beschmierte ihn mit Fett. Er stopfte sich den Mund voll – das Fett lief ihm zu beiden Seiten über das Kinn – und nötigte Mary zu Tisch. »Du mußt essen, merk' ich wohl«, sagte er, und er fing an, sorgfältig eine Scheibe Brot vom Laib zu schneiden, die er in vier Stücke teilte und für sie bestrich. Er besorgte dieses Geschäft auf eine höchst behutsame Weise, in schreiendem Gegensatz zu der Art, mit der er sich selbst bediente. Für Mary hatte dieser Wechsel von wilder Brutalität zu äußerster Sorgfalt etwas Grauenhaftes. Es war, als wohne eine geheime Kraft in seinen Fingern, die diese aus Knütteln zu schlauen und gewandten Dienern machte. Hätte er ihr einen Fetzen Brot einfach zugeworfen, sie würde das als weniger schlimm empfunden haben; es wäre in Übereinstimmung mit dem gewesen, was sie bis jetzt von ihm gesehen hatte. Aber diese plötzliche Anmut, die raschen und gewählten Bewegungen seiner Hände waren eine jähe und unheimliche Enthüllung; unheimlich, weil unerwartet und dem Charakter nicht gemäß.

Ihre Tante, die, seit ihr Mann die Küche betreten, sich nicht geäußert hatte, röstete Speckscheiben über dem Feuer. Niemand sprach, Mary bemerkte, wie Joss Merlyn sie über den Tisch her anblickte, und hinter sich hörte sie die Tante ungeschickt mit der heißen Bratpfanne wirtschaften. Schon nach einer Minute ließ sie, mit einem leisen Schrei, den Griff los. Mary wollte ihr beispringen und ihr helfen, doch Joss donnerte sie an und hieß sie bleiben. »Ein Narr genügt, ein paar braucht's nicht!« so schrie er. »Bleib sitzen und laß die Tante machen. Es wird nicht das erstemal sein.« Er lehnte sich im Stuhl zurück und reinigte mit den Fingernägeln seine Zähne. »Was trinkst du?« fragte er. »Schnaps, Bier oder Wein? Du wirst hier vielleicht hungern, aber du wirst nie Durst leiden. Trockene Hälse bekommen wir im Gasthaus ›Jamaica‹ nicht.« Und er lachte, blinzelte ihr zu und streckte die Zunge heraus.

»Ich möchte gern, wenn ich darf, eine Tasse Tee trinken«, sagte Mary, »ich bin starke Getränke nicht gewohnt, weder Wein noch anderes.«

»Oh, das bist du nicht? Das ist dein Schaden. Heut abend kannst du deinen Tee bekommen, aber, bei Gott, in einem oder zwei Monaten wirst du Schnaps verlangen.«

Er faßte über den Tisch hinüber ihre Hand. »Hast eine hübsche Pfote, für eine, die auf dem Feld gearbeitet hat«, sagte er. »Ich hatte befürchtet, sie werde rauh sein oder rot. Es kann einen Mann krank machen, wenn ihm sein Bier von einer häßlichen Hand eingeschenkt wird. Nicht, daß meine Stammgäste besonders empfindlich wären, wir haben im Gasthaus ›Jamaica‹ überhaupt noch kein Schankmädchen gehabt.«

»Patience, meine Liebe«, sagte er, »geh und hol mir um Gottes willen eine Flasche Schnaps. Da ist der Schlüssel. Ich hab' in mir einen Durst, den alle Wasser von Dozmary nicht löschen könnten.« Seine Frau huschte bei diesen Worten aus dem Raum und verschwand im Hausflur. Hierauf stocherte er wieder in seinen Zähnen, pfiff dazwischen, während Mary ihr Butterbrot verzehrte und den Tee trank, den er vor sie hingestellt hatte. Bereits fühlte sie heftige Kopfschmerzen und war zum Umfallen müde. Ihre Augen tränten vom Torfrauch. Aber sie war doch nicht müde genug, um Onkel Joss nicht im Blick behalten zu können; denn schon war etwas von der Nervosität ihrer Tante auf sie übergegangen; sie fühlte, sie beide

waren wie Mäuse in der Falle, aus der es keine Flucht gab, während er, gleich einer ungeheuren Katze, mit ihnen spielte.
Nach wenigen Minuten kehrte seine Frau mit dem Branntwein zurück; sie stellte ihn dem Mann hin und briet nun den Speck zu Ende. Sie legte sich und Mary davon auf, während er zu trinken begann, brütend vor sich hinstarrte, mit dem Fuß gegen den Tisch stoßend. Plötzlich schlug er mit der Faust auf den Tisch, Teller und Tassen rüttelten durcheinander, während eine Schüssel zu Boden fiel und zerbrach.
»Ich will dir sagen, wie es ist, Mary Yellan«, schrie er. »Ich bin der Herr in diesem Haus, merk dir das. Du wirst tun, was man dich heißt, hilfst im Haushalt und bedienst meine Gäste, und ich werde dich mit keinem Finger berühren. Aber, bei Gott, hältst du nicht den Mund und schwatzest, dann brech' ich dich, bis du aus meiner Hand ißt wie deine Tante dort.«
Mary schaute ihn über den Tisch an. Ihre Hände hielt sie unter ihrem Kleid, so daß er nicht sehen konnte, wie sie zitterten.
»Ich verstehe dich«, sagte sie, »ich bin von Natur nicht neugierig und habe in meinem Leben nie geklatscht. Es geht mich nichts an, was du in der Wirtsstube tust oder was für Gesellschaft du dort hast. Ich werde im Haus meine Arbeit verrichten, und du wirst keine Ursache zum Brummen haben. Aber wenn du Tante Patience etwas zuleide tust, dann werde ich das Gasthaus ›Jamaica‹ augenblicklich verlassen, und ich werde den Richter holen und das Gesetz gegen dich anrufen; dann versuch's, mich zu brechen, wenn du kannst.«
Mary war sehr blaß geworden; sie wußte, wenn er jetzt auf sie einbrüllte, würde sie zusammensinken und weinen, und er hätte sie für immer besiegt. Die Worte waren ihr wider Willen gekommen, und, von Mitleid bezwungen mit dem armen, zertretenen Geschöpf, das ihre Tante war, hatte sie dieselben nicht gewogen. Sie wußte nicht, daß sie sich damit gerettet hatte; denn der Mann in seinem Stuhl war durch den Beweis ihrer Geistesgegenwart beeindruckt worden.
»Das ist sehr nett«, sagte er, »wirklich, sehr nett. Nun wissen wir, wen wir bei uns unterm Dach haben. Kratze sie, dann zeigt sie ihre Krallen. Nun denn, meine Beste, du und ich, wir haben mehr gemein, als ich geglaubt habe. Wenn wir spielen mögen, dann spielen wir zusammen. Vielleicht werd' ich einmal Arbeit für dich haben im Gasthaus ›Jamaica‹, Arbeit, wie du noch keine geleistet hast, Männerarbeit, Mary Yellan, bei der es um Leben und Tod geht.« Mary hörte Tante Patience neben ihr schwer aufatmen.
»O Joss«, flüsterte sie, »o Joss, ich bitte dich...«
Das klang so dringend, daß Mary sie erstaunt anblickte. Ihre Tante beugte

sich vor und bedeutete ihrem Mann zu schweigen, und der beschwörende Ausdruck ihres Kinns und die Angst in ihren Augen entsetzten Mary mehr als alles, was sie an diesem Abend erlebt hatte. Plötzlich war ihr unheimlich, sie fror und fühlte sich krank. Was hatte Tante Patience in solche Furcht versetzt? Was hatte Joss Merlyn sagen wollen? Eine fieberhafte, schreckliche Neugier war in ihr erwacht. Onkel Joss machte eine ungeduldige Handbewegung.

»Geh zu Bett, Patience. Ich hab' für heute genug von deinem Totenkopf an meinem Abendtisch. Dies Mädchen und ich, wir werden einander verstehen.«

Sogleich erhob sich die Frau und ging nach der Tür, mit einem letzten verzweifelt hoffnungslosen Blick nach rückwärts im Hinausgehen. Sie hörte ihre Tritte die Treppe hinauf. Joss Merlyn und Mary waren allein. Er schob das leere Branntweinglas von sich und kreuzte die Arme auf dem Tisch.

»Es gibt eine Schwäche in meinem Leben, und du sollst hören, welche«, sagte er. »Es ist das Trinken. Es ist ein Fluch, ich weiß. Ich kann's nicht lassen. Eines Tages wird das mein Ende sein, und eine gute Sache dazu. Es vergehn Tage, wo ich kaum einen Tropfen trinke, so wie heut nacht. Dann wieder fühl' ich den Durst über mich kommen, und ich saufe, saufe stundenlang. Da ist Kraft und Ruhm und Frauen und das Reich Gottes, alles wie in einem Strom. Dann bin ich ein König, Mary. In meiner Hand halt' ich die Fäden der Welt. Da ist Himmel und Hölle. Da schwatz' ich, schwatze, bis jede verfluchte Gemeinheit, die ich je beging, draußen ist und davon mit den Winden. Ich schließ' mich in mein Zimmer ein und schrei' meine Geheimnisse in die Kissen. Deine Tante dreht den Schlüssel um. Wenn ich wieder nüchtern bin, dann schlag' ich an die Tür, und sie öffnet und läßt mich heraus. Niemand weiß das, außer ihr und mir. Nun hab' ich's dir gesagt. Ich hab' dir's gesagt, weil ich bereits ein wenig benebelt bin und meiner Zunge nicht Meister. Aber ich bin nicht so betrunken, um den Kopf zu verlieren, nicht genug, um dir zu sagen, warum ich in diesem gottvergessenen Flecken lebe und warum ich der Wirt vom Gasthaus ›Jamaica‹ bin.« Seine Stimme war heiser und jetzt kaum noch ein Flüstern. Das Torffeuer im Herd war tief herabgebrannt, dunkle Schatten streckten lange Finger über die Wand. Auch die Kerzen waren niedergebrannt und malten Joss Merlyns Riesenschatten an die Decke. Er lächelte ihr zu, und mit der Gebärde eines Berauschten legte er seinen Finger an die Nase.

»Das hab' ich dir nicht gesagt, Mary Yellan. O nein, ein wenig Verstand und Witz sind mir geblieben. Willst du mehr wissen, dann frag deine Tante. Sie wird dir ein Garn spinnen! Ich hörte sie heute abend plappern

und sagen, wir hätten hier feine Gesellschaft, und der Junker ziehe vor ihr den Hut. Schwindel, alles. Ich sag' dir das gleich, denn du wirst es doch irgendwie erfahren. Junker Bassat ist ein zu großer Hase, um sich hier hereinzuwagen. Wenn er mich auf der Straße sieht, bekreuzigt er sich und spornt sein Pferd. Und so diese Hochedlen alle. Die Kutschen halten hier nicht an, auch nicht die Postkutschen. Mir tut's nicht leid; hab' Kunden genug. Je mehr die Junker mich meiden, um so größer mein Spaß. Oh, zu trinken gibt's hier reichlich und gut. Manche kommen am Samstagabend ins ›Jamaica‹, und da gibt es solche, die ihre Tür verriegeln und mit den Fingern in den Ohren schlafen. Es gibt Nächte, da sind alle Häuser im Moor dunkel und schweigsam, und auf Meilen das einzige Licht ist das der hellen Fenster vom Gasthaus ›Jamaica‹. Man sagt, das Schreien und Singen werde gehört bis zu den Häusern unterhalb Roughtors. Du wirst in solchen Nächten in der Bar sein, wenn du für so etwas Sinn hast, und wirst dann sehen, was für Gäste hier verkehren.«
Mary saß lautlos da, die Seitenlehnen ihres Stuhles umklammernd. Sie getraute sich nicht zu rühren, aus Furcht vor dem jähen Stimmungsumschlag, den sie bereits kennengelernt hatte und der von dem unverhofft zutunlichen Ton ganz plötzlich in rohe und abstoßende Brutalität wechseln konnte.
»Sie fürchten sich vor mir«, fuhr er fort; »die ganze verteufelte Bande. Fürchten mich, der keinen Menschen fürchtet. Ich sag' dir, hätt' ich Erziehung und Bildung, ich würde in ganz England meinen Mann stellen, neben König George selbst. Mein Feind ist der Suff, der und mein heißes Blut. Das ist der Fluch von uns allen. Es gab noch keinen Merlyn, der in Frieden, in seinem Bett, gestorben wäre.
Mein Vater wurde in Exeter gehängt – hatte einen Händel mit einem Kerl und schlug ihn tot. Meinem Großväterchen wurden wegen Stehlens die Ohren abgeschnitten; er kam in eine Strafkolonie und starb wahnsinnig, an einem Schlangenbiß in den Tropen. Ich bin der älteste von drei Brüdern; wir sind unter dem Schatten von Kilmar geboren, zwölf Meilen dort oberhalb des Twelve-Men's-Moors. Man geht von da quer über das East-Moor, bis nach Rushyford, und da stößt eine große Granitzacke wie eine Teufelshand in den Himmel. Das ist Kilmar. Wer unter diesem Schatten geboren ist, der muß trinken, wie ich. Mein Bruder Matthew ertrank im Sumpf von Trewartha. Wir glaubten, er sei als Matrose fort, und hatten von ihm keine Nachricht; aber im Sommer kam eine Dürre, und während sieben Monaten fiel kein Regen, und da fanden sie Matthew, im Moorgrund steckend, die Hände über dem Kopf, und die Brachvögel flogen um ihn her. Mein Bruder Jem – der Satan hol ihn – war der Nestling, hing immer noch an der Mutterschürze, als Matt und ich

schon Männer waren. Ich hab' mich nicht gut mit ihm verstanden. Zu gerieben ist er, mit seiner scharfen Zunge. Sie werden ihn zur rechten Zeit hängen wie meinen Vater.«

Er versank einen Augenblick in Schweigen und starrte auf sein Glas, hob es auf und stellte es wieder hin. »Nein«, sagte er, »für heute ist's genug. Nicht mehr, heute nacht. Geh schlafen, Mary, bevor ich dich beim Hals nehme. Da steht deine Kerze. Deine Kammer liegt oben, über dem Hauseingang.«

Wortlos ergriff Mary den Lichtstock; sie wollte an ihm vorüber, als er sie bei der Schulter faßte und herumriß:

»Es wird Nächte geben, da wirst du Räder rollen hören, die nicht weiterfahren, aber sie bleiben außerhalb des Hauses stehen. Und du wirst unter deinem Fenster im Hof Schritte und Stimmen vernehmen. Wenn das passiert, dann, Mary Yellan, bleib in deinem Bett und steck den Kopf unter die Decke. Verstanden?«

»Ja, Onkel.«

»Nun gut. Und jetzt geh. Und stellst du mir darüber jemals eine Frage, dann zerschlage ich dir alle Knochen im Leib.«

Sie ging hinaus und durch den finsteren Gang, stieß an den Sessel im Vorraum und fand die Treppe; sie tastete sich weiter an der Wand und fand sich wiederum an der Treppe. Ihr Onkel hatte ihr den Raum über dem Eingang bezeichnet, und sie schob sich nun an dem dunklen Geländer hin, vorbei an zwei Türen auf jeder Seite – Gastzimmer, dachte sie, für Gäste, die nun nie mehr kamen und unter dem Dach dieses Hauses auch nicht einmal mehr kurze Zuflucht suchten –, und dann stolperte sie gegen eine andere Tür, die sie aufklinkte; im flackernden Kerzenlicht erkannte sie, daß dies ihr Zimmer war, denn auf dem Boden stand ihr Koffer.

Die Wände waren rauh und ohne Tapete, die Täfelung unverziert. Eine umgekehrte Kiste, darauf ein gesprungener Spiegel, sollte als Toilettentisch dienen. Es gab weder einen Krug noch ein Becken; sie nahm an, sie habe sich in der Küche zu waschen. Das Bett krachte, als sie sich dagegen lehnte, und die zwei dünnen Decken waren feucht. Sie beschloß, sich nicht auszuziehen, sondern in ihren Reisekleidern hinzulegen, so unsauber sie waren, und sich in ihren Mantel zu hüllen. Sie trat ans Fenster und sah hinaus. Der Wind hatte sich gelegt, aber noch immer regnete es – ein dünnes, armseliges Geriesel, das an der Hauswand und über die schmutzigen Fensterscheiben herunterlief.

Vom entfernten Ende des Hofes kam ein seltsames Geräusch, ein stöhnender Laut, wie von einem gequälten Tier. Es war zu dunkel, um deutlich zu sehen, doch konnte sie eine dunkle Gestalt wahrnehmen, die sacht hin und her schwang. In ihrer durch Joss Merlyn erregten Phantasie dachte sie einen Augenblick an einen Galgen mit dem Gehängten daran. Dann begriff sie, daß es das Gasthausschild war, an dem sich irgendwo die Nägel gelockert hatten und das sich nun beim geringsten Windzug hin- und herbewegte. Nichts weiter als ein jämmerliches Brett, das einmal, in der Zeit nach seiner Errichtung, bessere Tage gekannt hatte, dessen einst weiße Aufschrift, jetzt verwischt und grau, allen vier Winden preisgegeben war: Gasthaus »Jamaica« – Gasthaus »Jamaica«.

Mary ließ den Rolladen herab und kroch in ihr Bett. Sie klapperte mit den Zähnen, ihre Hände und Füße waren erstarrt. Lange saß sie zusammengekauert da, in verzweifelten Gedanken. Sie überlegte, wie es möglich wäre, zu entkommen und die zwölf Meilen bis Bodmin zurückzulegen. Sie sah sich, von der Müdigkeit überwältigt, am Straßenrand hinsinken und einschlafen, um erst am hellen Morgen zu erwachen, als der gewaltige Joss Merlyn vor ihr stand.

Sie schloß die Augen, erblickte auf einmal sein Gesicht, das ihr zulachte, dann finster schaute, sich in unzählige Falten legte und vor Wut bebte; da waren sein dicker, schwarzer Haarschopf, seine Hakennase und seine langen, starken Finger, die sich mit einer so schrecklichen Anmut bewegen konnten.

Sie war gefangen wie ein Vogel im Netz; wie sehr sie sich sträubte, es gab kein Entrinnen. Wollte sie frei sein, dann mußte sie jetzt gehen, vom Fenster hinabklettern und wie eine Wahnsinnige die weiße Straße entlanglaufen, die sich wie eine Schlange durchs Moorland dehnte. Schon morgen wäre es zu spät.

Sie wartete, bis sie seinen Tritt auf der Treppe hörte. Er redete mit sich selbst, doch zu ihrer Beruhigung nahm er den Weg durch den anderen Gang, rechts von der Treppe. In der Ferne schlug eine Tür zu, dann war es still. Sie beschloß, nicht länger zu warten. Bliebe sie nur eine Nacht unter diesem Dach, dann würden ihre Nerven versagen, und sie wäre verloren. Verloren, wahnwitzig und gebrochen wie Tante Patience. Sie stahl sich hinaus in den Gang. Auf den Zehen erreichte sie die oberste Treppenstufe. Sie blieb stehen und lauschte. Sie legte die Hand auf die Geländersäule, als sie aus dem andern Gang eine Stimme vernahm. Jemand weinte: ein krampfhaftes Schluchzen in kurzen Stößen. Es war Tante Patience. Nach einigem Verweilen kehrte Mary in ihr Zimmer zurück, warf sich auf das Bett und schloß die Augen. Was künftig auch auf sie wartete und was immer Schreckliches ihr vorbehalten war, nun würde sie das Gasthaus »Jamaica« nicht verlassen. Sie mußte bei Tante Patience bleiben. Sie war hier nötig. Vielleicht vermochte sie für Tante Patience ein Trost zu sein, und sie würden sich verstehen, und auf irgendeine Art, die sich auszudenken sie jetzt zu müde war, würde Mary als Beschützerin ihrer Tante

zwischen ihr und Joss Merlyn walten. Siebzehn Jahre hatte ihre Mutter allein gelebt und gearbeitet und Härteres erduldet, als Mary je auf sich nehmen mußte. Und sie wäre nicht wegen eines halbverrückten Mannes davongelaufen. Sie hätte sich nicht gefürchtet, in einem Haus zu wohnen, in dem Unheil zu brüten schien, und wenn es auch noch so einsam auf seinem windumbrausten Hügel stand, als verlassene Grenzmark, Mensch und Sturm herausfordernd. Marys Mutter hätte den Mut in sich gefunden, gegen ihre Feinde zu kämpfen, um sie schließlich zu besiegen.
So lag Mary auf ihrem harten Lager und beschwichtigte ihren Sinn und flehte um Schlaf, denn jeder Laut war ein neuer Stich für ihre Nerven, vom Kratzen einer Maus, hinter ihr in der Wand, bis zum Ächzen des Gasthausschildes im Hof. Sie zählte die Minuten und Stunden dieser ewigen Nacht. Als aber der erste Hahn aus dem Feld hinter dem Haus krähte, da zählte sie nicht mehr, sie seufzte und schlief wie ein Stein.

3

Als Mary erwachte, ging ein starker Westwind, und die Sonne stand in einem matten, wässerigen Schein. Das Rasseln des Fensters hatte sie aus dem Schlaf geschreckt. Aus dem vollen Tageslicht und der Farbe des Himmels schloß sie, daß sie lange geschlafen hatte und es mehr als 8 Uhr sein müsse. Durch das Fenster in den Hof blickend, sah sie die Stalltür offen und draußen, im Moorboden, frische Hufspuren. Mit einem Gefühl der Befreiung begriff sie, daß der Hausherr über Land war, und nun würde sie Tante Patience allein für sich haben.
Eilig packte sie ihre Koffer aus, zog ihr dickes Hemd an und die farbige Schürze und die schweren Schuhe, die sie auf der Farm getragen hatte; zehn Minuten später war sie unten in der Küche und wusch sich hinten im Spülraum.
Tante Patience kam vom Hühnerhof hinter dem Haus und brachte in ihrer Schürze ein paar frisch gelegte Eier, die sie mit geheimnisvollem Lächeln vorzeigte. »Ich dachte, du würdest gern eins zum Frühstück nehmen«, sagte sie, »ich sah, du warst gestern abend zu müde, um viel zu essen. Ich habe dir auch Rahm für dein Brot aufbewahrt.« Ihr Benehmen war heute morgen ganz normal, und trotz der rotumränderten Augen, die eine kummervolle Nacht zu verraten schienen, gab sie sich ersichtlich Mühe, aufgeräumt zu sein. Mary schloß: nur in Gegenwart ihres Mannes verhielt sie sich wie ein furchtsames Kind; war er dagegen weg, dann hatte sie eine ebenso kindliche Art, zu vergessen, und vermochte der

geringsten Situation etwas abzugewinnen, so wie sie sich jetzt freute, Mary das Frühstück zu bereiten und für sie ein Ei zu kochen.
Beide vermieden jede Anspielung auf die vergangene Nacht, und Joss' Name wurde nicht genannt. Wohin er war und in welcher Angelegenheit, das gab ihr weder zu denken noch zu fragen; aber sie war nur allzu froh, ihn los zu sein.
Mary merkte, wie ihre Tante darauf brannte, von Dingen zu reden, die ihr jetziges Leben nicht berührten. Fragen schien sie zu fürchten, und so verschonte Mary sie damit und begann ihre letzten Jahre in Helford zu schildern, jene Spanne Unglückszeit, und die Krankheit und den Tod ihrer Mutter.
Ob Tante Patience begriff oder nicht, Mary war sich darüber nicht klar. Wohl nickte sie ab und zu und verzog die Lippen und schüttelte den Kopf, kurze Rufe ausstoßend, aber Mary kam es vor, als hätten jahrelange Furcht und Sorge ihr die Kraft der Konzentration geraubt, als verhindere sie ein überall sie verfolgendes Grauen, an einer Unterhaltung völlig teilzunehmen.
Der Morgen verging mit den üblichen Hausarbeiten; Mary hatte so Gelegenheit, das Haus genauer kennenzulernen. Es war ein dunkles, weitläufiges Gebäude mit langen Gängen und Zimmern an unverhofften Stellen. An der Seitenwand gab es einen besonderen Eingang zur Bar, und obwohl der Raum jetzt leer war, lag etwas Drückendes in der Luft, die seit dem letztenmal, als er besetzt gewesen, nicht erneuert worden war: der abgestandene Rauch von altem Tabak, der saure Geruch von Getränken und etwas wie der noch verweilende Dunst von erhitzten, unsauberen Menschen, die da eng gedrängt auf den dunklen, fleckigen Bänken gesessen hatten.
Bei all dem Widerlichen, das er wachrief, war dies der einzige Raum des Gasthauses, der mit Leben erfüllt, der nicht traurig war und öd. Die anderen Räume sahen unbenützt oder vernachlässigt aus; sogar das Wohnzimmer hinter dem Haupteingang wirkte verlassen, als hätte seit vielen Monaten kein antändiger Gast den Fuß über die Schwelle gesetzt und an der Kaminglut seinen Rücken gewärmt. In noch schlimmerem Zustand waren die Gastzimmer des oberen Stockwerks. Eines wurde als Gerümpelkammer benutzt; Kisten waren an den Wänden hochgetürmt und alte Pferdedecken, zerrissen und zerbissen von ganzen Mäuse- oder Rattenfamilien. Im Raum gegenüber lagerten auf einer zerbrochenen Bettstelle Kartoffeln und weiße Rüben.
Mary dachte sich, ihre eigene kleine Kammer sei in genau demselben Zustand gewesen, und sie habe es nur ihrer Tante zu verdanken, wenn sie jetzt überhaupt ein paar Möbelstücke enthielt. In deren Zimmer, längs

des nächsten Gangs, wagte sie sich nicht. Darunter, in einem Gang, der mit dem oberen gleich verlief, ausgedehnt und in der der Küche entgegengesetzten Richtung, befand sich ein anderes Zimmer, dessen Tür verschlossen war. Mary wollte vom Hof her einen Blick in sein Fenster werfen, doch der Rahmen war von innen mit einem Brett vernagelt; sie konnte nichts sehen.
Das Haus und die Nebengebäude bildeten drei Seiten des Vierecks, das den Hof ausmachte; in dessen Mitte befanden sich ein Wassertrog und ein Grasplatz. Unten sah man die Straße, ein schmales, weißes Band, sich nach beiden Seiten bis zum Horizont hinziehend, rechts und links Moorland, braun und von den schweren Regenstürzen durchweicht. Mary ging auf die Straße hinab und sah sich um. So weit das Auge reichte: nichts als schwarze Hügel und Moorland. Das schiefergraue Gasthaus mit den hohen Kaminen, obwohl es abweisend und unbewohnt schien, war die einzige Wohnstatt in dieser Landschaft. Im Westen des »Jamaica« erhoben Felskuppen ihr Haupt; einige von ihnen waren sanft wie Dünen, und das Gras schien gelb unter der launischen Wintersonne; andere aber sahen unheildrohend und finster aus.
Wie herb und abweisend diese neue Landschaft auch war, wie öde und unbebaut, mit dem Gasthaus »Jamaica« auf seinem Hügel als Sturmziel für die vier Winde, es lag etwas Aufreizendes in der Luft, das den Wunsch nach Abenteuern erweckte. Sie drang auf Mary ein, färbte ihre Wangen und ließ ihre Augen funkeln; sie spielte mit ihrem Haar und warf es ihr über das Gesicht. Als sie tief einatmete, zog sie dieses Etwas in die Lungen ein, süßer und berauschender als Most. Sie ging zum Trog und hielt die Hände unter den Wasserstrahl. Das Wasser war klar und eisig kalt. Sie trank davon, es war anders als alles Wasser, das sie je getrunken hatte, bitter, seltsam, mit einem Geschmack, der dem des Torffeuers in der Küche glich.
Man wurde davon tief gestillt, denn ihr Durst war verschwunden.
Sie fühlte sich stark am Körper und kühn im Geist, und sie kehrte ins Haus zurück, zu Tante Patience; sie spürte Hunger und freute sich aufs Essen. Sie ließ sich Schaffleisch und weiße Rüben schmecken und war nun, zum erstenmal seit vierundzwanzig Stunden, gesättigt. Ihr Mut war zurückgekehrt; sie fühlte sich bereit, ihrer Tante Fragen zu stellen und die Folgen zu tragen.
»Tante Patience«, begann sie, »warum ist Onkel der Wirt vom Gasthaus ›Jamaica‹?« Dieser plötzliche, direkte Vorstoß kam für die alte Frau höchst überraschend. Sie starrte Mary einen Augenblick an, ohne zu antworten. Dann errötete sie heftig, und ihr Mund geriet in Bewegung. »Warum?« stotterte sie. »Nun, weil das hier ein weithin sichtbarer Ort und sehr

günstig gelegen ist. Du siehst, da zieht sich die Hauptstraße von Süden hin. Wöchentlich zweimal fahren die Kutschen vorbei. Sie kommen von Truro und Bodmin und so fort und fahren nach Launceston. Du selbst bist gestern diesen Weg gekommen. Immer ist Leben auf dieser Straße. Reisende und Edelleute, zuweilen Matrosen aus Falmouth.«
»Ja, aber, Tante Patience, warum halten sie nicht beim Gasthaus ›Jamaica‹ an?«
»Das tun sie doch. Oft trinken sie etwas an der Bar. Wir haben hier gute Kundschaft.«
»Wie kannst du das sagen, wo das Wohnzimmer nie benutzt wird und die Gastzimmer voller Gerümpel stehen, nur gut für Ratten und Mäuse? Ich habe das mit eigenen Augen gesehen. Ich war auch schon in Gasthäusern; sie waren kleiner als dieses. Es gab eins zu Hause, in unserem Dorf. Sein Wirt war mit uns befreundet. Mutter und ich tranken dort manchmal Tee. Und wenn es oben auch nur zwei Gastzimmer hatte, so waren sie doch mit allem versehen, was Reisende brauchen.«
Die Tante schwieg, verzog den Mund und rang die Finger in ihrem Schoß. »Onkel Joss ermuntert die Leute nicht zum Bleiben«, sagte sie endlich. »Er meint, man kann nicht wissen, in dieser Gegend, wen man sich hereinholt. An diesem einsamen Ort könnten wir beide in unseren Betten ermordet werden. Gar mancherlei Volk zieht auf dieser Straße. Es wäre ein unsicheres Unternehmen.«
»Tante Patience, du redest Unsinn. Was für einen Zweck hat ein Gasthaus, das einem anständigen Gast keine Unterkunft für die Nacht gewähren kann? Wozu sonst wurde es erbaut? Und wovon lebt ihr, wenn ihr keine Gäste habt?«
»Wir haben Kundschaft«, erwiderte die alte Frau trotzig. »Ich sagte dir bereits, die Leute kommen von den umliegenden Weilern und aus der entfernten Nachbarschaft. Bauernhäuser und Höfe liegen hier vier Meilen in der Runde durch das Moorland zerstreut; unsere Gäste kommen von allen Seiten. In manchen Nächten füllen sie die ganze Bar.«
»Gestern sagte mir der Kutscher, ehrliche Gäste kämen nicht mehr ins ›Jamaica‹. Er behauptete, sie fürchteten sich.«
Tante Patience wechselte die Farbe. Sie war nun bleich, und ihre Augen rollten hin und her. Sie schluckte und leckte mit der Zunge die Lippen.
»Onkel Joss ist ein heftiger Mann«, erklärte sie, »das konntest du sehen. Er wird leicht aufgebracht; er liebt nicht, daß man ihm in den Weg kommt.«
»Tante Patience, warum sollte irgend jemand sich in die Angelegenheiten eines Gastwirts mischen, der nur in allen Ehren sein Geschäft betreibt?

Wie heißblütig ein Mann auch sei, sein Temperament allein vermag die Leute nicht zu verscheuchen. Das ist keine Erklärung.«
Die Tante blieb stumm. Sie war am Ende ihres Witzes und saß da, starrsinnig wie ein Maultier. Sie ließ sich nicht ausholen. Mary versuchte es mit einer anderen Frage.
»Warum kamst du gleich anfangs an diesen Ort? Meine Mutter wußte davon nichts, sie glaubte, du lebtest in Bodmin; bei deiner Verheiratung hast du uns von dort geschrieben.«
»Ich habe deinen Onkel in Bodmin kennengelernt, doch wir haben nie dort gelebt«, erwiderte Tante Patience langsam. »Wir lebten eine Zeitlang in der Nähe von Padstow, und dann kamen wir hierher. Dein Onkel kaufte das Gasthaus von Herrn Bassat. Es hatte eine Reihe von Jahren leergestanden, glaube ich, und Onkel fand, daß es ihm passen würde. Er wünschte sich hier niederzulassen. Er ist seinerzeit viel gereist; ich kann mich nicht an die Namen all der Orte erinnern, die er gesehen hat. Ich glaube, er war einmal in Amerika.«
»Es ist doch jedenfalls ein seltsamer Einfall, sich gerade hier niederzulassen. Einen schlimmeren Ort hätte er kaum wählen können, oder wie?«
»Er liegt nahe bei seiner alten Heimat«, meinte die Tante, »er ist nur ein paar Meilen von hier geboren, drüben in Twelve-Men's-Moor. Sein Bruder Jem lebt noch dort, in einer Art Hütte, wenn er nicht gerade im Land herumstreicht. Er kommt bisweilen her, doch Onkel Joss macht sich nicht viel aus ihm.«
»Kommt auch Herr Bassat jemals hier ins Haus?«
»Nein.«
»Warum nicht, wenn er es doch an Onkel verkauft hat?«
Tante Patience zuckte krampfhaft mit Fingern und Mund.
»Es gab ein Mißverständnis«, war die Antwort, »Onkel Joss ließ es durch einen Freund kaufen. Herr Bassat wußte nicht, wer Onkel Joss war, bevor wir hier eingezogen waren, und dann war er darüber nicht besonders erfreut.«
»Was hatte er dagegen?«
»Er hatte deinen Onkel nicht mehr gesehen seit der Zeit, als er in Trewartha gelebt hatte. Als junger Mann war Onkel sehr wild und für sein rauhes Wesen bekannt. Das war nicht sein Fehler, Mary, es war sein Unglück. Die Merlyns waren alle zügellos. Sicher ist Jem ärger, als Onkel je gewesen war, doch Bassat hörte auf die Lügen, die über Onkel Joss verbreitet wurden, und er regte sich sehr darüber auf, als er erfuhr, daß ›Jamaica‹ an ihn verkauft worden war.« Ganz erschöpft lehnte sie sich nach diesem Kreuzverhör im Stuhl zurück. Ihre Augen flehten, sie mit weiteren Fragen zu verschonen; ihr Gesicht war bleich und verzerrt.

Mary sah ihr an, daß es nun wirklich genug sei; doch mit der draufgängerischen Grausamkeit der Jugend wagte sie noch eine weitere Frage.
»Tante Patience, sieh mich, bitte, an und gib mir noch darauf Antwort, dann quäle ich dich nicht mehr. Was hat das abgesperrte Zimmer am Ende des Gangs für eine Beziehung zu den Wagen, die nachts außerhalb vom Gasthaus ›Jamaica‹ anhalten?«
Kaum gesagt, bedauerte sie diese Worte. Ein seltsamer Ausdruck erschien im Gesicht der alten Frau, und ihre großen, hohlen Augen blickten erschrocken über den Tisch. Ihr Mund zitterte, sie griff sich mit der Hand an die Kehle. Ihr Blick hatte etwas Besessenes.
Mary stieß ihren Stuhl zurück und kniete neben ihr nieder. Mit ihren Armen umschlang sie Tante Patience und hielt sie fest.
»Es tut mir leid, zürne mir nicht«, bat sie, »ich bin rücksichtslos und anmaßend. Meine Sache ist's ja nicht, ich habe kein Recht, dich auszufragen, und ich schäme mich. Verzeih mir.«
Die Tante vergrub ihr Gesicht in den Händen. Unbeweglich saß sie da und achtete nicht auf ihre Nichte. Ein paar Minuten schwiegen sie beide, während Mary ihr die Schulter streichelte und ihre Hände küßte.
Tante Patience nahm die Hände vom Gesicht und sah auf sie herab. Der Ausdruck der Furcht war aus ihren Augen verschwunden; sie war ruhig. Sie nahm Marys Hand zwischen die ihrigen und schaute sie an:
»Mary«, begann sie, und ihre Stimme war sanft und leise, kaum mehr als ein Flüstern. »Mary, ich kann auf deine Fragen nicht antworten, denn es gibt manches, auf das ich für mich selbst keine Antwort finde. Da du aber meine Nichte bist, meiner eigenen Schwester Kind, so bin ich dir eine Warnung schuldig.
Es gehen Dinge vor im Gasthaus ›Jamaica‹, über die ich nie das geringste zu sagen wagte. Schlimme Dinge. Arge Dinge. Ich kann mit dir darüber nicht reden; ich mag sie mir selbst nicht eingestehen. Einiges davon wirst du mit der Zeit kennenlernen, das ist unvermeidlich, wenn du hier leben wirst. Dein Onkel gibt sich mit merkwürdigen Leuten ab, die einen seltsamen Handel treiben. Zuweilen kommen sie bei Nacht; aus deinem Fenster über dem Haupteingang wirst du Schritte hören und Stimmen und Klopfen an der Tür. Dein Onkel läßt sie ein und bringt sie durch den Gang bis zu dem Zimmer mit der verschlossenen Tür. Sie gehen hinein. Oben in meinem Schlafzimmer höre ich stundenlang das Gemurmel ihrer Stimmen. Doch noch vor Tagesanbruch sind sie wieder weg, und nichts verrät, daß sie dagewesen sind. Wenn sie kommen, Mary, dann sprich darüber kein Wort, weder zu mir noch zu Onkel Joss. Du sollst im Bett liegen und dir die Ohren zuhalten. Frag mich darüber nie, auch nicht ihn oder sonst jemanden, denn würdest du auch nur die Hälfte von dem

erfahren, was ich weiß, dein Haar würde wie das meine ergrauen, deine Stimme würde zittern, du würdest deine Nächte durchweinen, und deine ganze hübsche sorglose Jugend würde sterben, so wie die meine gestorben ist.«

Damit erhob sie sich vom Tisch, stellte den Stuhl beiseite, und Mary hörte sie die Treppen hinaufgehen, mit schweren, unsicheren Schritten, und weiter durch den Gang, und die Tür hinter sich schließen.

Mary saß neben dem leeren Stuhl auf dem Boden; sie sah durch das Küchenfenster hinter den fernsten Hügeln die Sonne schon verschwinden und wußte, daß sich in wenigen Stunden abermals eine tückische, graue Novemberdämmerung über die Gegend des »Jamaica«-Hauses breiten werde.

4

Joss Merlyn war fast eine Woche abwesend, und während dieser Zeit konnte Mary sich die Gegend ansehen.

Man brauchte sie nicht in der Bar, denn niemand kam, wenn der Hausherr über Land war. Nachdem sie ihrer Tante im Haushalt und in der Küche geholfen hatte, hatte sie die Freiheit, auszugehen, wohin es ihr beliebte. Patience Merlyn hatte dazu keine Neigung; kaum verspürte sie je den Wunsch, über den Hühnerplatz auf der Hinterseite des Gasthauses hinauszugehen, und es fehlte ihr jeder Ortssinn. Sie kannte ungefähr die Namen der Felsen, ihr Mann hatte sie im Gespräch genannt, doch wo sie lagen und wie man dorthin gelangte, das wußte sie nicht. So machte sich Mary um Mittag aufs Geratewohl auf den Weg; nur die Sonne war ihr Führer und das natürliche Erbe der Landleute, ein gewisser, tiefeingewurzelter Instinkt.

Die Moorstriche waren noch wilder, als sie sich gedacht hatte. Wie eine ungeheure Wüste wogten sie von Osten nach Westen, mit Radspuren da und dort an der Oberfläche, und große Hügel unterbrachen die Horizontlinie.

Wo sie endeten, wurde ihr nicht klar. Nur einmal, weit im Westen, als sie die höchste Felszacke hinter dem Gasthaus erklommen hatte, erblickte sie als einen Silberschimmer die See. Es war eine schweigsame, verlassene Gegend, aber gewaltig und von Menschenhand unberührt. Auf den hohen Felsblöcken standen aneinandergelehnt die Steinplatten als seltsame Formen und Gestalten, wuchtige Schildwachen, die da aufragten, seit die Hand des Schöpfers sie geschaffen hatte. Einige sahen aus wie riesige Möbel, ungeheure Stühle und schiefe Tische. Manchmal lag von den kleinen, zerbröckelnden Steinen einer auf dem Gipfel eines Hügels, der selber schon ein Gigant war, dessen ruhende Gestalt die Heide und das derbe, buschige Gras überdunkelte. Große, lange Steine standen weit zurückgelehnt und schienen wunderlich zu schwanken, als überließen sie sich dem Wind. Und da gab es flache Altäre, deren glatte und glänzende Flächen gen Himmel schauten, auf Opfer wartend, die niemals kamen. Wilde Schafe lebten auf diesen Felsklippen, und auch Raben waren da und Bussarde; die Hügel waren die Heimstatt aller einsamen Dinge.

Schwarze Kühe weideten unten im Moorland; behutsam schritten sie auf dem festen Grund. Ihr angeborenes Wissen hielt sie von dem verführerischen Grasboden zurück, der in Wahrheit kein Boden war, sondern morastiger, lispelnder Sumpf. Wenn der Wind um die Hügel blies, dann pfiff er klagend durch die Granitspalten, und zuweilen war es, als erschauerte ein Mensch in Pein.

Während Mary Yellan durch das Moorland wanderte, auf Felsen klomm und sich in den Senkungen bei Quellen und Flüssen aufhielt, sann sie darüber nach, wie Joss Merlyn und seine Jugend wohl gewesen waren und was es war, das seine Entfaltung verhindert hatte, wie die des verdrehten Ginsters, dessen Blüten der Nordwind verdarb.

Eines Tages durchquerte sie das East-Moor in der Richtung, die er ihr an jenem ersten Abend bezeichnet hatte. Nachdem sie ein Stück weit gegangen war und allein auf einem Dünenrücken stand, ringsumher alles ödes Moor, sah sie, daß das Land zu einem tiefen und trügerischen Sumpfgebiet hinabführte, durch das ein Bächlein sprudelte und murmelte. Und jenseits des Sumpfes erhob sich, seitwärts, mit ihren großen Fingern zum Himmel zeigend, eine Klippe, gleich einer gespreizten Hand, blank aus dem Moor herausragend; ihre Oberfläche schien wie vom Bildhauer aus dem Granit gehauen, ihre Innenseite war von giftigem Grau. Das also war Kilmar-Tor; irgendwo unter dieser wuchtigen Steinmasse, wo die Felszacken die Sonne verbargen, war Joss Merlyn geboren, und sein Bruder lebte jetzt dort. Und unten im Sumpf war Matthew Merlyn ertrunken.

Mary ließ Kilmar hinter sich und begann durch das Land zu laufen, zwischen Heidekraut und Steinen stolpernd; sie hielt nicht an, bis das Moor hinter dem Hügel und auch der Fels nicht mehr zu sehen waren. Sie war entgegen ihrer Absicht weit gegangen und hatte nun einen großen Heimweg vor sich. Eine Ewigkeit schien es ihr, bis die letzten Hügel zurücklagen und die großen Kamine vom Gasthaus »Jamaica« auftauchten. Als sie den Hof durchquerte, gewahrte sie mit sinkendem Vertrauen, daß die Stalltür offen und das Pony im Innern stand. Joss Merlyn war heimgekehrt.

So sacht wie nur möglich öffnete sie die Tür, die sich jedoch an den Steinplatten rieb und verdrossen knirschte. Das Geräusch war im Gang zu hören; in einer Minute erschien der Wirt und neigte sich unter dem Türbalken vor. Er hatte die Hemdärmel über den Ellenbogen aufgerollt und hielt ein Glas und ein Tuch in der Hand. Augenscheinlich war er in seiner besten Verfassung, denn sein Glas schwingend rief er Mary lärmend zu.

»Nanu«, schrie er, »laß doch bei meinem Anblick den Kopf nicht so hängen. Freust du dich nicht, mich wiederzusehen? Hab' ich dir sehr gefehlt?«

Mary gab sich Mühe, zu lächeln, und sie fragte ihn, ob er eine angenehme Reise gehabt habe. »Angenehm? Verdammt noch einmal, sie hat etwas Geld eingebracht, das allein kümmert mich. Ich hab' unsern König nicht besucht, wenn du an so was dachtest.« Er lachte laut auf über seinen Witz, und seine Frau tauchte hinter ihm auf, zustimmend mitlächelnd.

Sobald sein Lachen verklungen war, schwand auch das Lächeln auf Tante Patiences Gesicht, und der angestrengte, besessene Ausdruck kehrte zurück, jenes fixe, halb blödsinnige Starren, das sie meist in Gegenwart ihres Gatten zur Schau trug.

Mary erkannte sogleich, daß es mit dem bißchen Sorglosigkeit, an dem sich ihre Tante während der letzten Woche erfreut hatte, vorbei war und daß sie wieder das nervenschwache, gebrochene Geschöpf war wie zuvor.

Sie schickte sich an, in ihr Zimmer hinaufzugehen, als Joss sie rief: »Komm her, heut abend wird nicht davongeschlichen! Es gibt in der Bar für dich zu tun, Seite an Seite mit deinem Onkel. Weißt du nicht, was für ein Wochentag ist?«

Mary dachte nach. Sie hatte die Tage nicht gezählt. War sie mit der Montagskutsche gekommen? Dann war es heute Samstag. Samstag nacht. Sofort begriff sie, was Joss Merlyn meinte. Heute abend würden sie im Gasthaus »Jamaica« Gäste haben.

Sie kamen einzeln angerückt, die Leute aus dem Moorland; gingen still und eilig durch den Hof, als wünschten sie, nicht gesehen zu werden. Sie schienen etwas unkörperlich im Dämmerlicht, eher nur Schatten, wenn sie an der Wand hinglitten und in die schirmende Vorhalle traten, um dort an die Bartür zu klopfen und Zutritt zu erhalten. Einige von ihnen trugen Laternen, deren ungewisses Licht jedoch ihre Träger zu belästigen schien, denn sie versuchten seine Helle mit ihrem Rockschoß zu verdekken. Der oder jener kam auf einem Pony in den Hof geritten, dessen Huf auf den Steinen fröhlich klang, und das Getrappel tönte seltsam in der stillen Nacht zu dem nachfolgenden Knarren der Stalltür, die in ihren

Angeln stöhnte, und dem gedämpften Murmeln der Männer, die ihre Ponys im Stall unterbrachten. Andere kamen noch verstohlener; sie trugen weder Licht noch Laterne, sondern eilten mit in die Stirn gedrücktem Hut und bis zum Kinn hochgestelltem Rockkragen durch den Hof und verrieten durch ihr geheimnisvolles Gebaren erst recht ihren Wunsch, unerkannt zu bleiben. Der Grund für eine solche Haltung war nicht ersichtlich, denn jeder Reisende auf der Straße konnte sehen, daß es heute im Gasthaus »Jamaica« hoch herging. Das Licht strömte aus den für gewöhnlich so fest verschlossenen und verrammelten Fenstern; als der Abend hereinbrach und es später wurde, stieg der Stimmenlärm in die Luft empor. Zeitweise war es Singen, dann Brüllen, dann schallendes Gelächter, was alles verriet, daß diese Besucher, die verstohlenerweise und als schämten sie sich dessen, ins Gasthaus gekommen waren, unter dem Schutz seines Daches ihre Scheu verloren hatten, und, einmal zusammengepfercht mit ihren Genossen in der Bar, mit brennenden Pfeifen und hinter vollen Gläsern, alle Vorsicht fahren ließen.
Es war eine merkwürdige Auslese, die sich dort um Joss Merlyn versammelt hatte. In sicherer Entfernung vom Schanktisch, dazu hinter einem Spalier von Flaschen und Gläsern halb versteckt, konnte Mary auf die Gesellschaft hinabschauen und selber unbeobachtet bleiben. Sie saßen rittlings auf den Stühlen oder lagen auf den Bänken, sie lehnten an der Wand oder hingen seitlings über die Tische; der eine oder andere, dessen Kopf oder Magen schwächer war als das übrige, lag bereits in seiner ganzen Länge auf dem Boden. Sie waren zum großen Teil schmutzig, zerlumpt, verwahrlost, mit wirrem Haar und gesplitterten Nägeln; Stromer, Landstreicher, Schelme, Viehdiebe, Wildschützen, Zigeuner. Da war ein Bauer, der durch Liederlichkeit und schlechte Bewirtschaftung seinen Hof verloren hatte, ein Geißhirt, der seines Herrn Kornhaus angezündet hatte; ein Roßkamm, der aus Devon vertrieben worden war. Einer war ein Schuster aus Launceston; unter dem Deckmantel seines Gewerbes verkaufte er gestohlenes Gut. Der da sinnlos betrunken auf der Erde lag, war einst der Maat eines Padstowschoners gewesen; sein Schiff war am Strand zerschellt. Der kleine Mann, der dort in der Ecke an seinen Nägeln kaute, war ein Fischer aus Port Isaac; es ging das Gerücht, er halte eine Goldrolle, in einen Strumpf gewickelt, in seinem Kamin versteckt – aber woher das Geld kam, das wußte niemand zu sagen. Da waren Leute aus der Umgebung, die ihr ganzes Leben unter den Klippen verbracht und nie eine andere Gegend gesehen hatten als das Moorland, Sumpf und Granit. Einer war zu Fuß, ohne Laterne von Crowdy-Marsh, unterhalb Roughtor, hergekommen und hatte den Weg über Brown-Willy gemacht; ein anderer kam von Cheesewring und saß nun, das Gesicht über

einem Bierkrug, die Stiefel auf dem Tisch, an der Seite des armen, halbnärrischen Burschen, der durch die Hecken von Dozmary heraufgetorkelt war. Er hatte ein tiefrotes Muttermal über die ganze Länge seines Gesichts, und er pflegte mit der Hand daran zu zupfen und die Haut seiner Wange auseinanderzuziehen, derart, daß es Mary, die ihn trotz aller Flaschen vor sich sah, fast übel geworden, sie schier in Ohnmacht gefallen wäre. Was aber den schalen Geruch der Getränke betraf, den Tabaksqualm, die Ausdünstung der vielen zusammengedrängten, ungewaschenen Leiber, so empfand sie darüber einen so sehr sich steigernden körperlichen Ekel, daß sie gewiß war, diesem Gefühl zu erliegen, wenn sie noch lange hier drin bliebe. Zum Glück brauchte sie nicht unter diesen Menschen umherzugehen. Ihr Amt war, hinter der Bar zu stehen, möglichst unsichtbar nach Bedarf die Gläser zu spülen und zu reinigen und sie dann aus dem Hahn oder der Flasche wieder zu füllen, während Joss Merlyn selbst sie den Gästen reichte oder die Barschranke aufhob und in den Raum hinausging, dem einen zulachend, dem andern ein derbes Wort hinwerfend, diesem auf die Schulter klopfend, einen andern am Kopf rüttelnd. Nach dem ersten Ausbruch der Heiterkeit, dem ersten verwunderten Glotzen, dem Schulterrücken und Gekicher kümmerte sich die Runde in der Bar nicht weiter um Mary. Sie war für sie die Nichte des Wirts, eine Art Stütze von Frau Merlyn. Als das war sie vorgestellt worden, und wenn einzelne von den Jüngeren auch gern mit ihr gescherzt und geplaudert hätten, so hüteten sie sich wohl. Nach dem Blick des Gastwirts mußten sie sich sagen, daß dieser keine Vertraulichkeit ertrüge und er das Mädchen vermutlich zu seiner eigenen Unterhaltung ins Haus gebracht habe. So wurde Mary, zu ihrer großen Beruhigung, nicht belästigt; freilich, hätte sie den Grund der Zurückhaltung der Männer gekannt, so wäre sie in dieser Nacht voller Beschämung und Abscheu aus der Bar gelaufen.

Ihre Tante zeigte sich nicht vor den Gästen, obwohl Mary zuweilen ihren Schatten hinter der Tür gewahrte und ihre Schritte im Gang vernahm; und einmal sah sie ihre angstvollen Augen durch die Türspalte starren. Der Abend wollte kein Ende nehmen; Mary sehnte sich nach Erlösung. Von Rauch und Atemdunst war die Luft so dick geworden, daß in dem Raum nur noch schwer etwas zu erkennen war. Vor ihren müden, halb zugefallenen Augen erschienen die Gesichter der Männer verzerrt und ungestalt, ganz aus Haaren und Zähnen bestehend, mit für ihre Körper viel zu großen Mündern, während die, die ihr Teil gezecht hatten und nicht mehr konnten, wie Tote auf Bänken oder auf dem Boden herumlagen, das Gesicht in die Hände gepreßt.

Die dazu noch nüchtern genug waren, hatten sich um einen schmierigen,

kleinen Kerl aus Redruth gedrängt, der sich zum Witzbold der Gesellschaft gemacht hatte. Die Mine, wo er einst gearbeitet hatte, lag in Trümmern, und er durchzog als Kesselflicker, Hausierer, Handelsreisender das Land und hatte sich in der Folge einen Vorrat widerlicher Lieder zugelegt, die vielleicht der schwarzen Erde entstammten, in der er sich ehedem vergraben hatte; mit diesen Kostbarkeiten unterhielt er jetzt die Besucher im Gasthaus »Jamaica«.
Das Gelächter, die Antwort auf seine Einfälle, erschütterte fast das Dach; es wurde allerdings noch von dem Gebell des Wirtes überboten. Für Mary war dieses häßliche, schrille Lachen, das merkwürdigerweise keine Spur von Heiterkeit enthielt, sondern durch die dunklen Steingänge und leeren Räume schallte, wie der Ausdruck einer Qual, etwas Furchtbares.
Der Hausierer reizte den armseligen Idioten von Dozmary, der, vom Trinken nun völlig sinnlos, seinen Rest von Selbstbeherrschung verloren hatte und sich nicht vom Boden erheben konnte, wo er hockte wie ein Tier. Sie hoben ihn auf einen Tisch, und der Hausierer hieß ihn die Worte seiner Lieder wiederholen und mit Bewegungen begleiten, unter dem brüllenden Gelächter der Schar; und der arme Kerl, aufgeregt durch diesen Beifall, den sie ihm zollten, hüpfte auf dem Tisch auf und ab, wieherte vor Entzücken und zupfte mit zerrissenem Fingernagel an seinem Muttermal. Mary konnte das nicht länger ertragen. Sie tippte ihren Onkel an die Schulter; er kehrte sich zu ihr, das Gesicht schweißüberströmt von der Hitze des Raumes.
»Ich halte das nicht mehr aus«, sagte sie, »du mußt deine Freunde allein bedienen. Ich gehe auf mein Zimmer.«
Er wischte sich mit dem Ärmel die Stirn und sah zu ihr herab. Sie war überrascht zu sehen, daß er selbst, obgleich er den ganzen Abend getrunken hatte, doch nüchtern war; selbst wenn er sich als Rädelsführer dieser lärmenden, tollen Bande aufspielte, wußte er, was er tat.
»Hast genug davon, was?« sagte er. »Denkst, du bist ein bißchen zu gut für unsereinen? Ich kann dir sagen, Mary, du hast es leicht gehabt hinter der Bar; auf den Knien müßtest du mir dafür danken. Weil du meine Nichte bist, haben sie dich in Ruhe gelassen, meine Liebe; hättest du diese Ehre nicht gehabt – bei Gott! es wäre jetzt nicht mehr viel übrig von dir!« Er schrie vor Lachen und kniff sie mit Finger und Daumen in die Wange, daß es schmerzte. »So geh denn«, sagte er, »es ist ja auch gleich Mitternacht, und ich hab' dich nicht mehr nötig. Du wirst heute nacht deine Tür schließen, Mary, und den Rolladen herablassen. Deine Tante liegt schon seit einer Stunde im Bett, mit der Decke über ihrem Kopf.«
Er dämpfte seine Stimme, beugte sich zu ihr und faßte ihre Handgelenke, die er ihr auf dem Rücken zusammendrehte, bis sie aufschrie.

»Nun also denn«, sagte er, »das ist ein kleiner Vorgeschmack der Strafe, du weißt nun, was du zu erwarten hast. Halte deinen Mund, und ich werde mit dir umgehen wie mit einem Lamm. Neugier tut nicht gut im Gasthaus ›Jamaica‹, denk daran!« Er lachte jetzt nicht, er sah sie fest und ernst an, als wollte er ihre Gedanken lesen. »Du bist nicht närrisch wie deine Tante«, sagte er langsam; »das ist der Fluch. Du hast ein helles kleines Affengesicht und einen behenden Affenverstand und erschrickst nicht leicht. Aber ich sag' dir, Mary Yellan: wenn du diesem Verstand den Lauf läßt, werd' ich ihn dir zerbrechen und deinen Leib dazu. Jetzt geh hinauf und schlafe, und laß heute nichts mehr von dir merken.«

Er wandte sich von ihr weg, immer noch mit gerunzelter Stirn, nahm ein Glas vom Bartisch, drehte es in seinen Händen um und um und rieb es langsam mit einem Tuch. Die deutlich gezeigte Verachtung in ihren Blicken mußte ihn geärgert haben, denn seine gute Laune hatte ihn plötzlich verlassen, und in einem Wutanfall warf er das Glas auf den Boden, daß es zersplitterte.

»Zieht diesem verdammten Idioten die Kleider vom Leib«, donnerte er, »und schickt ihn nackt heim zu seiner Mutter. Vielleicht wird die Novemberluft sein Pflaumengesicht abkühlen und seine Hundemanieren ändern. Wir haben nun genug von ihm im ›Jamaica‹!«

Der Hausierer und seine Gesellschaft jauchzten vor Vergnügen. Sie warfen den Halbnarren auf seinen Rücken, begannen ihm Rock und Hose abzustreifen, während der Überrumpelte hilflos mit den Armen um sich schlug und wie ein Schaf blökte.

Mary rannte davon und schlug die Tür hinter sich zu. Während sie, die Hände über den Ohren, die gebrechliche Treppe hinauflief, konnte sie den Lärm des Gelächters und wilden Singens nicht loswerden, der den zugigen Gang hinabhallte, sie bis ins Zimmer verfolgte, durch die Spalten der Bodendielen heraufdrang.

Sie fühlte sich elend und warf sich auf ihr Bett, den Kopf in den Armen. Ein babylonisches Getümmel erhob sich unten im Hof, Lachsalven, der Lichtstrahl einer geschwungenen Laterne wurde zu ihrem Fenster hinaufgeworfen. Sie erhob sich und ließ den Rolladen herunter, nicht ohne zuvor den Umriß einer nackten, taumelnden Gestalt zu erblicken, die mit großen ungeschickten Schritten durch den Hof rannte und dabei wie ein Hase schrie. Sie wurde gehetzt von einer Handvoll pfeifender, höhnender Männer, ihnen voran, mit einer Pferdepeitsche knallend, der riesige Joss Merlyn.

Da tat Mary, was ihr Onkel sie geheißen. Eilig zog sie sich aus und kroch ins Bett, nahm die Decke über den Kopf, legte die Finger in die Ohren und hatte nur den einen Wunsch, von den Vorgängen und dem Treiben unten nichts zu hören; aber selbst wenn sie mit geschlossenen Augen ihr Gesicht tief in die Kissen drückte, sah sie das rotgefleckte Gesicht des armen Schwachsinnigen zu seinen Peinigern aufblicken, und sie vernahm einen matten Schrei, als er strauchelte und in den Graben fiel.

Sie befand sich in dem halbbewußten Zustand, der am Rand des Schlafes auf uns wartet, wenn in unserem Sinn die Geschehnisse des verflossenen Tages sich wirr durcheinanderdrängen. Gestalten tanzten vor ihr und die Köpfe von Unbekannten, und wenn es ihr auch mitunter schien, sie sei im Moor, bei dem großen Felsen von Kilmar, der die benachbarten Hügel zu Zwergen machte, so gewahrte sie doch den Streifen Mondschein auf dem Boden ihrer Schlafkammer und vernahm das beständige Rasseln der Fensterscheiben. Stimmen, die dagewesen, waren nun verstummt; fern auf der Straße galoppierte ein Pferd, und Räder rollten, aber nun war alles still. Sie schlief; dann, ohne Übergang, hörte sie in dem Seelenfrieden, der sie umfing, etwas rumpeln, sie war plötzlich wach und setzte sich in ihrem Bett auf, während das Mondlicht ihr Gesicht überströmte.

Sie lauschte, hörte zuerst nichts als das Klopfen ihres eigenen Herzens, nach ein paar Minuten aber noch einen anderen Laut. Er kam aus dem Raum unterhalb ihres Zimmers – ein Geräusch, wie von schweren Gegenständen, die man über die Steinplatten des Ganges schleppte und die dabei an die Wände stießen.

Sie verließ das Bett, trat zum Fenster, zog den Rolladen ein wenig auf die Seite. Fünf Wagen standen im Hof. Drei davon waren verdeckt, jeder mit zwei Pferden bespannt; die beiden andern waren offene Bauernkarren. Eins von den verdeckten Fuhrwerken stand gerade unter dem Haupteingang, und seine Rosse dampften.

Um die Wagen herum standen einige der Männer, die am frühen Abend in der Bar getrunken hatten; der Schuster aus Launceston, unter Marys Fenster, sprach mit dem Roßkamm; der Matrose aus Padstow war wieder bei Verstand und tätschelte den Kopf eines Pferdes; der Hausierer, der den Idioten geplagt hatte, kletterte in einen von den offenen Karren und hob etwas vom Boden auf. Außerdem gab es noch Fremde im Hof, die Mary nie zuvor gesehen hatte. Sie konnte ihre Gesichter genau betrachten, dank dem Mondschein, dessen starke Helligkeit die Männer besorgt machte; einer von ihnen deutete aufwärts und schüttelte den Kopf, während sein Gefährte mit den Schultern zuckte; und wieder ein anderer, der Autorität zu besitzen schien, machte mit dem Arm eine ungeduldige Bewegung, als wolle er sie zur Eile anspornen, und drei von ihnen drehten sich um und gingen durch den Vorraum zur Bar. Das Geräusch des schweren Schleppens war dabei immerfort zu hören. Von ihrem Standort aus konnte Mary leicht erkennen, welche Richtung es nahm. Einiges

wurde durch den Gang nach dem Zimmer an dessen Ende gebracht, dem Raum mit den verrammelten Fenstern und den verriegelten Türen.
Sie fing an zu verstehen. Warenpackungen wurden auf Wagen herangeführt und im Gasthaus »Jamaica« abgeladen. Sie wurden in dem verschlossenen Zimmer aufgestapelt. Nach dem Dampfen der Pferde zu schließen, waren sie von weit her – vielleicht von der Küste gekommen.
Die Männer im Hof arbeiteten in höchster Eile. Der Inhalt eines verdeckten Wagens wurde nicht im Haus untergebracht, sondern auf einen der offenen Bauernwagen verladen, die auf der Seite des Brunnens, auf der andern Hofseite, standen. Die Pakete hatten verschiedene Formen und Aufschriften, es gab breite und schmale und lange, mit Papier und Stroh umhüllte Rollen. Als der Wagen vollgeladen war, setzte sich der Mary unbekannte Kutscher auf den Bock und fuhr davon.
Die übrigen Wagen wurden alle geleert, die Pakete entweder in die offenen Karren verladen und aus dem Hof gefahren oder von den Männern ins Haus getragen. Alles vollzog sich in Stille. Die Männer, die am frühen Abend geschrien und gesungen hatten, waren nun nüchtern und ruhig. Sogar die Pferde schienen das Gebot der Stille zu kennen, denn sie rührten sich nicht.
Aus dem Haupteingang kam jetzt Joss Merlyn mit dem Hausierer an seiner Seite. Sie trugen beide, trotz der Kälte, weder Rock noch Hut und hatten die Hemdärmel aufgekrempelt.
»Ist das der Anteil?« rief der Wirt halblaut, und der Kutscher des letzten Wagens nickte und erhob die Hand. Die Männer begannen in die Wagen zu steigen. Einige von denen, die zu Fuß nach dem Gasthaus gekommen waren, fuhren mit, um sich so eine oder zwei Meilen ihres langen Heimwegs zu ersparen. Sie gingen nicht unbelohnt weg; alle trugen sie irgend etwas: Kisten über ihre Schultern gehängt, Bündel unter dem Arm; der Schuster aus Launceston aber hatte nicht allein die Satteltasche seines Ponys bis zum Platzen vollgestopft, sondern auch der eigenen Person kaum weniger hinzugefügt, denn sein Leibesumfang betrug ein Mehrfaches von dem bei seiner Ankunft.
So verließen Wagen und Karren das Gasthaus »Jamaica«, knarrend, einer nach dem andern und wie ein seltsames Totengeleite anzusehen. Einige wandten sich, nachdem sie auf die Straße hinausgelangt, nach Norden, andere nach Süden, bis alle weg waren und niemand mehr im Hof als ein Mann, den Mary zuvor nicht gesehen hatte, der Hausierer und der Wirt vom Gasthaus »Jamaica« selbst.
Auch diese drei machten kehrt und gingen ins Haus zurück, und der Hof stand leer. Sie hörte sie durch den Gang nach der Bar hinabgehen; dann verstummten ihre Schritte, und eine Tür schlug zu.

Nun gab es keinen Laut mehr, nur das heisere Schnauben der Uhr im Vorraum und das surrende Mahnen vor dem Schlag. Es schlug – drei Uhr – und tickte weiter, würgend und keuchend, wie ein sterbender Mensch, der den Atem nicht mehr einzuziehen vermag.
Mary trat vom Fenster und setzte sich auf ihr Bett. Die kalte Luft fiel auf ihre Schultern; sie schauerte und griff nach ihrem Schal.
Unmöglich, jetzt an Schlaf zu denken. Sie war zu wach, zu gespannt in jedem Nerv, und wenn auch Furcht und Abscheu vor ihrem Onkel sich nicht vermindert hatten, so behielten jetzt doch ein zunehmendes Interesse und eine wachsende Neugier die Oberhand. Sie begriff nun einiges von diesen Geschäften. Das, wovon sie heute nacht Zeuge gewesen, war Schmuggel im großen Stil. Zweifelsohne war für diesen Zweck das Gasthaus »Jamaica« ideal gelegen; er mußte es nur aus diesem Grund gekauft haben. Das ganze Geschwätz von der Rückkehr nach der Heimat seiner Jugend war Unsinn. Das Haus stand allein an der großen Straße, die nach Norden und Süden führte, und Mary sagte sich, daß es jemandem mit Organisationstalent nicht schwerfallen dürfte, einen Wagenverkehr von der Küste zur Tamar-Bank einzurichten, mit dem Gasthaus selbst als Haltestelle und Hauptwarenlager. Spione waren nötig auf der Landseite, sollte der Handel Erfolg haben; darum der Matrose von Padstow, der Schuster aus Launceston, der Zigeuner, die Vaganten und der häßliche, kleine Hausierer.
Aber wenn man nun auch die Wucht seiner Persönlichkeit, seine Energie, die Furcht seiner Gefährten vor seiner gewaltigen Körperkraft in Betracht zog, besaß Merlyn außerdem den erforderlichen Verstand und die Gewiegtheit, um solch ein Unternehmen zu leiten? War er es, der jeden Aufbruch und jede Abfahrt plante und überlegte, und hatte er für die Arbeit von heute nacht während seiner Abwesenheit in der vergangenen Woche die Vorbereitungen ins Werk gesetzt?
Offenbar; Mary fand keine andere Lösung, und wenn auch ihre Abscheu vor dem Hausherrn noch zunahm, sie mußte sich wider Willen gestehen, daß sie nicht umhin konnte, für seine Geschicklichkeit einen gewissen Respekt zu empfinden.
Das ganze Geschäft mußte überwacht, die Agenten mit Überlegung gewählt werden, ungeachtet ihres rohen Gebarens und wilden Aussehens; anders hätte das Gesetz nicht so lange umgangen werden können. Eine Gerichtsperson, die den Verdacht des Schmuggels gefaßt, hätte das Gasthaus sicher längst aufs Korn genommen, es sei denn, sie wäre selber ein Agent. Mary blickte finster vor sich hin, das Kinn in die Hand gestützt. Wenn Tante Patience nicht wäre, dann würde sie jetzt bis zur nächsten Stadt laufen und dort Joss Merlyn anzeigen. Er säße bald hinter

Schloß und Riegel und der Rest seiner Schurken mit ihm, und mit ihrem Handel wäre es zu Ende. Aber ohne Tante Patience war nicht daran zu denken. Der Umstand, daß sie ihrem Gatten gegenüber noch immer in hündischer Ergebenheit verharrte, machte die Aufgabe schwieriger und für den Augenblick unmöglich.

Mary wälzte die Frage in ihrem Kopf um und um; noch war sie nicht überzeugt, alles zu verstehen. Das Gasthaus »Jamaica« war ein Nest von Dieben und Räubern, die augenscheinlich unter der Leitung ihres Onkels zwischen der Küste und Devon einen einträglichen Schmuggel betrieben. Soviel war klar. Hatte sie aber vielleicht nur einen Teil des Spieles gesehen? Gab es vielleicht noch etwas anderes? Sie dachte an das Grauen in den Augen ihrer Tante und ihre eilig geflüsterten Worte an jenem ersten Nachmittag, als die Schatten der frühen Dämmerung über den Küchenboden krochen: »Es gibt Dinge im Gasthaus ›Jamaica‹, Mary, von denen ich mich nicht zu flüstern getraue. Arge Dinge. Üble Dinge. Ich darf sie vor mir selbst nicht nennen.« Und sie war die Treppe zu ihrem Schlafzimmer hinaufgegangen, bleich und verstört, die Füße schleppend wie ein altes, müdes Tier.

Schmuggeln war gefahrvoll; es galt als unehrenhaft; die Gesetze des Landes verboten es streng. War es aber etwas Schlechtes? Mary konnte zu keinem Schluß kommen. Sie brauchte Rat, aber niemandem konnte sie sich anvertrauen. Sie sah sich allein in einer harten, böswilligen Welt, mit geringer Aussicht, an ihr etwas zu ändern. Wäre sie ein Mann, sie hätte sich hinabgewagt und Joss Merlyn herausgefordert und seine Gesellen dazu. Ja, und sie hätte gekämpft und sie im günstigen Fall blutig geschlagen. Und danach davon, auf einem Pferd aus dem Stall, mit Tante Patience hinter sich auf dem Sattel, und so wieder nach dem Süden hinab, in die Gegend von Helford. Und dort eine kleine Farm betrieben, bei Mawgan oder Gweek, mit Tante Patience als Haushälterin.

Aber mit solchem Geträume war wenig getan; den gegenwärtigen Verhältnissen mußte entschlossen und mutig begegnet werden, sollte sich etwas daran zum Guten wenden.

Da saß sie nun auf ihrem Bett, ein Mädchen von dreiundzwanzig Jahren, in Schal und Unterrock, ohne eine andere Waffe als ihren Verstand, um damit einem Kerl gegenüberzutreten, der zweimal älter und achtmal so stark war wie sie; der, wenn er erfuhr, daß sie von ihrem Fenster aus die nächtliche Szene belauscht hatte, mit der Hand ihren Hals umfassen und, leicht mit Finger und Daumen drückend, ihre Fragen für immer zum Verstummen bringen würde.

Mary fluchte: Erst einmal hatte sie das zuvor in ihrem Leben getan, als sie zu Manaccan ein Stier verfolgte; damals war es in derselben Absicht wie heute geschehen: um sich Mut zu machen und eine kühne Haltung zu geben.

Ich werde keine Furcht zeigen, weder vor Joss Merlyn noch vor einem andern Mann, sagte sie, und zum Beweis geh' ich jetzt in den dunklen Gang hinab und werfe einen Blick in die Bar, und wenn er mich totschlägt, dann ist's mein eigener Fehler.

Eilig zog sie sich an, dann, nur in Strümpfen, öffnete sie die Tür; einen Augenblick blieb sie horchend stehen, hörte aber nur das langsame würgende Ticken der Uhr unten im Vorraum.

Sie schlich in den Flur hinaus und erreichte die Treppe. Sie wußte, daß die dritte Stufe von oben knarrte und ebenso die letzte. Also trat sie sachte auf, die eine Hand auf dem Geländer, die andere an die Wand gestemmt, um ihr Gewicht zu vermindern. So erreichte sie den dämmrigen Vorraum bei der Eingangstür, der leer stand, abgesehen von einem einzigen, wackligen Stuhl und der undeutlichen Gestalt der Großvateruhr. Ihr heiserer Atem drang laut in ihr Ohr; in der Stille rasselte sie wie etwas Lebendiges.

Das Wohnzimmer war pechdunkel, und obwohl sie sich hier allein wußte, fühlte sie sich durch die Einsamkeit selbst bedroht. Die geschlossene Wohnzimmertür war wie mit Geheimnis geladen.

Die Luft, muffig und schwer, bot einen merkwürdigen Gegensatz zu den Steinplatten, die sie kalt durch ihre Strümpfe fühlte. Während sie noch hier verweilte und Kraft zum Weitergehen schöpfte, fiel plötzlich ein Lichtstrahl in den Gang, der in den Hintergrund führte; auch vernahm sie Stimmen. Die Bartür mußte aufgerissen worden sein; jemand kam heraus, denn sie hörte Schritte nach der Küche gehen und schon nach wenigen Minuten zurückkehren, aber wer es auch war: die Tür blieb offen, und das Stimmengemurmel und der Lichtstrahl dauerten an. Mary war versucht, sich wieder in ihr Zimmer hinaufzustehlen und im Schlaf Sicherheit zu suchen, aber gleichzeitig behauptete sich in ihr der Dämon der Neugier, der nicht nachgab, und dieser Teil ihres Wesens trieb sie durch den Gang hinab. Dort stand sie, an die Wand gedrückt, nur ein paar Schritte von der Bartür entfernt. Ihre Hände und ihre Stirn waren feucht von Schweiß; zuerst hörte sie nur das laute Pochen ihres Herzens. Die Tür stand genügend offen, um sie den Umriß der Bar erkennen zu lassen und die Reihen der Gläser und Flaschen, während sie sich gegenüber einen Streifen Fußboden erblickte. Die zersplitterten Scherben des von ihrem Onkel zerbrochenen Glases lagen noch, wo sie hingefallen waren, und daneben eine Lache braunen Biers, das eine unsichere Hand verschüttet hatte. Die Männer mußten auf den Bänken an der nächsten Wand sitzen, denn sie konnte sie nicht sehen. Sie schwiegen jetzt, plötzlich aber

erhob sich die Stimme eines Mannes hoch und zitternd, die Stimme eines Auswärtigen.
»Nein und nochmals nein«, sagte er. »Ich sage es euch zum letztenmal, ich mache nicht mit. Ich brech' mit euch ein für allemal und hebe die Abmachung auf. Das ist Mord, was Sie von mir verlangen, Herr Merlyn; es gibt dafür keine andere Bezeichnung – das ist gemeiner Mord.«
Die Stimme war immer höher gestiegen und zitterte auf dem höchsten Ton, als sei der Sprecher von seinem Gefühl hingerissen worden und habe die Gewalt über seine Zunge verloren. Jemand – zweifelsohne der Wirt selbst – antwortete darauf mit leiser Stimme. Mary konnte seine Worte nicht verstehen, aber seine Rede wurde von einem gackernden Gelächter unterbrochen, das sie als das des Hausierers erkannte. Sicher war ihr Charakter beleidigend und gemein.
Es war irgendeine Anspielung gemacht worden, denn der Unbekannte sprach wiederum geläufig, im Ton der Selbstverteidigung. »Hängen, meint ihr? Ich habe das Gehängtwerden schon früher riskiert, und ich fürchte nicht für meinen Hals. Nein, ich denke an Gott den Allmächtigen und an mein Gewissen; und wenn ich's mit einem jeden Mann im ehrlichen Kampf aufnehme und, wenn es sein muß, bereit bin, Strafe zu erleiden ... Unschuldige töten, unter ihnen vielleicht Frauen und Kinder, das ist der gerade Weg zur Hölle, Joss; Sie wissen das so gut wie ich.«
Man hörte das Rücken eines Stuhls und wie der Mann auf die Füße sprang, doch gleichzeitig schlug einer mit einem Fluch die Faust auf den Tisch, und ihr Onkel sprach zum erstenmal mit lauter Stimme.
»Nicht so rasch, mein Freund«, sagte er, »nicht so rasch! Du steckst bis zum Hals in diesem Handel, zum Teufel mit deinem verdammten Gewissen! Ich sage dir, es gibt kein Zurück; es ist zu spät; für dich zu spät und für uns alle. Vom ersten Augenblick an hab' ich dir nicht getraut, mit deinen Herrenmanieren und sauberen Manschetten, und ich hab', bei Gott, recht behalten. Harry, schließ dort die Tür und stelle die Bar davor.«
Man hörte plötzlich Tumult und einen Schrei und das Geräusch eines Falls; der Tisch fiel um, und die Hoftür schlug zu. Wieder lachte der Hausierer, höhnisch und schamlos, und er fing an, eins von seinen Liedern zu pfeifen.
»Kitzeln wir ihn gleich, Silly Sam?« fragte er abbrechend. »Viel wäre nicht mehr an ihm, ohne seine feinen Kleider. Ich könnt' was machen mit seiner Uhr samt Kette; arme Leute von der Straße wie ich haben kein Geld, um sich Uhren zu kaufen. Kitzle ihn mit der Peitsche, Joss, und laß uns seine Hautfarbe sehen.«
»Halt dein Maul, Harry, und tu, was man dich heißt«, antwortete der

Gastwirt. »Bleib dort an der Tür, und will er an dir vorbei, dann stich mit deinem Messer zu. Und nun schau her, Herr Kanzleisekretär, oder was du in deiner Stadt Truro bist. Du hast dich heut abend lächerlich gemacht, aber mich legst du nicht hinein. Du spaziertest jetzt gern durch diese Tür, möchtest auf deinem Pferd sitzen und nach Bodmin reiten, nicht? Ja, und morgen um neun hättest du alle Magistratspersonen des Landes im Gasthaus ›Jamaica‹ versammelt, und ein Regiment Soldaten wäre Teilhaber an der Sache. Das war deine glänzende Idee, nicht wahr?«
Mary hörte den Fremden mühsam atmen; er mußte in dem Handgemenge verletzt worden sein, denn als er endlich seine Stimme wiederfand, klang diese krampfhaft und gebrochen, so, als habe er Schmerzen. »Treibt euer Teufelswerk, wenn ihr müßt«, murmelte er, »ich kann euch nicht daran hindern, und ich gebe euch mein Wort, ich werde euch nicht anzeigen. Aber ich will mit euch nichts zu schaffen haben, das ist für euch zwei mein letztes Wort.«
Es gab eine Pause, und dann begann Joss Merlyn wieder zu sprechen. »Gib acht«, sagte er ganz sanft. »Ich hab' einen andern Mann dasselbe sagen hören, und fünf Minuten später marschierte er durch die Luft. Das heißt, am Ende eines Stricks, mein Freund, und seine große Zehe war nur eine Spanne vom Boden entfernt. Ich fragte ihn, ob er es liebe, dem Boden so nahe zu sein, aber er antwortete nicht. Der Strick zwang die Zunge, aus dem Mund zu treten, und der Mann biß sie säuberlich entzwei. Sie sagten später, er habe sieben und dreiviertel Minuten gebraucht, bis er tot war.«
Draußen im Gang fühlte Mary, wie klebriger Schweiß ihr Stirn und Nacken bedeckte; Arme und Beine waren ihr plötzlich bleischwer geworden. Kleine schwarze Punkte tanzten vor ihren Augen, und mit Entsetzen erkannte sie, daß sie einer Ohnmacht nahe war.
Einen Gedanken vermochte sie noch zu fassen: es war der, sich in den verlassenen Vorraum zurückzutasten und den Schatten der Uhr zu erreichen. Was auch geschah, sie durfte nicht hier hinfallen und gefunden werden. Sie zog sich aus dem Bereich des Lichtstrahls zurück und glitt mit suchenden Händen die Wand entlang. Ihre Knie wankten; sie wußte, daß sie jeden Augenblick unter ihr nachgeben könnten. Schon stieg eine Übelkeit in ihr auf, und ihr Kopf schwindelte.
Aus der Ferne scholl die Stimme ihres Onkels, als halte er die Hände vor seinem Mund. »Laß mich mit ihm allein, Harry«, sagte er, »für dich gibt's heut nacht im Gasthaus ›Jamaica‹ nichts mehr zu tun. Nimm dieses Pferd, und nun fort! Und auf der anderen Seite von Camelford laß es laufen. Diese Sache werde ich allein erledigen.«
Irgendwie gelangte Mary bis in den Vorraum, und kaum ihres Tuns bewußt, drehte sie den Türknopf zum Wohnzimmer und taumelte

hinein. Dann brach sie auf dem Boden zusammen, den Kopf zwischen ihren Knien.
Sie mußte während einer oder zwei Minuten das Bewußtsein verloren haben, da an die Stelle der Tupfen vor ihren Augen ein riesiges schwarzes Loch getreten war; ihre Welt wurde schwarz. Aber die Lage, in die sie gefallen war, brachte sie rascher wieder zu sich, als dies irgend etwas anderes vermocht hätte; nach einem Augenblick saß sie, auf ihren Arm gestützt, und horchte auf den klappernden Hufschlag eines Ponys draußen im Hof. Sie hörte eine Stimme das Tier fluchend anschreien – es war Harry, der Hausierer –, und nun mußte er aufgesessen sein und seine Fersen in die Flanken des Gauls gestoßen haben, denn der Hufschlag klang entfernter und war außerhalb des Hofs und nun unten auf der Straße und verlor sich hinter dem Abhang des Hügels. Ihr Onkel war mit seinem Opfer in der Bar allein.
Mary überlegte, ob es ihr möglich wäre, den nächsten bewohnten Ort auf der Straße nach Dozmary zu finden und dort Hilfe zu holen. Das bedeutete einen Marsch von zwei oder drei Meilen durch das Moorland, bis zu der ersten Schäferhütte; und auf derselben Strecke war, am früheren Abend, der arme Idiotenjunge geflohen; vielleicht lag er nun heulend und Gesichter schneidend irgendwo im Graben.
Sie wußte nichts von den Bewohnern der Hütte; möglicherweise gehörten sie zu der Gesellschaft ihres Onkels, in welchem Fall sie geradewegs in eine Schlinge laufen würde. Tante Patience, oben im Bett, war für sie nutzlos und eher noch ein Hindernis. Die Lage war hoffnungslos; es schien für den Fremden keine Ausflucht zu geben, außer, er verständigte sich mit Joss Merlyn. War er schlau, so hatte er vielleicht die Möglichkeit, ihren Onkel zu überwältigen. Jetzt, da der Hausierer gegangen war, standen sie sich wie gleichwertige Zahlen gegenüber, obgleich die Körperkraft ihres Onkels gewichtig zu dessen Gunsten sprach. Doch Mary begann zu verzweifeln. Wäre da nur eine Flinte oder ein Messer, sie wäre imstande, ihn zu verwunden oder doch ihn zu entwaffnen, während der Unglückliche aus der Bar entkommen könnte.
An ihre eigene Sicherheit dachte sie nicht mehr. Daß sie entdeckt würde, das war nur noch eine Frage der Zeit, und es hatte wenig Sinn, sich hier im leeren Wohnzimmer herumzudrücken. Diese Ohnmacht war eine Augenblickserscheinung gewesen; sie verachtete jetzt ihre Schwäche. Sie erhob sich und legte, um geräuschlos zu sein, beide Hände auf die Türklinke und öffnete einen Spalt breit die Tür. Kein Laut im Vorraum als das Ticken der Uhr, und im Hintergrund des Gangs kein Lichtstrahl mehr. Die Bartür mußte geschlossen sein. Vielleicht kämpfte der Fremde in diesem Augenblick um sein Leben, rang nach Atem. Nur hörte sie nichts;

was immer hinter jener verschlossenen Tür geschah, es vollzog sich in Stille.
Mary war im Begriff, wieder in den Vorraum zurückzukehren und über die Treppe in den jenseitigen Gang zu schleichen, als ein Geräusch von oben sie halten und hinauflauschen ließ. Es war das Krachen eines Bretts. Einige Zeit war alles ruhig, dann begann es wieder: gemessene Schritte, die oben gingen. Tante Patience schlief im entlegenen Teil des Gangs, am anderen Ende des Hauses, und Mary selbst hatte Harry, den Hausierer, wegreiten hören: das war nun fast zehn Minuten her. Ihren Onkel wußte sie mit dem Fremden in der Bar, und niemand war, seit sie selbst herabgekommen war, die Treppe hinaufgegangen. Da, wieder krachte das Brett und bewegten sich die leisen Schritte. Jemand befand sich in dem leeren Gastzimmer im oberen Gang.
Marys Herz begann heftig zu schlagen, und ihr Atem ging schnell. Wer immer sich dort oben verbarg, der mußte sich seit vielen Stunden dort aufgehalten haben. Seit dem frühen Morgen hatte er dort gelauert, hinter der Tür gestanden, als sie zu Bett gegangen war. Wäre er später gekommen, dann hätte sie seinen Tritt auf der Treppe gehört. Vielleicht hatte er, so wie sie, die Ankunft der Wagen durch das Fenster beobachtet und den Idioten schreiend nach Dozmary hinabrennen sehen. Sie war nur durch eine dünne Wand von ihm getrennt, und er mußte jede ihrer Bewegungen vernommen haben – als sie sich aufs Bett geworfen, sich wieder angezogen, und als sie die Tür geöffnet hatte.
Er wünschte somit verborgen zu bleiben, denn sonst wäre er, als sie das tat, auf den Treppenabsatz herausgekommen. Hätte er zur Gesellschaft in der Bar gehört, dann würde er sie sicherlich angesprochen haben. Wer hatte ihn eingelassen? Warum mochte er das Zimmer betreten haben? Er mußte sich dort versteckt halten, weil ihn die Schmuggler nicht sehen durften. Folglich gehörte er nicht zu ihnen; er war ein Feind ihres Onkels.
Die Schritte hatten aufgehört, und obwohl sie den Atem anhielt und gespannt lauschte, hörte sie nichts mehr. Aber doch war es keine Täuschung, dessen war sie gewiß. Jemand war im Gastzimmer nebenan versteckt; er könnte ihr den Fremden retten helfen. Sie hatte ihren Fuß auf der untersten Treppenstufe, als der Lichtstrahl im hintern Gang aufs neue erschien und sie hörte, wie die Bartür aufging. Ihr Onkel kam in den Vorraum. Mary hatte keine Zeit mehr, hinaufzusteigen, bevor er um die Ecke bog; so war sie genötigt, rasch ins Eßzimmer zu treten und die Hand an die Tür zu pressen. In der Dunkelheit des Vorraums würde er nicht bemerken, daß die Tür nicht verschlossen war.
Vor Furcht und Erregung zitternd, wartete sie; und sie hörte, wie der Hausherr durch den Vorraum ging und zum Treppenabsatz hinaufstieg.

Er hielt über ihrem Kopf an, außerhalb des Gastzimmers, wartete eine Weile und klopfte dann zweimal sehr leise an die Tür.
Wieder krachte das Brett; jemand schritt oben durch das Zimmer, und die Tür wurde geöffnet. Mary fühlte ihr Herz sinken, und ihre Verzweiflung kehrte zurück. Das konnte kein Feind ihres Onkels sein. Wahrscheinlich hatte ihn Joss Merlyn am Abend, früher als alle andern, empfangen, als er mit Tante Patience für die Gesellschaft die Bar vorbereitete, und er hatte dort oben gewartet, bis alle die Männer aus dem Haus waren. Er war ein persönlicher Freund des Wirts, der nichts mit dessen nächtlichen Geschäften zu tun haben wollte und sogar die Wirtin nicht zu sehen wünschte.
Ihr Onkel wußte, daß er die ganze Zeit über dort war, und darum hatte er den Hausierer fortgeschickt. Er wollte nicht, daß dieser seinen Freund erblickte. Jetzt dankte sie Gott, daß sie nicht hinaufgestiegen und an die Tür geklopft hatte.
Wenn sie nun in ihr Zimmer gingen, um nachzusehen, ob sie dort sei und schlief? Es gäbe für sie wenig Hoffnung, sobald ihre Abwesenheit entdeckt würde. Sie blickte hinter sich nach dem Fenster; es war vergittert und geschlossen. Da gab es keine Möglichkeit des Entrinnens. Nun kamen sie die Treppe herab; vor der Wohnzimmertür hielten sie einen Augenblick. Zuerst dachte Mary, sie würden eintreten. So nah standen sie bei ihr, daß sie ihren Onkel durch die Türspalte an der Schulter hätte berühren können. Da er eben sprach, flüsterte seine Stimme gerade gegen ihr Ohr. »Du hast jetzt das Wort«, sagte er; »der Entscheid liegt bei dir, nicht bei mir. Ich werde es tun, oder wir tun es zusammen. Bestimme du.«
Hinter der Tür versteckt, konnte Mary den neuen Gefährten ihres Onkels weder sehen noch hören; es entzog sich ihr, was er durch Wort oder Gebärde erwidern mochte.
Sie blieben nicht länger vor dem Wohnzimmer, sondern gingen durch den Vorraum nach dem andern Gang und zur Bar hinab.
Dann schloß sich die Tür, und sie hörte sie nicht mehr.
Ihr erster Gedanke war, das Haupttor zu öffnen und auf die Straße hinauszulaufen und zu flüchten; dann aber erkannte sie, daß sie damit nichts gewinnen würde. Es war anzunehmen, daß auf der ganzen Länge der Straße, in Abständen, Männer postiert waren – darunter vielleicht der Hausierer selbst –, um jeder Gefahr zuvorzukommen.
Zehn Minuten oder länger stand sie da, auf einen Laut oder ein Zeichen wartend, alles blieb still. Nur die Uhr im Vorraum tickte, langsam keuchend und für alles Geschehen unzugänglich, ein Sinnbild des Alters und der Gleichgültigkeit. Einmal schien ihr, sie höre einen Schrei; doch das war gekommen und war vorbei, so schwach und fern, daß es

ebensogut eine Ausgeburt ihrer Phantasie sein konnte, die aufgepeitscht war durch alles, was sie seit Mitternacht erlebt hatte.
Dann ging Mary in den Vorraum und weiter durch den dunklen Gang. Kein Schimmer zeigte sich am Rand der Bartür. Die Kerzen mußten gelöscht sein. Saßen sie dort alle drei in der Dunkelheit? Ihre Vorstellung schuf sich ein häßliches Bild: eine schweigende, finstere Gruppe, im Bann eines Plans, den sie nicht verstand; daß aber das Licht gelöscht war, machte die Stille noch tödlicher.
Sie wagte sich bis zur Tür und legte ihr Ohr an die Wand. Nicht das leiseste Stimmengeraun ließ sich vernehmen, noch jenes unmißverständliche Etwas, das die Anwesenheit lebender, atmender Menschen verrät. Die alte, muffige Kneipenluft, die sich während des ganzen Abends im Gang gelagert hatte, hatte sich verzogen; ein kräftiger Hauch kam durch das Schlüsselloch. Einem plötzlichen, unerklärlichen Impuls nachgebend, drückte Mary auf die Klinke, öffnete die Tür und trat in den Raum. Niemand war da. Die Tür zum Hof stand offen; der Ort war von frischer Novemberluft erfüllt. Das verursachte den Windzug im Gang. Die Bänke waren leer; der Tisch, der bei dem ersten Handgemenge zu Boden gekracht war, lag noch dort und streckte drei Beine zur Decke.
Die Männer waren also fort; sie mußten außerhalb der Küche nach links und dann sogleich zum Moor gegangen sein; denn hätten sie die Straße überquert, so müßte sie das gehört haben. Kühl und würzig traf die Luft ihr Gesicht, und nun, da ihr Onkel und die Fremden weg waren, bot der Raum wieder seinen harmlosen und unpersönlichen Anblick.
Ein letzter dünner Mondstrahl malte auf dem Boden ein weißes Rund, und in dem Rund bewegte sich etwas wie ein dunkler Finger. Es war der Widerschein eines Schattens. Mary blickte zur Decke hinauf und sah ein Tau, das durch einen Haken im Balken geschlungen war. Das Ende dieses Stricks machte den Schattenfinger in dem weißen Rund, und es bewegte sich in dem Luftzug, der durch die offene Tür strömte, hin und her.

5

Während die Tage hingingen, lebte Mary ihr Leben im Gasthaus »Jamaica« im Zustand eigensinniger Entschlossenheit. Es war klar, daß sie ihre Tante während des Winters nicht allein lassen konnte; aber vielleicht konnte Patience Merlyn im kommenden Frühjahr zur Vernunft gebracht werden, und dann würden sie beide das Moorland mit dem Frieden und der Ruhe des Tals von Helford vertauschen.
Das war jedenfalls Marys Hoffnung, und inzwischen mußte sie den sechs

harten Monaten, die vor ihr lagen, das Beste abzugewinnen trachten; sie war bereit, ihren Onkel, wenn möglich, in dem langen Kampf zu besiegen und ihn und seine Genossen den Gerichten auszuliefern. Sie hätte zu diesem Schmugglergeschäft die Achseln gezuckt, obgleich die offensichtliche Unehrlichkeit dieses Handels sie abstieß; aber alles, was sie bis dahin noch außerdem gesehen hatte, schien ihr ein Beweis, daß Joss Merlyn und seine Freunde sich damit allein nicht begnügten. Sie waren Verzweifelte, die nichts und niemanden fürchteten und die vor Mord nicht zurückschreckten. Die Ereignisse dieser ersten Samstagnacht blieben ihr stets vor Augen, und das schaukelnde Tauende am Balken erzählte seine eigene Geschichte. Mary zweifelte nicht im geringsten daran, daß der Fremde von ihrem Onkel und einem anderen Mann getötet und seine Leiche irgendwo im Moorgrund versenkt worden war.
Aber sie hatte dafür keinen Beweis, und bei Tag betrachtet erschien die Geschichte phantastisch. Nach der Entdeckung des Seils, in jener Nacht, war sie in ihre Kammer hinaufgegangen, denn die offene Bartür ließ sie jeden Augenblick die Rückkehr ihres Onkels befürchten, und erschöpft von allem, was sie ausgestanden hatte, mußte sie sogleich eingeschlafen sein. Als sie erwachte, stand die Sonne hoch, und sie konnte Tante Patience unten plappern hören.
Keine Spur war geblieben von den nächtlichen Vorgängen; die Bar war gekehrt und gesäubert, die Möbel standen wieder an ihrem alten Platz, die Glasscherben waren verschwunden, und kein Seil hing vom Balken herab. Der Gastwirt verbrachte den Morgen im Kuh- und Pferdestall, gabelte im Hof den Mist zusammen und besorgte alles, was ein Stallknecht verrichtet, hätte er einen solchen gehalten. Als er um Mittag in die Küche kam, um ein gewaltiges Mahl zu verschlingen, stellte er Mary Fragen über das Vieh in Helford, wollte ihre Meinung hören wegen eines erkrankten Kalbes, enthielt sich jedoch jeder Anspielung auf die Begebnisse des vorigen Abends. Er schien recht guter Laune und vergaß sogar, seine Gattin mit Flüchen zu bedenken. Wie gewöhnlich schwebte sie um ihn herum, den Ausdruck in seinen Augen erlauernd, wie ein Hund, der seinem Herrn gefallen möchte. Joss Merlyn betrug sich durchaus normal und nüchtern; unmöglich konnte man glauben, daß er erst vor wenigen Stunden einen Mitmenschen ermordet habe. Sie antwortete ihrem Onkel mit »Ja« und »Nein«, trank ihren Tee und schaute ihn über den Rand ihrer Tasse an. Ihre Augen wanderten von seinem großen, dampfenden Fleischteller zu seinen langen, starken, in ihrer Kraft und Anmut so scheußlichen Fingern.
Zwei Wochen vergingen, und es geschah nichts Ähnliches wie in jener Samstagnacht. Vielleicht hatte der letzte Fischzug den Wirt und seine

Gefährten für eine Weile befriedigt, denn Mary hörte keine Wagen mehr, und obwohl sie sich eines guten Schlafs erfreute, war sie doch gewiß, daß das Geräusch von Rädern sie geweckt hätte. Es schien, als habe ihr Onkel gegen ihre Wanderungen im Moorland nichts einzuwenden. Mit jedem Tag wurde sie vertrauter mit der sie umgebenden Landschaft; sie stieß auf Spuren, die sie anfangs nicht bemerkt hatte, die sie ins Hochland führten und endlich zu den Felsenklippen. Mittlerweile hatte sie gelernt, das niedrige, büschelige Gras zu vermeiden, das eben wegen seines harmlosen Aussehens zur Vorsicht mahnte, um sich dann als Randgebiet des trügerischen und gefährlichen Sumpfs zu enthüllen.
Wenn auch einsam, fühlte sie sich doch nicht eigentlich unglücklich, und diese Streifereien im grauen Licht des frühen Nachmittags erhielten sie wenigstens gesund und waren etwas wie ein Ausgleich zu der Bedrücktheit der langen Abende im Gasthaus »Jamaica«, an denen Tante Patience, die Hände im Schoß, ins Torffeuer starrte und Joss Merlyn sich entweder in die Bar einschloß oder auf dem Rücken eines Ponys nach einem unbekannten Wegziel verschwand.
Gesellschaft gab es keine, und niemand kam ins Gasthaus »Jamaica« zum Essen oder Rasten. Der Kutscher hatte die Wahrheit gesagt, als er Mary erklärte, sie hielten beim »Jamaica« nie mehr an, denn wöchentlich zweimal sah sie die Postkutschen vorüberfahren. Nur für einen Augenblick, dann rumpelten sie den Hügel hinab und klommen den nächsten, Five Lanes zu, wieder hinauf, ohne zuvor die Zügel anzuziehen oder Luft zu schöpfen. Einmal, als Mary ihren Kutscher erkannte, winkte sie ihm mit der Hand, doch er tat, als sehe er nichts, und hieb nur heftiger auf seine Pferde ein. Mit einem Gefühl der hilflosen Entwürdigung begriff sie, daß sie für andere im selben Licht erscheinen mußte wie ihr Onkel, und daß, falls sie versuchte, nach Bodmin oder Launceston zu gelangen, niemand sie dort aufnähme, alle Türen vor ihr zugeschlagen würden.
Die Zukunft zeigte sich ihr bisweilen sehr dunkel, zumal Tante Patience wenig umgänglich war, wenn sie auch einmal Marys Hand faßte und sie tätschelte und ihr versicherte, wie froh sie sei, sie im Haus zu haben. Die meiste Zeit verbrachte die arme Frau wie in einem Traum, mechanisch in ihrem Haushalt herumwirtschaftend und nur selten etwas äußernd. Legte sie aber los, dann war es ein Haufen Unsinn über den großen Mann, der ihr Gatte hätte sein können, wäre er nicht beständig von seinem Mißgeschick verfolgt worden. Ein normales Gespräch mit ihr zu führen war praktisch unmöglich, und Mary versuchte sie zu beschwichtigen und ihr sanft zuzureden wie einem Kind, was allerdings eine harte Probe für ihre Geduld und für ihre Nerven war.
So begann sie in einer unwirschen Laune, die Folge eines Wind- und

Regentages, der das Ausgehen unmöglich machte, eines Morgens den langen Steinflur, der die Hinterseite des Hauses umzog, gründlich zu fegen. Wenn diese harte Arbeit auch ihre Muskeln kräftigte, so verbesserte sie doch nicht ihre Stimmung, und als sie damit zu Ende war, empfand sie das Gasthaus »Jamaica« und seine Bewohner als so widerwärtig, daß sie beinah in den Gartenfleck hinter der Küche gelaufen wäre, wo ihr Onkel arbeitete, ungeschützt gegen den Regen, der auf seinen Haarschopf fiel, um ihm ihren Eimer schmutzigen Seifenwassers ins Gesicht zu schütten. Doch der Anblick ihrer Tante, die gebeugten Rückens mit einem Stock das trübe Torffeuer schürte, entwaffnete sie. Gerade war Mary im Begriff, sich an die Steinplatten des Haupteingangs zu machen, als vom Hof Hufgeklapper erscholl, und gleich darauf polterte jemand an die geschlossene Bartür.

Es war das erstemal, daß jemand bis zum Gasthaus »Jamaica« gekommen war, und dieser Herausruf war ein Ereignis für sich. Mary ging in die Küche zurück, um Tante Patience zu benachrichtigen; doch sie war nicht dort, und durch das Fenster konnte Mary sie über den Garten hin mit ihrem Mann plappern sehen, während dieser aus dem Schober Torf in einen Karren lud. Sie waren beide außer Hörweite; keins von beiden konnte die Ankunft des Reiters vernommen haben. Mary trocknete ihre Hände an der Schürze und ging in die Bar. Die Tür war, wie es schien, geöffnet worden, denn zu ihrem Erstaunen sah sie dort einen Mann rittlings auf einem Stuhl sitzen, in der Hand ein bis zum Rand gefülltes Glas Bier, das er sich ruhig selbst aus dem Hahn gezapft hatte. Er hob den Kopf, und eine Weile betrachteten sie einander wortlos.

Etwas an ihm kam ihr bekannt vor. Mary fragte sich, wo sie ihn schon gesehen habe. Die hängenden Augendeckel, die Mundlinie, der Umriß seines Kinns, selbst der herausfordernde und unverschämte Blick, mit dem er sie beehrte, waren ihr bekannt und ausgesprochen unangenehm. Es brachte sie maßlos auf, wie er sie von oben bis unten musterte und dazu sein Bier trank.

»Was fällt Ihnen ein?« fragte sie scharf. »Sie haben kein Recht, hier hereinzukommen und sich selbst zu bedienen. Zudem ist der Gastwirt auf Fremde wenig erpicht.« In jedem andern Augenblick würde sie über sich selbst gelacht haben, daß sie so gleichsam ihren Onkel verteidigte, aber über dem Fegen der Steinplatten war ihr der ganze Humor, wenn auch nur für den Augenblick, vergangen; sie mußte ihren Unmut am nächstbesten Opfer auslassen.

Der Mann trank sein Bier aus und hielt sein Glas zum Wiederfüllen hin.

»Seit wann«, so fragte er, »gibt es im Gasthaus ›Jamaica‹ ein Schankmäd-

chen?« Und er suchte in seiner Tasche nach seiner Pfeife, zündete sie an und blies ihr eine dicke Rauchwolke gerade ins Gesicht. Wütend über diese Manieren beugte sich Mary vor, riß ihm die Pfeife aus der Hand und warf sie hinter sich auf den Boden, wo sie zerbrach. Er zuckte die Achseln und begann zu pfeifen, so mißtönend, daß ihr Zorn dadurch nur neue Nahrung erhielt.
»Hat man Sie hier die Kunden so behandeln gelehrt?« fragte er, abbrechend. »Ich halte nicht viel von Ihrer Wahl. Es gibt besser erzogene Mädchen in Launceston, wo ich gestern war, und bildhübsche. Was haben Sie nur mit sich angefangen? Hinten fällt Ihnen das Haar auf den Rücken, und ihr Gesicht ist auch nicht allzu sauber.«
Mary wande sich gegen die Tür, doch er rief sie zurück.
»Füllen Sie mein Glas. Dazu sind Sie da, oder nicht? Ich bin seit dem Frühstück zwölf Meilen geritten, und ich hab' Durst.«
»Meinetwegen können Sie fünfzig Meilen geritten sein«, erwiderte Mary. »Da Sie sich offenbar hier auskennen, so füllen Sie Ihr Glas doch selbst. Ich werde Herrn Merlyn mitteilen, daß Sie in der Bar sind; er mag Sie bedienen, wenn er will.«
»Oh, stören sie Joss nicht; er wird um diese Tageszeit ein Gesicht machen wie ein Bär, den das Kopfweh plagt. Auch ist er nie sehr begierig, mich zu sehen. Was ist mit seiner Frau geschehen? Hat er sie hinausgeworfen, um für Sie Platz zu haben? Ich fände das hart für die Arme. Jedenfalls werden Sie keine zehn Jahre mit ihm zusammenleben.«
»Frau Merlyn ist im Garten, wenn Sie sie sehen wollen«, sagte Mary. »Sie können hier aus der Tür und dann links gehen. Sie kommen dann zum Pflanzplatz und zum Hühnerhof. Noch vor fünf Minuten waren sie beide dort unten. Nehmen Sie bitte nicht diesen Weg: ich habe eben den Gang aufgewaschen, und ich möchte das jetzt nicht noch einmal tun.«
»Oh, regen Sie sich nicht auf, damit hat es Zeit«, entgegnete er. Sie sah, daß er sie immer noch anschaute und aus ihr nicht klug werden konnte, und die Vertraulichkeit und etwas lässige Frechheit in seinen Augen erboste sie immer mehr.
»Also, wünschen Sie den Herrn zu sprechen oder nicht?« fragte sie schließlich. »Ich kann nicht zu Ihrem Vergnügen den ganzen Tag hier stehen. Wenn Sie ihn nicht sehen wollen und ausgetrunken haben, dann können Sie Ihr Geld auf die Kasse legen und gehen.«
Der Mann lachte, und sein Lachen und der Glanz seiner Zähne brachten wiederum eine Saite in ihrer Erinnerung zum Schwingen; aber noch immer wurde sie sich der Ähnlichkeit nicht bewußt.
»Pflegen Sie Joss auf diese Art zu kommandieren?« fragte er. »Dann muß er sich aber sehr verändert haben. Wie viele Widersprüche stecken doch in

dem Burschen! Ich hätte nie gedacht, daß er, bei seinen sonstigen Beschäftigungen, sich noch einmal ein junges Weib zulegen würde. Was fangt ihr denn nachts mit der armen Patience an? Sperrt ihr sie in den Gang hinaus, oder schlaft ihr alle drei in holder Eintracht?«
Mary wurde dunkelrot. »Joss Merlyn ist durch seine Heirat mein Onkel«, rief sie, »Tante Patience war die einzige Schwester meiner Mutter. Ich heiße Mary Yellan, wenn Ihnen das etwas sagt. Guten Morgen. Da hinter Ihnen ist die Tür.«
Sie verließ die Bar und ging in die Küche und lief gerade dem Gastwirt in den Weg. »Mit wem, zum Teufel, hast du dich in der Bar unterhalten?« donnerte er sie an. »Hab' ich dich nicht vor dem Schwatzen gewarnt?« Laut hallte seine Stimme durch den Flur. »Laß gut sein«, rief der Mann aus der Bar, »schlag sie nicht. Sie zerbrach meine Pfeife und weigerte sich, mich zu bedienen; das sieht sehr nach deiner Erziehung aus, nicht? Komm herein und laß dich ansehen. Ich hoffe, dieses Mädchen hat dir gutgetan.«
Joss Merlyn runzelte die Stirn, schob Mary zur Seite und ging in die Bar. »Ach, du bist da, Jem?« sagte er. »Was willst du denn heute im ›Jamaica‹? Ein Pferd kann ich dir nicht abkaufen, wenn du deshalb kommst. Die Geschäfte gehen schlecht, ich bin arm wie eine Feldmaus nach einer nassen Ernte.« Er schloß die Tür und ließ Mary draußen stehen.
Sie ging wieder zu ihrem Eimer, gegenüber der Eingangsfront, und wischte sich mit der Schürze ihr Gesicht. Das also war Jem Merlyn, der jüngere Bruder ihres Onkels. Die Ähnlichkeit hatte sie dauernd beschäftigt, und doch hatte sie närrischerweise nichts damit anfangen können. Während der ganzen Unterhaltung hatte er sie an ihren Onkel erinnert, und sie hatte es nicht begriffen. Er hatte Joss Merlyns Augen, ohne die Säcke und die rote Äderung, und er hatte Joss Merlyns Mund, doch war er fest, der des Wirts dagegen schwach und dicht geschlossen, während beim anderen die Unterlippe herunterhing. Er war so wie Joss Merlyn mit achtzehn oder zwanzig Jahren gewesen sein mochte – aber schmaler, nicht so hoch und zierlicher in der ganzen Gestalt.
Mary goß Wasser über die Steinplatten; mit zusammengepreßten Lippen fegte sie wild darauf los.
Was für eine abstoßende Brut sie doch waren; diese Merlyns mit ihrer berechneten Unverschämtheit und Roheit und ihrem grobschlächtigen Betragen. Dieser Jem hatte denselben Stich ins Grausame wie sein Bruder, das erkannte sie aus der Form seines Mundes. Tante Patience hatte gesagt, er sei von der Familie der Schlimmste. Obwohl einen Kopf kleiner als Joss und nur halb so breit, zeigte er doch eine Gespanntheit, die der ältere Bruder nicht besaß. Sein Blick war hart und scharf. Der

Gastwirt hatte ein Doppelkinn, und seine Schultern hingen an ihm wie eine Last. Seine Kraft war gleichsam verschleudert und verwildert. Das Trinken konnte einen Mann so weit bringen, Mary wußte das, und zum erstenmal ging ihr auf, was Joss Merlyn im Hinblick auf sein früheres Selbst für eine Ruine geworden war. Die Erscheinung seines Bruders hatte ihr das offenbart. Der Gastwirt hatte sich selbst betrogen. Hätte der Jüngere Grütze, dann würde er sich besinnen, bevor er dieselbe Richtung einschlug. Aber vielleicht war ihm alles egal; es mußte ein Verhängnis auf der Familie der Merlyns lasten, das sie am Fortkommen, an der Gestaltung ihres Lebens und an Entschlüssen hinderte. Ihre Familiengeschichte war zu düster.
Mary scheuerte die letzte Steinplatte des Vorraums so heftig, als könne sie die ganze Welt damit reinfegen. Sie hatte ihre Unternehmungslust bis zum Grade der Wut gesteigert und wandte sich jetzt vom Vorraum dem Wohnzimmer zu, das seit Jahren keinen Besen gesehen hatte. Eine Staubwolke schlug ihr ins Gesicht. Sorgfältig klopfte sie die zerschlissene, fadenscheinige Matte. Sie war in dieses unangenehme Geschäft so vertieft, daß sie den Stein nicht hörte, der ans Wohnzimmerfenster geworfen wurde, erst als ein ganzer Hagel von Kieseln einen Sprung in das Glas schlug, wurde sie aus ihrem Eifer aufgeschreckt. Durchs Fenster blickend, sah sie sich Jem Merlyn gegenüber, der im Hof bei seinem Pony stand.
Mary schaute ihn böse an und wandte sich weg, doch er antwortete mit einem neuen Hagel von Kieseln, und diesmal ging das Glas wirklich entzwei; ein kleines Stück der Scheibe splitterte auf den Boden und lag da neben einem Stein.
Mary entriegelte die schwere Eingangstür und trat hinaus.
»Was wollen Sie denn noch?« fragte sie ihn und wurde sich plötzlich ihres aufgelösten Haars und ihrer zerknüllten Schürze bewußt.
»Verzeihen Sie mir, wenn ich soeben grob gegen Sie gewesen bin«, bat er. »Ich war nicht recht darauf gefaßt, eine Frau im Gasthaus ›Jamaica‹ vorzufinden – jedenfalls nicht ein junges Mädchen wie Sie. Ich dachte, Joss habe Sie irgendwo in einer der Städte aufgelesen und zu seinem Zeitvertreib hierhergebracht.«
Wieder errötete Mary und biß sich vor Ärger die Lippen. »Ich eigne mich nicht besonders zum Zeitvertreib«, bemerkte sie spöttisch, »ich würde mich nett ausnehmen in einer Stadt, in meiner alten Schürze und in diesen plumpen Schuhen. Jeder, der Augen hat, würde mir ansehen, daß ich vom Land bin.«
»Ach, ich weiß nicht«, erwiderte er nachlässig. »Ziehen Sie ein hübsches Kleid an und Schuhe mit hohen Absätzen, stecken Sie einen Kamm in Ihr

Haar, und Sie können, sogar an einem großen Ort wie Exeter, gut für eine Dame gelten.«

»Dadurch soll ich mich vermutlich geschmeichelt fühlen«, meinte Mary, »aber ich danke recht sehr; lieber will ich meine alten Kleider tragen und dabei mein eigenes Aussehen behalten.«

»Sie könnten in der Tat viel Schlimmeres tun«, pflichtete er ihr bei. Aufblickend bemerkte sie, daß er ihr zulachte.

»Bleiben Sie, gehn Sie nicht fort«, sagte er. »Ich weiß, ich habe für das, was ich Ihnen sagte, finstere Blicke verdient; aber wenn Sie meinen Bruder kennten, so wie ich ihn kenne, dann würden Sie meinen Irrtum begreifen. Es berührt merkwürdig, eine Magd im Gasthaus ›Jamaica‹ zu sehen. Aber zunächst einmal: warum sind Sie hierhergekommen?«

Mary betrachtete ihn aus dem Schatten der Eingangstür. Er sah nun ernst aus, und für den Augenblick war die Ähnlichkeit mit Joss verschwunden. Sie wünschte, er wäre kein Merlyn.

»Ich kam hierher, um bei Tante Patience zu leben«, sagte sie. »Meine Mutter ist vor einigen Wochen gestorben, und andere Verwandte habe ich nicht. Und ich bin froh, daß meine Mutter tot ist und ihre Schwester jetzt nicht sehen kann.«

»Ich kann mir denken, daß man in einer Ehe mit Joss nicht gerade auf Rosen gebettet ist«, gab der Bruder zu. »Er hatte von jeher eine Gemütsart wie der Teufel selbst, und er säuft wie ein Fisch. Warum hat sie ihn geheiratet? Solang ich ihn kenne, war er immer derselbe. Als ich ein Bub war, pflegte er auf mir herumzudreschen; er würde das heute noch tun, wenn er sich's getraute.«

»Ich denke, daß seine glänzenden Augen sie verführten«, sagte Mary verächtlich. »Unten in Helford war Tante Patience stets der Schmetterling, so sagte meine Mutter. Sie wollte sich nicht mit dem Bauern begnügen, der um sie anhielt, sondern sie sparte sich für das Oberland auf, wo sie dann Ihren Bruder getroffen hat. Das war sicher der schlimmste Tag ihres Lebens.«

»Sie haben also von unserem Gastwirt keine große Meinung?« spottete er.

»Nein, die hab' ich nicht«, rief sie. »Er ist ein Raufbold und ein Vieh und noch manches Schlimmere dazu. Er hat aus meiner Tante, einem lachenden, frohmütigen Geschöpf, eine armselige Schindmähre gemacht; mein Leben lang werde ich ihm das nicht verzeihen.«

Jem pfiff mißtönig und klopfte seinem Pferd den Hals.

»Wir Merlyns waren nie gut mit unseren Frauen«, sagte er. »Ich erinnere mich, daß mein Vater meine Mutter schlug, bis sie nicht mehr stehen konnte. Aber sie hat ihn darum doch nicht verlassen; bis zu seinem Tod hielt sie bei ihm aus. Als er in Exeter gehängt wurde, da sprach sie drei Monate lang zu keiner Seele ein Wort. Ihr Haar war von der Erschütterung weiß geworden. An meine Großmutter kann ich mich nicht erinnern, doch sie sagen, sie habe einst Seite an Seite mit Großvater bei Callington gekämpft, als die Soldaten ihn holen kamen, und sie habe einem Kerl den Finger bis auf den Knochen durchgebissen. Was sie an ihm zu lieben fand, das weiß ich nicht; er fragte auch nicht das geringste nach ihr, nachdem sie ihn gefaßt hatten, und hinterließ all sein Erspartes einer andern Frau, jenseits vom Tamar.«

Mary schwieg. Der gleichgültige Ton in seiner Stimme entsetzte sie. Er sprach ohne eine Spur von Scham oder Bedauern, und sie nahm an, daß ihm, genau wie der übrigen Familie, die Eigenschaft der Zärtlichkeit von Geburt an gefehlt habe.

»Wie lange gedenken Sie im ›Jamaica‹ zu bleiben?« fragte er unvermittelt. »Für ein Mädchen wie Sie ist das verlorene Zeit, nicht? Und viel Gesellschaft finden Sie hier nicht.«

»Das kann ich nicht ändern«, gab sie zur Antwort. »Ich gehe von hier nicht fort, ohne meine Tante mit mir zu nehmen. Nach dem, was ich hier gesehen habe, werde ich sie niemals allein zurücklassen.«

Jem bückte sich, um Kot vom Huf seines Ponys wegzuwischen.

»Was haben Sie in Ihrer kurzen Zeit hier gelernt? Es ist wahrhaftig ein ruhiger Ort.«

Mary ließ sich nicht leicht ausholen. Anscheinend hatte ihr Onkel seinen Bruder veranlaßt, mit ihr zu reden, in der Hoffnung, etwas aus ihr hervorzulocken. Nun, ganz so albern war sie nicht. Sie zuckte die Achseln und überging die Frage.

»Ich half meinem Onkel an einem Samstagabend in der Bar«, erklärte sie dann, »ich halte nicht viel von den Leuten, die er dort empfängt.«

»Das kann ich mir denken«, meinte Jem. »Die Kerle, die ins ›Jamaica‹ kommen, sind schlecht erzogen. Sie verbringen zuviel Zeit im Distriktsgefängnis. Ich möchte wissen, was sie von Ihnen gedacht haben. Sie begingen vermutlich den gleichen Irrtum wie ich, und jetzt werden sie Ihren Ruhm weit und breit im Land herum verkünden. Joss wird nächstens um Sie würfeln, und wenn er verliert, dann werden Sie hinter einem schmutzigen Wilddieb von jenseits Roughtor davonreiten.«

»Das ist wenig wahrscheinlich«, sagte Mary. »Sie müßten mich erst bewußtlos schlagen, bevor einer von ihnen mich auf sein Pferd brächte.«

»Bewußt oder bewußtlos sind Frauen im Grunde so ziemlich dasselbe«, erwiderte Jem. »Die Wilddiebe im Moor von Bodmin wüßten da jedenfalls nicht zu unterscheiden.« Er lachte wieder.

»Wovon leben Sie?« fragte Mary in plötzlicher Neugier, denn während ihrer Unterhaltung war ihr aufgefallen, wieviel besser Jem sprach als sein Bruder.
»Ich bin Pferdedieb«, sagte er ganz munter, »aber man verdient damit wirklich nicht viel. Meine Taschen sind immer leer. Sie sollten reiten. Ich habe ein kleines Pony, das würde sehr hübsch zu Ihnen passen. Es ist jetzt drüben in Trewartha. Wollen Sie mich nicht hinbegleiten, um es anzusehen?«
»Haben Sie keine Angst, erwischt zu werden?« fragte Mary.
»Ein Diebstahl ist nicht so leicht zu beweisen«, war seine Ansicht. »Sagen wir, ein Pony verirrt sich von seiner Hürde, und sein Besitzer geht es suchen. Sie sahen selbst, in dieser Gegend wimmelt es von wilden Pferden und von Vieh. Es ist gar nicht leicht für diesen Besitzer, sein Pony wiederzufinden. Nehmen wir an, das Pony hatte eine lange Mähne und einen weißen Fuß und ein rautenförmiges Mal im Ohr – das bannt sein Suchen in bestimmte Grenzen. So geht der Besitzer auf den Markt nach Launceston und sperrt seine Augen weit auf. Doch er findet sein Pony nicht. Wohlgemerkt, das Pony ist dort und wird von einem Händler gekauft und landaufwärts weiterverhandelt. Nur ist seine Mähne geschoren, seine Füße haben alle die gleiche Farbe, und das Mal in seinem Ohr ist ein Schlitz, keine Raute. Der Besitzer sah es überhaupt kaum an. Das ist doch sehr einfach, oder nicht?«
»So einfach«, sagte Mary rasch, »daß ich nicht einsehe, warum Sie nicht in Ihrer eigenen Kutsche am Gasthaus ›Jamaica‹ vorüberfahren, mit einem gepuderten Lakaien auf dem Tritt.«
»Oh, da eben liegt der Hase im Pfeffer«, gestand er kopfschüttelnd. »Ich besaß nie Zahlensinn. Sie wären überrascht zu sehen, wie schnell das Geld durch meine Finger rinnt. Letzte Woche hatte ich zehn Pfund in meiner Tasche. Heute habe ich noch einen Schilling. Darum möchte ich, daß Sie mir das kleine Pony abkaufen.«
Mary lachte wider Willen.
Er war bei seiner Unehrlichkeit so freimütig, daß sie ihm nicht böse sein konnte.
»Ich kann meine kleinen Ersparnisse nicht für Pferde ausgeben. Was ich beiseite legte, ist für meine alten Tage, und wenn ich je vom ›Jamaica‹ loskomme, dann werde ich jeden Penny brauchen, darauf können Sie sich verlassen.«
Jem Merlyn sah sie jetzt ernsthaft an; in einer plötzlichen Eingebung neigte er sich dann zu ihr, zuerst über ihren Kopf in den Türeingang blickend.
»Hören Sie«, sagte er, »ich rede aufrichtig; all den Unsinn, den ich Ihnen

sagte, können Sie vergessen. Das Gasthaus ›Jamaica‹ ist kein Ort für ein Mädchen – noch für eine Frau, wenn das in Frage kommt. Mein Bruder und ich, wir waren nie Freunde; was ich an ihm liebe, das ist bald gesagt. Jeder geht seinen Weg, und jeder verflucht den andern. Sie haben keinen Grund, sich in seine schmutzigen Pläne verwickeln zu lassen. Warum laufen Sie nicht weg? Ich würde Sie auf der Straße nach Bodmin treffen.«

Das klang überzeugend, und Mary hätte ihm fast getraut. Aber sie konnte nicht vergessen, daß er Joss Merlyns Bruder war und als solcher sie wohl betrügen könnte. Sie durfte ihn nicht zum Vertrauten machen – sicherlich jetzt noch nicht. Die Zeit würde lehren, wo er stand.

»Ich brauche keine Hilfe«, sagte sie; »ich kann allein für mich stehen.«

Jem schwang sein Bein über den Rücken des Ponys und schob die Füße in die Bügel.

»Nun wohl, ich will nicht lästig sein. Meine Hütte liegt jenseits von Withy-Brook, wenn Sie mich einmal nötig haben. Auf der anderen Seite der Trewartha-Marsh, am Fuß des Twelve-Men's-Moor. Ich werde dort sein bis zum Frühling. Guten Tag.«

Weg war er und unten auf der Straße, ehe sie noch ein Wort erwidern konnte.

Langsam kehrte Mary ins Haus zurück. Hätte er nicht den Namen Merlyn getragen, sie hätte ihm geglaubt. Sie brauchte notwendig einen Freund, doch den Bruder des Wirts konnte sie nicht zum Freund machen. Er war nichts weiter als ein gewöhnlicher Pferdedieb, um die Wahrheit zu sagen, ein ehrloser Schurke. Er war kaum besser als der Hausierer Harry und die übrigen von der Bande. Weil er ein entwaffnendes Lächeln hatte und eine nicht unangenehme Stimme, war sie bereit gewesen, ihm zu trauen, und vielleicht hatte er die ganze Zeit heimlich über sie gelacht. Er hatte böses Blut; täglich verging er sich gegen das Gesetz. Wie sie die Dinge auch betrachten mochte, um die unabänderliche Tatsache war nicht herumzukommen – er war Joss Merlyns Bruder. Zwar hatte er versichert, zwischen ihnen gebe es keine Gemeinschaft, aber gerade das konnte eine Lüge sein, um sich ihre Sympathie zu erlisten, während ihr ganzes, voriges Gespräch vielleicht auf nichts zurückging als auf eine Anstiftung des Gastwirts in der Bar.

Nein, was immer geschah, sie mußte es allein bewältigen und durfte sich niemandem anvertrauen. Die Wände im Gasthaus »Jamaica« rochen geradezu nach Untat und Verrat, und in Hörweite des Gebäudes laut zu reden, war eine Einladung an das Verhängnis.

Im Haus war es dunkel und still. Der Wirt stand wieder bei seinem Torfhaufen am Ende des Gartens, und Tante Patience befand sich in der

Küche. Der unverhoffte Besuch hatte eine kleine Aufregung verursacht und eine Unterbrechung des einförmigen, langen Tages. Jem Merlyn hatte etwas von der Außenwelt mit sich gebracht, einer Welt, die nicht ganz nur von Moor begrenzt und von drohenden Granitzinken umstarrt war; und jetzt, wo er weggeritten war, war die anfängliche Helle des Tages mit ihm fort. Der Himmel überzog sich, unabwendbar strömte der Regen aus dem Westen heran und hüllte die Hügelkämme in Nebel.
Mary sah zu, wie er das Glas des Wohnzimmerfensters trübte; und sie saß da, allein, das Kinn in die Hand gestützt, und die kalte tote Luft vom Gasthaus ›Jamaica‹ drang von allen Seiten auf sie ein.

6

In dieser Nacht kamen die Wagen wieder angerollt. Mary erwachte, als die Uhr im Vorraum zwei Uhr schlug, und fast im selben Augenblick vernahm sie unten im Eingang Schritte und hörte eine sanfte und leise Stimme reden. Sie stieg aus dem Bett und sah durchs Fenster. Ja, da waren sie; diesmal aber bloß zwei Wagen, mit einem angeschirrten Pferd, und kaum ein halbes Dutzend Männer standen im Hof.
Im trüben Licht sahen die Wagen geisterhaft aus, wie Leichenwagen, und die Männer selbst waren gespenstische Schatten, die in der Welt des Taglebens keinen Ort hatten, jetzt aber sich schweigend durch den Hof bewegten, wie die unheimlichen Schemen eines Alptraums. Etwas Schreckliches hatten sie an sich, etwas Unheilvolles, selbst die verhüllten Wagen, wie sie so verstohlen in der Nacht ankamen. In dieser Nacht war der Eindruck auf Mary noch tiefer und nachhaltiger, wußte sie jetzt doch um die Bedeutung dieses Treibens.
Es waren lauter Verzweifelte, die sich mit diesem Handel zu schaffen machten und die Wagenzüge nach dem Gasthaus ›Jamaica‹ geleiteten. Als sie das letztemal ihre Wagen in den Hof gebracht hatten, war einer aus ihrer Zahl ermordet worden. Vielleicht würde heute nacht wieder ein Verbrechen begangen, und das Seil mit der Schlinge würde einmal mehr am Balken baumeln.
Das Schauspiel im Hof war unheimlich fesselnd. Mary konnte das Fenster nicht verlassen. Diesmal waren die Wagen leer angekommen, sie wurden mit dem Rest der Ware gefüllt, die früher im Gasthaus abgeladen worden war. Mary verstand nun ihr Vorgehen. Das Gasthaus diente während einiger Wochen als Speicher, und dann, wenn alles günstig schien, kamen die Wagen wieder, und die Ware wurde nach Tamar gebracht und verteilt. Die Organisation mußte sehr ausgedehnt sein. Weit im Land herum

mußten Agenten sich mit der nötigen Überwachung aller Ereignisse befassen. Es durfte sich kein schwaches Glied finden in der Kette, die von der Küste bis zum Grenzgebiet reichte; das war auch die Erklärung für das am Balken hängende Seil. Der unbekannte Fremde hatte Bedenken geäußert, und der Fremde war gestorben. In einem plötzlich erwachten Gefühl der Enttäuschung fragte sich Mary, ob Jem Merlyns Besuch heute morgen im Gasthaus »Jamaica« eine besondere Bedeutung zukomme? Jedenfalls war es ein merkwürdiges Zusammentreffen, daß die Wagen ihm wie auf dem Fuß folgten. Er sei von Launceston gekommen, sagte er, und Launceston lag am Strand von Tamar. Mary war wütend über ihn und über sich selbst. Trotz allem war ihr letzter Gedanke vor dem Einschlafen der von der Möglichkeit einer Freundschaft mit ihm gewesen. Um auch jetzt noch darauf zu hoffen, dafür hätte sie närrisch sein müssen. Die beiden Begebnisse gingen unmißverständlich ineinander über, und es war wirklich nicht schwer, die Absicht zu erkennen.

Jem mochte seinen Bruder ablehnen, doch sie steckten beide unter einer Decke. Er kam zum »Jamaica« geritten, um dem Gastwirt zu melden, die Wagen seien auf den Abend zu erwarten. Das war nicht schwer zu verstehen. Und danach, da er doch noch so etwas wie Gefühl besaß, hatte er Mary geraten, sich nach Bodmin zu retten. Das hier sei kein Ort für ein Mädchen, hatte er gesagt. Niemand wußte das so gut wie er, der selbst zu der Bande gehörte. Es war ein nichtswürdiges, verdammenswertes Geschäft, in jedem Sinn; hoffnungslos nach allen Seiten, und sie inmitten von alldem, mit Tante Patience an der Hand, gleich einem Kind.

Jetzt waren die beiden Wagen geladen, und die Kutscher mit ihren Gefährten schwangen sich auf den Sitz. Die Verrichtungen hatten diese Nacht wenig Zeit beansprucht.

Mary konnte den großen Kopf und die breiten Schultern ihres Onkels auf der Stufe des Eingangs sehen; er hielt eine Laterne mit abgeschirmtem Licht in der Hand. Dann rollten die Karren aus dem Hof und schwenkten links ab, wie Mary das erwartet hatte, und nahmen also die Richtung auf Launceston.

Sie verließ das Fenster und legte sich ins Bett. Jetzt hörte sie die Schritte des Onkels auf der Treppe, als er sich durch den andern Gang in sein Schlafzimmer begab. In dieser Nacht hielt sich niemand im Gastzimmer verborgen.

Die paar nächsten Tage vergingen ohne besondere Ereignisse. Das einzige Gefährt auf der Straße war die Postkutsche nach Launceston, die am »Jamaica« vorüberrumpelte wie eine verscheuchte Küchenschabe. Es kam ein feiner, sprühender Morgen, mit Frost auf der Erde, und die Sonne schien endlich einmal aus einem wolkenlosen Himmel. Die Felsen zackten scharf gegen die harte Bläue empor, und das für gewöhnlich braune und buschige Gras glänzte vom Frost starr und weiß. Den Brunnen im Hof deckte eine dünne Eisschicht. Der Kot, wo die Kühe gegangen waren, war hart geworden und die Spuren ihrer Füße so fest geprägt, daß sie vor dem nächsten Regenfall nicht verschwinden würden. Der leichte Wind brauste mit Getön aus Nordosten, und es war kalt.

Mary, die sich jedesmal durch den Anblick der Sonne belebt fühlte, hatte ihren Vormittag zum Waschen bestimmt, und mit bis über die Ellbogen aufgekrempelten Ärmeln tauchte sie die Arme in den Zuber; das heiße Seifenwasser, voll Schaum und Blasen, schmeichelte ihrer Haut und war zu der scharfen, prickelnden Luft ein köstlicher Kontrast.

Sie war voller Daseinslust und sang während der Arbeit. Der Onkel war irgendwohin ins Moorland hinausgeritten. Kaum war er weg, erfüllte sie das Gefühl der Freiheit. Im Rücken war sie gegen den Wind ziemlich geschützt, denn das breite, feste Haus bildete einen Schutzwall, und als sie ihr Leinen ausgewrungen und über die verkümmerten Ginsterbüsche gebreitet hatte, sah sie, wie die Sonne ihre volle Strahlkraft darauf warf; somit würde es bis Mittag trocken sein.

Ein heftiges Klopfen am Fenster ließ sie aufschauen. Sie sah Tante Patience, die ihr winkte; ihr Gesicht war sehr blaß, augenscheinlich war sie in großer Angst.

Mary trocknete ihre Hände an der Schürze und rannte durch die Hintertür ins Haus. Sobald sie in der Küche war, hielt ihre Tante sie mit zitternden Händen fest und begann zusammenhanglos zu schwatzen.

»Ruhig, nur ruhig«, sagte Mary, »ich verstehe nicht, wovon du sprichst. Hier, setz dich auf diesen Stuhl und trink ein Glas Wasser, um Gottes willen. Und nun, was gibt's?«

Die arme Frau rutschte in ihrem Stuhl hin und her, ihr Mund war in ständiger Bewegung, und sie wies krampfhaft mit dem Kopf gegen die Tür.

»Herr Bassat aus North-Hill«, flüsterte sie. »Ich hab' ihn durch das Wohnzimmerfenster gesehen. Er kam zu Pferd, und ein anderer Mann mit ihm. Ach, ach, meine Liebe, was sollen wir tun?«

Während sie noch sprach, klopfte es laut an die Eingangstür, dann gab es eine Pause, der weitere Schläge folgten.

Tante Patience stöhnte laut, biß sich in die Fingerspitzen und riß an ihren Nägeln. »Warum kommt er hierher?« rief sie. »Er kam früher nie. Er hat etwas erfahren, gewiß hat er das. Mary, ach, was tun wir nur? Was sollen wir ihm sagen?«

Mary überlegte blitzschnell. Sie war in einer äußerst schwierigen Lage. War dies Herr Bassat und der Vertreter des Gesetzes, dann hatte sie die

beste Gelegenheit, ihren Onkel anzuzeigen. Sie konnte ihm von den Wagen berichten und von allem, was sie seit ihrer Ankunft gesehen hatte. Da fiel ihr Blick auf die zitternde Frau an ihrer Seite.
»Mary, Mary, um Gottes willen, was sag' ich ihm denn?« flehte Tante Patience und faßte die Hand ihrer Nichte und preßte sie an ihr Herz. Die Schläge hämmerten jetzt unablässig an die Tür.
»Hör mich an«, sagte Mary; »wir müssen ihn einlassen, sonst bricht er die Tür auf. Raff dich ein wenig zusammen. Zu sagen brauchen wir überhaupt nichts. Sag, Onkel Joss sei abwesend, und daß du sonst nichts weißt. Ich komm' mit dir.«
Die Frau sah sie mit verstörten, verzweifelten Augen an: »Mary, wenn Herr Bassat dich fragt, was du weißt, dann wirst du ihm doch nicht antworten? Ich kann mich auf dich verlassen, nicht wahr? Du wirst ihm nichts von den Wagen erzählen? Wenn Joss etwas zustieße, Mary, ich würde mich umbringen.«
Darauf gab es keine Entgegnung. Mary wollte eher in der Hölle sitzen, als ihre Tante leiden machen. Der Sachlage, wie sie nun einmal war, mußte man entgegentreten, wie ironisch ihr dabei ihre Rolle auch erscheinen mochte.
»Komm mit an die Tür«, ermunterte sie Mary; »wir werden Herrn Bassat nicht lange hinhalten. Zu befürchten hast du von mir nichts: ich werde nichts sagen.«
Sie gingen miteinander nach dem Vorraum, und Mary zog den schweren Riegel der Eingangstür zurück. Da standen zwei Männer. Der eine war abgestiegen; er war's, der die Schläge an die Tür hatte hageln lassen. Der andere war ein großer, beleibter Mensch, in schwerem Überzieher und Schal; er saß auf dem Rücken eines feinen Fuchses. Er hatte den Hut bis auf die Augen gezogen, doch konnte Mary bemerken, daß sein Gesicht wettergebräunt und tief gefurcht war. Sie schätzte sein Alter auf etwa fünfzig Jahre.
»Ihr nehmt euch hier aber wirklich Zeit!« rief er. »Reisende scheinen euch nicht allzu willkommen? Ist der Wirt zu Hause?«
Patience Merlyn stieß ihre Nichte mit der Hand an, und Mary antwortete:
»Herr Merlyn ist abwesend, mein Herr. Wünschen Sie eine Erfrischung? Ich werde Sie sogleich bedienen, wenn Sie sich in die Bar bemühen wollen.«
»Zum Teufel mit Eurer Erfrischung!« gab er zurück. »Dafür weiß ich mir besseres als das Gasthaus ›Jamaica‹. Euren Herrn will ich sprechen. Ihr da, seid Ihr die Frau des Wirts? Bis wann erwartet Ihr ihn zurück?»
Tante Patience machte eine leichte Verbeugung. »Wenn Sie erlauben,

Herr Bassat«, sagte sie mit unnatürlich lauter und klarer Stimme, so wie ein Kind, das seine Aufgabe auswendig gelernt hat, »mein Mann ritt aus, gleich nach dem Frühstück, und ich vermag wirklich nicht zu sagen, ob er vor Einbruch der Nacht zurück sein wird.«

»Hm«, brummte der Landedelmann »das ist ja verdammt ungeschickt. Ich wollte mit Herrn Joss Merlyn ein paar Worte reden. Nun hört mir gut zu, gute Frau: Euer kostbarer Gatte mag, nach seiner Schleichhändlerart, das Gasthaus ›Jamaica‹ hinter meinem Rücken erworben haben; wir wollen darauf heute nicht zurückkommen. Etwas anderes aber werde ich nicht einfach auf dem Buckel tragen, daß nämlich mein ganzer Besitz hier weit umher den Namen für alles liefert, was es an Unehrenhaftem und Verdammenswertem in der Gegend gibt.«

»Ich verstehe nicht, Herr Bassat, was Sie damit meinen«, sagte Tante Patience mit zuckendem Mund und die Hände unter ihrer Schürze ringend. »Wir führen hier ein sehr ruhiges Leben, wirklich; meine Nichte hier wird Ihnen dasselbe sagen.«

»Oh, haltet mich doch für keinen solchen Dummkopf«, erwiderte der Junker. »Ich habe diesen Ort schon lange im Auge. Ein Haus erhält seinen schlechten Ruf nicht ohne Grund, Frau Merlyn, und das Gasthaus ›Jamaica‹ verbreitet einen Gestank von hier bis an die Küste. Verstellt Euch bloß nicht so. Da, Richards, halt diesen verfluchten Gaul.« Der andere Mann, nach seiner Kleidung zu urteilen, ein Diener, hielt den Zügel, und Herr Bassat stieg gewichtig vom Pferd.

»Da ich schon hier bin, will ich mich einmal umsehen«, brummte er, »und ich sag' euch soviel: es wäre nutzlos, sich dagegen zu sträuben. Ich bin Friedensrichter und habe eine Vollmacht.« Er ging zwischen den zwei Frauen hindurch und betrat den Vorraum. Tante Patience machte eine Bewegung, als wollte sie ihm den Weg vertreten, aber Mary schüttelte den Kopf und runzelte die Stirn. »Laß ihn«, murmelte sie. »Wenn wir versuchen, ihn jetzt aufzuhalten, dann ärgern wir ihn nur um so mehr.«

Herr Bassat blickte mit dem Ausdruck des Widerwillens um sich. »Großer Gott« rief er, »dieser Ort riecht wie ein Grab. Was habt ihr nur daraus gemacht? Das Gasthaus ›Jamaica‹ war immer von derbem Schlag und schlicht und die Bewirtung einfach; aber das hier ist nun die reine Schande. Alles so kahl wie ein Brett; ihr habt ja nicht ein Möbelstück.«

Er hatte die Tür zum Wohnzimmer aufgetan und zeigte mit der Reitpeitsche auf die feuchten Wände. »Das Dach wird euch über dem Kopf zusammenfallen, wenn ihr dem nicht Einhalt tut«, rief er. »In meinem Leben hab' ich so etwas nicht gesehen. Geht voran, Frau Merlyn, führt mich ins obere Stockwerk.«

Ängstlich wandte sich Tante Patience nach der Treppe; ihre Blicke suchten in den Augen ihrer Nichte eine Ermutigung.
Die oberen Räume wurden alle besichtigt. Der Junker schaute in alle staubigen Winkel, hielt die alten Säcke in die Höhe und stocherte in den Kartoffeln herum, wobei er beständig seinem Ärger und Abscheu Luft machte. »Das nennt ihr ein Gasthaus, was? Ihr habt nicht einmal ein Bett bereit, in dem eine Katze schlafen könnte. Der Ort ist durch und durch verlottert und verfault. Was bedeutet das, he? Habt Ihr Eure Zunge verloren, Frau Merlyn?«
Die arme Frau war unfähig, zu antworten; sie schüttelte nur den Kopf und bewegte den Mund.
Mary wußte, daß sie und ihre Tante gleich gespannt auf das waren, was sich ereignen würde, wenn sie zu dem verrammelten Zimmer im untern Gang kämen.
»Die Frau Wirtin scheint im Augenblick ebenso taub wie stumm zu sein«, bemerkte der Junker trocken. »Wie steht's mit Euch, Jungfer? Habt Ihr etwas zu sagen?«
»Ich lebe erst seit kurzem hier«, erklärte Mary. »Meine Mutter ist gestorben, so kam ich her, um nach meiner Tante zu sehen. Sie ist nicht sehr kräftig; Sie können das selbst beurteilen. Sie ist nervös und leicht aus der Fassung zu bringen.«
»Daraus mache ich ihr keinen Vorwurf, da sie an einem solchen Ort lebt«, meinte Herr Bassat. »Nun, hier oben gibt es weiter nichts zu sehen; führt mich, bitte, wieder hinab und zeigt mir das Zimmer mit den vermachten Fenstern. Ich hab' es vom Hof aus bemerkt und möchte sein Inneres sehen.«
Tante Patience fuhr sich mit der Zunge über die Lippen; außerstande zu reden, schaute sie Mary an.
»Es tut mir sehr leid, Herr«, erwiderte Mary, »aber wenn Sie die alte Rumpelkammer am Ende des Gangs meinen, so fürchte ich, ihre Tür ist geschlossen. Mein Onkel verwahrt den Schlüssel, doch wo er ihn hingelegt hat, das weiß ich nicht.«
Der Junker blickte mißtrauisch von der einen zur andern. »Und Ihr, Frau Merlyn – wißt Ihr denn nicht, wo Euer Mann diesen Schlüssel aufbewahrt?«
Tante Patience schüttelte den Kopf. Der Junker schnaubte und drehte sich auf dem Absatz herum. »Nun, das werden wir gleich haben«, sagte er, »diese Tür werden wir sogleich offen haben.« Er ging, um seinen Diener zu rufen, in den Hof. Mary streichelte ihre Tante und zog sie dicht an sich.
»Beherrsch dich, zittere nicht so«, sagte sie schroff. »Jedermann sieht dir

ja an, daß du etwas zu verbergen hast. Das einzige, was du tun kannst, ist, dich zu stellen, als habest du nichts dagegen, als sei es dir recht, wenn er das ganze Haus durchsucht.«

Nach einigen Minuten kehrte Herr Bassat mit dem Mann Richards zurück, der beim Gedanken an die beabsichtigte Zerstörung über das ganze Gesicht grinste; er trug einen alten Eisenstab, den er im Stall gefunden hatte und den er augenscheinlich als Rammbock benutzen wollte.

Wäre ihre Tante nicht gewesen, Mary hätte dem Schauspiel nicht ohne Vergnügen beigewohnt. Zum erstenmal würde es ihr nun vergönnt sein, einen Blick in den verschlossenen Raum zu tun. Doch der Umstand, daß ihre Tante und zugleich sie selbst bei der bevorstehenden Entdeckung in Mitleidenschaft gezogen werden könnten, erweckte in ihr gemischte Gefühle; und beider Unschuld zu beweisen, das erkannte sie als eine harte Nuß. Die Aussicht, Glauben zu finden, war gering, wenn man Tante Patience neben sich hatte, die blind für ihren Gatten einstand.

Mary sah darum nicht ohne Aufregung Herrn Bassat und seinen Diener das Eisen aufnehmen und gegen das Türschloß stoßen. Mehrere Minuten lang hielt dieses stand, und die Schläge widerhallten im Haus. Dann gab es ein Splittern im Holz und einen Krach, und die Tür wich nach innen zurück. Tante Patience tat einen leisen Schrei; der Junker ging sogleich hinein. Richards, auf die Stange gelehnt, wischte sich den Schweiß von der Stirn, und Mary konnte über seine Schulter in das Zimmer sehen. Es war freilich dunkel; die mit Sackleinwand verhängten Fenster hielten das Licht vollständig ab.

»Bringe mir eine von euch eine Kerze«, rief der Junker, »hier ist es stockfinster.« Der Diener zog einen Kerzenstumpf aus der Tasche; es wurde Licht gemacht. Er reichte die Kerze seinem Herrn; dieser hielt sie über seinem Kopf hoch und schritt in die Mitte des Zimmers.

Eine Weile war alles still, während der Junker sich kehrte und wandte und das Licht in jede Ecke scheinen ließ; hierauf, vor Enttäuschung und Ärger mit der Zunge schnalzend, wandte er sich an die kleine Gruppe hinter ihm: »Nichts«, sagte er; »absolut nichts. Der Gastwirt hat mich wieder zum Narren gehalten.«

Abgesehen von einem Haufen alter Säcke, die in einem Winkel lagen, war der Raum vollkommen leer. Dichter Staub deckte alles, und Spinnweben, größer als eine Männerhand, hingen an den Wänden. Keine Möbel; der Herd war mit Steinen aufgefüllt, den Boden belegten Platten.

Auf den Säcken lag ein Stück gedrehten Seils.

Der Junker zuckte die Achseln und redete wieder in den Gang hinaus.

»Also, Herr Joss Merlyn hat für diesmal sein Spiel gewonnen; es gibt hier nicht genügend Beweismaterial, um das Töten einer Katze zu rechtfertigen. Ich erkläre mich für geschlagen.«

Die zwei Frauen folgten ihm durch den Vorraum zum Ausgang, während der Diener in den Stall ging, um die Pferde zu holen.

Herr Bassat klatschte mit der Peitsche auf seinen Stiefel und starrte mißmutig vor sich hin. »Sie haben Glück gehabt, Frau Merlyn«, betonte er. »Hätte ich gefunden, was ich in diesem Ihrem verdammten Loch zu finden hoffte, dann wäre Ihr Mann morgen ins Distriktsgefängnis gewandert. Da nun aber ...« Er schnalzte wieder ärgerlich mit der Zunge und brach mitten im Satz ab.

»So beeil dich doch, Richards, kannst du das wohl?« rief er. »Ich mag wirklich nicht noch mehr von meinem Morgen verlieren. Was, zum Henker, treibst du denn?«

Der Mann erschien, die beiden Pferde hinter sich führend, in der Stalltür.

»Nun hört einmal«, sagte jetzt Herr Bassat und deutete mit der Peitsche auf Mary. »Eure Tante mag ihre Sprache verloren haben und ihren Verstand dazu. Ihr aber werdet, so denke ich, gut Englisch verstehen. Wollt Ihr wirklich behaupten, daß Ihr von den Geschäften Eures Onkels nichts wißt? Kommen nie Besucher in dieses Gasthaus, weder bei Tag noch in der Nacht?«

Mary sah ihm gerade in die Augen: »Ich habe nie jemanden gesehen.«

»Habt Ihr, vor heute, jemals einen Blick in jenen verschlossenen Raum getan?«

»Nein, nie in meinem Leben.«

»Könnt Ihr Euch irgendeinen Grund denken für das Verschlossenhalten dieses Ortes?«

»Nein, ganz und gar nicht.«

»Habt Ihr jemals nachts Räderrollen im Hof gehört?«

»Ich habe einen sehr tiefen Schlaf. Nichts weckt mich auf.«

»Wohin geht Euer Onkel, wenn er das Haus verläßt?«

»Ich weiß es nicht.«

»Scheint Euch das nicht selbst recht eigentümlich, an des Königs Landstraße ein Gasthaus zu halten und dann dieses Haus gegen alle Reisenden zu verriegeln und zu verrammeln?«

»Mein Onkel ist ein sehr eigentümlicher Mann.«

»Das ist er in der Tat. Wirklich, er ist so verdammt eigentümlich, daß die halbe Bewohnerschaft des Distrikts in ihren Betten keinen ruhigen Schlaf finden wird, bis er gehängt ist, wie vor ihm sein Vater. Sagt ihm das, ich hätte es gesagt.«

»Das will ich, Herr Bassat.«

»Fürchtet Ihr Euch nicht, hier draußen zu leben, ohne einen einzigen Nachbarn zu hören oder zu sehen, und als alleinige Gesellschaft dieses halbgestörte Weib?«
»Die Zeit geht hin.«
»Ihr habt eine wohlbehütete Zunge, Jungfer! Nun, ich beneide Euch nicht um Eure Verwandten. Lieber wüßte ich meine Tochter im Grab, als mit einem Manne wie Joss Merlyn im Gasthaus ›Jamaica‹ lebend.«
Er ging weg, klomm auf sein Pferd und faßte die Zügel in die Hand.
»Noch etwas«, rief er von seinem Sattel herab, »habt Ihr je den jüngeren Bruder Eures Onkels Jem Merlyn aus Trewartha gesehen?«
»Nein«, sagte Mary unerschütterlich; »er kommt nie hierher.«
»Oh, nicht? Gut, das ist alles, was ich diesen Morgen von euch wollte. Guten Tag, ihr beiden.« Hinweg klapperten sie, aus dem Hof, auf die Straße hinab und auf die Höhe des nächsten Hügels.
Tante Patience war bereits Mary voran in die Küche gegangen, sie saß nun wie gebrochen in einem Stuhl.
»So nimm dich doch zusammen«, sagte Mary gelangweilt. »Herr Bassat ist fort, nicht klüger durch seinen Besuch und so verdrossen wie drei Tage Regenwetter. Hätte das Zimmer nach Branntwein gerochen, es hätte etwas abgesetzt. Aber so bist du und Onkel Joss fein aus der Patsche.«
Sie goß sich ein Glas Wasser ein und trank es in einem Zug. Mary war nahe daran, die Geduld zu verlieren. Sie hatte, um ihres Onkels Haut zu retten, gelogen, als alles in ihr danach lechzte, seine Schuld hinauszuschreien. Sie hatte in das verschlossene Zimmer hineingeschaut. Seine Leere hatte sie kaum überrascht, als sie an den Besuch der Wagen, in der Nacht vor kurzem, dachte; aber dieses gräßliche Stück Seil wieder zu erblicken, das sie sogleich als dasjenige erkannte, das sie vom Balken hängend gesehen hatte, das war fast mehr, als sie ertragen konnte. Doch um ihrer Tante willen mußte sie schweigen und stillhalten. Es war schändlich, es gab dafür kein anderes Wort. Sie war nun mitschuldig, es gab kein Zurück. Wohl oder übel war sie ein Mitglied der Bande vom Gasthaus »Jamaica« geworden. Zynisch überlegte sie, während sie ein zweites Glas Wasser trank, daß sie wahrscheinlich am Ende neben ihrem Onkel gehängt werde. Nicht allein zu seiner Rettung, so vergegenwärtigte sie sich mit steigendem Verdruß, sie hatte auch gelogen, um seinem Bruder Jem zu helfen. Jem Merlyn war ihr ebenso zu Dank verpflichtet. Warum sie aber seinetwegen gelogen hatte, das wußte sie nicht. Voraussichtlich würde er nie etwas davon erfahren, und wenn doch, dann würde er es für selbstverständlich halten.
Noch immer stöhnte und wimmerte Tante Patience vor dem Feuer; Mary hatte keine Lust, sie zu trösten. Sie fand, sie habe an diesem Tag für ihre

Familie genug geleistet. Wäre sie noch länger in der Küche geblieben, sie hätte aufschreien müssen. Sie kehrte in den kleinen Garten neben dem Hühnerhof zu ihrem Waschzuber zurück und tauchte vorsichtig ihre Hände in die graue, seifige Brühe, die inzwischen eiskalt geworden war.
Kurz vor Mittag kam Joss Merlyn nach Hause. Mary hörte ihn in die Küche gehen. Er wurde sogleich von seiner Frau mit einem Redeschwall überschüttet. Mary blieb bei ihrer Wäsche; sie wollte Tante Patience die Dinge auf ihre Weise berichten lassen. Wenn er dann die Bestätigung von der andern Seite wünschte, war es noch früh genug, hineinzugehen.
Sie konnte von ihrem Disput nichts verstehen, doch die Stimme ihrer Tante klang hoch und schrill. Hin und wieder warf der Onkel eine scharfe Frage dazwischen. Nach einer Weile winkte er Mary am Fenster, und sie ging ins Haus. Er stand am Kamin, mit gespreizten Beinen, das Gesicht drohend wie eine Wetterwolke.
»Komm da her«, schrie er, »heraus damit! Was kannst du von der Geschichte sagen? Deine Tante beschert mir nur einen Worthaufen; eine Elster schwatzt sinnvoller als sie. Was, zum Teufel, ging hier vor? Das möcht' ich wissen.«
Ruhig und mit wenigen überlegten Worten teilte ihm Mary mit, was sich am Vormittag zugetragen hatte. Sie verschwieg nichts – außer der Frage des Junkers nach seinem Bruder –, und sie schloß mit Herrn Bassats eigenen Worten: daß die Leute in ihren Betten nicht eher ruhig schlafen würden, bis Joss Merlyn gehängt sei, wie vor ihm sein Vater.
Der Gastwirt hörte schweigend zu. Als sie geendet hatte, schlug er mit der Faust auf den Küchentisch, fluchte und schmiß einen Stuhl an die gegenüberliegende Wand.
»Diese hundsföttische Ausgeburt von einem Schleicher!« brüllte er. »Er hatte nicht mehr Recht als ein anderer, mein Haus zu betreten. Sein Schwatz von einer Vollmacht war reiner Bluff, ihr dämlichen Dummköpfe; so was gibt es nicht. Wäre ich dagewesen, bei Gott, ich hätte ihn nach North-Hill zurückgeschickt, daß ihn sein eigenes Weib nicht wiedererkannt hätte – und hätte sie's, so würde sie für ihn doch keine Verwendung mehr gehabt haben. Mögen ihm die Augen verderben! Ich werde Herrn Bassat lehren, was für Gerüchte im Lande herumgehn und was er hier herumzuschnüffeln hat. Er hat euch Angst eingejagt, nicht? Ich werd' ihm sein Haus über dem Kopf anzünden, wenn er sich nochmals so etwas herausnimmt.«
Joss Merlyn hatte seine ganze Stimmkraft aufgeboten; er machte einen betäubenden Lärm.
Mary fürchtete ihn nicht, wenn er so tobte; das alles war Schall und Rauch. Wenn er dagegen seine Stimme dämpfte und zu flüstern begann,

wußte sie, war er gefährlich. Bei all seinem Gepolter hatte er jetzt Angst, sie sah das, und seine Zuversicht war heftig erschüttert.
»Gib mir etwas zu essen«, sagte er, »ich muß nochmals fort und habe keine Zeit zu verlieren. Laß das Heulen, Patience, sonst schlag' ich dir eins ins Gesicht. Du, Mary, hast dich heute brav gehalten; ich werd' es nicht vergessen.«
Seine Nichte blickte ihn an:
»Du denkst doch nicht, daß ich es deinetwegen tat? Oder?«
»Ich frag' den Teufel danach, warum du's getan hast, das Ergebnis bleibt dasselbe«, antwortete er. »Nicht daß ein blinder Schafskopf wie Bassat irgendwo irgend etwas hätte finden können; ihm sitzt der Verstand von Geburt eben nicht am rechten Ort. Schneid mir ein Stück Brot herunter, und hör auf zu reden, und setz dich unten an den Tisch, wo du hingehörst.«
Die Frauen setzten sich schweigend, und die Mahlzeit verging ohne weitere Störung. Sobald er gegessen hatte, sprang der Gastwirt auf, und schweigend ging er in den Stall. Mary erwartete, daß er sein Pony wieder herausholen und die Straße hinabreiten würde, doch in ein oder zwei Minuten war er wieder da, ging durch die Küche zum Ende des Hofs und stieg den Feldweg hinauf. Mary sah ihn durch das Moor wandern und den steilen Hang erklimmen, der nach Tolborough-Tor und Codda führte. Einen Augenblick zauderte sie, der Weisheit des Plans, der plötzlich in ihr aufgestiegen war, mißtrauend; dann schien das Geräusch der Schritte ihrer Tante im oberen Stock für sie zu entscheiden. Sie wartete das Schließen des Schlafzimmers ab, dann warf sie ihre Schürze hin, nahm den dicken Schal von seinem Pflock an der Wand und rannte hinab ins Feld, hinter ihrem Onkel her. Als sie die Höhe erreicht hatte, duckte sie sich zwischen den Steinhaufen, bis seine Gestalt den Horizont schnitt und verschwand, dann lief sie wieder und verfolgte seine Spur, den Weg über Gras und Steine nehmend. Ihre Absicht war, Joss Merlyn im Auge zu behalten, wobei sie natürlich selbst ungesehen bleiben mußte; so wäre es ihr vielleicht möglich, von seinen geheimen Machenschaften etwas zu erfahren. Es stand für sie fest, daß der Besuch des Junkers im Gasthaus »Jamaica« die Pläne des Wirts durchkreuzt hatte und daß dessen plötzliche Fußwanderung mitten durch das West-Moor damit in Zusammenhang stand. Es war noch nicht halb zwei Uhr und zum Wandern ein wundervoller Tag. Mary, in ihren festen Schuhen und kurzen Röcken, kümmerte der rauhe Boden wenig. Er war trocken genug an der Oberfläche – der Frost hatte sie gehärtet –, und vertraut, wie sie mit dem schlammigen Grund des Farmhofs war, schien ihr diese kleine Kletterei über das Moor nicht allzu schwierig. Ihre früheren Ausflüge hatten sie

einige Vorsicht gelehrt; soviel als möglich hielt sie sich an den hochgelegenen Boden und folgte, so gut das ging, den Spuren ihres Onkels. Ihre Aufgabe erwies sich indessen als mühevoll genug, das erfuhr sie nach einigen Meilen. Um verborgen zu bleiben, mußte sie zwischen sich und ihm einen beträchtlichen Abstand einhalten, und der Gastwirt marschierte mit solcher Eile und so mächtigen Schritten, daß Mary einsah, sie werde über kurzem zurückgelassen werden. Codda-Tor war erreicht; er wandte sich nun westwärts gegen das niedrige Gelände am Fuß von Brown-Willy; er war jetzt, trotz seiner Größe, nur noch ein kleiner, schwarzer Punkt vor der weiten Fläche braunen Moorlands.

Die Aussicht, etwa dreizehnhundert Fuß erklettern zu müssen, versetzte Mary gleichsam einen Stoß; sie hielt einen Augenblick und trocknete ihr triefendes Gesicht. Sie ließ ihr Haar frei, um es bequemer zu haben. Warum der Wirt vom Gasthaus »Jamaica« es für nötig hielt, an einem Dezembernachmittag den höchsten Punkt im Bodmin-Moor zu ersteigen, darauf wußte sie keine Antwort, aber, da sie nun so weit gegangen war, wollte sie auch einen Lohn für ihre Mühe haben, und sie begann in einer rascheren Gangart fortzuschreiten.

Sie hatte nun sumpfigen Grund unter ihren Füßen, denn der Frost vom Morgen war hier aufgetaut und zu Wasser geworden, und die ganze niedrige Ebene vor ihr war vom Winterregen weich und gelb. Mit kalter und frostiger Sicherheit drang die Nässe in ihre Schuhe ein; der Saum ihres Kleides war kotbespritzt und an verschiedenen Stellen zerrissen. Sie zog dieses höher und befestigte es mit ihrem Haarband um ihre Hüften und stapfte weiter in den Spuren ihres Onkels; aber der war bereits mit einer unheimlichen Geschwindigkeit, zu der nur lange Übung verhelfen konnte, über die schlimmste Strecke des niedrigen Geländes hinaus, und sie vermochte gerade noch zwischen der schwarzen Heide und dem Fuß des Brown-Willy seine Gestalt wahrzunehmen; dann verbarg ihn eine aufragende Granitspitze, und sie sah ihn nicht mehr. Es war unmöglich, den Weg, den er durch den Schlamm gegangen war, zu erkennen; er war in Blitzesschnelle verschwunden. Sie war jetzt hoffnungslos allein und ohne Aussicht, ihren Onkel wieder zu erblicken.

Nichtsdestoweniger machte sie sich an die Ersteigung des Brown-Willy, gleitend und taumelnd zwischen feuchtem Moos und Steinen.

Als sie auf dem Gipfel des Hügels ankam, stand das Abendgewölk hoch über ihrem Kopf, und die Welt war grau. Der ferne Horizont erlosch in dem steigenden Dunkel; dünne, weiße Nebel schwebten aus dem Moor herauf.

Sie hatte den Berg von seiner steilsten und schwierigsten Seite erstiegen und darauf fast eine Stunde ihrer Zeit verschwendet. Nun würde sie bald

die Dunkelheit umfangen. Ihre Tollheit hatte sich als wenig planvoll erwiesen, denn so weit ihr Auge reichte, konnte sie im ganzen Umkreis nichts Lebendiges entdecken.
Joss Merlyn war schon lange verschwunden; nach allem hatte er überhaupt nicht diese Höhe erstiegen, sondern war an ihrem Fuß hingegangen, zwischen der buschigen Heide und den niedrigeren Steinen, und hatte allein und unbemerkt seinen Weg verfolgt, östlich oder westlich, wohin seine Geschäfte ihn riefen, bis ihn die entlegenen Hügelfalten verschluckten.
Mary würde ihn nicht wiederfinden. Das beste war, eilig und auf dem kürzesten Weg vom Berg hinabzusteigen. Sie sah ein, was für eine Narrheit es gewesen war, an einem Dezembernachmittag so weit zu gehen, denn die Erfahrung hatte sie gelehrt, wie kurz im Bodmin-Moor die Dämmerungen waren.
Die Dunkelheit brach schnell und plötzlich herein. Auch die Nebel waren gefährlich, wenn sie als Wolke vom Grund aufstiegen und sich wie eine weiße Wand über den Sümpfen erhoben.
Bedrückt und mutlos und ohne alle Unternehmungslust kletterte Mary die steile Felsseite wieder hinab. Als sie die Ebene erreicht hatte, waren Nebel und Finsternis über das Moorland gekommen, und sie hatte jede Orientierung verloren. Endlich stieß sie auf eine derbe Spur, die aufwärts und dann leicht nach rechts führte. Sicher waren hier Wagenräder durchgekommen. Wo aber ein Wagen zu fahren vermochte, da konnte auch Mary ihre Straße finden. Das Schlimmste lag hinter ihr; und jetzt, da die Furcht sie verließ, fühlte sie sich schwach und schrecklich müde.
Sie ging dahin, das Kinn auf der Brust und mit hängenden Händen. Jetzt zum erstenmal, dachte sie, würde ihr der Anblick der großen grauen Kamine vom Gasthaus »Jamaica« willkommen und tröstlich sein. Die Spur verbreiterte sich und wurde bei einer Biegung von einer andern gekreuzt, die von links nach rechts lief. Ein paar Augenblicke stand Mary unschlüssig, welcher sie folgen sollte. Da vernahm sie das Geräusch eines Pferdes, das prustend, als sei es tüchtig geritten worden, zu ihrer Linken aus dem Dunkel auftauchte.
Seine Hufe verursachten auf dem Torf einen matten, dumpfen Laut. Mary verharrte mitten auf den Spuren; ihre Nerven waren von der plötzlichen Erscheinung erschüttert. Das Pferd war ihr gegenüber aus dem Nebel hervorgetreten, den Reiter auf seinem Rücken. Die beiden Gestalten machten in dem spärlichen Licht einen fast unwirklichen Eindruck. Als der Reiter Mary erblickte, schwenkte er zur Seite und riß sein Roß zurück, um ihr auszuweichen. »Hallo«, rief er, »wer ist da? Braucht jemand Hilfe?«

Er sah vom Sattel herab und rief überrascht: »Eine Frau? Was in aller Welt tun Sie hier?«
Mary hielt sich an seinem Zügel und beruhigte das scheuende Pferd. »Können Sie mich auf die rechte Straße bringen?« fragte sie. »Ich bin Meilen von zu Hause und völlig verirrt.«
»Nur ruhig!« sagte er zu seinem Pferd. »Halt still, willst du? Woher sind Sie gekommen? Gewiß will ich Ihnen helfen, wenn ich kann.«
Seine Stimme klang leise und sanft, und Mary glaubte, in ihm eine Person von Stand zu erkennen.
»Ich lebe im Gasthaus ›Jamaica‹«, sagte sie und hatte kaum die Worte gesprochen, als sie wünschte, sie wären ihr nicht entwischt. Nun würde er ihr bestimmt nicht helfen. Der Name allein schon genügte, ihn sein Pferd antreiben zu machen und wegzureiten und sie ihren Weg sich selber suchen zu lassen.
Der Mann schwieg zuerst – was sie erwartet hatte; doch als er wieder zu reden begann, war seine Stimme unverändert ruhig und sanft wie zuvor.
»Gasthaus ›Jamaica‹?« sagte er. »Ich fürchte, da sind Sie sehr weit von Ihrem Weg abgeraten. Sie müssen in der entgegengesetzten Richtung gegangen sein. Sie befinden sich hier auf der andern Seite von Hendra-Downs.«
»Das sagt mir nichts«, erklärte sie. »Ich bin noch nie diesen Weg gegangen; es war sehr dumm von mir, mich an einem Winternachmittag so weit fortzuwagen. Ich wäre Ihnen dankbar, wenn Sie mich auf den rechten Weg bringen wollten; einmal auf der Landstraße, hätte ich nicht mehr so weit nach Hause.«
Er betrachtete sie einen Augenblick, dann schwang er sich aus dem Sattel. »Sie sind erschöpft«, sagte er, »Sie können nicht weiter zu Fuß gehen; und außerdem möchte ich Sie nicht gehen lassen. Wir sind in der Nähe des Dorfs, und Sie sollen dorthin reiten. Setzen Sie den Fuß auf meine Hand, ich helfe Ihnen hinauf.« In einer Minute saß sie richtig im Sattel, und er stand unten neben ihr, den Zügel in der Hand. »So geht's besser, nicht? Sie müssen eine lange und unbequeme Wanderung über das Moorland hinter sich haben. Ihre Schuhe und der Saum Ihres Kleides sind völlig durchnäßt. Sie müssen mit mir heimkommen, diese Sachen trocknen, ein wenig ausruhen und etwas essen, ehe ich Sie nach dem Gasthaus ›Jamaica‹ zurückbringen werde.« Er sprach im Ton der Besorgtheit und zugleich mit einer ruhigen Autorität, so daß Mary erleichtert aufseufzte und für den Augenblick alle Verantwortung von sich warf, zufrieden, sich seiner Obhut anzuvertrauen. Er ordnete die Zügel, bis sie ihr paßten, und als er zu ihr aufblickte, sah sie zum erstenmal unter dem

Hutrand seine Augen. Es waren seltsame Augen, durchsichtig wie Glas und von so heller Farbe, daß sie fast weiß erschienen. Auch sein Haar unter seinem breitkrempigen Hut war weiß, und Mary sah es nicht ohne Bestürzung, denn sein Gesicht war faltenlos und seine Stimme nicht die eines älteren Mannes. Dann begriff sie, mit einem Anflug von Verwirrung, den Grund dieser Regelwidrigkeit und wandte die Augen von ihm ab. Er war ein Albino.
Er griff an seinen Hut, entblößte seinen Kopf und sagte lächelnd: »Es ist vielleicht besser, wenn ich mich Ihnen vorstelle. Mein Name ist Francis Davey, und ich bin der Pfarrer von Altarnun.«

7

Etwas seltsam Friedliches lag über dem Haus. Es war wie das Haus in einem alten Märchen. Mary hielt ihre Hände über das Torffeuer. Das war eine andere Welt als die vom Gasthaus »Jamaica«. Dort war die Stille bedrückend und mit Bosheit geschwängert; die unbenutzten Räume rochen übel nach Vernachlässigung. Ganz anders hier. Der Raum, in dem sie saß, hatte das ruhig Unpersönliche eines bei Nacht benutzten Wohnzimmers. Die Möbel, der Tisch in der Mitte, die Bilder an den Wänden boten nicht jenen sicheren und vertrauten Anblick des Tages. Sie glichen lauter schlafenden Dingen, auf die man überraschenderweise mitten in der Nacht gestoßen war. Hier hatten einst Menschen gelebt, glückliche, ruhige Menschen; alte Pfarrherren, mit schimmligen Büchern unter dem Arm; und dort am Fenster hatte sich eine grauhaarige Frau in blauem Kleid über ihre Nadelarbeit gebeugt. Das alles war vor sehr langer Zeit. Sie schliefen nun im Kirchhof unter dem Tor, und ihre Namen auf dem flechtenüberwachsenen Stein waren unleserlich geworden. Seit sie gegangen, hatte das Haus sich in sich selbst zurückgezogen und war still geworden; und der Mann, der es jetzt bewohnte, ließ die Umwelt derer, die ihm vorangegangen, unverändert.
Mary beobachtete ihn, wie er das Tischtuch ausbreitete, und sie sagte sich, daß er sich mit Verständnis von der Atmosphäre des Hauses hatte umfangen lassen, denn ein anderer hätte vielleicht geschwatzt oder mit den Tassen geklappert und die Stille als einen Zwang empfunden. Sie ließ ihre Blicke durch das Zimmer wandern und fragte sich weiter nicht, warum die Wände der üblichen biblischen Bilder entbehrten, das polierte Pult frei war von den Papieren und Büchern, die in ihrer Vorstellung mit dem Lebensraum eines Pfarrers verbunden waren. In einer Ecke stand eine Staffelei und darauf ein halb vollendetes Bild des Teichs von

Dozmary. Es war an einem grauen Tag gemalt, mit Regenwolken in der Höhe, das Wasser lag glanzlos und schieferfarben, und es ging kein Wind. Der Anblick zog Mary an und fesselte sie. Sie verstand nichts von Malerei, doch besaß das Bild Kraft; es war ihr, als fühle sie den Regen auf ihrem Gesicht. »Sehen Sie das nicht an«, sagte er, »es wurde in Eile gemacht, und ich hatte keine Zeit, es zu beenden. Wenn Sie Bilder lieben, dann zeig' ich Ihnen etwas Besseres. Doch zuerst bekommen Sie jetzt Ihr Abendessen. Bleiben Sie sitzen, ich schiebe den Tisch zu Ihnen hin.«

Bedient zu werden, das war etwas Neues; doch er tat alles so ruhig und ohne Aufheben, daß es als etwas alltäglich Natürliches erschien und Mary sich nicht verlegen fühlte. »Hanna wohnt im Dorf«, sagte er; »sie geht jeden Nachmittag um vier Uhr heim. Ich ziehe vor, für mich zu sein. Ich liebe es, mein Abendessen selbst zu bereiten, so kann ich über meine Zeit verfügen. Zum Glück hat sie heute Apfelkuchen gemacht. Ich hoffe, Sie werden ihn essen können. Ihre Backkunst ist freilich nur mäßig.«

Er füllte ihre Tasse mit dampfendem Tee, tat einen Löffel Rahm hinein. Sie konnte sich immer noch nicht an dieses weiße Haar und an diese Augen gewöhnen; sie standen in einem so geraden Gegensatz zu seiner Stimme; und das schwarze Gewand des Geistlichen ließ sie noch seltsamer wirken. Sie fühlte sich noch immer müde und auch etwas befremdet von ihrer Umgebung, und er achtete ihr Bedürfnis nach Schweigen. Mary verzehrte ihr Abendessen; ab und zu warf sie hinter ihrer Tasse hervor einen verstohlenen Blick auf ihn, doch schien er das sogleich zu fühlen, denn er richtete die Augen auf sie, mit ihrer kalten, starren Helle – gleich den gleichgültigen und doch eindringlichen Blicken eines Blinden –, und sie schaute dann über seine Schulter nach den getünchten Zimmerwänden oder nach der Staffelei in der Ecke.

»Es war eine Fügung, daß ich Ihnen heute nacht im Moor begegnen mußte«, sagte er endlich, nachdem sie ihr Geschirr zurückgeschoben hatte und wieder in den Stuhl zurückgesunken war, das Kinn in die Hand gestützt.

Die Wärme des Zimmers und der heiße Tee machten sie schläfrig, und seine sanfte Stimme klang wie von weit her.

»Mein Beruf bringt mich zuweilen in die Hütten und Bauernhöfe der Gegend«, fuhr er fort. »Heute nachmittag half ich bei einer Geburt. Das Kind wird leben, und die Mutter ebenso. Sie sind zäh und fürchten nichts, diese Leute vom Moorland. Sie haben das wohl selbst schon bemerkt? Ich habe großen Respekt vor ihnen.«

Mary wußte nichts zu antworten. Ihr hatte die Gesellschaft, die ins Gasthaus »Jamaica« gekommen, nicht eben viel Respekt abgenötigt. Sie wunderte sich über den Rosengeruch, der die Luft erfüllte, und da bemerkte sie erst das Gefäß mit getrockneten Rosenblättern auf dem kleinen Tisch hinter ihrem Stuhl. Er fuhr fort zu sprechen, so freundlich wie stets, aber jetzt mit einem Ton der Dringlichkeit.

»Warum sind Sie heute abend durch das Moorland gegangen?«

Mary setzte sich gerade auf und sah ihm in die Augen. Er sah sie unendlich teilnehmend an, und sie empfand das Bedürfnis, diese Teilnahme zu beanspruchen.

Ohne zu wissen, wie es kam, hörte sie, wie sie ihm antwortete.

»Ich bin in einer schrecklichen Verfassung. Manchmal fürchte ich, so zu werden wie meine Tante und meinen Verstand zu verlieren. Ihr mögt hier unten in Altarnun Gerüchte vernommen und darüber die Achseln gezuckt und nicht weiter darauf geachtet haben. Ich habe im Gasthaus ›Jamaica‹ nicht viel mehr als einen Monat zugebracht, mir aber scheint es eine Zeit von zwanzig Jahren. Meine Tante ist's, die mich bekümmert. Könnte ich sie nur von dort wegbringen! Aber sie will Onkel Joss nicht verlassen, obgleich er sie erbärmlich behandelt. Jede Nacht, beim Zubettgehen, bin ich darauf gefaßt, zu erwachen und die Wagen zu hören. Als sie zum erstenmal kamen, waren es sechs oder sieben; sie brachten große Pakete und Kisten, die von den Männern dann in dem verrammelten Zimmer, am Ende des Ganges, aufgestapelt wurden. In dieser Nacht wurde ein Mann getötet; ich habe das Seil vom Balken niederhängen sehen...« Sie brach ab, Blut schoß ihr ins Gesicht. »Ich habe noch niemandem etwas davon gesagt. Einmal mußte es herauskommen. Länger konnte ich es nicht für mich behalten. Ich habe damit etwas Schreckliches getan.« Eine Weile antwortete er nicht; er ließ ihr Zeit, und dann, als sie sich erholt hatte, sprach er mild und leise wie ein Vater zu einem erschrockenen Kind.

»Fürchten Sie nichts«, sagte er. »Ihr Geheimnis bleibt wohlbewahrt; außer mir erfährt keiner davon. Sie sind sehr müde, und es war mein Fehler, daß ich Sie in das warme Zimmer gebracht habe und Sie essen hieß. Ich hätte Sie zu Bett schicken sollen. Sie müssen stundenlang im Moor umhergeirrt sein, und zwischen hier und dem ›Jamaica‹ gibt es schlimme Strecken; die Nebel sind in dieser Jahreszeit am schlimmsten. Wenn Sie ausgeruht sind, dann werde ich Sie im Wagen zurückfahren, und ich will mich auch beim Gastwirt entschuldigen, wenn Sie das haben wollen.«

»Oh, tun Sie das nicht«, erwiderte Mary rasch. »Wenn er nur die Hälfte ahnte von dem, was ich heute getan habe, dann würde er mich töten, und Sie dazu. Sie müssen verstehen: er ist ein verzweifelter Mann, der vor nichts zurückschreckt. Nein, im schlimmsten Fall werde ich über der Eingangstür zu meiner Kammer hinaufklettern und versuchen, so hin-

einzugelangen. Er darf nie erfahren, daß ich hier war oder Sie getroffen habe.«
»Geht nicht vielleicht Ihre Einbildung ein wenig mit Ihnen durch?« fragte der Pfarrer. »Ich weiß, ich muß kalt und gefühllos scheinen, aber Sie wissen, wir leben im 19. Jahrhundert, und ohne Grund bringen wir uns gegenseitig nicht um. Da Sie einmal bis zu diesem Punkt gelangt sind, wäre es nicht besser, wenn Sie mir auch noch den Rest Ihrer Geschichte anvertrauten? Wie heißen Sie? Und wie lange haben Sie im Gasthaus ›Jamaica‹ gelebt?«
Mary sah auf die blassen Augen und das farblose Gesicht, den Schimmer von kurz geschnittenem weißen Haar, und wieder wunderte sie sich, was für ein seltsames Naturspiel dieser Mann war, der einundzwanzig Jahre zählen könnte, aber auch sechzig, und der sie mit seiner sanften überredenden Stimme zwang, jedes Geheimnis ihres Herzens preiszugeben, sobald er nur danach fragte. Sie durfte ihm vertrauen, das wenigstens stand fest. Noch zögerte sie und überlegte ihre Worte.
»Kommen Sie«, sagte er lächelnd, »ich habe in meinem Leben Bekenntnisse genug gehört. Nicht hier in Altarnum, aber in Irland und in Spanien. Ihre Geschichte wird mich weniger erstaunen, als Sie denken. Es gibt noch andere Welten als die des Gasthauses ›Jamaica‹.«
Seine Rede stimmte sie demütig und machte sie ein wenig verwirrt. Es war, als ob er bei all seinem Takt und seiner Artigkeit über sie spottete, als halte er sie im Grunde für hysterisch und für recht jung. Sie holte bei ihrer Erzählung weit aus, mit abgebrochenen, schlecht geformten Sätzen. Sie begann mit ihrer ersten Samstagnacht in der Bar, und von da kehrte sie zurück zu ihrer Ankunft im Gasthaus. Ihr Bericht klang platt und nicht sehr überzeugend, sogar für sie selbst, die sie doch um seine Wahrheit wußte. Ihre große Müdigkeit machte ihr das Erzählen zu einer Arbeit; immer wieder fehlte es ihr an Worten. Sie hielt inne, um nachzudenken, ging wieder auf die Anfänge zurück und wiederholte sich beständig. Er hörte sie geduldig bis zu Ende an, ohne eine Frage oder Zwischenbemerkung; doch die ganze Zeit über fühlte sie sich von seinen weißen Augen überwacht, und er hatte eine besondere Art, dann und wann zu schlucken, was sie instinktiv jedesmal kommen sah. Die ausgestandene Angst, Ohnmacht und Zweifel klangen in ihren eigenen Ohren jetzt wie die gesteigerten Ausgeburten einer überreizten Phantasie, und das Gespräch zwischen ihrem Onkel und dem Fremden in der Bar war zu einem kunstvoll ausgesponnenen Unsinn geworden. Sie fühlte des Pfarrers Unglauben; mit einer verzweifelten Anstrengung, ihre nur allzu lächerliche und farbenvolle Geschichte zu dämpfen, erreichte sie nur, daß deren Bösewicht, ihr Onkel, zu einem gewöhnlichen trunksüchtigen Bauern-

lümmel wurde, der jede Woche einmal seine Frau verprügelte, und sogar die Wagen hatten nicht mehr Bedrohliches als Botenwagen, die nächtlicherweile Waren durch das Land fuhren.
Der Besuch des Junkers von North-Hill am heutigen Tag klang nicht unglaubwürdig, aber das leere Zimmer schwächte diesen Eindruck wieder ab. Von der ganzen Geschichte trug allein Marys Verirrung im Moorland, am heutigen Nachmittag, das Gepräge der Wirklichkeit.
Nachdem sie geendet hatte, erhob sich der Pfarrer und schritt im Zimmer auf und ab. Während des Atmens pfiff er leise und spielte mit einem Rockknopf, der sich gelockert hatte und nur noch an einem Faden hing. Dann stand er am Kamin still, den Rücken dem Feuer zugekehrt, und schaute auf sie herab, aber Mary konnte nicht in seinen Augen lesen.
»Ich glaube Ihnen«, sagte er nach einiger Zeit. »Sie sehen nicht aus wie jemand, der lügt, und ich zweifle, daß Sie die Bedeutung des Wortes Hysterie kennen. Doch Ihre Geschichte wäre vor einem Gerichtshof wenig angebracht, wenigstens nicht so, wie Sie sie heute abend erzählt haben. Das klang zu märchenhaft. Eine andere Sache – es ist ein Ärgernis und ein Vergehen, von dem wir alle wissen, doch wird Schmuggel im ganzen Land betrieben, die Hälfte der Gerichtspersonen hat dabei die Hand im Spiel. Das empört Sie, nicht wahr? Ich kann Ihnen versichern, es verhält sich so. Wäre das Gesetz strenger, dann wäre die Überwachung genauer, und das kleine Nest Ihres Onkels im Gasthaus ›Jamaica‹ wäre schon längst ausgenommen worden. Ich habe Herrn Bassat ein- oder zweimal gesprochen, und ich halte ihn für aufrichtig und ehrenhaft, nur, unter uns gesagt, für ein wenig dumm. Er schwatzt und bläht sich auf, das ist aber auch alles. Er wird über seine Expedition von heute früh nichts verlauten lassen, ich müßte mich sonst sehr in ihm täuschen. Tatsächlich hatte er keineswegs den Auftrag, in das Gasthaus ›Jamaica‹ einzudringen und seine Zimmer zu durchsuchen, und wenn es bekannt wird, wie vergeblich diese Mühe war, dann wird er zum Gelächter der ganzen Gegend werden. Immerhin, eines kann ich Ihnen sagen: sein Besuch hat Ihren Onkel beunruhigt; er wird sich für eine Weile hübsch ruhig verhalten. Eine Zeitlang werden vor dem Gasthaus ›Jamaica‹ keine Wagen mehr anrollen.«
Mary hatten diese Darlegungen ein wenig enttäuscht. Sie hatte gehofft, ihn entsetzt zu sehen, sobald ihm die Wahrheit ihrer Erzählung einleuchte; doch da saß er, scheinbar ganz unberührt, alles nur als Tatsache abwägend.
Er mußte ihr diese Enttäuschung vom Gesicht abgelesen haben, denn er fuhr fort:
»Ich könnte mit Herrn Bassat reden – wünschen Sie das? – und ihm Ihre

Geschichte vortragen. Solange er aber Ihren Onkel nicht bei seiner Arbeit an den Wagen im Hof ertappen kann, besteht wenig Aussicht, ihn zu überzeugen. Ich gebe Ihnen das zu bedenken. Das klingt, fürchte ich, recht hilflos, aber die Situation ist, von jedem Standpunkt aus gesehen, eine außerordentlich heikle. Und dann: Sie möchten, daß Ihre Tante nicht in die Sache verwickelt wird; ich sehe aber nicht, wie das zu vermeiden wäre, wenn es zu einer Verhaftung kommt.«
»Was raten Sie mir denn, zu tun?« fragte Mary zaghaft.
»An Ihrer Stelle würde ich abwarten«, antwortete er. »Behalten Sie Ihren Onkel gut im Auge, und wenn die Wagen wiederkommen, dann können Sie darüber wieder einmal etwas berichten. Wir werden dann beraten, was am ehesten zu tun sei. Das heißt – wenn Sie mich wiederum mit Ihrem Vertrauen beehren wollen.«
»Was aber tun wegen des Fremden, der verschwunden ist?« fragte Mary. »Er ist ermordet worden, da bin ich sicher. Denken Sie, in dieser Angelegenheit sollte nichts geschehen?«
»Ich fürchte, nein; es sei denn, man fände seine Leiche, und das ist sehr unwahrscheinlich«, sagte der Pfarrer. »Es ist durchaus möglich, daß er wegen dieser Sache nicht umgebracht worden ist. Verzeihen Sie, ich erlaube mir zu denken, hier sei Ihre Phantasie mit Ihnen durchgegangen. Alles, was Sie gesehen haben, war das Stück von einem Seil, überlegen Sie das? Hätten Sie tatsächlich den Mann tot oder verwundet erblickt – das würde die Sachlage völlig ändern.«
»Ich hörte, wie mein Onkel ihn bedrohte«, beharrte Mary. »Ist das nicht genug?«
»Mein liebes Kind, die Menschen bedrohen einander das ganze Jahr hindurch täglich, aber sie werden dafür nicht gehängt. Nun merken Sie wohl: Ich bin Ihr Freund, Sie dürfen mir vertrauen. Wenn Sie jemals betrübt oder in einer Notlage sind, dann möchte ich, daß Sie zu mir kommen und mir alles erzählen. Sie fürchten sich nicht vor dem Weg, nach Ihrer heutigen Leistung, und nach Altarnun ist's auf der Landstraße nur ein paar Meilen. Sollten Sie einmal kommen und ich wäre nicht da, dann ist Hanna hier, und sie wird sich Ihrer annehmen. Also, das ist zwischen uns abgemacht?«
»Ich danke Ihnen sehr.«
»Und jetzt ziehen Sie Ihre Strümpfe und Schuhe wieder an, ich geh' zum Stall und hole den Wagen. Ich fahre Sie nach dem Gasthaus ›Jamaica‹ zurück.«
Der Gedanke an die Heimkehr war Mary schrecklich. Der Gegensatz zwischen diesem friedlichen Ort, mit den mild geschirmten Kerzen, dem warmen Torffeuer, dem tiefen Stuhl, und den kalten, unfreundlichen

Gängen im Gasthaus »Jamaica«, mit der kleinen Kiste über dem Eingang, die ihr Zimmer war, mußte aus dem Sinn verbannt werden. Aber eines durfte sie darin behalten: sie konnte wieder hierhin zurückkehren, wenn sie das wollte.

Es war eine schöne Nacht; das finstere Gewölk vom frühen Abend hatte sich verzogen, und der Himmel funkelte von Sternen. Mary saß neben Francis Davey auf dem hohen Wagensitz, in einen Mantel mit Samtkragen gehüllt. Es war nicht das Pferd, das er geritten hatte, als sie ihm im Moorland begegnete. Das hier war ein großes, graues Tier, das, von der Stallruhe frisch, dahinflog wie der Wind. Es war eine seltsame, aufregende Fahrt. Der Wind blies Mary in Gesicht und Augen. Der Abstieg von Altarnun war zuerst langsam vor sich gegangen, denn der Hügel war abschüssig; aber jetzt waren sie auf der Landstraße, gegen Bodmin zu. Der Pfarrer trieb den Gaul mit der Peitsche an, der legte seine Ohren zurück und rannte wie besessen.

Seine Hufe donnerten auf der harten, weißen Straße und ließen eine Staubwolke aufsteigen, und Mary wurde gegen ihren Begleiter geworfen. Er versuchte nicht, sein Pferd zu zügeln; zu ihm aufblickend bemerkte Mary, daß er lachte. »Nur zu«, sagte er, »nur zu; du kannst es noch schneller.« Seine Stimme klang dabei leise und erregt, als redete er mit sich selbst. Das wirkte unnatürlich, ein wenig verblüffend; Mary verspürte ein gelindes Unbehagen, so, als wäre er in eine andere Welt übergegangen und hätte ihre Anwesenheit vergessen.

Von ihrem Sitz aus konnte sie nun auch sein Profil betrachten. Sie sah den klaren Schnitt seiner Züge, das Hervortreten der schmalen Nase; vielleicht war es die angeborene Besonderheit, daß er von Beginn seines Lebens weiß gewesen war, die ihn so anders erscheinen ließ als jeden Menschen, dem sie bisher begegnet war.

Sie waren nun zu der Senkung gekommen, wo eine Baumgruppe ein kleines Tal für den Fowey-Fluß bildete, und ihnen gegenüber erhob sich der Anstieg bis zu dem hochgelegenen ungeschützten Gelände. Bereits konnte Mary auch schon die ragenden Kamine vom Gasthaus »Jamaica« sich vor dem Himmel abzeichnen sehen.

Die Fahrt war zu Ende und der Frohmut von ihr gewichen. Die alte Furcht und der Ekel vor ihrem Onkel kehrten zurück. Der Pfarrer hielt sein Pferd kurz vor dem Hof an, unter der Windseite des Graswalls.

»Das sieht aus, als wohne hier niemand«, sagte er ruhig. »Es ist wie ein Totenhaus. Soll ich die Tür öffnen?«

Mary schüttelte den Kopf. »Sie ist immer verriegelt«, flüsterte sie, »und die Fenster sind verschlossen. Dort über dem Eingang ist meine Kammer. Ich kann hinaufklettern, wenn Sie mich auf Ihren Schultern stehen

lassen. Ich bin zu Hause an schlimmeren Orten herumgeklettert. Mein oberes Fenster ist offen; einmal oben, ist die Sache leicht genug.«
»Sie werden auf diesen Schieferplatten ausrutschen«, antwortete er. »Ich möchte nicht, daß Sie's tun. Es ist unsinnig. Können Sie auf keinem andern Weg hineinkommen? Nicht auf der Hinterseite des Hauses?«
»Die Bartür wird verriegelt sein, die Küchentür auch«, erwiderte Mary. »Wir können aber um das Haus herumschleichen und uns vergewissern.«
Sie führte ihn auf die andere Seite des Hauses; plötzlich, mit dem Finger auf der Lippe, wandte sie sich zu ihm zurück. »Es ist Licht in der Küche«, flüsterte sie, »das bedeutet, daß mein Onkel dort sitzt. Tante Patience geht stets früh zu Bett. Es gibt keine Fenstervorhänge; wenn wir vorübergehen, wird er uns sehen.« Sie lehnte mit dem Rücken an der Hauswand. Ihr Begleiter bedeutete ihr, zu schweigen.
»Nun also«, sagte er, »ich will mich in acht nehmen, daß er mich nicht sieht. Ich werde durchs Fenster gucken.«
Sie sah ihm zu, wie er sich an den Rand des Fensters stellte und von dort einige Minuten in die Küche spähte. Dann winkte er, mit demselben gespannten Lächeln auf den Zügen, das sie schon früher an ihm wahrgenommen hatte. Unter dem schwarzen Pfarrerhut erschien sein Gesicht sehr blaß.
»Es wird heute abend mit dem Wirt vom Gasthaus ›Jamaica‹ zu keiner Auseinandersetzung kommen«, kündigte er an.
Mary folgte der Richtung seines Blicks und preßte sich an das Fenster. Die Küche war von einer einzigen Kerze erhellt, die in einer Flasche steckte. Zur Hälfte war sie schon niedergebrannt, und große Talgklumpen hingen an ihr herab. Die Flamme schwankte und flackerte im Luftzug durch die Tür, die gegen den Garten weit offen stand. Joss Merlyn lag in dumpfer Betrunkenheit am Tisch, seine langen Beine weit von sich gespreizt, den Hut ins Genick geschoben. Er starrte vor sich hin und auf die tropfende Kerze, mit glasigen unbewegten Augen, wie ein Toter. Eine andere Flasche mit abgebrochenem Hals lag auf dem Tisch und ein leeres Glas daneben. Das Torffeuer war verschwelt und in Nichts zusammengesunken.
Francis Davey zeigte auf die offene Tür. »Sie können hineingehen und hinauf und zu Bett«, sagte er. »Ihr Onkel wird Sie überhaupt nicht sehen. Schließen Sie die Tür hinter sich, und blasen Sie die Kerze aus. Sie können's ohne Licht machen. Gute Nacht, Mary Yellan. Haben Sie einmal Schwierigkeiten und brauchen Sie meinen Rat, dann werde ich Sie in Altarnun erwarten.«
Er bog um die Ecke des Hauses und war weg. Auf den Zehen ging Mary in

die Küche und schloß und befestigte die Tür. Sie hätte sie zuschmettern können und würde ihren Onkel damit nicht geweckt haben.
Er war in sein Himmelreich eingegangen; die kleine Welt war für ihn verschwunden. Sie blies das Licht neben ihm aus und ließ ihn in der Dunkelheit allein.

8

Fünf Tage lang war Joss Merlyn betrunken. Die meiste Zeit lag er bewußtlos auf einem Bett in der Küche, das Mary und ihre Tante für ihn hergerichtet hatten. Er schlief mit aufgesperrtem Mund, und das Geräusch seines Atems konnte bis ins Schlafzimmer im oberen Stock gehört werden. So um fünf Uhr nachmittags erwachte er für etwa eine Stunde, verlangte Branntwein und schluchzte wie ein Kind. Sogleich kam seine Frau zu ihm hin, beschwichtigte ihn und brachte seine Kissen in Ordnung. Sie gab ihm ein wenig Branntwein mit Wasser, redete ihm freundlich zu, wie einem kranken Kind, hielt ihm das Glas an die Lippen; und er glotzte um sich mit glänzenden, blutunterlaufenen Augen, vor sich hin murmelnd und zusammenschauernd wie ein Hund.
Tante Patience wurde zu einer ganz andern Frau. Sie bewies eine kühle Ruhe und eine Geistesgegenwart, die Mary nie in ihr vermutet hätte. Sie ging vollständig in dieser Pflege ihres Gatten auf. Sie war genötigt, jede Handreichung für ihn zu tun. Mary sah sie seine Decken und Bettücher wechseln und empfand dabei Ekel; sie selbst hätte es nicht über sich gebracht, in seiner Nähe zu sein. Tante Patience betrachtete das als eine Selbstverständlichkeit, und das Gebrüll und die Flüche, mit denen er sie empfing, erschreckten sie nicht. Das waren die einzigen Zeiten, wo sie über ihn Meister war; ohne Widerrede ließ er sich von ihr das Gesicht mit einem Tuch und heißem Wasser waschen. Dann zog sie das frische Bettuch unter ihm durch, glättete sein Haar, und wenige Minuten später sank er wieder in Schlaf, mit rotem Gesicht und weit offenem Mund und schnaufend wie ein Stier, während seine Zunge heraustrat. Es war nicht möglich, sich in der Küche aufzuhalten, und Mary und Tante richteten sich das kleine, unbenutzte Wohnzimmer zu ihrer Bleibestatt ein. Zum erstenmal war Tante Patience für sie nun etwas wie ein Kamerad. Sie plauderte glücklich von den alten Zeiten in Helford, als sie und Marys Mutter zusammen Mädchen gewesen waren; sie bewegte sich flink und leicht durchs Haus, und bisweilen hörte Mary sie alte Gesangbuchlieder summen, wenn sie in der Küche auf und ab ging.
Es schien, daß Joss Merlyn etwa alle zwei Monate einen solchen Anfall

hatte. Die Zwischenzeiten mochten früher größer gewesen sein, aber nun kehrten sie häufiger wieder; Tante Patience wußte nie, wann sie einen zu erwarten hatte. Dieser jüngste Anfall von Trunksucht war durch Junker Bassats Besuch ausgelöst worden.

Tante Patience hörte den Bericht ihrer Nichte über ihr Verirren im Moorland an, ohne eine Frage zu stellen. Sie sagte ihr, sie möge sich vor den Sümpfen hüten, und dabei blieb es. Mary fühlte sich erleichtert. Sie hatte keine Lust, die Einzelheiten ihres Abenteuers preiszugeben, und war entschlossen, von ihrer Begegnung mit dem Pfarrer von Altarnun nichts verlauten zu lassen. Mittlerweile lag Joss Merlyn in seinem Dämmerzustand in der Küche, und die beiden Frauen verbrachten fünf verhältnismäßig friedliche Tage.

Das Wetter war kalt und grau und lockte Mary nicht aus dem Haus; aber am fünften Morgen legte sich der Wind, und die Sonne schien, und trotz des Abenteuers vor nur wenigen Tagen entschied sich Mary aufs neue für eine Wanderung ins Moorland. Der Gastwirt war um neun Uhr erwacht und begann mit hoher Stimme zu rufen. Der Lärm, den er machte, der Geruch aus der Küche, der jetzt das Haus durchdrang, der Anblick von Tante Patience, die mit reinen Tüchern über dem Arm herbeilief – das alles erfüllte Mary mit plötzlichem Ekel und Abscheu vor dem ganzen Treiben.

Sie schämte sich vor sich selbst, schlüpfte aus dem Haus, ein Stück Brot in einem Taschentuch, und ging über die Landstraße gegen das Moor hin. Diesmal nahm sie die Richtung nach dem East-Moor, in die Gegend von Kilmar. Da sie den ganzen Tag vor sich hatte, bestand keine Gefahr des Verirrens.

Sie war eine Stunde oder mehr gegangen, wandte dann dem Sumpf den Rücken, überschritt durch eine Furt den Fluß und folgte seinem Lauf durch das gewundene Tal zwischen den Hügeln. Es gab heute nur wenige Wolken, die ihre Schatten warfen, und das Moorland streckte sich Welle um Welle sandfarben unter der Sonne hin. Ein vereinzelter Brachvogel stand nachdenklich am Fluß und betrachtete im Wasser sein Bild: dann fuhr sein langer Schnabel unglaublich schnell zwischen die Binsen, stach in den weichen Grund, und mit einer Wendung seines Kopfes zog er die Beine hoch und schwang sich in die Luft, seinen klagenden Ruf ausstoßend und südwärts streichend.

Etwas hatte ihn gestört, und Mary sah bald, was es war. Eine Schar Ponys war den Hügel herabgetrappelt und zur Tränke in den Fluß gelaufen. Sie stampften lärmend in den Steinen herum, stießen einander an und schwangen den Schweif im Wind.

Sie mußten aus einem Gatter gekommen sein, das dort offen stand, links, ein wenig oberhalb des Wegs, von einem zackigen Stein gestützt, und zu einem rauhen, schmutzstarrenden Feldweg führend. Mary lehnte sich an das Gatter und betrachtete die Pferde, und plötzlich sah sie einen Mann den Feldweg herabkommen, der in jeder Hand einen Eimer trug. Sie wollte gerade ihren Weg um die Biegung des Hügels fortsetzen, als er einen der Eimer in der Luft schwenkte und ihr etwas zurief.

Es war Jem Merlyn. Sie hatte keine Zeit wegzulaufen und blieb stehen, wo sie war, bis er vor ihr stand. Er trug ein scheußliches Hemd, das wohl noch nie einen Waschzuber gesehen hatte, und eine schmutzige, braune Hose, bedeckt mit Roßhaar und Stallmist. Er trug weder Hut noch Rock, und seine Backen waren von wildem Bartgestrüpp bedeckt. Er lachte ihr zu, zeigte die Zähne und sah ganz so aus, wie sein Bruder vor zwanzig Jahren ausgesehen haben mußte.

»So, hast du den Weg zu mir gefunden, was?« rief er. »Ich hatte dich nicht so bald erwartet, sonst hätt' ich, dir zu Ehren, Brot gebacken. Hab' mich seit drei Tagen nicht gewaschen und nur von Kartoffeln gelebt. Da, nimm diesen Eimer.«

Er gab ihr den Eimer in die Hand, bevor sie sich zu wehren vermochte, und war unten am Wasser bei den Ponys. »Komm heraus!« rief er. »Gehst du wohl zurück! Mein Trinkwasser verschmutzen! Willst du wohl, du großer schwarzer Teufel!« Er schlug dem größten Pony mit der Peitsche auf den Hintern, und nun jagten sie aus dem Wasser und den Hügel hinauf und warfen ihre Hufe in die Luft.

»Ich bin selber schuld, ich hatte das Gatter nicht geschlossen«, rief er Mary zu. »Bring den Eimer; das Wasser auf der andern Flußseite ist rein genug.«

Sie nahm ihn mit zum Wasser hinab, und er füllte beide und grinste über die Schulter nach ihr zurück. »Was hättest du getan, wenn du mich nicht getroffen hättest?« sagte er und wischte sein Gesicht mit dem Ärmel.

Mary konnte sich des Lächelns nicht enthalten:

»Ich wußte nicht einmal, daß du hier lebst, und ich bin gewiß nicht in der Absicht diesen Weg gegangen, dich zu finden. Hätt' ich es gewußt, ich hätte mich links gehalten.«

»Ich glaub' dir nicht«, sagte er. »Du hast dich aufgemacht, um mir zu begegnen; unnötig, etwas anderes zu behaupten. Schön also. Du kommst gerade recht, mir mein Essen zu kochen. Es liegt ein Stück Schaffleisch in der Küche.«

Er ging voran durch den kotigen Feldweg, und um eine Ecke biegend gelangten sie zu einer kleinen grauen Hütte, die da auf der Seite des Hügels erbaut war. Nach hinten gab es ein paar Nebengebäude und einen Streifen Pflanzland für Kartoffeln. Ein dünnes Rauchband stieg aus dem

dicken, niedrigen Kamin. »Das Feuer brennt«, sagte er, »du brauchst nicht lang, um diesen Fetzen Schaf zu sieden. Ich nehme an, du kannst kochen«, sagte er.
Mary maß ihn mit den Blicken. »Pflegst du dich aller Leute so zu bedienen?«
»Ich hab' dazu nicht oft Gelegenheit«, antwortete er, »doch du kannst es ebensogut bleiben lassen, solange du hier bist. Seit dem Tod meiner Mutter hab' ich mir alles selbst gekocht, und keine Frau hat seither die Hütte betreten. Komm herein.«
Der Raum war klein und rechteckig, halb so groß wie die Küche vom »Jamaica«, mit einem großen offenen Kamin in der Ecke; der Boden war unsauber, mit Überresten besät: Kartoffelschalen, Kohlstrünken, Brotbrocken. Allerlei Unrat lag herum, und alles war bedeckt von der Asche des Torffeuers. Mary sah sich bestürzt um. »Denkst du denn niemals ans Reinmachen?« fragte sie. »In dieser Küche sieht es aus wie in einem Schweinestall. Du solltest dich vor dir selber schämen. Laß mir diesen Eimer Wasser, und gib mir einen Besen. An einem solchen Ort will ich nicht zu Mittag essen.«
Und augenblicklich machte sie sich ans Werk. Alle ihre Ordnungs- und Reinlichkeitsinstinkte waren durch den Schmutz und Unrat in ihr aufgepeitscht worden. In einer halben Stunde hatte sie die Küche blitzsauber gefegt; der Steinboden glänzte feucht, und von den Abfällen war nichts mehr zu sehen. In der Schublade hatte sie Geschirr gefunden und ein Tischtuch, das sie nun über den Tisch breitete; inzwischen sott das Schaffleisch in der Pfanne, inmitten von Kartoffeln und weißen Rüben.
Der Geruch war gut, und Jem kam durch die Tür; er sog den Duft ein wie ein hungriger Hund. »Ich müßte eine Frau hier haben«, sagte er, »ich seh' das. Willst du nicht deine Tante verlassen und zu mir ziehen und mich besorgen?«
»Ich käme dir zu teuer zu stehen«, erwiderte Mary, »du hättest nie so viel Geld, wie ich verlangen würde.«
»Frauen sind immer Filze«, sagte er und setzte sich an den Tisch. »Was sie mit ihrem Geld tun, das weiß ich nicht, denn sie geben es niemals aus. Meine Mutter war genauso. Sie bewahrte das ihrige in einem alten Strumpf; ich habe nie auch nur die Farbe davon gesehen. Jetzt beeil dich aber mit dem Essen; ich bin so leer wie ein Wurm.«
»Du bist ungeduldig, nicht?« meinte dagegen Mary, »und hast nicht das geringste Dankwort für mich, die gekocht hat. Hände weg – die Platte ist heiß.«
Sie stellte das dampfende Schaffleisch vor ihn hin, und er schmatzte mit

den Lippen. »Sie haben dich doch etwas gelehrt dort, von wo du herkommst, das auf jeden Fall«, sagte er. »Ich denk' immer: zwei Dinge müßten Frauen aus Instinkt verstehen – und Kochen, das ist das eine. Gib mir Wasser, du findest den Krug draußen.«

Aber Mary hatte bereits eine Tasse für ihn gefüllt, und sie reichte sie ihm schweigend.

»Wir sind alle hier geboren«, sagte Jem und wies mit dem Kopf zur Decke, »in dem Zimmer über uns. Doch Joss und Matt waren erwachsene Männer, als ich noch als kleiner Junge an Mutters Schürze hing. Von unserem Vater haben wir wenig gesehen, aber wenn er zu Hause war, dann haben wir es freilich gemerkt. Ich erinnere mich, wie er einmal ein Messer nach der Mutter geworfen hat – es traf sie über dem Auge, und das Blut rann ihr übers Gesicht. Ich war erschrocken und rannte weg und verbarg mich in der Ecke beim Feuer. Mutter sagte nichts. Sie badete einfach ihr Auge in ein wenig Wasser, dann gab sie Vater sein Abendessen. Sie war eine tapfere Frau, das muß ich sagen, auch wenn sie wenig sprach und uns nie viel zu essen gab. Als ich klein war, machte sie mich ein wenig zu ihrem Liebling, ich vermute, weil ich der Jüngste war; meine Brüder aber pflegten mich zu verhauen, wenn sie's nicht sehen konnte. Nicht als wären die beiden sehr dick miteinander gewesen – Familiengefühle wurden bei uns nicht besonders gepflegt –, und ich habe Joss auf Matt einhauen sehen, bis er das Stehen vergaß. Matt war ein komischer Teufel; er war ruhig, mehr so wie die Mutter. Er ist dort unten im Sumpf ertrunken. Da kannst du schreien, bis dir die Lungen platzen; niemand wird dich hören, außer etwa ein Vogel oder zwei oder ein verirrtes Pony. Bin seinerzeit selber einmal fast dort hineingeraten.«

»Wie lange ist es her, seit eure Mutter starb?« fragte Mary.

»An Weihnachten sind es sieben Jahre«, antwortete er und nahm sich noch von dem gesottenen Fleisch. »Nachdem mein Vater gehängt worden, Matt ertrunken und Joss nach Amerika gegangen war, während ich wild wie ein Habicht aufwuchs, wurde sie fromm und pflegte jede Stunde zu beten und Gott anzurufen. Ich konnte das nicht aushalten und machte mich davon. Eine Zeitlang war ich Matrose auf einem Schoner, aber das Meer vertrug sich nicht mit meinem Magen, und ich kam wieder heim. Da fand ich die Mutter zum Skelett abgemagert. ›Du mußt mehr essen‹, sagte ich ihr, doch sie hörte nicht auf mich; da ging ich wieder fort und blieb eine Weile in Plymouth und verdiente ein paar Schilling auf meine Art. Ich kam dann an diesen Ort zurück, um mein Weihnachtsmahl zu haben, fand alles leer und die Tür verschlossen. Während vierundzwanzig Stunden hatte ich nichts gegessen. Ich ging nach North-Hill zurück, und da sagten sie mir, meine Mutter sei gestorben. Vor drei

Wochen war sie begraben worden. Um einen solchen Weihnachtsschmaus zu genießen, hätte ich ebensogut in Plymouth bleiben können. Dort in der Schublade hinter dir gibt es ein Stück Käse. Magst du die Hälfte davon essen? Es sind Maden drin, aber die tun dir nichts zuleide.«
Mary schüttelte den Kopf und ließ ihn aufstehen und sich selbst bedienen.
»Was hast du denn?« fragte er. »Du siehst aus wie eine kranke Kuh. Hat dir das Schaffleisch die Laune verdorben?«
Mary sah ihn zu seinem Stuhl zurückkehren und den Brocken trockenen Käse auf ein Stück altes Brot legen. »Es wird einmal gut sein, wenn es keine Merlyns mehr in Cornwall gibt«, sagte sie, »lieber eine Krankheit im Land als eine Familie wie die eurige. Du und dein Bruder, ihr seid schlimm und verschroben von Geburt. Denkst du nie daran, was eure Mutter gelitten haben muß?«
Jem sah sie überrascht an, im Begriff, Brot und Käse in den Mund zu führen.
»Mit Mutter war alles recht«, behauptete er. »Sie hat sich nie beklagt. Sie war an uns gewöhnt. Sie heiratete meinen Vater mit sechzehn Jahren; sie hatte keine Zeit, zu leiden. Ein Jahr darauf wurde Joss geboren und dann Matt. Ihre Zeit war durch ihre Aufzucht in Anspruch genommen. Als sie ihren Händen entwuchsen, da war ich an der Reihe. Ich war ein verspäteter Einfall. Vater betrank sich auf dem Markt zu Launceston, nachdem er drei Kühe verkauft hatte, die nicht ihm gehörten. Ohne das säße ich jetzt nicht schwatzend bei dir. Gib mir den Krug.«
Mary war fertig. Sie stand auf und begann still das Geschirr abzuräumen.
»Wie befindet sich der Wirt vom Gasthaus ›Jamaica‹?« fragte Jem, auf dem Stuhl wippend und zusehend, wie sie die Teller ins Wasser tauchte.
»Er ist betrunken wie vor ihm sein Vater«, sagte Mary kurz.
»Damit wird Joss sich zugrunde richten«, bemerkte sein Bruder ernsthaft. »Er säuft bis zur Besinnungslosigkeit und liegt dann vier Tage da wie ein Klotz. Einmal wird er sich damit umbringen. Verfluchter Narr! Wie lange hat es diesmal gedauert?«
»Fünf Tage!«
»Oh, das ist für Joss noch nicht viel. Ließe man ihn, er bliebe eine ganze Woche liegen. Dann kommt er wieder zu sich und stolpert auf seinen Beinen wie ein neugeborenes Kalb. Wenn er sich von seinem Überschuß an Flüssigkeit befreit hat und der Rest des Getränks ihn ganz durchdringt – dann ist er gefährlich; dann muß man vor ihm auf der Hut sein.«
»Er wird mir nichts antun, da werde ich schon hübsch achtgeben«, sagte

Mary, »ihn beunruhigen andere Dinge. Es gibt genug, was ihn beschäftigt.«
»Tu nicht so geheimnisvoll; was nickst du so und verziehst deine Lippen? Ist irgend etwas geschehen im Gasthaus ›Jamaica‹?«
»Wie man es nimmt«, sagte Mary und blickte während des Abtrocknens einer Platte zu ihm hinüber. »Wir hatten Herrn Bassat aus North-Hill letzte Woche im Haus.«
Jem ließ mit einem Krach den Stuhl auf seine Beine niederfallen. »Den Teufel auch! Und was hatte der Junker euch zu sagen?«
»Onkel Joss war abwesend«, berichtete Mary, »Bassat wollte durchaus ins Haus kommen und die Räume ansehen. Er brach mit Hilfe seines Dieners die Tür am Ende des Ganges auf, doch das Zimmer war leer. Er schien sehr überrascht und enttäuscht und ritt wütend davon. Er fragte beiläufig nach dir, und ich sagte, ich hätte dich noch nie gesehen.«
Jem pfiff vor sich hin. Während Mary erzählte, blieb seine Miene unbewegt, aber als sie zum Schluß kam und die Nennung seines Namens erwähnte, kniff er die Augen zusammen und lachte dann: »Warum hast du ihn angelogen?«
»Ich wollte im Augenblick die Verwirrung nicht vergrößern«, sagte Mary. »Wenn ich Zeit gehabt hätte, zu überlegen, dann würde ich ihm ohne Zweifel die Wahrheit gesagt haben. Du hast ja nichts zu verbergen, oder?«
»Nichts von Belang, ausgenommen, daß das schwarze Pony, das du im Fluß gesehen hast, ihm gehört«, sagte Jem leichthin, »es war letzte Woche noch apfelgrau, und für den Junker, der es selbst aufzog, ein kleines Vermögen wert. Ich will in Launceston ein paar Pfund damit herausschlagen, wenn ich Glück hab'. Komm, wir wollen es uns ansehen.«
Sie traten in die Sonne hinaus; während Mary ihre Hände an der Schürze trocknete und an der Tür stehenblieb, ging Jem zu den Pferden. Die Hütte stand am Hügelhang über dem Withy-Brook, dessen Lauf sich durch das Tal wand und zwischen den entfernten Hügeln verlor. Hinter dem Haus dehnte sich eine weite, flache Ebene, die nach allen Seiten gegen große Felsblöcke anstieg, und dieses Grasland, durch nichts begrenzt außer durch das zackige Drohen von Kilmar, mußte der Twelve-Men's-Moor benannte Landstrich sein.
Mary malte sich aus, wie Joss Merlyn hier als Kind aus dem Haus gerannt war, sein Haar in Fransen bis über die Augen, und hinter ihm die hagere Gestalt seiner Mutter, mit verschränkten Armen und fragendem Blick ihm nachschauend. Eine Welt voll Kummer und Schweigen, voll Verdruß und Bitterkeit hatte unter dem Dach dieser kleinen Hütte gelebt.
Hufgeklapper und ein Ruf, und Jem auf dem schwarzen Pony kam um die

Hausecke zu ihr herangeritten. »Das ist der Bursche, den ich dir gern angehängt hätte«, sagte er, »aber du bist ja so geizig mit deinem Geld. Er würde dich behutsam tragen, der Junker hatte ihn für seine Frau dressiert. Bist du gewiß, daß du deinen Entschluß nicht ändern wirst?«
Mary schüttelte den Kopf und lachte: »Du denkst vermutlich, ich sollte ihn im Stall des ›Jamaica‹ verwahren«, rief sie, »und käme Herr Bassat wieder zu Besuch, dann würde er ihn auf keinen Fall wiedererkennen? Dank' dir für deine Mühe, doch möchte ich lieber nichts dergleichen riskieren. Ich habe für deine Familie auf Lebensdauer genug gelogen, Jem Merlyn.« Jem machte ein langes Gesicht und glitt vom Pferd.
»Du hast den besten Handel ausgeschlagen, der sich dir je geboten hat«, sagte er, »und ich werde dir diese Möglichkeit kein zweites Mal verschaffen. Am Weihnachtsabend geht er nach Launceston; die Händler dort werden sich um ihn reißen.« Er schlug mit der Hand auf das Hinterteil des Ponys: »Fort mit dir«, und das Tier tat einen erschrockenen Sprung durch die Öffnung in der Hecke.
Jem riß einen Grashalm ab, begann daran zu kauen und blickte von der Seite auf seine Gefährtin. »Was erwartete der Junker Bassat im Gasthaus ›Jamaica‹ zu finden?«
Mary sah ihm gerade in die Augen: »Das mußt du besser wissen als ich.«
Jem kaute nachdenklich an seinem Gras und spuckte kleine Stücke davon auf den Boden.
»Wieviel weißt du?« fragte er, den Halm plötzlich wegwerfend.
Mary zuckte die Achseln: »Ich bin nicht gekommen, um Fragen zu beantworten, ich hatte davon genug in Gegenwart von Herrn Bassat.«
»Ein Glück für Joss, daß sie den Plunder bereits fortgeschoben hatten«, sagte sein Bruder ruhig. »Letzte Woche sagte ich ihm, er segle zu dicht vor dem Wind. 's ist nur eine Frage der Zeit, wann sie ihn pflücken. Und alles, was er zu seinem Selbstschutz tut, ist sich volltrinken, der verdammte Dummkopf.«
Mary erwiderte nichts. Wenn Jem versuchte, sie mit diesem zur Schau gestellten Freimut dranzukriegen, dann würde er enttäuscht werden.
»Du mußt von dem kleinen Zimmer über der Haupttür eine gute Aussicht haben«, sagte er, »wecken sie dich auf aus deinem Schönheitsschlaf?«
»Woher weißt du, daß dies meine Kammer ist?« fragte Mary rasch.
Er war von ihrer Frage betroffen; sie sah die Überraschung über seine Augen zucken. Dann lachte er und pflückte einen neuen Halm vom Rasen. »Das Fenster stand weit offen, als ich an jenem Morgen in den Hof geritten kam«, sagte er, »und der Rolladen schwang ein wenig im Wind. Ich habe am Gasthaus ›Jamaica‹ nie zuvor ein offenes Fenster gesehen.«
Die Ausrede klang nicht unglaubwürdig, aber sie konnte Mary nicht

genügen. Ein schrecklicher Verdacht tauchte in ihr auf. War es Jem, der sich in jener Samstagnacht in dem leeren Gastzimmer versteckt hatte?

»Warum schweigst du zu alledem?« fuhr er fort. »Denkst du, ich könnte zu meinem Bruder gehen und ihm sagen: ›Paß auf, deine Nichte läßt ihre Zunge nur so laufen?‹ Verflucht! Mary, du bist weder taub noch blind; sogar ein Kind würde eine Ratte riechen, wenn es einen Monat im Gasthaus ›Jamaica‹ lebte.«

»Worüber willst du mich zu reden zwingen? Was kann's dich kümmern, wieviel ich weiß? Mir ist nur eines wichtig: meine Tante so bald als möglich von diesem Ort wegzubringen. Ich sagte dir das, als du ins Gasthaus kamst. Es wird einige Zeit brauchen, sie zu überreden, und ich muß mich gedulden. Was deinen Bruder betrifft, so mag er sich tottrinken. Sein Leben gehört ihm, und auch sein Geschäft. Mich berührt das weiter nicht.«

Jem pfiff und schleuderte mit dem Fuß einen Stein ins Weite.

»Das Schmuggeln findest du also nicht so schrecklich?« fragte er. »Es wäre dir einerlei, wenn mein Bruder im ›Jamaica‹ jeden Raum mit Schnaps- und Rumfässern anfüllte? Nun aber, angenommen, er habe seine Hände noch in andern Dingen – angenommen, die Frage ginge dabei um Leben und Tod und vielleicht um Mord – was dann?«

Er drehte sich herum und sah ihr ins Gesicht, und sie erkannte, daß er diesmal kein Spiel mit ihr trieb; mit seiner lachenden Sorglosigkeit war es vorbei; seine Augen blickten ernst, doch was sich hinter ihnen verbarg, das konnte sie nicht lesen.

»Ich weiß nicht, was du meinst«, sagte Mary.

Er sah sie eine Weile wortlos an. Es war, als gehe er über eine Sache mit sich zu Rate und könne die Lösung nur im Ausdruck ihres Gesichts finden. Die ganze Ähnlichkeit mit seinem Bruder war verschwunden. Er schien härter und älter und von anderer Rasse.

»Vielleicht nicht«, sagte er endlich, »doch du wirst ja selbst dahinterkommen, wenn du lang genug bleibst. Warum sieht deine Tante aus wie ein lebendes Gespenst – kannst du mir das sagen? Frag sie, das nächstemal bläst der Wind aus Nordwesten.« Die Hände in den Taschen, begann er wieder leise zu pfeifen. Mary betrachtete ihn schweigend. Er redete in Rätseln, aber ob er das tat, um ihr einen Schrecken einzujagen oder nicht – daraus wurde sie nicht klug. Jem, den Pferdedieb, in seiner Armut und Sorglosigkeit, konnte sie verstehen; das aber führte in eine andere Richtung. Es schien ihr ungewiß, ob sie hier auch zustimmen könne.

Er lachte kurz und zuckte die Achseln. »Einmal wird es zwischen mir und Joss zur Auseinandersetzung kommen, und er wird das zu bedauern haben, nicht ich«, sagte er. Nach dieser orakelhaften Bemerkung wandte er sich zum Moor und ging zu seinem Pony. Mary, die Hände im Schal verborgen, sah ihm gedankenvoll nach. Also hatte ihr erster Instinkt sie nicht betrogen: hinter dem Schmuggel gab es noch etwas anderes. Der Fremde in der Bar, in jener Nacht, hatte von Mord gesprochen, und nun waren Jems Worte ein Echo seiner Rede. So dumm war sie indessen doch nicht und auch nicht hysterisch, was immer der Pfarrer von Altarnun von ihr denken mochte.

Was für eine Rolle Jem Merlyn in alldem spielte, war schwer zu sagen; aber daß er irgendwie daran beteiligt war, daran zweifelte sie keinen Augenblick.

Das Gespräch hatte einen Schatten über ihren Tag geworfen. Sie wünschte sich weg, ihn los und mit ihren Gedanken allein zu sein. Langsam wanderte sie den Hügel hinab gegen Withy-Brook. Sie hatte das Gatter am Ende des Feldwegs schon erreicht, als sie ihn hinter ihr her rennen hörte. Er stellte sich vor sie hin; mit seinem Bart und seiner beschmutzten Hose sah er aus wie ein halber Zigeuner.

»Wo willst du hin?« fragte er. »Es ist noch früh; erst nach vier Uhr wird es dunkel sein. Ich komm' dann mit dir zurück bis Rushyford-Gate. Was hast du?« Er faßte sie mit der Hand am Kinn und sah ihr ins Gesicht. »Ich glaub', du fürchtest dich vor mir«, sagte er. »Du glaubst wohl, ich habe Rumfässer und Tabakrollen oben in dem kleinen Schlafzimmer, die ich dir zeigen möchte, um dir dann den Hals abzuschneiden, nicht? Wir sind verzweifelte Burschen, wir Merlyns, und Jem ist der Schlimmste von dem ganzen Pack. Hast du das gedacht?«

Wider ihren Willen lachte Mary und bekannte: »Etwas in dieser Art, doch ich fürchte mich nicht vor dir; du solltest das nicht denken. Ich könnte dir sogar gut sein, wenn du mich nicht so sehr an deinen Bruder erinnertest.«

»Ich kann nichts für mein Gesicht«, sagte er, »auch seh' ich viel besser aus als Joss, das wirst du mir doch zugestehen?«

»Oh, du hast genug Einbildung, um damit alle anderen Eigenschaften zu ersetzen, die dir fehlen«, bestätigte Mary, »ich lass' dir dein hübsches Gesicht. Brich so viele Herzen, wie du willst. Aber nun laß mich gehen. Es ist ein weiter Weg bis zum Gasthaus ›Jamaica‹ zurück, und ich habe keine Lust, mich wieder im Moorland zu verlaufen.«

»Und wann hast du dich schon einmal verlaufen?« fragte er.

Mary runzelte ein wenig die Stirn. Die Worte waren ihr entwischt. »An einem Nachmittag ging ich hinaus ins West-Moor«, sagte sie, »da kam der Nebel sehr früh. Ich ging lang herum, bevor ich den Rückweg fand.«

»Du bist verrückt, durch das Moorland zu wandern«, sagte er. »Es gibt zwischen ›Jamaica‹ und dem Roughtor Orte, die eine ganze Viehherde verschlucken könnten, geschweige denn ein Dingelchen wie dich. Das ist kein Zeitvertreib für eine Frau. Warum hast du's getan?«

»Ich wollte meine Beine rühren. Tagelang war ich im Haus eingeschlossen gewesen.«

»Gut, Mary Yellan, das nächstemal, wenn du deine Beine rühren willst, dann rühr sie in diese Richtung. Wenn du durch das Gatter kommst, kannst du dich nicht verirren, ebensowenig wenn du den Sumpf zur Linken läßt, wie du's heute getan hast. Kommst du am Weihnachtstag mit mir nach Launceston?«

»Was willst du denn drüben in Launceston, Jem Merlyn?«

»Nur für den Junker Bassat das schwarze Pony verkaufen, meine Liebe. So wie ich meinen Bruder kenne, wird es am besten sein, wenn du an diesem Tag das Gasthaus ›Jamaica‹ verläßt. Er wird sich um diese Zeit gerade von seinem Schnapsbett erholen und Händel suchen. Wenn sie deine Forschungsreise durch das Moorland gewohnt sind, dann werden sie gegen deine Abwesenheit nichts einzuwenden haben. Ich werde dich dann um Mitternacht zurückbringen. Schlag ein, Mary.«

»Nehmen wir an, du würdest in Launceston samt Herrn Bassats Pony geschnappt. Dann würdest du dumm aussehen, nicht? Das würde ich auch, wenn sie mich neben dir einsperrten.«

»Mich wird niemand so schnell schnappen. Wag einmal etwas, Mary; machst du dir gar nichts aus Aufregungen, daß du so besorgt bist um deine Haut? Sie müssen dich arg verzärtelt haben in Helford.«

Sie fuhr auf wie der Fisch gegen seinen Köder. »Nun gut, Jem Merlyn, daß ich mich fürchte, sollst du nicht glauben. Ich könnte jedenfalls so gut im Gefängnis leben wie im Gasthaus ›Jamaica‹. Wie gelangen wir nach Launceston?«

»Ich bring' dich im Einspänner hin, und hinter uns wird Herrn Bassats schwarzes Pony laufen. Kennst du den Weg über das Moor nach North-Hill?«

»Nein, ich kenn' ihn nicht.«

»Du brauchst bloß deiner Nase nachzugehen. Geh eine Meile auf der Landstraße, und du kommst zu einem Heckentor auf der Höhe des Hügels, das nach links führt. Du wirst Carey-Tor grad vor dir haben und Hawk's-Tor weiter drüben, rechts, und wenn du immer geradeaus gehst, dann kannst du den Weg nicht verfehlen. Ich werde dir auf dem halben Weg entgegenkommen. Wir werden uns so dicht ans Moor halten, wie wir nur können. Es wird am Heiligen Abend auf der Landstraße etwas Verkehr geben.«

»Wann soll ich aufbrechen?«

»Wir wollen andere Leute ihren Spaziergang machen und am Vormittag dort ankommen lassen; die Straßen werden für uns um zwei Uhr voll genug sein. Wenn du willst, kannst du um elf vom Gasthaus ›Jamaica‹ weggehen.«
»Ich will nichts versprechen. Wenn du mich nicht siehst, dann kannst du deinen Weg fortsetzen. Du vergißt, daß Tante Patience mich nötig haben könnte.«
»Richtig. Rede dich heraus.«
»Da ist die Furt über den Fluß«, sagte Mary, »du brauchst nicht weiter zu kommen. Ich finde allein meinen Weg. Ich geh' gerade über diesen Hügelkopf, nicht?«
»Sag, bitte, dem Gastwirt meine Grüße, und ich hoffe, seine Laune habe sich gebessert und seine Zunge ebenso. Frag ihn, ob er es schätzte, wenn ich ihm Mistelzweige über den Eingang vom Gasthaus ›Jamaica‹ hängen würde. Nimm dich vor dem Wasser in acht. Soll ich dich nicht hinübertragen? Du wirst nasse Füße bekommen.«
»Und wenn es mir bis zu den Hüften steigt, es ist mir einerlei. Auf Wiedersehen, Jem Merlyn.« Mutig schritt Mary in den stark rinnenden Bach, mit der einen Hand die Furt entlang streichend. Ihr Rock geriet ins Wasser, und sie zog ihn hoch. Sie hörte Jem vom Ufer her, wo er stand, lachen, und sie schritt weiter und den Hügel hinauf, ohne einen Blick zurück oder ein Winken mit der Hand.
Dunkelheit war hereingebrochen, als sie die Landstraße überquerte und durch den Hof schritt. Wie gewohnt sah das Gasthaus finster und unbewohnt aus; die Tür verriegelt, die Fenster verschlossen. Sie ging um das Gebäude herum und pochte an die Küchentür. Augenblicklich wurde diese von ihrer Tante geöffnet, die bleich und bekümmert schien.
»Onkel hat den ganzen Tag nach dir gefragt«, sagte sie. »Wo bist du gewesen? Es ist beinah fünf Uhr; seit dem Morgen warst du weg.«
»Ich war im Moorland«, erklärte Mary. »Ich dachte, das werde nichts ausmachen. Was hatte Onkel Joss nach mir zu fragen?« Sie war etwas gereizt, und sie schaute nach seinem Bett in der Küchenecke. Es war leer. »Wohin ist er gegangen?« fragte sie. »Geht's ihm besser?«
»Er wollte im Wohnzimmer sitzen«, berichtete die Tante. »Er hatte von der Küche genug. Den ganzen Nachmittag saß er dort am Fenster und sah nach dir aus. Du mußt ihn jetzt in Stimmung bringen, Mary, und ihm gut zureden und nicht widersprechen. Das ist die schlimmste Zeit, wenn er sich erholt..., mit jedem Tag wird er kräftiger, und er wird sehr eigensinnig und vielleicht heftig sein. Sei darum auf der Hut, wie du mit ihm sprichst, Mary.«
Das war wieder die alte Tante Patience, mit den nervösen Händen und

dem zuckenden Mund, die beim Reden über ihre Schulter zurückschielte. Es war ein kläglicher Anblick; Mary fühlte sich wie von ihrer Erregung angesteckt. »Was braucht er mich zu sehen? Er hat mir nie etwas zu sagen. Was kann er wollen?«

Tante Patience blinzelte und zuckte mit dem Mund. »Es ist bloß seine Laune«, sagte sie. »Er murmelt und spricht mit sich selbst. Achte nicht auf das, was er in solchen Zeiten redet. Er ist nicht ganz bei sich selbst. Ich geh' ihm sagen, daß du zurück bist.« Sie trippelte durch den Gang zum Wohnzimmer hin.

Mary ging zum Anrichtetisch und goß sich ein Glas Wasser ein. Ihr Hals war wie ausgetrocknet. Das Glas zitterte in ihrer Hand, und sie schalt sich eine Närrin. Im Moor war sie voller Wagemut gewesen, doch kaum war sie wieder im Innern dieses Orts, so war es mit aller Kühnheit vorbei, und sie stand da, ängstlich und zitternd wie ein Kind. Tante Patience kam in die Küche zurück.

»Er ist jetzt ruhig«, flüsterte sie. »Er ist im Stuhl eingeschlafen. Wir wollen früh zu Nacht essen und dann Schluß machen. Hier ist für dich etwas kalte Pastete.«

Mary hatte allen Appetit verloren, sie mußte sich zum Essen zwingen. Sie trank zwei Tassen brühheißen Tee und stieß den Teller von sich. Keine der beiden Frauen sprach. Tante Patience blickte fortgesetzt nach der Tür. Nach dem Essen räumten sie schweigend auf. Mary legte Torf auf das Feuer und kauerte sich daneben. Tante saß bei Nadel, Baumwolle und Kerzenlicht am Tisch. Der lange Abend zog sich hin; noch immer kam kein Ruf vom Gastwirt aus dem Wohnzimmer. Mary nickte ein. Wider ihren Wunsch schloß sie die Augen; in dem albernen schweren Zustand zwischen Schlaf und Wachen hörte sie, wie ihre Tante ruhig von ihrem Stuhl aufstand und ihre Arbeit in ein Schubfach neben dem Anrichtetisch versorgte. Traumhaft flüsterte es an ihr Ohr: »Ich geh' zu Bett. Onkel wird jetzt nicht mehr erwachen; er wird für die Nacht beruhigt sein. Ich will ihn nicht stören.«

Mary murmelte irgend etwas zur Antwort; im halben Schlaf hörte sie die leichten Tritte draußen im Gang und das Knarren der Treppe.

Oben schloß sich sacht eine Tür. Mary fühlte, wie die Mattigkeit des Schlafes sie nun völlig übermannte, ihre Stirn sank tiefer in ihre Hände. Das langsame Ticken der Uhr prägte sich ihrem innern Sinn wie die Schritte auf einer Landstraße ein, eins ... zwei ... eins ... zwei, so folgten sie einander; sie war im Moorland, neben dem rinnenden Wasser, und die Last, die sie trug, war schwer, zu schwer zum Tragen. Könnte sie sie nur für eine Weile ablegen und sich am Ufer ausruhen und schlafen ...

Es war inzwischen kalt, viel zu kalt. Ihre Füße waren vom Wasser feucht.

Sie mußte höher am Ufer hinauf, aus dem Weg... Das Feuer war ausgegangen; es brannte kein Feuer mehr... Mary öffnete die Augen und sah, daß sie auf dem Boden lag, neben der weißen Asche des Herdes. Die Küche war sehr kalt und nur von dämmerhaftem Schein erhellt. Die Kerze war niedergebrannt. Sie gähnte, schauerte, streckte ihre steifen Arme. Als sie aufblickte, sah sie die Küchentür sehr langsam aufgehen, in kleinen Rucken von Spannenlänge.

Mary saß unbeweglich, die Hände auf den kalten Boden gestützt. Sie wartete, und nichts geschah. Wieder bewegte sich die Tür, dann wurde sie weit aufgestoßen und krachte an die Wand. Auf der Schwelle des Raums stand Joss Merlyn, die Arme ausgestreckt, auf seinen Beinen schwankend.

Zuerst glaubte sie, er habe sie nicht bemerkt; seine Augen waren auf die ihm gegenüberliegende Wand gerichtet, und er blieb stehen auf der Stelle, wo er war, ohne weiter vorzurücken. Sie kauerte sich zusammen, hielt den Kopf unterhalb der Tischplatte und hörte nichts als das ständige Klopfen ihres Herzens. Langsam kam er auf sie zu; eine Zeitlang starrte er sie an, ohne zu sprechen. Als er endlich seine Stimme fand, klang sie heiser und gepreßt und kaum lauter als ein Flüstern. »Wer ist da?« fragte er. »Was tust du da? Warum sprichst du nicht?« Sein Gesicht war eine graue Maske, seine gewohnte Farbe schien weggewischt. Ohne sie zu erkennen, sahen seine blutunterlaufenen Augen sie an. Mary rührte sich nicht.

»Tu das Messer weg«, flüsterte er, »ich sag' dir, tu's weg!« Sie streckte die Hand am Boden aus, bis sie mit den Fingerspitzen ein Stuhlbein berühren konnte. Sie vermochte es aber nicht zu erfassen, wenn sie sich nicht bewegte. Es war außer Reichweite. Sie wartete, hielt den Atem an. Er kam nun herein, beugte sich nieder, mit den Händen in die Luft greifend, und kroch jetzt auf dem Boden langsam auf sie zu.

Mary sah auf seine Hände, bis sie kaum eine Elle von ihr entfernt waren und sie seinen Arm auf ihrer Wange fühlen konnte.

»Onkel Joss«, sagte sie sanft, »Onkel Joss...«

Er beugte sich zu ihr nieder, sah sie starr an, neigte sich vorwärts und berührte ihr Haar und ihre Lippen. »Mary«, sagte er, »bist du's, Mary? Warum sagst du nichts zu mir? Wohin sind sie? Hast du sie gesehen?«

»Du irrst dich, Onkel Joss«, entgegnete sie, »niemand ist hier, außer mir allein. Tante Patience ist oben. Kann ich dir helfen?«

Er sah sich im Halblicht nach allen vier Ecken des Raums um.

»Sie können mir nichts tun«, flüsterte er. »Die Toten tun den Lebenden nichts zuleide. Sie sind ausgelöscht wie eine Kerze... Ist's nicht so, Mary?«

Sie nickte und sah ihm immerzu in die Augen. Er ließ sich auf einen Stuhl niederfallen, die Arme streckte er vor sich auf den Tisch. Er seufzte tief und strich mit der Zunge über seine Lippen! »Es sind Träume, alles Träume. Die Gestalten waren aber da, wie lebend in dem Dunkel, und ich erwachte, und der Schweiß lief mir über den Rücken. Ich hab' Durst, Mary; da ist der Schlüssel; geh in die Bar und hol mir ein wenig Schnaps.« Er wühlte in seiner Tasche und brachte einen Schlüsselbund zum Vorschein. Sie nahm ihn mit bebender Hand und schlüpfte in den Gang hinaus. Draußen zögerte sie eine Weile; sie überlegte, ob sie nicht sogleich die Treppe hinauf in ihre Kammer schleichen und die Tür verriegeln und ihn allein in der Küche phantasieren lassen solle. Schon ging sie auf den Zehenspitzen durch den Gang nach dem Vorraum. Plötzlich rief er aus der Küche: »Wohin gehst du? Ich schickte dich, den Branntwein aus der Bar zu holen.« Sie hörte das Knirschen des Stuhls, den er vom Tisch zurückstieß. Es war zu spät. Sie öffnete die Bartür und suchte unter den Flaschen im Wandschrank. Als sie in die Küche zurückkam, saß er, den Kopf in den Händen, breit am Tisch. Zuerst glaubte sie, er sei wieder eingeschlafen, doch beim Laut ihrer Schritte hob er den Kopf, dehnte die Arme und lehnte sich im Stuhl zurück. Sie stellte Flasche und Glas vor ihn hin. Er füllte das Glas zur Hälfte und sah über seinen Rand weg zu ihr hin.

»Du bist ein gutes Mädchen«, sagte er, »ich hab' dich gern, Mary, du hast Verstand, und du hast Mut; einem Mann könntest du ein guter Kamerad sein. Du hättest ein Junge werden sollen.« Er kostete den Branntwein auf der Zunge und lachte albern, dann erhob er den Finger und blinzelte ihr zu: »Im Oberland wiegen sie den mit Gold auf; es ist der beste, der für Geld zu haben ist. König George selbst hat keinen besseren Schnaps im Keller. Und was zahl' ich dafür? Nicht einen einzigen gottverdammten Sechser. Wir trinken gratis im Gasthaus ›Jamaica‹.« Er lachte und zeigte die Zunge. »Ein schweres Spiel, Mary, dafür aber eines Mannes Spiel. Zehn-, zwanzigmal hab' ich meinen Hals gewagt. Die Kerle donnerten hinter mir her, eine Pistolenkugel sauste durch mein Haar. Sie erwischen mich nicht, Mary; ich bin viel zu schlau; ich bin ein zu alter Spieler. Bevor wir hierherkamen, waren wir in Padstow und arbeiteten am Strand. Wir machten ein Packschiff alle vierzehn Tage, mit der Springflut. Aber auf kleinem Fuß kommt man nicht zu Geld, man muß es im großen betreiben, sich Aufgaben stellen. Wir sind jetzt unser hundert, die vom Inland bis an die Küste hinab zusammenarbeiten. Bei Gott, ich hab' Blut fließen sehen in meinem Leben, und ich sah, wie Männer umgebracht wurden, wohl ein dutzendmal; aber dieses Spiel geht über alles – es läuft Seite an Seite mit dem Tod.«

Er winkte sie zu sich heran, blinzelte wieder und sah über seine Schulter zurück nach der Tür. »Daher«, flüsterte er, »komm ganz nah und setz dich neben mich, so kann ich mit dir reden. Du getraust dich was, das seh' ich wohl; bist kein ängstliches Huhn wie deine Tante. Wir sollten Bundesgenossen sein, du und ich.« Er faßte Marys Arm und zog sie neben seinem Stuhl auf den Boden nieder. »Das verdammte Trinken macht mich zum Narren«, sagte er. »Ich bin schwach wie eine Ratte, wenn es über mich kommt, du hast das gesehen. Und ich habe Träume, Schreckträume; dann seh' ich Dinge, die mich, wenn ich nüchtern bin, niemals ängstigen. Verflucht noch einmal, Mary, mit meinen eigenen Händen hab' ich Menschen erwürgt, sie mit dem Fuß unters Wasser gestoßen, sie mit Steinen und Felsklötzen erschlagen; nie hab' ich mir darüber Gedanken gemacht; in meinem Bett hab' ich so ruhig geschlafen wie ein Kind. Aber wenn ich betrunken bin, dann seh' ich sie in meinen Träumen, dann glotzen die weiß-grünen Gesichter mich an, mit Augen, dran die Fische gefressen haben; manche von ihnen sind ganz in Fetzen, das Fleisch hängt ihnen in Streifen über die Rippen; andere haben Seegras im Haar... Da war eine Frau, Mary, die klammerte sich an einem Floß fest, und sie hielt ein Kind im Arm; ihr Haar fiel ihr offen über den Rücken. Du verstehst, das Schiff war auf dem Felsen festgefahren, und die See war so glatt wie deine Hand; sie wären alle lebend an Land gekommen, die ganze Bande. Das Wasser an jener Stelle hätte dir nur bis zu den Hüften gereicht, Mary, mich rief sie um Hilfe, und ich warf nochmals nach ihr; ich sah sie in einer Tiefe von bloß vier Fuß ertrinken. Wir hatten Angst, wir fürchteten, daß einige von ihnen das Land erreichen könnten... Wir hatten zuerst nicht mit der Ebbe gerechnet. Eine halbe Stunde später hätten sie trockenen Fußes durch den Sand gehen können. Wir mußten sie alle mit Steinen erschlagen, Mary; wir mußten ihnen Arme und Beine brechen; und sie versanken vor unseren Augen, so wie die Frau mit dem Kind, in einer Wassertiefe, die nicht ihre Schultern erreichte – sie ertranken, weil wir sie mit Felsstücken und Steinen niederschlugen; sie ertranken, weil sie sich nicht mehr aufrecht zu halten vermochten...« Er kam mit seinem Gesicht dicht an Marys heran; seine geröteten Augen starrten in die ihren, und sein Atem traf ihre Wange. »Hast du früher nie von Strandräubern reden hören?« flüsterte er.
Draußen im Gang schlug die Uhr eins; der Ton hing gleich einer Mahnung in der Luft. Keins von beiden rührte sich. Es war sehr kalt, denn längst war das Feuer zu nichts zusammengesunken, und ein leichter Luftzug strich durch die offene Tür. Die gelbe Kerze neigte sich und flackerte. Er suchte nach ihrer Hand; sie lag schlaff und wie tot in der seinen. Vielleicht erkannte er etwas von dem kalten Entsetzen in ihrem

Gesicht, denn er ließ sie los und wandte die Augen weg. Er sah vor sich hin auf das leere Glas und fing an, mit den Fingern auf den Tisch zu trommeln. Neben ihm auf dem Boden hockend, sah Mary eine Fliege über seine Hand krabbeln. Sie sah sie, zwischen den kurzen schwarzen Haaren hindurch, über die dicken Venen zu den Knöcheln und dann zu den Spitzen der langen dünnen Finger laufen. Und sie gedachte der raschen und plötzlichen Anmut, mit der diese Finger an jenem ersten Abend das Brot für sie geschnitten hatten, und wie sie, wenn sie wollten, sich leicht und zart bewegen konnten; und nun sah sie, wie sie hier auf den Tisch trommelten, und in ihrer Vorstellung legten sie sich um einen kantigen Stein und erfaßten ihn; der Stein flog durch die Luft...

Wieder kehrte er sich zu ihr mit heiserem Flüstern und deutete mit dem Kopf nach der tickenden Uhr. »Ihr Ton klingt zuweilen in meinem Kopf«, sagte er, »und als es jetzt eben eins geschlagen hat, da klang es wie das Läuten einer Glockenboje in einer Bai. Ich habe es gehört, wie es herabkam, vom Westwind getragen: ding-dong-ding-dong, rück- und vorwärts schlägt der Klöppel gegen das Erz, als läute er für Tote. Ich hab' es in meinen Träumen gehört. Ich hörte es heute nacht. Ein klagender, trauriger Klang, Mary, ist der einer Glockenboje in einer Bai. Das gräbt sich in die Nerven, daß man schreien möchte. Wenn man an der Küste arbeitet, dann muß man mit einem Boot zu ihr hinausfahren und sie umhüllen; die Zunge mit Flanell umwickeln. Das macht sie stumm. Dann hat man Ruhe. Vielleicht ist's eine neblige Nacht, mit weißen Nebelflekken auf dem Wasser, und außerhalb der Bucht sucht ein Schiff wie ein Hund nach einer Fährte. Es horcht nach der Boje, aber da kommt kein Ton. Und da treibt es herein durch den Nebel – und kommt gerade auf uns zu, die wir es erwarten, Mary – und wir sehen es plötzlich schüttern und stranden und die Segel streichen und dann die Brandung an seiner Statt.«

Er griff nach der Flasche und ließ ein wenig von der Flüssigkeit langsam ins Glas tröpfeln. Er roch daran und ließ es über die Zunge rollen.

»Hast du einmal Fliegen in einer Theriakflasche gefangen gesehen? Ich habe Menschen so gesehen; im Takelwerk kleben wie ein Fliegenschwarm. Sie hatten sich dort angeklammert, um sich zu retten, und schrien vor Entsetzen beim Anblick der Brandung. Genau wie Fliegen, dort auf den Rahen; kleine schwarze Punkte von Menschen. Ich habe das Schiff unter ihnen zerbrechen sehen, und die Masten und Rahen gingen in Stücke wie Zwirn; da waren sie im Meer und kämpften um ihr Leben. Wenn sie aber das Land erreichten, Mary, dann waren sie tote Leute.«

Er wischte sich den Mund mit dem Handrücken und starrte sie an. »Tote Leute erzählen nichts weiter, Mary«, sagte er.

Sein Gesicht nickte ihr zu, wurde auf einmal kleiner und war verschwunden. Sie kniete nicht mehr auf dem Küchenboden, die Hände an den Tisch geklammert; sie war wieder ein Kind und lief an ihres Vaters Seite über die Klippen von St. Keverne. Er schwang sie auf seine Schulter, und andere Männer liefen mit ihnen, die sangen und schrien. Jemand zeigte nach der fernen See, und sich an ihres Vaters Bart haltend, sah sie ein großes, weißes Schiff wie einen Vogel hilflos in dem Wellental treiben; seine Masten waren dicht über dem Verdeck abgebrochen, und seine Segel schleppten an seiner Seite im Wasser. »Was tun sie?« fragte das Kind, das sie selbst war, aber niemand antwortete ihm; sie standen festgewurzelt und blickten mit Grauen nach dem Schiff, das rollte und tauchte. »Gott sei ihnen gnädig«, sagte sein Vater; und das Kind Mary begann zu schreien und nach seiner Mutter zu rufen, die plötzlich aus dem Haufen hervorkam und sie in ihre Arme nahm und mit ihr weglief, außer Sicht der See. Da brach die Erinnerung ab, und alles war fort, und die Geschichte hatte kein Ende. Doch als sie Verstand genug hatte und kein Kind mehr war, erzählte ihr die Mutter von dem Tag, da sie nach St. Keverne gegangen waren, als eine große Barke, deren Hinterteil an den gefürchteten Manacles gescheitert war, mit allen, die sie an Bord hatte, gesunken war. Mary zitterte und seufzte, und wiederum stieg das Gesicht ihres Onkels, umrahmt von verfilztem Haar, vor ihr auf, und wieder kniete sie neben ihm in der Küche vom Gasthaus »Jamaica«.
Sie fühlte sich zum Sterben schwach, und ihre Hände und Füße waren eiskalt. Sie hatte nur den einen Wunsch, in ihr Bett zu taumeln, den Kopf in die Hände zu vergraben und, damit es noch dunkler sei, Decke und Kissen über sich zu ziehen. Vielleicht, wenn sie ihre Finger in die Ohren hielt, vermochte sie seine Stimme und den Donner der Brandung am Ufer zu ersticken. Hier konnte sie die bleichen Gesichter der Ertränkten sehen, die Arme über ihre Köpfe erhoben; sie konnte das Stöhnen der Angst und die Schreie vernehmen; sie konnte den klagenden Ruf der Glockenboje hören, rückwärts und vorwärts hallend auf der See. Mary erschauerte aufs neue.
Sie blickte auf ihren Onkel, aber der hing da nach vorn in seinem Stuhl; den Kopf hatte er auf die Brust gelegt. Sein Mund stand weit offen; er schnarchte und blubberte, während er schlief. Seine langen schwarzen Lider lagen als Fransen auf seinen Wangen. Die Arme hatte er vor sich auf dem Tisch; seine Hände waren wie zum Gebet gefaltet.

9

Am Weihnachtsabend war der Himmel bezogen, und Regen drohte. Es war über Nacht mild geworden, und der Mist im Hof lag aufgeweicht. Die Wände in Marys Kammer fühlten sich feucht an; in der einen Ecke, wo der Bewurf abblätterte, zeigte sich ein gelber Fleck.
Mary lehnte sich aus dem Fenster; der linde, feuchte Wind blies ihr ins Gesicht. In einer Stunde würde Jem Merlyn sie im Moor erwarten, um sie zum Markt von Launceston zu fahren. Ob sie mit ihm zusammenkommen wollte oder nicht, lag in ihrem Belieben, und sie konnte sich nicht entscheiden. Sie war in den letzten vier Tagen älter geworden; das Gesicht, das ihr aus dem fleckigen, gesprungenen Spiegel entgegensah, war von Falten durchzogen und müde. Dunkle Ringe lagen unter ihren Augen, und ihre Wangen waren hohl. Sie schlief spät ein und hatte keinen Appetit. Zum erstenmal bemerkte sie eine Ähnlichkeit zwischen sich und Tante Patience. Mary wandte sich von dem schwatzhaften Spiegel ab und ging in dem engen Raum hin und her. Während der letzten Tage hatte sie sich soviel wie möglich in ihrer Kammer aufgehalten; sie hatte eine Erkältung vorgeschützt. Mary getraute sich jetzt nicht, mit ihrer Tante zu sprechen, jedenfalls nicht längere Zeit. Ihre Augen hätten sie verraten. Gegenseitig würden sie sich mit dem gleichen stummen Entsetzen angesehen haben, mit derselben versteckten Angst; und Tante Patience würde verstehen. Beide hatten sie nun teil an einem Geheimnis, einem Geheimnis, das nie zwischen ihnen zur Sprache kommen durfte. Mary fragte sich, wie viele Jahre Tante Patience das, was sie wußte, in tödlichem Schweigen in sich bewahrt habe. Niemand würde je erfahren, was sie gelitten hatte. Wohin sie auch später einmal gehen mochte, der Schmerz dieses Wissens würde sie begleiten. Er würde sie nie verlassen. Mary begriff nun endlich das bleiche zuckende Gesicht, die Hände, die ständig am Kleid zupften, die weit offenen, starren Augen.
Zuerst hatte sie sich krank gefühlt, todkrank; sie hatte in jener Nacht in ihrem Bett gelegen, betend um die Gnade des Schlafs, und sie war ihr verweigert worden. Gesichter sah sie in dem Raum, den sie nicht kannte; die verzerrten, ermatteten Gesichter von Ertrunkenen. Da war ein Kind mit gebrochenen Handgelenken, eine Frau, der das nasse Haar über das Gesicht hing; und die stöhnenden angstvollen Gesichter von Menschen, die nicht schwimmen konnten. Manchmal schien ihr, daß ihr Vater und ihre Mutter sich unter ihnen befänden; sie sahen sie an mit offenen Augen und bleichen Lippen und streckten ihre Hände aus. Vielleicht erlebte Tante Patience genau diese gräßlichen Dinge, allein, nachts in ihrem Schlafzimmer; die Gesichter kamen auch zu ihr und baten, und sie

stieß sie zurück. Sie erlöste sie nicht. Auf ihre Weise mordete auch Tante Patience. Sie hatte sie durch ihr Schweigen getötet. Ihre Schuld war nicht geringer als die Joss Merlyns, denn sie war eine Frau, er aber ein Ungeheuer. Er war an ihr Fleisch gebunden, und sie wollte es nicht anders.

In der alten Zeit von Helford hatte man wohl von diesen Dingen geraunt: kleine Gespräche, denen man in den Dorfgäßchen zuhörte; ein Stück Erzählung, ein Verneinen, ein Kopfschütteln, aber viel redeten die Leute nicht, und die Gerüchte wagten sich nicht weiter vor. Das war vor zwanzig, vielleicht vor fünfzig Jahren, als ihr Vater jung gewesen war, aber nicht jetzt, im Licht dieses neuen Jahrhunderts. Einmal mehr sah sie das Gesicht des Onkels ganz nahe vor sich; sein Flüstern in ihr Ohr: »Hast du früher nie etwas von Strandräubern gehört?« Das waren Worte, die sie nie vernommen hatte, doch Tante Patience lebte seit zehn Jahren unter ihnen... Mary hatte nicht mehr die geringste Achtung vor ihrem Onkel. Sie fürchtete ihn auch nicht mehr. In ihrem Herzen war allein der Ekel zurückgeblieben, Ekel und Abscheu. Er hatte jeden Zusammenhang mit der Menschheit verloren. Er war ein Tier, das in der Nacht herumstreift. Jetzt, nachdem sie ihn trinken gesehen hatte und sie wußte, was er war, konnte er sie nicht länger in Furcht halten, weder er noch seine Kumpane. Sie waren Ausgeburten des Bösen, eine Pest des Landes, und sie wollte nicht ruhen, bis sie zertreten, weggefegt und ausgelöscht wären. Mit Gefühl ließ sich da nichts mehr erreichen. Blieben noch: Tante Patience und Jem Merlyn. Gegen ihren Wunsch brach er in ihr Gedankengewebe ein, und sie wollte ihn nicht. Ihr Inneres war bevölkert genug, sie brauchte nicht auch noch mit Jem zu rechnen. Er war seinem Bruder zu ähnlich, in Augen, Mund und Lachen. Das war die Gefahr. Sie erkannte ihren Onkel in Jems Gang, in seiner Art, den Kopf zu wenden; und sie verstand, warum Tante Patience vor zehn Jahren darüber närrisch geworden war. Nur zu leicht konnte man sich in Jem Merlyn verlieben. Bis dahin hatten in ihrem Leben die Männer wenig gezählt; zuviel Arbeit gab es in Helford, um sich ihretwegen beunruhigen zu lassen. Es gab wohl Jungen, die ihr in der Kirche zugelächelt hatten, die in der Erntezeit mit ihr zu einem Picknick gegangen waren, einmal, nach einem Glas Most, hatte ein Nachbar sie hinter einem Heuschober geküßt. Es war eine Torheit gewesen, und sie hatte den Mann seither gemieden; er war ein harmloser Bursche, der das Ereignis bereits fünf Minuten nachher vergessen hatte. Jedenfalls, heiraten wollte sie nicht, das hatte sie seit langem beschlossen. Sie wollte Geld zusammensparen und auf irgendeinem Hof Männerarbeit verrichten. Wenn sie einmal das Gasthaus »Jamaica« für immer verlassen und auf irgendeine Art Tante Patience ein

Heim bieten könnte, dann würde ihr kaum Zeit bleiben, an Männer zu denken. Und jetzt, obwohl sie es doch gar nicht wollte, tauchte Jems Gesicht wieder vor ihr auf, mit seinem Landstreicherbart und seinem schmutzigen Hemd und seinem selbstbewußten, zudringlichen Blick. Er brauchte Zärtlichkeit; er war rauh und hatte mehr als einen grausamen Zug in seinem Wesen; er war ein Dieb und ein Lügner. Er vertrat alles, was sie fürchtete, haßte und verachtete, doch sie wußte, daß sie ihn lieben könnte. Die Natur kümmerte sich nicht um Vorurteile. Männer und Frauen, so dachte sie, waren wie die Tiere auf der Farm in Helford; ein gemeinsames Gesetz der Anziehung regierte alle lebenden Geschöpfe, eine bestimmte Ähnlichkeit der Haut oder der Tastempfindung genügte, um eins zum andern zu treiben. Mary war keine Heuchlerin. Sie war für die Erde erzogen worden. Zu lange hatte sie bei Vögeln und Tieren gelebt, hatte gesehen, wie sie sich paarten, ihre Jungen austrugen und starben. Es gab herzlich wenig Romantik in der Natur, und sie wollte in ihrem eigenen Leben nicht danach suchen. Sie machte sich keine Illusion über die Romantik. Sichverlieben war ein hübscher Name dafür, aber nicht mehr. Jem Merlyn war ein Mann, und sie war ein Weib; waren es seine Hände, seine Haut, sein Lächeln, sie wußte es nicht; etwas in ihr aber strebte seinem Wesen entgegen, und schon der Gedanke an ihn war für sie verwirrend und begeisternd zugleich. Er zehrte an ihr und ließ sie nicht los. Sie wußte, daß sie ihn wiedersehen müsse.

Wieder sah sie hinauf zu dem grauen Himmel und den niedrig jagenden Wolken. Wollte sie nach Launceston, dann war es jetzt Zeit, sich bereitzumachen und zu gehen. Sie würde sich nicht entschuldigen; in den letzten vier Tagen war sie hart geworden. Mochte Tante Patience denken, was sie wollte. Sie würde beim Anblick ihres Gatten, mit seinen blutunterlaufenen Augen und zitternden Händen, verstehen. Wieder einmal, vielleicht zum letztenmal, hatte ihm der Trunk die Zunge gelöst. Sein Geheimnis war preisgegeben, und Mary hielt seine Zukunft in der Hand. Sie hatte sich noch nicht entschieden, welchen Gebrauch sie von ihrem Wissen machen würde. Aber ihn nochmals retten, das würde sie nicht. Heute wollte sie mit Jem Merlyn nach Launceston fahren, und diesmal war er es, der ihre Fragen beantworten würde. Er würde bescheiden werden, wenn er begriff, daß sie sich nicht vor ihm fürchtete, daß vielmehr sie ihn, sobald sie wollte, vernichten könne. Und morgen – nun, das Morgen mochte für sich selber sorgen. Da war auch immer noch Francis Davey und sein Versprechen; im Haus zu Altarnun würde sie Frieden und Schutz finden.

Sie wartete auf dem Oberland über Rushyford; aus der Ferne sah sie die kleine Kavalkade auf sich zukommen: das Pony, den Einspänner und zwei

hinten angebundene Gäule. Der Kutscher erhob zur Begrüßung die Peitsche. Mary fühlte, wie ihr das Blut in den Kopf stieg und wieder wich. Diese Schwäche wurde ihr zur Qual; hätte sie sie doch wie ein greifbares lebendiges Ding von sich abreißen und zertreten können! Sie barg die Hände in ihrem Schal und wartete mit gerunzelter Stirn. Er pfiff, als er näher kam, und warf ihr dann ein kleines Paket vor die Füße. »Fröhliche Weihnacht!« sagte er. »Ich hatte gestern einen Silberling in der Tasche, und der brannte mich. Da hast du ein neues Halstüchlein.«
Sie hatte sich vorgenommen, bei der Begrüßung brüsk und schweigsam zu sein, aber dieser Auftakt machte das schwierig.
»Das ist sehr lieb von dir«, sagte sie, »ich fürchte nur, du hast all dein Geld vertan.«
»Das kümmert mich nicht, ich bin's gewohnt«, erwiderte er, musterte sie mit der bei ihm üblichen kühlen und herausfordernden Weise und pfiff mißtönend dazu. »Du warst zeitig hier, hattest du Angst, ich könnte ohne dich gehen?«
Sie stieg auf den Sitz neben ihm und faßte die Zügel. »Ich fühle sie gern in der Hand«, erklärte sie, ohne auf seine Bemerkung einzugehen. »Mutter und ich, wir pflegten jede Woche einmal auf den Markt nach Helston zu fahren. Das scheint nun sehr lange her. Ich bekomm' Herzweh, wenn ich daran denke, und wie wir zusammen lachten, auch wenn die Zeiten schlimm waren. Du kannst das freilich nicht verstehen. Du hast immer nur an dich selber gedacht.«
Er verschränkte seine Arme und sah zu, wie sie die Zügel handhabte.
»Dieses Pony würde mit verbundenen Augen den Weg durch das Moorland finden«, sagte er. »Laß ihm die Zügel schießen, willst du? Es ist noch niemals gestrauchelt. So geht es besser. Es übernimmt nun die Verantwortung für dich, du kannst dich ihm anvertrauen. Was hast du eben gesagt?«
Mary hielt die Zügel lose in der Hand und sah auf die Spuren vor ihr.
»Nichts Besonderes«, meinte sie. »Ich sprach mehr zu mir selbst. Du willst also diese beiden Ponys zu Markt bringen?«
»Doppelter Gewinn, Mary Yellan, und wenn du mir hilfst, dann sollst du ein neues Kleid bekommen. Lach nicht und zuck nicht mit den Schultern. Ich hasse Undankbarkeit. Was ist heute mit dir los? Du bist ganz fahl, und kein Licht ist in deinen Augen. Bist du krank, oder hast du Leibschmerzen?«
»Ich kam nicht aus dem Haus, seit ich dich zuletzt gesehen habe«, sagte sie. »Ich blieb mit meinen Gedanken in meiner Kammer. Sie leisteten mir keine frohe Gesellschaft. Ich bin ein gutes Stück älter als vor vier Tagen.«

»Es tut mir leid, daß du dein gutes Aussehen verloren hast«, fuhr er fort, »ich hatte mir vorgestellt, wie ich mit einem hübschen Mädchen an meiner Seite in Launceston einziehen werde und wie dann die Jungen schauten und winkten. Du bist heute bedrückt. Lüg mich nicht an, Mary. Ich bin nicht so blind, wie du denkst. Was ist im Gasthaus ›Jamaica‹ geschehen?«

»Nichts ist geschehen. Meine Tante plappert in der Küche herum und Onkel sitzt mit dem Kopf in den Händen am Tisch hinter der Branntweinflasche. Ich allein hab' mich verändert.«

»Gäste sind keine mehr gekommen, oder?«

»Nicht daß ich wüßte, niemand kam durch den Hof.«

»Dein Mund ist zusammengepreßt, und du hast Ringe unter den Augen. Du bist müde. Ich hab' eine Frau gesehen, die aussah wie du, aber sie hatte dafür einen Grund. Ihr Mann kam zu ihr heim nach Plymouth, nach vierjähriger Fahrt auf See. Für dich gibt es diese Entschuldigung nicht. Hast du aber zufällig einmal an mich gedacht?«

»Ja, ich hab' einmal an dich gedacht«, sagte sie. »Ich fragte mich, wer wohl zuerst hängen werde, du oder dein Bruder. Der Unterschied ist gar nicht groß, wie mir scheint.«

»Wenn Joss hängt, dann wird das sein eigener Fehler sein«, erwiderte Jem. »Wenn je ein Mann sich die Schlinge selbst um den Hals gelegt hat, so ist er's. Er geht dem Unglück dreiviertel Wegs entgegen. Wenn es ihn schnappt, dann geschieht ihm recht. Dann rettet ihn keine Schnapsflasche. Er wird nüchtern baumeln.«

Schweigend trabten sie weiter; Jem spielte mit der Peitschenschnur, Mary gewahrte seine Hände neben ihr. Sie blickte durch die Lidspalten auf sie hinab und sah, daß sie lang und schlank waren; sie drückten dieselbe Kraft aus und dieselbe Anmut wie die seines Bruders. Doch diese zogen sie an, die andern stießen sie ab. Da erkannte sie, daß Abneigung und Anziehung nebeneinander bestehen können, daß es zwischen ihnen nur eine schmale Grenze gibt. Es war ein peinlicher Gedanke, sie schreckte vor ihm zurück. Angenommen, Joss, zehn, zwanzig Jahre jünger, säße an ihrer Seite. Sie verdrängte den Vergleich, denn sie fürchtete sich vor dem Bild, das er wachrief. Sie wußte nun, warum sie ihren Onkel haßte.

Seine Stimme störte diese Gedanken. »Was betrachtest du?« fragte er. Sie richtete ihre Blicke geradeaus und sagte kurz: »Ich betrachtete zufällig deine Hände und habe festgestellt: sie sind so wie die deines Bruders. Wie weit fahren wir über das Moorland? Ist das, was sich dort hinwindet, nicht die Landstraße?«

»Wir stoßen auf sie weiter unten und kürzen so um zwei oder drei Meilen ab. Du merkst dir also die Hände eines Mannes. Das hätte ich von dir nie gedacht. Schließlich bist du eine Frau und kein halbwüchsiger Bauernjunge. Willst du mir erzählen, warum du während vier Tagen, ohne zu reden, in deiner Kammer gesessen hast, oder muß ich es selbst erraten? Frauen hüllen sich ja gern in Geheimnisse.«

»Es gibt da weiter keine Geheimnisse. Du fragtest mich das letztemal, ob ich wisse, warum meine Tante aussehe wie ein Gespenst? Das waren deine Worte, nicht? Nun gut, ich weiß es jetzt. Das ist alles.«

Jem sah sie mit verwunderten Augen an, dann begann er wieder zu pfeifen.

»Das Trinken ist eine eigentümliche Sache«, sagte er nach einer Pause. »Ich war einmal betrunken, in Amsterdam, um die Zeit, als ich zur See ging. Ich erinnere mich, daß ich halb neun Uhr abends schlagen hörte, und ich saß auf dem Boden und hatte ein hübsches rothaariges Mädchen in den Armen. Das nächste, an was ich mich entsinne, ist: es war am andern Morgen um sieben Uhr, und ich lag auf dem Rücken in der Gosse, ohne Schuhe und Hose. Oft hab' ich mich gefragt, was während dieser zehn Stunden geschehen sei. Ich sann und sann, doch ich will verdammt sein, wenn mir etwas einfiel.«

»Das ist ein großes Glück für dich«, sagte Mary, »dein Bruder ist nicht so glücklich. Wenn er trinkt, dann erinnert er sich erst recht an alles, statt daß er das Gedächtnis verliert.«

Das Pony fing an, träge zu laufen, und sie schlug seine Flanken mit den Zügeln. »Wenn er allein ist, dann redet er mit sich selbst«, fuhr sie fort, »den Wänden im Gasthaus ›Jamaica‹ macht er damit wenig Eindruck. Aber diesmal war er nicht allein. Ich war zufällig anwesend, als er aus seiner Stumpfheit erwachte. Und er hatte Träume gehabt.«

»Und nachdem du einen seiner Träume vernommen hast, da hast du dich für vier Tage in deine Schlafkammer eingeschlossen, nicht wahr?« sagte Jem.

»Du triffst den Nagel so genau, wie du ihn überhaupt zu treffen vermagst.«

Er lehnte sich plötzlich über sie und nahm ihr die Zügel aus der Hand: »Du merkst nicht, wo du hinfährst«, sagte er. »Ich versicherte dir, dieses Pony strauchle nie, das heißt aber nicht, du solltest es gegen einen Granitblock von der Größe einer Kanonenkugel leiten. Gib her.« Sie sank in den Wagen zurück und ließ ihn kutschieren. Es war richtig, sie hatte nicht aufgepaßt und eine Zurechtweisung verdient. Das Pony hob die Füße und lief im Trab.

»Und was beabsichtigst du nun zu tun?« fragte Jem.

Mary zuckte die Achseln: »Ich habe vor allem an Tante Patience zu

denken. Du erwartest doch nicht, daß ich dich ins Vertrauen ziehe, oder?«
»Warum nicht? Ich bin nicht Joss' Anwalt.«
»Du bist sein Bruder, und das ist für mich genug. Es gibt in der ganzen Angelegenheit viele Lücken, und mir scheint, du könntest einige von ihnen trefflich ausfüllen.«
»Glaubst du, ich verschwende meine Zeit damit, für meinen Bruder zu arbeiten?«
»Was ich gesehen habe, verlangt keine große Zeitverschwendung. Er verdient reichlich und übergenug mit seinem Geschäft, und er braucht seine Ware nicht zu bezahlen. Tote Leute sagen nichts weiter, Jem Merlyn.«
»Nein, aber tote Schiffe, wenn sie ein günstiger Wind an den Strand treibt. Ein Fahrzeug sucht Lichter, Mary, wenn es in einen Hafen will. Wie eine Motte, die gegen eine Kerze flattert und sich die Schwingen versengt, so treibt ein Schiff zu einem falschen Licht. Es mag ein-, zwei-, dreimal vorkommen; aber beim viertenmal stinkt ein totes Schiff zum Himmel, und das ganze Land steht auf und will wissen, warum. Mein Bruder hat nun das Steuer verloren; er selbst treibt gegen den Strand.«
»Willst du da mit ihm fahren?«
»Ich? Was hab' ich mit ihm zu schaffen? Er soll seinen eigenen Kopf in die Schlinge stecken. Ich hab' mir wohl gelegentlich selbst zu etwas Tabak verholfen und Ware geschmuggelt, aber eines sag' ich dir, Mary Yellan, glaub mir nun oder glaub mir nicht, wie du willst: ich habe bis zur Stunde keinen Menschen getötet.«
Mit kundiger Hand knallte er die Peitsche über den Kopf des Ponys, das Tier lief nun im Galopp. »Es gibt da vorn eine Furt, wo diese Hecke nach Osten läuft. Wir überqueren den Fluß und kommen dann nach einer halben Meile auf die Straße nach Launceston. Dann haben wir noch sieben Meilen, bis wir in der Stadt sind. Wirst du schon müde?«
Sie schüttelte den Kopf. »Unter dem Sitz liegt ein Beutel mit Brot und Käse«, sagte er, »und einigen Äpfeln und ein paar Birnen. Du dürftest rechtschaffen hungrig sein. So, du denkst, ich bringe Schiffe zum Scheitern und stehe am Ufer und warte auf Ertrunkene. Und nachher durchsuche ich ihre Taschen, wenn sie gelandet sind, vom Wasser gedunsen? Ein hübsches Bild.«
Sie wußte nicht, ob sein Zorn gespielt oder echt war. Er preßte den Mund fest zusammen, und über seinen Backenknochen flammte es rot.
»Du hast nicht nein gesagt, wie?«
Er blickte auf sie herab, halb herausfordernd, halb belustigt, und er lachte kindlich harmlos. Sie haßte ihn dafür, und aus einer plötzlichen Einge-

bung wußte sie, welche Frage sich nun von selber stellte, und ihre Hände wurden heiß:
»Wenn du so von mir denkst, warum fährst du dann heute mit mir nach Launceston?«
Er war bereit, sie zu verspotten; eine Ausflucht oder eine stotternde Antwort wäre für ihn ein Triumph gewesen – so raffte sie sich zur Heiterkeit auf.
»Um deiner glänzenden Augen willen, Jem Merlyn«, sagte sie, »fahre ich mit dir, aus keinem andern Grund«, und sie begegnete seinem Blick ohne Zittern.
Auf das hin lachte er, schüttelte den Kopf und verfiel wieder auf sein Pfeifen; doch auf einmal war die Spannung zwischen ihnen gewichen und an ihrer Stelle eine Art von kameradschaftlicher Vertraulichkeit. Die Kühnheit ihrer Worte hatte ihn entwaffnet; er ahnte nichts von der Schwäche, die sie zu überwinden gehabt hatte, und für den Augenblick waren sie Gefährten, ohne den Gegensatz von Mann und Weib.
Sie fuhren nun auf der Landstraße; der Einspänner hinter dem trabenden Pony rollte dahin, mit den zwei gestohlenen, trappelnden Pferden im Schlepptau. Regenwolken trieben über den Himmel, niedrig und drohend, doch fiel noch kein Schauer von ihnen herab, und die Hügel, die sich in der Ferne des Moorlandes erhoben, standen von Nebel frei. Mary dachte an Francis Davey in Altarnun, dort unten, zu ihrer Linken; sie fragte sich, was er sagen würde, wenn sie ihm ihre Geschichte erzählte. Er würde wohl nicht zu weiterem Warten raten. Vielleicht wüßte er ihr wenig Dank, wenn sie ihn an Weihnachten damit überraschte; und sie stellte sich das ruhige Pfarrhaus vor, friedlich und schweigsam unter dem Haufen von Hütten, die das Dorf ausmachten, und den großen Kirchturm, der als ein Wächter über Dächern und Kaminen aufragte.
Eine Zuflucht des Friedens schien für sie Altarnun – der Name schon war wie ein Flüstern –, und Francis Daveys Stimme bedeutete Sicherheit und Vergessen allen Irrsals. Etwas Befremdendes war an ihm, das ebenso gefiel, wie es verwirrte. Das Bild, das er gemalt; seine Art, das Pferd zu lenken; und wie er gewandt und schweigsam aufgewartet hatte; und vor allem seltsam sein stilles, graues, dunkles Zimmer, das kein Zeichen seiner Persönlichkeit aufwies. Er war ein Schatten von einem Mann, und jetzt, da sie nicht bei ihm war, erschien er ihr ohne Dichtigkeit. Er hatte nichts von der männlichen Angriffslust Jems an ihrer Seite, er war ohne Fleisch und Blut. Er bestand nur aus zwei lichten Augen und einer Stimme aus dem Dunkel.
Das Pony scheute plötzlich vor einer Lücke in der Böschung, und Jems lauter Fluch riß sie aus ihrer Versunkenheit.

Auf gut Glück begann sie mit einer Frage: »Gibt es hier herum Kirchen? Ich habe diese letzten Monate wie eine Heidin gelebt, und ich hasse dies Gefühl.«

»Nimm dich zusammen, du vermaledeiter Dummkopf«, schrie Jem und schlug dem Pony auf das Maul. »Du willst uns wohl alle in den Kot ausleeren? Kirchen, sagtest du? Was Teufels soll ich von Kirchen wissen? Ich bin nur ein einziges Mal in einer gewesen; da wurde ich von meiner Mutter auf den Armen getragen, und ich kam wieder heraus als Jeremias. Ich kann dir nichts über sie sagen. Die goldenen Gefäße pflegen sie, glaub' ich, einzuschließen.«

»Es gibt eine Kirche zu Altarnun, nicht?« fragte sie. »Das ist vom Gasthaus ›Jamaica‹ aus zu Fuß erreichbar. Ich möchte morgen dorthin gehen.«

»Iß du lieber mit mir zusammen dein Weihnachtsmahl. Ich kann dir zwar keinen Truthahn vorsetzen, aber eine Gans kann ich immer erwischen vom alten Bauern Tucket in North-Hill. Er ist bereits so blind, daß er nie entdecken wird, daß sie ihm fehlt.«

»Weißt du, wer zu Altarnun Pfarrer ist, Jem Merlyn?«

»Nein, Mary Yellan. Ich hatte nie das geringste mit Pfarrern zu tun, und wahrscheinlich kommt es auch nie dazu. Sie sind eine komische Sorte Mensch, alle miteinander. Es lebte ein Pfarrer in North-Hill, als ich ein Bub war; der war sehr kurzsichtig, und sie erzählen, an einem Sonntag habe er der Gemeinde statt des heiligen Weins Branntwein zu trinken gegeben. Das ganze Dorf erfuhr, was geschehen war, und das nächstemal war die Kirche gedrängt voll, es gab keinen Raum zum Knien. Viele standen aufrecht an der Wand und warteten, daß die Reihe an sie komme. Der Pfarrer wußte sich's nicht zu erklären; er stand auf seiner Kanzel, seine Augen leuchteten hinter der Brille, und er predigte über die Herde, die heimkehrt zum Pferch. Mein Bruder Matthias hat mir die Geschichte erzählt; er war zweimal die Altarstufen hinaufgestiegen, und der Pfarrer hatte es nicht bemerkt. Es war für North-Hill ein großer Tag. Nimm jetzt das Brot und den Käse hervor, Mary: mein Bauch wird sonst zu nichts zusammenschrumpfen.«

Mary schüttelte seufzend den Kopf. »Hast du in deinem Leben jemals irgend etwas ernst genommen? Respektierst du nichts und niemanden?«

»Ich respektiere mein Inneres«, erwiderte er, »und das schreit jetzt nach Nahrung. Du kannst, wenn du religiös gestimmt bist, den Apfel essen. Es kommt ein Apfel in der Bibel vor, ich weiß das ganz genau.«

Es war eine lustige und ziemlich erhitzte Kavalkade, die nachmittags gegen halb zwei Uhr in Launceston antrabte. Mary hatte Skrupel und

Bedenken in den Wind geschlagen, trotz ihres festen Entschlusses am frühen Morgen; sie hatte Jems Laune angenommen und gab sich der Fröhlichkeit hin.

Fern den Schatten vom Gasthaus »Jamaica« waren ihre natürliche Jugend und ihre Lebhaftigkeit zurückgekehrt; ihr Begleiter hatte das sogleich bemerkt und stimmte nun sein Spiel auf diesen Ton.

Sie lachte, weil sie das mußte und weil er sie lachen machte; es war etwas Ansteckendes in der Luft, das von dem Getöse und Getümmel der Stadt herkam, die Empfindung einer Erregung und großen Behagens; das Gefühl von Weihnacht.

Die Straßen waren mit Menschen vollgedrängt, aus den kleinen Kaufbuden klang es vergnüglich. Wagen, Karren und auch Kutschen standen auf dem kiesbestreuten Platz. Überall Farbe und Leben und Bewegung; die frohe Menge stieß und schob sich vor den Marktständen; Truthähne und Gänse kratzten an der hölzernen Schranke, die sie gefangenhielt, und eine Frau in einem grünen Rock hielt lachend Äpfel hoch über ihrem Kopf; die Äpfel aber glühten so rot wie ihre Wangen. Es war ein liebvertrauter Anblick. Helston war so gewesen, Jahr um Jahr, um die Weihnachtszeit; aber hier in Launceston herrschte ein glänzenderes und ausgelasseneres Treiben. Da gab es Budenbesitzer und Pastetenbäcker, und kleine Lehrjungen liefen ab und zu in der Menge mit heißen Pasteten und Wurstgebäck auf ihren Speisebrettern. Eine Dame mit Federhut und blauem Samtmantel stieg aus ihrer Kutsche und trat in die Wärme und das Licht des gastlichen »Weißen Hirschen«, gefolgt von einem Herrn in wattiertem, staubgrauem Überrock. Er hob sein Augenglas an die Augen und stolzierte hinter ihr her, genauso, als wäre er selbst ein Truthahn.

Mary erschien diese Welt heiter und glücklich. Sie hatte das Tuch angelegt, das Jem ihr geschenkt hatte. Sie ließ sogar zu, daß er ihr die beiden Zipfel unter ihrem Kinn zusammenband. Sie hatten das Pony samt dem Wagen am Ende der Stadt eingestellt, und jetzt bahnte sich Jem, seine gestohlenen Pferde führend, seinen Weg durch die Menge. Mary folgte ihm auf den Fersen. Er schritt zuversichtlich einher und ging gerade auf den Platz zu, wo sich ganz Launceston versammelte und die Buden und Zelte des Weihnachtsmarktes sich endlos aneinanderreihten. Ein durch Seile abgegrenzter Platz war für den Kauf und Verkauf des Viehs bestimmt. Bauern und Landvolk, auch Landedelleute umgaben den Ring, und Händler aus Devon und von weiter unten. Marys Herz begann zu klopfen, als sie sich dem Ring näherten: wenn nun jemand aus North-Hill da wäre oder ein Farmer aus dem benachbarten Dorf, sicher würden sie die Pferde erkennen. Jem trug seinen Hut im Nacken und pfiff. Einmal sah er sich nach ihr um und blinzelte ihr zu. Die Menge teilte sich und machte ihm Platz. Mary blieb unter den Zuschauern, hinter einer dicken Marktfrau mit einem Korb. Sie sah, wie Jem sich unter einer Gruppe von Männern und ihren Ponys aufstellte; er nickte dem einen und anderen von ihnen zu und ließ seine Blicke über die Tiere gleiten, während er sich bückte, um seine Pfeife anzuzünden. Er sah ruhig und sorglos aus. In diesem Augenblick kam ein etwas auffallend gekleideter Bursche mit einem breiten Hut und blaßgelber Hose durch die Menge und herüber zu den Pferden. Seine Stimme klang laut und wichtig; er klopfte seinen Stiefel mit einer Reitpeitsche und deutete dann auf die Ponys. Aus diesem Ton und seiner ganzen Haltung schloß Mary auf einen Pferdehändler. Sogleich machte sich ein kleiner, luchsäugiger schwarzgekleideter Mann an ihn heran, stieß ihn zuweilen mit dem Ellbogen und flüsterte ihm ins Ohr.

Mary sah, wie er das schwarze Pony, das Junker Bassat gehörte, scharf anblickte.

»Woher habt Ihr dieses Pony?« fragte der Händler und tippte Jem auf die Schulter: »Das wurde nicht im Moorland aufgezogen, mit diesem Kopf und diesen Schultern.«

»Es wurde vor vier Jahren zu Callington geworfen«, sagte Jem unbedenklich, die Pfeife im Mundwinkel. »Es war jährig, als ich es vom alten Tim Bray kaufte; könnt Ihr Euch an Tim erinnern? Er veräußerte seine Habe letztes Jahr und ging nach Dorset. Tim sagte mir immer, das werde sich mir hübsch bezahlt machen. Die Mutter war irisches Blut und gewann Preise für ihn im Oberland. Seht es Euch nur an. Aber ich sag's Euch, billig ist es nicht.«

Er paffte aus seiner Pfeife, während die beiden Männer das Pony sorgfältig zu prüfen begannen. Eine endlose Zeit schien zu vergehen, bevor sie sich wieder aufrichteten und zurücktraten. »War irgend etwas los mit seiner Haut?« fragte der Mann mit den Luchsaugen. »Sie fühlt sich sehr rauh an und scharf wie Borsten. Auch hat es eine Farbe, die ich nicht besonders mag. Ihr habt es nicht aufgepulvert, oder doch?«

»Mit diesem Pony ist alles in Ordnung«, erwiderte Jem. »Das andere dort war im Sommer ganz zusammengefallen, aber ich hab' es wieder hochgebracht. Es wäre am besten, ich behielte es bis zum Frühjahr, aber das wird mich Geld kosten. Nein, dieses schwarze Pony, an dem ist nichts auszusetzen. Doch über einen Punkt will ich offen sein; es ist nur richtig, das zuzugeben. Der alte Tim Bray wußte nicht, daß die Stute trächtig war – er befand sich zu jener Zeit in Plymouth, und sein Junge beschäftigte sich mit ihr –, und als er es erfuhr, gab er dem Buben eine Tracht Prügel, aber es war schon zu spät. Er mußte sich so gut als möglich mit einem schlechten Geschäft abfinden. Nach meiner Meinung war der Vater grau;

seht hier das kurze Haar dicht über der Haut – das ist grau, nicht? Tim verfehlte einen guten Handel. Seht diese Schultern, das ist Rasse, für Euch. Ich sag' Euch was: ich verlange achtzehn Guineen dafür.« Der Luchsäugige schüttelte den Kopf, aber der Händler zögerte.
»Sagen wir fünfzehn, und wir schließen ab«, meinte er.
»Nein, achtzehn Guineen und keinen Penny drunter.«
Die beiden Männer berieten und schienen nicht übereinzustimmen. Mary vernahm das Wort »Schwindel«, und Jem warf ihr über die Köpfe der Menge weg einen Blick zu. Durch die Gruppe neben ihm ging ein Gemurmel. Nochmals bückte sich der Luchsäugige und berührte die Beine des schwarzen Pferdes. »Ich habe eine etwas andere Meinung über dieses Pony«, sagte er, »es befriedigt mich nicht ganz. Wo ist Euer Zeichen?«
Jem zeigte ihm den feinen Schlitz im Ohr. Der Mann prüfte ihn genau. »Ihr seid ein mißtrauischer Kunde«, sagte Jem. »Man könnte glauben, ich habe den Gaul gestohlen. Stimmt etwas nicht mit dem Zeichen?«
»Anscheinend alles richtig. Aber es kommt Euch zugut, daß Tim Bray nach Dorset verzogen ist. Was Ihr auch sagt, dieses Pony hat ihm nie gehört. Ich würde an deiner Stelle die Finger davon lassen, Stevens. Es könnte für dich verdrießlich werden. Gehn wir weiter, Mann.«
Der Händler mit der lauten Stimme sah das schwarze Pony bedauernd an: »Es ist ein Prachtkerl. Es kümmert mich wenig, wer es aufgezogen hat, oder ob sein Vater ein Scheck gewesen ist. Warum bist du so wählerisch, Will?«
Der Luchsäugige zog ihn wieder am Ärmel und flüsterte ihm ins Ohr. Der Händler lauschte, machte ein langes Gesicht und nickte dann. »Nun gut!« sagte er laut. »Zweifellos hast du recht; du hast einen Blick für verdächtige Angelegenheiten. Vielleicht ist's besser, wir halten uns von diesem fern. Behaltet Euer Pony«, warf er Jem hin. »Mein Gefährte mag es nicht. Ich rate Euch, geht mit dem Preis herunter. Bleibt das Tier lang in Eurer Hand, dann werdet Ihr's bereuen.« Und er bahnte sich mit dem Ellbogen den Weg an der Seite des Mannes mit den Luchsaugen, und sie verschwanden in der Richtung des »Weißen Hirschen«. Mary atmete erleichtert auf, als sie endlich verschwunden waren. Aus Jems Miene vermochte sie nicht klug zu werden; seine Lippen waren zu dem unvermeidlichen Pfeifen geformt. Leute kamen und gingen; die zottigen Moorlandponys wurden für zwei oder drei Pfund das Stück verkauft, und ihre früheren Besitzer gingen befriedigt davon. Niemand kam mehr in die Nähe des schwarzen Ponys. Die Menge sah es scheel an. Viertel vor vier Uhr verkaufte Jem das andere Pferd für sechs Pfund einem fröhlichen, rechtschaffen dreinblickenden Bauern, nach einer langen, gutgelaunten

Unterhandlung. Der Bauer wollte fünf Pfund geben, und Jem bestand auf sieben. Nach zwanzig Minuten geräuschvollen Feilschens einigte man sich auf sechs Pfund. Grinsend über das ganze Gesicht ritt der Farmer auf seinem Kauf davon.
Marys Füße fingen an einzuschlafen. Dämmerung senkte sich auf den Markt; die Lampen wurden angezündet. Die Stadt hatte nun etwas Geheimnisvolles. Mary wollte eben zu ihrem Einspänner zurückkehren, als hinter ihr eine Frauenstimme erklang und ein hohes, übertriebenes Lachen. Sie wandte sich um und erblickte den blauen Mantel und den Federhut der Dame, die am Mittag aus ihrer Kutsche gestiegen war. »O schau, James«, rief sie, »hast du in deinem Leben schon so ein köstliches Pony gesehen? Es hält den Kopf genau wie die arme Beauty. Die Ähnlichkeit wäre schlagend, aber dieses ist schwarz und hat nichts von Beautys Rasse. Schade, daß Roger nicht hier ist. Ich kann ihn aus seiner Versammlung nicht herausholen. Was denkst du von ihm, James?«
Ihr Begleiter setzte sein Augenglas an und gaffte: »Eine verfluchte Geschichte, Maria«, sagte er gedehnt. »Ich verstehe rein nichts von Pferden. Das Pony, das dir verlorenging, war grau, nicht? Dieses Ding da aber ist schwarz, absolut ebenholzschwarz. Willst du es kaufen?«
Die Dame lachte kurz auf. »Es wäre ein so geeignetes Weihnachtsgeschenk für die Kinder«, sagte sie. »Seit Beautys Verschwinden haben sie den armen Roger beständig geplagt. Frag nach dem Preis, James.«
Der Herr stolzierte vorwärts. »Hört mal, guter Mann, wollt Ihr dieses Euer Pony verkaufen?«
Jem schüttelte den Kopf. »Ich habe es bereits einem Freund versprochen, und ich möchte mein Wort nicht brechen. Übrigens würde dieser Gaul Sie nicht tragen; er ist nur von Kindern geritten worden.«
»Ach so. Steht es so? Ich danke Euch. Maria, dieser Bursche sagt, das Pony sei nicht zu verkaufen.«
»Wirklich nicht? Schändlich. Ich bin nun aber einmal vernarrt in das hier. Ich zahle ihm, was er verlangt, sag's ihm. Frag ihn nochmals, James.«
Wieder nahm der Herr sein Augenglas hoch und sagte mit langsamer Betonung: »Höret, bester Mann, diese Dame hat eine Neigung zu Eurem Pony gefaßt. Sie hat kürzlich eines verloren und möchte es ersetzt haben. Ihre Kinder wären enttäuscht, wenn sie davon erführen. Mag Euer Freund warten. Wieviel verlangt Ihr?«
»Fünfundzwanzig Guineen«, sagte Jem rasch, »das wenigstens will mein Freund mir dafür geben. Aber ich hab's nicht eilig mit dem Verkauf.«
Die Dame mit dem Federhut rauschte in den Ring: »Ich gebe Euch dreißig dafür«, rief sie. »Ich bin Frau Bassat aus North-Hill, ich will das Pony als Weihnachtsgeschenk für meine Kinder haben. Bitte, macht doch keine

Umstände. Ich habe die Hälfte der Summe bei mir, und dieser Herr wird Euch das übrige geben. Herr Bassat ist eben in Launceston; ich möchte aber mit dem Pony sowohl ihn als meine Kinder überraschen. Mein Stallbursche wird das Tier sogleich holen und es nach North-Hill reiten, noch ehe Herr Bassat die Stadt verläßt. Hier ist das Geld.«

Jem zog seinen Hut und verbeugte sich tief: »Ich danke Ihnen, meine Dame. Ich hoffe, Ihr Kauf wird Herrn Bassat Vergnügen machen. Sie werden sehen, das Pony ist überaus kinderlieb.«

»Oh, ganz gewiß, er wird entzückt sein. Freilich ist dieses Pony nicht zu vergleichen mit dem Tier, das man uns gestohlen hat. Beauty war ein Vollblut und ein schönes Stück Geld wert. Aber dieses kleine Tier ist wirklich recht hübsch, und es wird den Kindern gefallen. Komm, James; es wird ganz dunkel, und ich bin schon durchfroren bis auf die Knochen.«

Sie verließ den Ring und ging zur Kutsche, die auf dem Platz wartete. Der dicke Diener lief herzu und öffnete den Schlag. »Ich habe gerade für den jungen Herrn Robert und den jungen Herrn Henry ein Pony gekauft«, sagte sie. »Bitte, suchen Sie Richards und sagen Sie ihm, er möge es nach Hause reiten. Es soll für den Herrn eine Überraschung sein.« Sie stieg im Geflatter ihrer Röcke in die Kutsche, gefolgt von ihrem Gefährten mit dem Monokel.

Jem blickte sich rasch um und klopfte einem Buben, der hinter ihm stand, auf die Schulter. »Da, willst du ein Fünf-Schilling-Stück verdienen?« Der Junge nickte mit offenem Mund. »Also, dann halt dieses Pony fest und überlaß es dem Stallburschen, wenn der es holen kommt, in meinem Auftrag, verstehst du? Ich erhielt eben die Nachricht, daß meine Frau mit Zwillingen niedergekommen und daß ihr Leben in Gefahr ist. Ich kann keinen Augenblick warten. Da, nimm den Zügel. Und fröhliche Weihnacht!«

Er war weg und lief mit großen Schritten über den Platz, die Hände in die Hosentaschen vergraben. In einer Entfernung von etwa zehn Schritt folgte ihm Mary unauffällig.

Ihr Gesicht war purpurrot; sie hielt ihre Augen auf den Boden gerichtet. Das Lachen sprudelte in ihr auf, sie mußte den Schal vor den Mund halten. Als sie die andere Seite des Platzes erreichte, nun außerhalb der Kutschen und der Menschen, platzte sie heraus. Sie hielt sich mit der Hand die Seiten und rang nach Atem. Jem wartete auf sie, mit einem Gesicht, so ernst wie das eines Richters.

»Jem Merlyn, du gehörst gehängt«, sagte sie, nachdem sie sich erholt hatte. »So wie du dort auf dem Markt zu stehen und Frau Bassat in eigener Person dieses gestohlene Pony zurückzuverkaufen! Du hast die Stirn des

Teufels, und mir sind die Haare ergraut, während ich dir zugesehen habe.«

Er warf seinen Kopf zurück und lachte, und sie konnte ihm nicht widerstehen. Ihr Lachen schallte derart, daß die Leute auf der Straße sich nach ihnen umschauten, und auch sie wurden angesteckt und lächelten und brachen schließlich in Lachen aus. Ganz Launceston schien vor Freude zu beben, während ein Heiterkeitsausbruch nach dem andern in der Straße widerhallte, sich vermischend mit dem Lärm und Getümmel des Jahrmarkts; und zu alldem ein Jauchzen und Rufen und von irgendwoher Gesang. Die Lichter und Fackeln warfen seltsame Schatten auf die Menschengesichter: da waren Farben und Schatten und Stimmengebraus und eine Welle von Erregung in der Luft.

Jem ergriff ihre Hand und preßte ihre Finger: »Jetzt bist du froh, daß du gekommen bist, nicht wahr?« Und sie sagte rückhaltlos: »Ja« und war ihm nicht böse.

Sie tauchten in das Gewühl des Jahrmarkts mit seiner Wärme und der Ausstrahlung gedrängten Volks. Jem kaufte für Mary einen karmesinroten Schal und goldene Ringe für ihre Ohren. Unter einem gestreiften Zelt schlürften sie Orangen und ließen sich von einer verrunzelten Zigeunerin wahrsagen. »Hüte dich vor einem dunkeläugigen Fremden«, sagte sie Mary, und sie sahen einander an und lachten aufs neue.

»Es ist Blut an deiner Hand, junger Mann«, sagte sie zu ihm, »eines Tages wirst du einen Menschen töten.«

»Was hab' ich dir heute morgen in der Kutsche gesagt?« fragte Jem. »Ich sei bis zur Stunde noch unschuldig. Glaubst du mir nun?«

Doch sie schüttelte den Kopf und wollte nicht antworten. Feine Regentropfen sprühten ihnen auf das Gesicht; sie achteten nicht darauf. Der Wind brauste in Stößen und bauschte die flatternden Zeltstücke und streute Papier umher und Bänder und Seide; eine große, gestreifte Bude zitterte einen Augenblick und fiel in sich zusammen, während Äpfel und Orangen in die Gosse rollten. Die Flammen wurden lang im Wind, der Regen fiel; die Menschen liefen hierhin und dorthin um Schutz, lachend, einander zurufend und von Regen triefend.

Jem zog Mary unter das Dach eines Torwegs; die Arme über ihre Schultern gelegt, zog er ihr Gesicht gegen das seine, hielt sie fest und küßte sie. »Hüte dich vor einem dunkeläugigen Fremden«, lachte er und küßte sie wieder. Die Nachtwolken waren mit dem Regen heraufgezogen, und im nächsten Augenblick war alles pechdunkel. Der Wind blies die Flammenlichter aus, die Laternen schienen trüb und gelb, und die ganze helle Farbigkeit des Markts war vorüber. Bald war der Platz menschenleer; leer und verlassen gähnten die Zelte und Buden. Der linde Regen fiel stoßweise in den offenen Torweg; Jem stand mit dem Rücken gegen den Himmel und bildete so für Mary einen Schirm. Er löste das Halstuch von ihrem Kopf und spielte mit ihrem Haar. Sie fühlte seine Fingerspitzen in ihrem Nacken, von da, wie sie zu ihren Schultern glitten, und sie schob sie mit ihren Händen weg. »Ich hab' mich heute abend lang genug töricht benommen, Jem Merlyn«, sagte sie. »Es ist Zeit, an die Heimkehr zu denken. Laß mich in Frieden.«

»Du wirst bei diesem Wind nicht in einem offenen Einspänner fahren wollen«, wandte er ein. Er weht von der Küste, und auf dem Hochland würde er uns umwerfen. Wir werden die Nacht in Launceston zubringen müssen.«

»Sehr wahrscheinlich! Geh und hol das Pony, Jem; eben hat der Regen nachgelassen. Ich warte hier auf dich.«

»Tu nicht so puritanisch, Mary. Du wirst auf der Straße nach Bodmin bis auf die Knochen durchnäßt werden. Stell dir vor, du liebtest mich. In dem Fall würdest du bei mir bleiben.«

»Redest du so mit mir, weil ich das Schenkmädchen vom Gasthaus ›Jamaica‹ bin?«

»Zum Teufel mit dem Gasthaus ›Jamaica‹! Ich liebe, dich zu sehen und zu fühlen, und das genügt für jeden Mann. Es dürfte auch für eine Frau genug sein.«

»Ich kann sagen, daß es für manche genügt, aber ich bin nicht so beschaffen.«

»Seid ihr unten am Fluß von Helford aus einem andern Stoff als andere Frauen? Bleib heute nacht mit mir zusammen, Mary, und wir werden's herausfinden. Wenn der Morgen kommt, dann wirst du so sein wie die andern, das kann ich dir schwören.«

»Ich zweifle nicht daran, und eben darum ziehe ich das Durchnäßtwerden im Wagen vor.«

»Mein Gott, du bist hart wie ein Kiesel, Mary Yellan. Wenn du wieder allein bist, dann wird es dir leid tun.«

»Lieber dann trauern als später.«

»Wenn ich dich wieder küßte, würdest du dann deinen Sinn ändern?«

»Das würde ich nicht.«

»Nun wundert's mich nicht, daß mein Bruder sich eine Woche lang an sein Bett und seine Flasche gehalten hat – mit dir im Haus. Hast du ihm Kirchenlieder vorgesungen?«

»Ich kann sagen – ja.«

»Noch nie hab' ich ein so störrisches Weibsbild getroffen. Ich will dir einen Ring kaufen, wenn das deinem Bedürfnis nach Wohlanständigkeit entspricht. Nicht oft bin ich in der Lage, das anzubieten.«

»Wie viele Frauen pflegst du als dir zugehörig zu betrachten?«
»Sechs oder sieben über Cornwall zerstreut, die jenseits des Tamar nicht mitgerechnet.«
»Das ist eine hübsche Zahl für einen einzelnen Mann. Wenn ich du wäre, so wartete ich eine Weile, bis ich mir die achte anschaffte.«
»Du nimmst es aber genau! Siehst aus wie ein Affe, in deinem Schal, mit deinen glänzenden Augen. Nun wohl, ich hole den Einspänner und bringe dich heim zu deiner Tante, doch zuerst küss' ich dich, ob du willst oder nicht.«
Er nahm ihr Gesicht zwischen seine Hände. »Einen für Leid, zwei für Freud«, sagte er. »Den Rest bekommst du, wenn du in einer nachgebigeren Verfassung sein wirst. Es hätte keinen Sinn, heute den Vers zu beenden. Bleib da, wo du stehst; ich brauch' nicht lang.«
Er neigte den Kopf im Regen und schritt über die Straße. Sie sah ihn hinter einer Reihe von Ställen um die Ecke verschwinden.
Wieder lehnte sie sich im Schutz des Tors an die Wand. Es würde trübselig genug sein auf der Landstraße, das wußte sie wohl; dies war ein richtiger Landregen, mit einem giftigen Wind im Hintergrund, und der Moorboden würde sich nicht sehr anmutig zeigen. Es erforderte eine bestimmte Dosis Mut, diese elf Meilen in einem offenen Wagen durchzuhalten. Die Vorstellung, mit Jem Merlyn in Launceston zu bleiben, machte ihr Herzklopfen; es war aufregend, daran zu denken, jetzt da er weg war und ihr Gesicht nicht sehen konnte; trotz alledem wollte sie nicht den Kopf verlieren und ihm zu Gefallen sein. Hätte sie die Grenze, die sie für ihr Verhalten festgelegt hatte, einmal überschritten, dann gebe es kein Zurück mehr. Es wäre mit aller Seelenruhe, aller Unabhängigkeit vorbei. Zuviel hätte sie damit hergegeben, und nichts könnte sie mehr völlig von ihm befreien. Diese Schwäche wäre für sie eine Last, die ihr das Gasthaus »Jamaica« noch verhaßter machte, als es schon war. Besser, die Einsamkeit allein zu tragen. Doch von nun an würde die Stille des Moorlands ihr eine Qual sein, wegen seiner Gegenwart in der Entfernung von vier Meilen.
Mary hüllte sich dicht in ihren Schal und kreuzte die Arme. Sie dachte an Tante Patience, die wie ein Phantom im Schatten ihres Gebiets hinschlich, und sie schauderte. Zu dem würde auch Mary Yellan werden, wenn nicht die Gnade Gottes und die Kraft ihres eigenen Willens sie davor bewahrten. Ein neuer Windstoß zerrte an ihrem Kleid, und zugleich wehte ein Regenschauer in den offenen Torweg. Es war nun kälter. Lachen sammelten sich in den schadhaften Steinplatten, und Lichter und Menschen waren verschwunden. Launceston hatte seinen Zauber eingebüßt. Morgen würde ein öder, freudloser Weihnachtstag sein.

Mary wartete, mit den Füßen stampfend und auf ihre Hände blasend. Jem nahm sich Zeit, um seinen Einspänner zu holen. Schließlich konnte sie es nicht länger aushalten; sie stieg den Hügel hinauf, um ihn zu suchen. Die lange Straße war verlassen, von ein paar vereinzelten Nachzüglern abgesehen, die in dem zweifelhaften Schutz von Torwegen herumlungerten, so wie sie das getan hatte. In wenigen Minuten war sie vor dem Stall, wo sie am Nachmittag das Pony und den Einspänner gelassen hatten. Die Tür war verschlossen; durch einen Spalt sah sie, daß der Schuppen leer war. Jem mußte also gegangen sein. In fieberhafter Ungeduld klopfte sie an der Werkstatt nebenan; nach einer Weile erschien der Bursche, der sie am frühen Nachmittag zum Pferdestall geführt hatte.

Man sah, er hatte sich ungern aus dem Behagen seines warmen Raums herausrufen lassen. Zuerst erkannte er sie nicht in ihrem abenteuerlichen Schal. »Was wünschen Sie?« war seine Frage. »Wir nehmen hier keine Gäste auf.«

»Ich komme nicht als Gast«, erwiderte Mary, »ich suche meinen Gefährten. Wir sind heute mit einem Pony und einem Einspänner hierhergekommen; Sie werden sich erinnern. Ich sehe, der Stall ist leer. Haben Sie ihn gesehen?«

Der Mann stammelte eine Entschuldigung. »Sie werden mir verzeihen, Ihr Freund ging vor etwa zwanzig Minuten weg. Er schien es eilig zu haben; noch ein anderer Mann war mit ihm. Ich bin nicht ganz gewiß, aber er glich einem der Diener vom ›Weißen Hirschen‹. Jedenfalls sind sie in jener Richtung gefahren.«

»Er hat wohl keine Mitteilung hinterlassen?«

»Nein, es tut mir leid. Vielleicht, daß Sie ihn im ›Weißen Hirschen‹ finden werden. Wissen Sie, wo der ist?«

»Ja, danke. Ich werde dort nachsehen. Gute Nacht.«

Der Mann schloß ihr die Tür vor der Nase zu, froh, sie los zu sein, und Mary ging in die Stadt zurück. Was wollte nur Jem mit einem der Diener vom »Weißen Hirschen«? Der Mann mußte sich geirrt haben. Es blieb ihr nichts übrig, als die Wahrheit selbst herauszufinden. Wieder kam sie zu dem kiesbestreuten Platz. Der »Weiße Hirsch« sah wirklich einladend aus, mit seinen erleuchteten Fenstern, aber da war keine Spur von Pony und Einspänner.

Mary fühlte ihren Mut sinken. Jem hatte sich doch sicher nicht ohne sie auf den Weg gemacht? Sie zögerte einen Augenblick, dann öffnete sie die Tür und trat ein. Der Raum schien von lachenden und redenden Herren erfüllt, und wiederum verursachten ihr feuchtes Haar und ihre ländliche Tracht Befremden. Ein Angestellter kam auf sie zu und bat sie, zu gehen. »Ich suche Herrn Jem Merlyn«, sagte Mary bestimmt. »Er kam hierher mit einem Pony und einem Einspänner und wurde in Gesellschaft eines Ihrer Diener gesehen. Es tut mir leid, daß ich Sie belästige, doch ich muß ihn unbedingt finden. Wollen Sie bitte nachfragen?«

Der Mann ging widerwillig, während Mary am Eingang stehenblieb und der kleinen Gruppe von Männern, die am Feuer saßen und herüberschauten, den Rücken kehrte. Unter ihnen erkannte sie den Pferdehändler und den luchsäugigen kleinen Mann.

Mary schwankte etwas. Nach kurzer Zeit kam der Diener zurück; er trug ein Brett mit Gläsern, die er unter die Gesellschaft am Feuer verteilte, und später erschien er wieder mit Schinken und Kuchen. Er beachtete Mary nicht mehr; erst als sie ihn zum drittenmal anspach, kam er auf sie zu. »Ich bedaure«, sagte er, »wir haben hier alles besetzt und nicht Zeit, uns mit Jahrmarktbesuchern abzugeben. Ein Mann mit Namen Merlyn ist nicht hier. Ich habe mich draußen erkundigt, niemand hat von ihm gehört.«

Mary wandte sich zur Tür, aber der luchsäugige Mann war vor ihr dort. »Wenn das der dunkelhäutige Zigeuner ist, der meinem Freund diesen Nachmittag ein Pony verkaufen wollte, dann kann ich Ihnen Auskunft geben«, sagte er und lachte breit und entblößte dabei eine Reihe verdorbener Zähne. Die Gruppe am Kamin lachte gleichfalls laut auf.

Sie blickte vom einen zum andern. »Was haben Sie zu sagen?« fragte sie.

»Er war vor knapp zehn Minuten in der Gesellschaft eines Herrn«, berichtete der Luchsäugige, noch immer lächelnd und sie mit den Blicken messend, »und unter Beihilfe einiger von uns konnte er zum Besteigen eines Wagens überredet werden, der vor der Tür wartete. Zuerst wollte er sich uns widersetzen, aber auf einen Blick jenes Herrn besann er sich anders. Ohne Zweifel wissen Sie, was aus dem schwarzen Pony geworden ist? Der Preis, den er dafür verlangte, war unbestreitbar etwas hoch.«

Seine Bemerkung rief bei der Gruppe am Feuer einen neuen Ausbruch des Gelächters hervor. Unverwandt schaute Mary auf den kleinen, luchsäugigen Mann.

»Wissen Sie, wohin er gegangen ist?« fragte sie. Er zuckte die Achseln und schnitt ein spöttisch bedauerndes Gesicht.

»Sein Bestimmungsort ist mir nicht bekannt, und es tut mir leid, daß Ihr Begleiter keinen Abschiedsgruß für Sie hinterlassen hat. Da es nun aber Heiliger Abend ist und noch früh und, wie Sie sehen, die Witterung nicht zum Draußenbleiben verlockt, so entschließen Sie sich vielleicht, hier die Rückkehr Ihres Freundes abzuwarten. Ich und diese andern Herren wären erfreut, Sie unterhalten zu dürfen.« Gleichzeitig griff er mit schlaffer Hand nach ihrem Schal: »Was muß der Bursche für ein Schwindler sein«,

sagte er mit sanfter Stimme, »Sie so zu verlassen? Ruhen Sie sich hier aus und vergessen Sie ihn.«
Mary wandte ihm wortlos den Rücken und ging wieder durch die Tür hinaus. Als sie hinter ihr zufiel, hörte sie sein lautes Lachen.
Sie stand auf dem verlassenen Marktplatz, inmitten der Windstöße und Regenschauer. Also war das Schlimmste geschehen und der Diebstahl des Ponys entdeckt worden. Es gab keine andere Erklärung. Jem war geliefert. Blöd starrte sie auf die dunklen Häuser und sann, welches wohl die Strafe für Diebstahl sei? Wurde man dafür wie für Totschlag gehängt? Ihr Leib schmerzte sie, als wäre sie geschlagen worden, und ihr Kopf war ganz wirr. Sie vermochte nichts klar zu beurteilen, keinen Plan zu fassen. Sie schloß, Jem sei für sie nun jedenfalls verloren und sie werde ihn nie wiedersehen. Das kurze Abenteuer war zu Ende. Im Augenblick war sie wie betäubt. Kaum wissend, was sie tat, wanderte sie ziellos über den Platz. Sie stolperte vorwärts, der Sprühregen wehte ihr ins Gesicht. Sie achtete kaum auf ihren Weg, unbekümmert um die Tatsache, daß zwischen ihr und ihrer Schlafkammer im Gasthaus »Jamaica« elf lange Meilen lagen. Wenn einen Mann lieben soviel Schmerz und Kummer und all dieses Leiden bedeutete, dann wollte sie lieber verzichten. Dann war es aus mit geistiger Gesundheit und innerer Ruhe, und jeder Lebensmut wurde zerstört. War sie einmal unbeirrbar gewesen und stark, so glich sie jetzt einem schwatzenden Kind. Steil stieg der Hügel vor ihr an. Am Nachmittag waren sie hier unter Hufgeklapper herabgefahren; sie erinnerte sich des knorrigen Baumstamms bei der Heckenlücke. Jem hatte gepfiffen und Lieder gesungen. Plötzlich kam sie zur Besinnung, ihre Schritte stockten. Es war Wahnsinn, weiterzulaufen. Die Straße zog sich vor ihr hin wie ein weißes Band; schon nach zwei Meilen würde sie bei diesem Wind und Regen erschöpft sein.
Sie wandte sich zurück auf dem Hügelhang; unter ihr blinkten die Lichter der Stadt. Vielleicht würde ihr jemand für die Nacht ein Bett geben oder eine Decke auf dem Boden. Sie hatte kein Geld; sie müßten sie auf Kredit beherbergen. Sie trieb die Straße hinunter wie ein vom Wind gejagtes Blatt; in der Dunkelheit sah sie ein den Hügel hinaufkriechendes Gefährt auf sich zukommen. Es sah wie ein Käfer aus, schwarz und gedrungen; es bewegte sich langsam der vollen Wucht des Wettersturms entgegen. Sie sah es mit verwirrten Blicken; der Anblick löste in ihr weiter keine Gedanken aus, außer dem, daß irgendwo auf einer unbekannten Straße Jem Merlyn so zum Tod geführt werden könnte. Der Wagen war auf ihrer Höhe angelangt und vorübergefahren, als sie, einem plötzlichen Impuls gehorchend, ihm nachlief und den in seinen grauen Mantel gehüllten Kutscher fragte: »Fahren Sie nach Bodmin? Haben Sie einen Fahrgast bei

sich?« Der Kutscher schüttelte den Kopf und peitschte sein Pferd, aber bevor Mary noch weglaufen konnte, streckte sich ein Arm aus dem Kutschenfenster, und eine Hand legte sich auf ihre Schulter: »Was tut Mary Yellan am Heiligen Abend allein in Launceston?« fragte eine Stimme von innen.
Die Hand war kräftig, aber die Stimme sanft. Ein bleiches Gesicht blickte sie aus dem Kutscheninnern an: weißes Haar und lichte Augen unter einem schwarzen Hut. Es war der Pfarrer von Altarnun.

10

Sie betrachtete im Halblicht sein Profil; es war scharf und klar; die vorspringende schmale Nase schwang abwärts wie ein gebogener Vogelschnabel. Die Lippen waren geschlossen und farblos und zusammengepreßt; er stützte das Kinn auf einen langen Ebenholzstock, den er zwischen den Knien hielt.
Zunächst konnte sie seine Augen nicht sehen, da sie von den kurzen, weißen Wimpern überdeckt waren; dann wandte er den Kopf und sah ihr ins Gesicht, die Wimpern bewegten sich, und seine Augen schienen weiß, durchsichtig und ausdruckslos wie Glas.
»So werden wir zum zweitenmal zusammen fahren«, sagte er mit seiner leisen und sanften Frauenstimme. »Wieder habe ich das Vergnügen, Ihnen auf der Straße beizustehen. Sie sind bis auf die Haut durchnäßt; es ist besser, Sie ziehn sich ein wenig aus.« Er sah sie mit ruhigem Gleichmut an, und sie mühte sich in der Verwirrung mit der Nadel ab, die ihren Schal zusammenhielt.
»Hier ist ein trockenes Plaid, das für unsere Fahrt genügen wird«, fuhr er fort. »Ihre Füße machen Sie am besten frei. Dieser Wagen ist gegen Zugluft ziemlich dicht.«
Ohne ein Wort schlüpfte sie aus dem triefenden Schal und Mieder und wickelte sich in die rauhe Decke, die er ihr hinhielt. Ihr Haar war niedergefallen und hing wie ein Mantel über ihre nackten Schultern. Sie kam sich vor wie ein Kind, das auf einer Ausreißerei ertappt worden war und das nun kleinlaut mit gefalteten Händen dasaß und auf die Worte seines Lehrers hörte.
»Nun«, sagte er, sie ernst anblickend, und sie versuchte ungeschickt, ihren heutigen Tag zu schildern. Wie früher zu Altarnun, hatte er etwas, was sie unsicher machte und wie ein törichtes, unwissendes Landmädchen reden ließ; ihre Geschichte kam heraus als dürftige Erzählung, darin sie selbst um vieles verringert dastand, als ein anderes weibliches Wesen, das,

von dem Mann ihrer Wahl auf dem Jahrmarkt zu Launceston verlassen, nun allein seinen Heimweg angetreten hatte. Sie schämte sich, Jem mit Namen zu nennen, und sie führte ihn ungeschickt ein, als einen Mann, der Pferde abrichte und den sie einmal auf einer Wanderung im Moorland getroffen habe. Und jetzt habe es über den Verkauf eines Ponys in Launceston Schwierigkeiten gegeben, und sie fürchte, man habe ihn bei einer Unehrlichkeit ertappt.

Was mochte Francis Davey von ihr denken, die mit einem oberflächlich Bekannten nach Launceston gefahren und dann von ihrem Begleiter in Uneinigkeit einfach weggelaufen und beschmutzt und verregnet, nach Einbruch der Nacht, wie ein Straßenmädchen durch die Stadt gerannt war? Er hörte sie bis zu Ende schweigend an, und sie hörte ihn ein- oder zweimal schlucken, eine Gewohnheit, an die sie sich erinnerte.

»Nach allem waren Sie also nicht gar so einsam?« sagte er schließlich. »Das Gasthaus ›Jamaica‹ war nicht so von aller Welt abgeschnitten, wie Sie geglaubt hatten?«

Mary errötete im Dunkeln, und wiewohl er ihr Gesicht nicht sehen konnte, wußte sie, daß seine Augen ihr zugewandt waren, und sie fühlte sich schuldig, als hätte sie etwas Unrechtes getan.

»Wie war der Name Ihres Gefährten?« fragte er ruhig. Sie zögerte einen Augenblick, unangenehm berührt und befangen und mit dem Schuldgefühl, stärker als zuvor.

»Es war der Bruder meines Onkels«, antwortete sie dann und gewahrte das Widerstreben in ihrer Stimme; das Geständnis war ihr wie eine Beichte von den Lippen gekommen.

Was er auch bis dahin von ihr für eine Meinung gehabt hatte, eine bessere konnte er nun nach dieser Aussage nicht mehr gewinnen. Noch vor einer Woche hatte sie Joss Merlyn einen Mörder genannt, und doch war sie ohne Gewissenbisse vom Gasthaus »Jamaica« mit seinem Bruder hierhergefahren, ein gewöhnliches Schenkmädchen, um sich auf dem Jahrmarkt zu vergnügen.

»Sicher denken Sie schlecht von mir«, fuhr sie rasch fort. »Da ich meinem Onkel mißtraue und ihn verabscheue, hatte ich kaum Grund, seinem Bruder zu trauen. Er ist unehrlich und ein Dieb, ich weiß das; soviel sagte er mir gleich am Beginn; aber außerdem ...« Ihre Worte klangen unsicher. Jem hatte schließlich nichts abgestritten; er hatte wenig oder nichts zu seiner Verteidigung gesagt, als sie ihn anklagte. Und jetzt trat sie gänzlich auf seine Seite und verteidigte ihn, ohne Vernunft und gegen ihr gesundes Urteil, ihm verfallen, weil seine Arme sie umschlungen hatten, und wegen eines Kusses im Dunkeln.

»Sie denken, der Bruder weiß nichts von den nächtlichen Geschäften des

Gastwirts?« fragte die sanfte Stimme an ihrer Seite. »Er gehört nicht zu der Gesellschaft, welche die Wagen nach dem Gasthaus ›Jamaica‹ führt?«

Mary machte eine verzweifelte Gebärde. »Ich weiß es nicht«, sagte sie; »ich habe keinen Beweis. Er gibt nichts zu, er zuckt die Achseln. Eines aber versicherte er mir, daß er nie einen Menschen umgebracht habe. Und ich glaubte ihm. Ich glaube ihm noch. Er sagte auch, mein Onkel laufe auf geradem Weg in die Hand des Gesetzes, und über kurzem werde er gefaßt werden. Das hätte er sicher nicht gesagt, wenn er zu der Gesellschaft gehörte.«

Sie redete nun mehr, um sich selbst, als um den Mann an ihrer Seite zu überzeugen; Jems Unschuld war auf einmal von größter Bedeutung.

»Sie sagten vorhin, Sie seien mit dem Junker bekannt«, sagte sie rasch. »Vielleicht könnten Sie ihn beeinflussen. Ohne Zweifel könnten sie ihn überreden, mit Jem Merlyn glimpflich zu verfahren, wenn einmal die Zeit gekommen ist? Schließlich ist er jung; er könnte ein neues Leben beginnen; in Ihrer Stellung vermöchten Sie das sehr wohl.«

Sein Schweigen war für sie eine zweite Demütigung; während sie seine kalten Augen auf sich fühlte, begriff sie, für wie hoffnungslos dumm und weibchenhaft er sie halten mußte. Er mußte sehen, wie sie für einen Mann eintrat, weil der sie einmal geküßt hatte, und daß er sie verachtete, das verstand sich von selbst.

»Meine Bekanntschaft mit Herrn Bassat in North-Hill ist ganz geringfügig«, sagte er freundlich. »Wir haben uns ein- oder zweimal guten Tag gesagt und über Dinge gesprochen, die unsere Pfarrgemeinden betreffen. Es ist sehr unwahrscheinlich, daß er meinetwegen einen Dieb schonen sollte, besonders wenn dieser der Schuld überführt und noch dazu der Bruder des Wirts vom Gasthaus ›Jamaica‹ ist.«

Mary erwiderte nichts. Wieder hatte dieser seltsame Diener Gottes logisch und weise gesprochen; sie wußte gegen seine Worte nichts einzuwenden. Aber sie brannte jetzt in einem plötzlichen Liebesfeuer, das Vernunft und Logik versengte; darum reizten sie seine Worte und verursachten einen weiteren Aufruhr in ihrem Innern.

»Sie scheinen um seine Sicherheit besorgt?« fragte er. Sie wußte nicht, ob das Spott oder Vorwurf war, was in seiner Stimme mitklang, oder Verständnis. Doch schnell wie der Blitz fuhr er fort: »Und wenn Ihr neuer Freund noch anderes begangen hat, wenn er mit seinem Bruder sich gegen Eigentum und Leben seiner Mitmenschen verschworen, was dann, Mary Yellan? Würden Sie ihn auch dann noch zu retten versuchen?«

Sie fühlte seine Hand auf der ihrigen, kalt und unpersönlich; und da sie nach der Aufregung des Tages aufs Äußerste gebracht und von Furcht

und Enttäuschung gleicherweise besessen war und gegen ihr besseres Urteil einen Mann liebte, den sie nun durch eigene Schuld verloren hatte, brach sie zusammen und begann zu toben wie ein betrogenes Kind.
»Damit hatte ich nicht gerechnet«, rief sie leidenschaftlich. »Ich vermochte die Brutalität meines Onkels auszuhalten und den traurigen Stumpfsinn meiner Tante, und selbst das Schweigen und die Schrecken im Gasthaus ›Jamaica‹ habe ich ertragen, ohne zu beben oder davonzulaufen. Ich fürchte das Alleinsein nicht. Ich finde sogar im Kampf gegen meinen Onkel eine gewisse Genugtuung, die meinen Mut stählt. Ich fühle, ich bin ihm in dem langen Ringen überlegen, was er auch sagt und tut, oder wie er sich anstellt. Ich hatte vor, meine Tante von ihm wegzubringen und Gerechtigkeit ausüben zu lassen, und nachdem all das geschehen wäre, irgendwo auf einem Bauernhof Arbeit zu suchen und dort wie ein Mann zu leben, wie ich das zu tun pflegte. Aber jetzt kann ich keine Zukunft mehr sehen, ich kann weder Pläne fassen noch an mich selber denken; wo ich bin, ist mir, ich sei in einer Falle, alles wegen eines Mannes, den ich verachte, mit dem mein Sinn und Verstand nichts zu tun hat. Ich mag nicht lieben oder fühlen wie ein Weib, Herr Davey; das ist Qual und Elend, vielleicht zeitlebens, und ich will's nicht.«
Sie lehnte sich zurück, mit dem Gesicht gegen die Seitenwand der Kutsche, von ihrem Wortstrom erschöpft und sich bereits wieder über diesen Ausbruch schämend. Es war ihr nun gleichgültig, was er von ihr dachte. Er war Priester und somit von ihrer kleinen Welt des Sturms und der Leidenschaft getrennt. Das waren ihm unbekannte Dinge. Sie fühlte sich betrübt und unglücklich.
»Wie alt sind Sie?« fragte er unvermittelt.
»Dreiundzwanzig«, sagte sie.
Sie hörte ihn im Dunkeln schlucken; seine Hand auf seinen Ebenholzstock legend, verharrte er in Schweigen.
Der Wagen hatte das Tal von Launceston und den Schutz der Hecken verlassen und bewegte sich nun auf dem Hochland gegen das offene Moorgebiet, der vollen Gewalt von Wind und Regen ausgesetzt. Der Wind hielt ständig an, doch der Regen fiel mit Unterbrechungen, und ab und zu funkelte ein verlorener Stern hinter einer tief schleppenden Wolke hervor. Dann war er wieder verschwunden, von einem schwarzen Regenvorhang verdunkelt und weggewischt, und aus dem Kutschenfenster war weiter nichts zu sehen als ein viereckiges Stück schwarzen Himmels.
Mary schauderte und rückte näher an ihren Nachbarn heran, wie ein Hund an seinen Kameraden. Noch immer sagte er nichts, aber sie wußte: er schaute auf sie herab, und jetzt wurde sie sich zum erstenmal seiner

Nähe, als einer Person, bewußt; sie fühlte seinen Atem auf ihrer Stirn. Sie dachte daran, daß ihr feuchter Schal und ihr Mieder zu ihren Füßen auf dem Boden lagen und sie nackt war unter ihrer rauhen Decke. Als er sprach, verspürte sie, wie nahe er ihr war; seine Stimme war wie ein unerwarteter Stoß, der verwirrt.

»Sie sind sehr jung, Mary Yellan«, sagte er mild. »Sie sind erst wie ein Küchlein, das die zerbrochene Schale noch mit sich trägt. Sie werden diese Ihre kleine Krisis überstehen. Frauen wie Sie haben es nicht nötig, wegen eines Mannes, den sie ein-, zweimal getroffen haben, zu weinen, und der erste Kuß ist nicht von solcher Tragweite. Sie werden Ihren Freund mit seinem gestohlenen Pony sehr bald vergessen. Trocknen Sie darum Ihre Tränen; Sie sind nicht die erste, die sich wegen eines verlorenen Liebhabers ihre Nägel zerbeißt.«

Er nahm ihre Angelegenheit leicht und maß ihr keine Bedeutung bei. Das war ihr erster Eindruck nach seiner Rede. Dann wunderte sie sich, daß er nicht die üblichen tröstenden Phrasen gebraucht, nichts vom Segen des Gebets, dem Frieden Gottes und dem ewigen Leben gesagt hatte. Sie dachte an die letzte Fahrt mit ihm zusammen, wie er mit der Peitsche sein Pferd angetrieben und wie er, vorgebeugt auf seinem Sitz kauernd, die Zügel in der Hand, Worte hervorgestoßen hatte, die sie nicht verstand. Sie empfand ein ähnliches Unbehagen wie damals; ein Mißvergnügen, das sie instinktiv mit seinen merkwürdigen Haaren und Augen in Beziehung brachte, als wäre seine körperliche Abweichung von der Norm eine Schranke zwischen ihm und der übrigen Welt. Im Tierreich war das Naturspiel ein Gegenstand des Abscheus, der verfolgt und vernichtet oder ausgestoßen wurde. Kaum hatte sie diesen Gedanken gefaßt, als sie sich selbst als eng und unchristlich verurteilte. Er war ein Mitmensch und ein Diener Gottes. Aber während sie vor sich selbst ihr törichtes Benehmen ihm gegenüber entschuldigte und bedauerte, daß sie sich wie ein gewöhnliches Straßenmädchen geäußert hatte, langte sie nach ihren Kleidungsstücken und begann sich verstohlenerweise unter ihrer Decke anzuziehen.

»Also war meine Vermutung richtig, und seit ich Sie zuletzt gesehen habe, ist im Gasthaus ›Jamaica‹ alles ruhig geblieben?« sagte er nach einer Pause, einen bestimmten Gedankengang verfolgend. »Kein Wagen hat Ihren Schönheitsschlaf gestört, und der Gastwirt vergnügte sich allein mit seiner Flasche?«

Mary, noch gereizt und unruhig, mit ihrem Sinn bei dem Mann, den sie verloren hatte, zwang sich selbst in die Wirklichkeit zurück. Während beinahe zehn Stunden hatte sie ihren Onkel vergessen gehabt. Plötzlich stand vor ihr wieder der ganze Schrecken der vergangenen Woche und das, was ihr zu dem Früheren hinzu bekannt geworden war. Sie dachte an die nicht endenden schlaflosen Nächte, die langen Tage, die sie allein zugebracht hatte; und wieder tauchten das Glotzen der blutunterlaufenen Augen ihres Onkels, sein betrunkenes Lächeln, seine tastende Hand vor ihr auf.

»Herr Davey«, flüsterte sie, »haben Sie schon einmal das Wort ›Strandräuber‹ gehört?«

Sie hatte das Wort nie zuvor laut ausgesprochen, sie hatte niemals auch nur daran gedacht, und da hörte sie es nun von ihren eigenen Lippen; es klang furchterregend und häßlich, wie eine Lästerung. In der Kutsche war es zu dunkel, um an seinem Gesicht den Eindruck abzulesen, den es auf ihn machte, doch hörte sie ihn schlucken. Seine Augen waren unter dem schwarzen Priesterhut verborgen; nur den Umriß seines Profils konnte sie erkennen, das scharfe Kinn, die hervortretende Nase

»Einmal vor vielen Jahren, als ich kaum mehr war als ein Kind, hörte ich einen Nachbarn davon reden«, sagte sie; »und dann später, als ich alt genug war, um zu verstehen, wurde von diesen Dingen geraunt – in Unterhaltungen, die meist sofort wieder abgebrochen wurden. Jemand wollte, nach einer Fahrt an die Nordküste, eine grausige Erzählung zum besten geben, doch man hieß ihn schweigen; die älteren Leute verbaten sich solche Gespräche; es war ein Verstoß gegen den guten Ton.

Ich glaubte nicht an diese Geschichten; meine Mutter, die ich danach fragte, erklärte mir, das seien die scheußlichen Erfindungen böswilliger Menschen; solche Dinge gebe es nicht und könne es nicht geben. Sie hatte unrecht. Ich weiß jetzt, daß sie unrecht hatte, Herr Davey. Mein Onkel ist einer von ihnen, er hat es mir selbst gesagt.«

Ihr Begleiter gab immer noch keine Antwort; er saß unbeweglich da, wie aus Stein, und sie fuhr fort, und ihre Stimme blieb ein Flüstern:

»Sie gehören dazu, jeder einzelne von ihnen, von der Küste bis zur Höhe von Tamar; alle die Männer, die ich an dem ersten Samstagabend in der Bar des Gasthauses gesehen habe; die Zigeuner, Wilddiebe, Matrosen, der Hausierer mit den schlechten Zähnen. Sie haben mit eigener Hand Frauen und Kinder erwürgt; sie haben sie im Wasser niedergedrückt, sie mit Felsklötzen und Steinen erschlagen. Das sind Totenwagen, die da nachts auf der Straße angerollt kommen, und die Waren, die sie bringen, sind nicht nur geschmuggelte Fässer mit Branntwein für die einen und Tabak für die andern, sondern die gesamten, mit Blut erkauften Ladungen gekenterter Schiffe, Besitz und anvertrautes Gut ermordeter Menschen. Und darum ist mein Onkel gefürchtet und verabscheut bei den ängstlichen Bewohnern der Hütten und kleinen Farmen; darum sind alle Türen vor ihm verriegelt, und die Kutschen eilen in einer Staubwolke an seinem

Haus vorbei. Sie vermuten das, was sie nicht beweisen können. Meine Tante zittert in tödlicher Furcht vor Entdeckung; mein Onkel braucht vor Fremden bloß zu trinken, und sein Geheimnis ist allen vier Winden preisgegeben. So, Herr Davey; nun wissen Sie die Wahrheit über das Gasthaus ›Jamaica‹.«

Sie lehnte sich atemlos zurück und an die Wand der Kutsche, biß in ihre Lippen und rang die Hände in einer Erregung, der sie nicht Herr werden konnte, erschöpft von dem Redestrom, der von ihr ausgegangen war.

Das Gesicht unter dem schwarzen Pfarrerhut wandte sich ihr zu. Sie erhaschte ein plötzliches Blinzeln der weißen Wimpern, dann bewegten sich die Lippen.

»Der Gastwirt plaudert also, wenn er betrunken ist?« Mary schien es, daß die Stimme diesmal etwas der gewohnten Sanftheit entbehrte; sie hatte einen schärferen Ton und schien um einiges höher, als sie aber zu ihm aufsah, blickten seine Augen so kalt und teilnahmslos wie stets.

»Ja, er plaudert«, antwortete sie ihm. »Wenn er fünf Tage lang im Branntwein geschwelgt hat, dann entblößt er seine Seele vor der ganzen Welt. Er sagte mir das selbst, am Abend nach meiner Ankunft. Er war damals nicht betrunken. Vor vier Tagen jedoch, als er aus seiner ersten Besinnungslosigkeit erwachte und nach Mitternacht auf taumelnden Füßen in die Küche kam, da schwatzte er, und daher weiß ich's. Und vielleicht habe ich darum meinen Glauben an die Menschheit, an Gott und an mich selbst verloren und mich deshalb heute in Launceston wie eine Verrückte betragen.«

Der Sturm hatte während ihrer Unterhaltung zugenommen, und jetzt, bei einer Straßenbiegung stand das Gefährt direkt gegen den Wind und wurde fast angehalten.

Der Wagen schwankte auf seinen hohen Rädern; ein plötzlicher Regensturz prasselte wie eine Handvoll Kiesel an seine Fenster. Es gab nicht mehr den geringsten Schutz. Nach allen Seiten war das Moorland nackt und offen, und die jagenden Wolken trieben über die Gegend und zerfetzten an den Felsen. Es war ein feuchter, salziger Geschmack in der Luft, den der Wind von der fünfzehn Meilen entfernten See heraufgebracht hatte.

Francis Davey beugte sich vor. »Wir nähern uns Five Lanes und der Straßenkehre nach Altarnun«, sagte er; »der Kutscher muß nach Bodmin und wird Sie zum Gasthaus ›Jamaica‹ bringen. Ich werde Sie bei Five Lanes verlassen und zu Fuß ins Dorf hinabgehen. Bin ich der einzige Mensch, den Sie mit Ihrem Vertrauen beehrt haben, oder teile ich dieses mit des Gastwirts Bruder?«

Wieder wußte Mary nicht, ob sie Spott oder Ironie aus seiner Stimme heraushören solle. »Jem Merlyn weiß es«, sagte sie unwillig, »wir haben heute früh darüber geredet. Er sagte nicht viel, obwohl ich weiß, daß er mit seinem Bruder nicht gut Freund ist. Jedenfalls ist das jetzt einerlei; Jem befindet sich wegen einer anderen Sache in Gewahrsam.«

»Und nehmen wir einmal an, er könnte dadurch, daß er seinen Bruder verriete, seine eigene Haut retten, was dann, Mary Yellan? Das wäre für Sie nicht ohne Bedeutung.«

Mary fuhr auf. Das war eine neue Möglichkeit; für einen Augenblick versuchte sie sich an diesem Strohhalm zu halten. Doch der Pfarrer von Altarnun mußte ihre Gedanken gelesen haben, denn als sie, wie nach einer Bekräftigung ihrer Hoffnungen verlangend, zu ihm aufsah, lächelte er; die schmale Linie seines Mundes durchbrach plötzlich ihre Unbeweglichkeit, als wäre sein Gesicht eine Larve und diese wäre zersprungen. Mit einer unangenehmen Empfindung schaute sie weg, wie jemand, der unverhofft etwas Verbotenes zu Gesicht bekommen hatte.

»Das wäre zweifelsohne für Sie wie für ihn eine Befreiung«, fuhr der Pfarrer fort, »wenn er sich niemals mitschuldig gemacht hätte. Doch darüber, nicht wahr, besteht ja einiger Zweifel. Weder Sie noch ich wissen die Antwort auf diese Frage. Ein Schuldiger pflegt für gewöhnlich nicht selbst die Schlinge um seinen Hals zu legen.«

Mary machte eine hilflose Handbewegung. Er mußte den verzweifelten Ausdruck ihres Gesichts bemerkt haben, denn seine bis dahin strenge Stimme wurde wieder freundlich, und er legte seine Hand auf ihre Knie.

»Heute in einer Woche haben wir Neujahr. Die falschen Lichter haben zum letztenmal geflackert, es werden keine Schiffe mehr scheitern; man wird die Kerzen ausblasen.«

»Ich verstehe Sie nicht«, sagte Mary. »Wie können Sie das wissen, und was hat das neue Jahr damit zu tun?«

Er zog seine Hand von ihr weg und begann seinen Mantel für den Heimweg dicht zuzuknöpfen. Er öffnete das Fenster und rief dem Kutscher zu, sein Pferd anzuhalten; die kalte Luft mit einem frostigen Regenhauch strömte in den Wagen. »Ich komme heute abend von einer Versammlung in Launceston«, sagte er; »es war bloß eine von vielen andern, ähnlichen Zusammenkünften im Laufe der letzten Jahre. Die heute von uns Anwesenden wurden darüber unterrichtet, daß Seiner Majestät Regierung Schritte vorbereitet, um im kommenden Jahr durch Patrouillen die Küsten der Landesgebiete Seiner Majestät zu überwachen. Statt der Truglichter werden Wächter auf den Klippen stehen, und die Wege, die heute nur Ihrem Onkel und seinen Gesellen bekannt sind, werden von den Dienern des Gesetzes begangen werden. Eine Kette wird man über England spannen, Mary, und sie wird nicht leicht zu brechen sein. Verstehen Sie nun?«

Er öffnete die Wagentür und trat auf die Straße. Er lüftete den Hut unter dem Regen. Sie sah seinen Kopf, von dem dichten weißen Haar wie von einem Strahlenschein umgeben. Er lächelte ihr nochmals zu, verbeugte sich, faßte nochmals ihre Hand und hielt sie einen Augenblick fest.
»Ihr Kummer ist zu Ende«, sagte er. »Die Wagenräder werden rosten, und der verriegelte Raum am Ende des Gangs kann in ein Wohnzimmer umgewandelt werden. Ihre Tante wird wieder in Frieden schlafen, und Ihr Onkel wird sich entweder zu Tode trinken, oder er wird Methodist werden und den Reisenden auf der Landstraße predigen. Sie selbst werden wieder nach dem Süden ziehen und einen Liebhaber finden. Schlafen Sie wohl. Morgen ist Weihnachten, die Glocken von Altarnun werden Frieden auf Erden und an den Menschen ein Wohlgefallen verkünden, und ich werde an Sie denken.« Er winkte dem Kutscher, und der Wagen setzte sich in Bewegung.
Mary lehnte sich aus dem Fenster; sie wollte ihm zurufen, aber er war rechts auf einen von den fünf Heckenwegen geschritten und schon nicht mehr zu sehen.
Weiter holperte der Wagen auf der Straße nach Bodmin. Noch drei Meilen waren zurückzulegen, bis die hohen Kamine vom Gasthaus »Jamaica« in den Horizont stachen, und diese Meilen waren die wildesten und ungeschütztesten von den einundzwanzig, die sich zwischen den beiden Städten hindehnten.
Mary wünschte jetzt, sie wäre mit Francis Davey gegangen. Sie hätte in Altarnun den Wind nicht gehört, der Regen wäre lautlos in das umhegte Grasland gefallen. Morgen hätte sie in der Kirche knien und zum erstenmal, seit sie Helford verlassen hatte, beten können. War das, was er sagte, wahr, dann gab es Grund zur Freude, und in dem Lobgesang läge ein Sinn. Die Zeit des Strandräubers war vorüber; das neue Gesetz würde ihn vernichten, ihn und alle seiner Gattung; sie würden ausgelöscht und ausgetilgt auf dem ganzen Gebiet, so wie die Seeräuber vor zwanzig, dreißig Jahren.
Sie lehnte in der Ecke des Wagens und sah vor sich eine neue Welt aufsteigen; und durch das offene Fenster, vom Wind herangeweht, hörte sie einen Schuß durch die Stille und in der Ferne ein Jauchzen und einen Schrei. Männerstimmen kamen durch das Dunkel näher und der dumpfe Laut von Schritten auf der Straße. Sie neigte sich aus dem Fenster, während ihr der Regen ins Gesicht schlug, und hörte des Kutschers angstvolles Rufen, als sein Pferd scheute und taumelte. Die Straße stieg in steilen Windungen zur Höhe des Hügels an; dort drüben in der Ferne standen die schmalen Kamine vom Gasthaus »Jamaica« wie ein Galgen vor dem Himmel. Die Straße herab kam eine Schar von Männern; ihnen

voran einer, der wie ein Hase lief und im Rennen eine Laterne vor sich schwang. Ein zweiter Schuß krachte: der Kutscher fiel in sich zusammen und rollte von seinem Bock. Das Pferd stolperte wieder und eilte wie blind gegen den Graben. Einen Augenblick schwankte der Wagen, stieß an und stand still. Jemand fluchte zum Himmel, jemand lachte wild auf, ein Pfiff ertönte und ein Schrei.

Ein Gesicht schob sich durch das Kutschenfenster, ein Gesicht, von wirrem Haar überdacht, das in Fransen gegen die roten, blutunterlaufenen Augen hing. Die halb offenen Lippen ließen die weißen Zähne sehen; dann wurde die Laterne hochgehalten, daß ihr Licht ins Kutscheninnere fiel. Eine Hand hielt die Laterne, die andere umklammerte den rauchenden Lauf einer Pistole; es waren lange, schlanke Hände, mit spitzen Fingern, schön und anmutig geformt, mit gewölbten schmutzigen Nägeln.

Joss Merlyn lachte; das irrsinnige, trunkene Lachen eines vom Gift besessenen, tollen und exaltierten Menschen. Er richtete die Pistole auf Mary und beugte sich so weit vor, daß das Rohr ihren Hals berührte.

Dann warf er lachend die Pistole über seine Schulter hinter sich. Den Schlag öffnend, faßte er ihre Hände, zog sie heraus und stellte sie neben sich auf die Straße; die Laterne hielt er über ihrem Kopf, so daß alle sie sehen konnten. Es waren zehn oder zwölf ungepflegte, zerlumpte Kerle, die Hälfte von ihnen so betrunken wie ihr Führer: wilde Augen glotzten aus zottigen, bärtigen Gesichtern. Einige von ihnen waren mit Pistolen oder mit zerbrochenen Flaschen und Steinen bewaffnet. Der Hausierer Harry stand neben dem Kopf des Pferdes, während der Kutscher auf seinem Gesicht im Graben lag, den Arm unter sich gekrümmt, den Körper schlaff und regungslos.

Joss Merlyn zog Mary zu sich heran und hielt ihr Gesicht gegen das Licht. Als sie erkannten, wer sie war, da brach die Gesellschaft in ein Gelächter aus, und Harry, der Hausierer, pfiff auf zwei Fingern.

Der Gastwirt verbeugte sich vor ihr, verneigte sich mit betrunkenem Ernst. Er nahm ihr aufgelöstes Haar in seine Hand und flocht es zu einem Strick, wobei er es wie ein Hund beschnupperte.

»Also du bist's? Da schau! Hast dich entschlossen, heimzukehren, wie eine kleine, winselnde Hündin, mit dem Schwanz zwischen den Beinen?«

Mary antwortete nichts. Sie blickte von einem der Männer zum andern, und sie starrten sie wiederum an, spöttisch, lachend, sich räuspernd, auf ihre nassen Kleider zeigend, ihr Mieder und ihren Rocksaum befühlend.

»Taub geworden bist du doch nicht, was?« brüllte der Onkel und schlug ihr mit dem Handrücken über das Gesicht. Sie schrie auf und hob einen Arm zum Schutz, aber er stieß ihn weg, und sie bei den Handgelenken fassend, verschränkte er ihr den Arm auf den Rücken. Als sie vor Schmerz aufschrie, lachte er wieder.

»Ich muß dir erst den Garaus machen, damit du klein wirst! Glaubst, du kommst gegen mich auf, mit deinem Affengesicht und deiner verfluchten Frechheit? Und was soll das heißen: um Mitternacht kommst du in einer Mietkusche die Landstraße hergefahren, halb nackt und mit aufgelöstem Haar? Nach allem bist du weiter nichts als eine gewöhnliche Hure.« Er gab ihr einen Stoß, und sie fiel hin.

»Laß mich!« schrie sie. »Du hast kein Recht, mich anzurühren oder mit mir zu reden. Du bist ein blutrünstiger Mörder und ein Dieb dazu, und das Gericht weiß es nun. Ganz Cornwall weiß es. Deine Herrschaft ist aus, Onkel Joss. Ich bin heut in Launceston gewesen und habe gegen dich ausgesagt.«

Unter den Männern erhob sich ein Getümmel; sie drängten mit Schreien und Fragen heran. Der Gastwirt jedoch brüllte auf sie ein und wies sie zurecht.

»Zurück, ihr verdammten Dummköpfe! Merkt ihr denn nicht, daß sie mit den Lügen ihre Haut retten will?« donnerte er. »Was kann sie gegen mich vorbringen, wenn sie nichts weiß? Sie ist niemals die elf Meilen bis nach Launceston gegangen. Seht ihre Schuhe an. Sie war irgendwo mit einem Mann dort unten an der Straße, und der schickte sie auf Rädern heim, als er genug von ihr hatte. Steh auf – oder soll ich dir die Nase im Staub reiben?« Er riß sie auf die Füße und hielt sie neben sich fest. Dann deutete er zum Himmel, wo die niedrigen Wolken, vom Wind gejagt, hineilten und ein feuchter Stern glänzte.

»Seht«, gellte er, »da gab's einen Riß im Himmel, und der Regen treibt nach Osten. Wir werden mehr Wind haben, bevor wir hindurch sind, und eine wilde graue Dämmerung an der Küste, bis in sechs Stunden. Wir wollen keine Zeit vertrödeln. Hol deinen Gaul, Harry, und spann ihn hier an; der Wagen hat für ein halbes Dutzend von uns Platz. Und bring das Pony und den Feldkarren aus dem Stall, er hatte seit einer Woche nichts zu tun. Auf, ihr besoffenen, faulen Teufel; gefällt's euch nicht, wenn Gold und Silber durch eure Hände rollen? Sieben schwachsinnige Tage bin ich wie ein Schwein dagelegen, und, bei Gott, heut aber fühl' ich mich wie ein Kind, und ich muß wieder zur Küste. Wer kommt mit auf der Straße über Camelford?«

Ein Dutzend Stimmen jauchzten ihm zu, und Hände fuhren in die Höhe. Einer von den Kerlen begann einen Liedervers zu trällern und schwang dazu eine Flasche über seinen Kopf, während seine Füße taumelten;

darauf stolperte er und fiel hin, das Gesicht nach unten, in den Graben. Der Hausierer gab ihm einen Tritt, doch er rührte sich nicht. Den Zügel ergreifend, riß er das Tier vorwärts, zwang es unter Schlägen und Geschrei gegen den Hügel, während die Wagenräder über den Körper des gefallenen Mannes hinwegrollten, der einen Augenblick, wie ein verwundeter Hase um sich schlagend und vor Schreck und Schmerz aufstöhnend, sich aus dem Morast zu befreien strebte und dann still lag.

Die Männer turnten an dem Wagen hoch oder kamen hinter ihm her, ihre Füße trotteten auf der Landstraße. Joss Merlyn richtete sich einen Augenblick gradauf und blickte irrsinnig lächelnd auf Mary nieder. Auf einmal umfaßte er sie, stieß sie gegen den Wagen, öffnete dessen Tür und warf sie auf den Sitz in der Ecke. Aus dem Fenster lehnend, schrie er dem Hausierer zu, er solle das Roß die Anhöhe hinaufpeitschen.

Sein Zuruf fand seinen Widerhall im Gebrüll der Männer, die neben ihm her liefen. Einige sprangen auf den Wagentritt und hielten sich am Fenster fest, während andere auf den leeren Kutscherbock stiegen und Steine und Stockschläge auf das Pferd niederhageln ließen.

Das Tier zitterte und schwitzte vor Angst; es erreichte die Höhe im Galopp, während ein Dutzend Wahnsinnige an seinem Zügel zerrten und hinter ihm lärmten.

Das Gasthaus »Jamaica« lag hell erleuchtet da: die Türen offen, die Fenster unverriegelt. Das Haus gähnte wie ein lebendes Geschöpf in die Nacht hinaus.

Der Gastwirt deckte Mary mit der Hand den Mund und drückte sie an der Seitenwand des Wagens nieder. »Du willst mich anzeigen? Du willst zum Richter laufen und mich wie eine Katze an einem Strickende baumeln machen? Nun wohl, zuvor sollst du jetzt noch dein kleines Vergnügen haben. Du wirst am Strand stehen, Mary, gegen den Wind und die See, und du wirst die Dämmerung und die Flut abwarten. Du weißt, was das bedeutet? Du weißt, wohin ich dich bringen werde?«

Sie schaute ihn entsetzt an. Alle Farbe war aus ihrem Gesicht gewichen. Sie versuchte zu reden, aber das verhinderten seine Hände.

»Du fürchtest mich nicht, sagst du? Du lachst über mich, mit deinem hübschen weißen Affengesicht und deinen Affenaugen. Jawohl, ich bin besoffen; ich bin besoffen wie ein König. Himmel und Erde können meinetwegen in Scherben gehen. Heute nacht machen wir unsere Ruhmesfahrt, jeder von uns Mannskerlen, vielleicht zum letztenmal; und du, Mary, kommst mit uns zur Küste...«

Er wandte sich von ihr ab, rief seine Kameraden, und das Pferd, durch das Geschrei erschreckt, nahm einen neuen Anlauf, den Wagen schleppend; im Dunkeln versank das Gasthaus »Jamaica«.

11

Die Fahrt von zwei Stunden oder mehr an die Küste war ein wüster Alptraum, und Mary, zerschlagen von dem wilden Schütteln und Stoßen, lag erschöpft in der Ecke des Wagens, kaum darauf achtend, was mit ihr geschah. Harry, der Hausierer, und noch zwei andere Kumpane hatten sich neben ihren Onkel gesetzt. Die Luft war von Tabak und Fuselgestank und vom Geruch ihrer Körper verseucht.

Der Gastwirt hatte sich selbst und seine Gefährten in den Zustand einer Erregung hineingesteigert, und die Anwesenheit einer Frau unter ihnen gab ihrer Fröhlichkeit einen lüsternen Beigeschmack; ihre unglückliche Verfassung war für sie ein angenehmer Kitzel.

Zuerst redeten sie mit ihr oder ihretwegen, lachten und sangen, um ihre Aufmerksamkeit zu gewinnen. Harry, der Hausierer, gab seine Zotenlieder zum besten, die in diesen vier engen Wänden unmäßig laut erklangen, das Beifallsgeheul seiner Zuhörerschaft hervorriefen und sie in noch größere Erregung versetzten.

Sie beobachteten ihr Gesicht, um darauf Anzeichen der Scham oder des Mißbehagens zu entdecken. Mary war aber bereits zu müde und vermochte weder Worte noch Lied mehr aufzunehmen. Sie vernahm ihre Stimmen nur durch den Nebel der Erschöpfung; sie fühlte, wie ihr Onkel sie mit dem Ellbogen in die Seite stieß, damit ihrem übrigen einen neuen dumpfen Schmerz hinzufügend. Mit pochenden Schläfen und schmerzenden Augen erblickte sie durch den Rauch eine Menge grinsender Gesichter. Ihr Reden und Tun war für sie nicht mehr von Belang, doch quälend empfand sie die Sehnsucht nach Schlaf und Vergessen.

Als sie erkannten, wie stumpf und leblos sie war, verlor ihre Gegenwart für sie den Reiz; auch die Lieder verloren ihre Würze. Joss Merlyn holte aus seiner Tasche ein Kartenspiel hervor.

Augenblicklich wurden sie von diesem festgehalten, und in der zeitweiligen Ruhepause, die für sie eine Erlösung war, rückte Mary tiefer in ihre Ecke, hinweg von dem heißen, tierischen Geruch ihres Onkels, und ihre Augen schließend, überließ sie sich der Bewegung des schwankenden, holperigen Wagens. In ihrer Müdigkeit vermochte sie nicht länger das volle Bewußtsein zu bewahren; sie schaukelte in einem jenseitigen Grenzland. Sie empfand noch Schmerz und das Rütteln der Wagenräder, und von weitem hörte sie Stimmengemurmel. Aber diese Dinge waren nicht bei ihr, sondern sie zogen sich von ihr zurück; sie konnte sie nicht als Teil ihres Daseins empfinden. Dunkelheit kam auf sie herab wie ein Himmelsgeschenk; sie gab sich ihr hin – und war nicht mehr. Sie befand sich nun außerhalb der Zeit. Erst das Aufhören der Bewegung brachte sie

in die Welt zurück; das plötzliche Anhalten und die feuchte, kalte Luft, die ihr durch das offene Kutschenfenster ins Gesicht wehte.
Sie war allein in ihrer Ecke. Die Männer waren fort und hatten ihr Licht mitgenommen. Erst saß sie reglos; sie fürchtete sich, sie zurückzurufen, und war im unklaren, was mit ihr geschehen sei. Als sie sich aber vorwärts gegen das Fenster neigte, da waren die Steifheit und die Schmerzen in ihrem Körper ganz unerträglich. Wie ein Streifen zog sich der Schmerz über ihre Schultern an der Stelle, wo die Kälte sie mit Starre geschlagen; ihr Mieder war noch feucht vom Regen, mit dem es sich am frühen Morgen vollgesogen hatte. Sie wartete einen Augenblick und beugte sich dann hinaus. Es windete noch heftig, doch der Strichregen hatte aufgehört, nur noch ein dünner, kalter Sprühregen fiel gegen das Fenster. Der Wagen stand in einem leeren Flußbett mit Steilufern, das Pferd war ausgespannt worden. Das Flußbett schien jäh abzufallen und der Weg rauh und zerrissen. Mary konnte kaum ein paar Ellen weit vor sich sehen. Die Nacht hatte bedeutend zugenommen, und in dem Wasserlauf war es stockdunkel. Am Himmel sah man keinen Stern; an Stelle des Moorwindes wehte ein ungebärdiges Gemisch aus Brausen und Dröhnen, das als Gesellen einen nassen Nebel mit sich führte. Mary streckte die Hand aus dem Wagen und berührte den Uferrand. Ihre Finger fühlten lockern Sand und Grashalme, vom Regen durchnäßt. Sie versuchte die Tür zu öffnen und fand sie verschlossen. Dann lauschte sie gespannt. Ihre Augen mühten sich, die Finsternis über ihr und das Bachbett hinab zu durchdringen, und vom Wind kam auf einmal ein Ton an ihr Ohr getragen, zugleich drohend und vertraut, ein Ton, den sie zum erstenmal in ihrem Leben nicht willkommen hieß, den sie jedoch mit klopfendem Herzen und einem Ahnungsschauer erkannte.
Es war das Tosen des Meeres. Der Flußlauf führte hinab zum Strand. Jetzt wußte sie, warum die Luft mild durchhaucht war und warum der Sprühregen leicht und mit einem salzigen Geschmack auf ihre Hand gefallen war. Die hohen Uferbänke gaben das falsche Gefühl der Geborgenheit, im Gegensatz zu der öden Wildnis des Moorlands; war man aber einmal aus ihrem trügerischen Schatten, dann würde es mit dieser Täuschung vorbei sein. Wo die See sich an einem Felsufer brach, da konnte es keine Stille geben. Jetzt hörte sie's wieder und anhaltend; ein Murmeln und ein Seufzen, wenn der Schwall des Wassers sich zum Ufer hinstürzte und dann unwillig zurückzog. Mary erschauerte. Irgendwo dort unten in der Dunkelheit wartete ihr Onkel mit seinen Gefährten auf die Flut. Hätte sie nur wenigsten etwas von ihnen hören können! Das wilde Johlen, das Gelächter und Singen, so ekelhaft an sich, wäre ein Trost gewesen; aber diese tödliche Stille war beklemmend. Ihrer Sinne wieder

mächtig, und nachdem die große Müdigkeit von ihr abgefallen war, war es Mary nicht möglich, so zu verharren. Sie maß die Größe des Fensters. Die Tür war verschlossen, das wußte sie; doch mit Drängeln und Schlängeln könnte sie versuchen, sich durch den engen Rahmen zu zwängen. Sie arbeitete und mühte sich, rückwärtslehnend, durch die Fensteröffnung. Die Anstrengung war besonders qualvoll wegen ihres steifen Rückens. Das Äußere der Kutsche war naß und schlüpfrig und bot ihren Fingern keinen Halt, aber sie stieß und kämpfte sich durch die Öffnung, und endlich, nach einem schmerzhaften Quetschen und Pressen, war sie mit ihren Hüften hindurch; der Fensterrahmen scheuerte ihr Fleisch und brachte sie einer Ohnmacht nahe. Sie verlor Halt und Gleichgewicht und fiel durch das Fenster hinab rücklings auf den Boden.

Der Sturz war unbedeutend, aber der Fall erschütterte sie, sie fühlte ein wenig Blut niederrieseln an der Seite, wo das Fenster sie geschürft hatte. Sie brauchte einen Augenblick, um sich zu erholen, dann raffte sie sich auf und begann tastend in den dunklen Schatten zur Böschung durch das Gras hinaufzuklettern. Sie hatte noch keinen bestimmten Plan, aber wenn erst das Flußbett und das Meer hinter ihr lagen, dann wollte sie zwischen sich und ihren Begleitern einen tüchtigen Abstand schaffen. Zweifelsohne waren sie jetzt am Strand. Dieser Hohlweg, der später nach links anstieg, würde sie wenigstens auf die Höhe des Klippenrings bringen, wo sie trotz der Dunkelheit das Land einigermaßen abzuschätzen vermochte. Irgendwo würde eine Straße sein – der Wagen war ja auch auf einer hergefahren; und wo eine Straße war, da mußte man früher oder später zu Wohnhäusern gelangen. Dort fänden sich rechtlich denkende Männer und Frauen, denen sie ihr Erlebnis erzählen könnte; und diese, wenn sie die Geschichte gehört hätten, würden die Gegend alarmieren. Sie tappte den engen Graben hinauf, stolperte ab und zu über Steine. Das Haar fiel ihr hinderlich über die Augen, und bei einer plötzlichen, scharfen Biegung des Walls wollte sie die hängenden Strähnen aus ihrem Gesicht zurückstreichen. Dabei übersah sie die kauernde Gestalt eines Mannes, der da, den Rücken ihr zugekehrt, im Graben kniete und wachsam nach dem vorn ansteigenden Hohlweg sah. Sie prallte mit ihm zusammen, tödlich erschrocken, und er, in seiner Überraschung, fiel mit ihr hin, und vor Wut und Schrecken schreiend, hieb er auf sie ein.

Sie kämpften auf dem Boden. Von ihm wegstrebend, stieß sie ihm die Hände ins Gesicht, doch zeigte er sich stärker als sie; indem er sie auf die Seite wälzte, vergrub er die Hände in ihren Haaren und riß daran, bis sie vor Schmerz den Widerstand aufgab. Keuchend beugte er sich über sie, denn der Fall hatte ihm den Atem geraubt, und sah ihr ins Gesicht, während sein Mund seine schlechten, gelben Zähne entblößte.

Es war der Hausierer Harry. Mary rührte sich nicht; die erste Bewegung sollte von ihm kommen. Inzwischen verwünschte sie ihre Hirnlosigkeit, die sie auf diese Art hatte den Hohlweg hinauftappen lassen, ohne im geringsten an einen Wachtposten zu denken, den doch selbst ein Kind in seinem Spiel aufgestellt haben würde.

Er hatte erwartet, sie werde schreien oder um sich schlagen. Da sie aber nichts dergleichen tat, erhob er sich auf dem Ellbogen, lachte ihr listig zu und deutete mit dem Kopf nach dem Strand. »Hast nicht erwartet, mich hier zu sehen? Dachtest, ich sei mit dem Gastwirt und den andern am Strand, beim Köderlegen? Bist also nach deinem Schläfchen den Hohlweg heraufspaziert. Da du nun aber doch schon hier bist, so sei willkommen.« Er grinste sie an, berührte ihre Wange mit einem schmutzigen Fingernagel. »Es war kalt und feucht im Graben«, sagte er, »aber das ist nun vorbei. Sie werden stundenlang unten bleiben. Ich habe begriffen, du bist gegen Joss, nach der Art, wie du heute abend zu ihm gesprochen hast. Er hat kein Recht, dich im ›Jamaica‹ gefangenzuhalten wie einen Vogel im Käfig, ohne daß er dir etwas Hübsches zu tragen gibt. Ich glaube, nicht mal eine Brosche für dein Mieder hat er dir geschenkt? Ärgere dich darüber nicht. Ich geb' dir Spitzen für deinen Hals und Spangen für dein Handgelenk und weiche Seide für deine Haut. Wir werden sehen ...«

Er nickte ihr ermunternd zu, lächelte süßlich und schlau, und sie fühlte, wie seine Hand sich heimlich fester um sie legte. Blitzschnell schlug sie gegen ihn los. Ihre Faust traf ihn unter dem Kinn; sein Mund klappte, mit der Zunge zwischen den Zähnen, wie eine Falle zusammen. Er quiekte wie ein Kaninchen. Wieder holte sie aus, aber diesmal griff er zu und wälzte sich seitlings über sie. Mit seinem Freundlichtun war es vorbei, seine Kraft war furchtbar, sein Gesicht ohne alle Farbe. Er kämpfte jetzt für den Besitz, und das erkannte sie, und einsehend, daß seine Stärke der ihren überlegen war und schließlich siegen müsse, gab sie plötzlich, um ihn zu täuschen, für einen Augenblick den Widerstand auf. Er grunzte triumphierend und verminderte sein enormes Gewicht; das eben hatte sie abgewartet.

Als er die Stellung veränderte und den Kopf erhob, da stieß sie ihm mit aller Wucht die Knie in den Leib und fuhr ihm gleichzeitig mit den Fingern in die Augen. Er krümmte sich sogleich zusammen und sank wehrlos zur Seite, und in einer Sekunde hatte sie sich von ihm befreit und war auf die Füße gesprungen. Sie gab ihm nochmals einen Tritt, während er sich, die Hände auf den Bauch gepreßt, auf dem Boden wand. Sie tastete am Grabenrand nach einem Stein, und da sie nur Sand und lockere Erde fand, nahm sie ein paar Handvoll davon und bewarf ihm damit Gesicht und Augen; er war für den Augenblick blind und unfähig, ihr heimzuzahlen. Darauf lief sie weg und rannte wie gehetzt den gewundenen Hohlweg hinauf, mit offenem Mund und vorgestreckten Händen, über die Weggeleise gleitend und stolpernd; und als sie von neuem seine Tritte und seine Stimme hinter sich hörte, da überwältigte eine panische Furcht ihre Vernunft. Sie fing an, den hohen Wall, der die Seite des Hohlwegs bildete, hinaufzuklettern, bei jedem Schritt in der weichen Erde rutschend, bis sie, dank wahnsinniger Anstrengung, die Höhe erreichte und schluchzend durch eine Lücke des Dorngestrüpps, das den Wall säumte, hindurchkroch. Sie blutete an Gesicht und Händen, achtete aber nicht darauf, sondern rannte längs der Klippe über Grasbüschel und holprigen Grund; sie hatte ihren ganzen Orientierungssinn verloren und war nur von dem einen Gedanken getrieben, dem Ding, das Harry, der Hausierer, war, zu entkommen.

Eine Nebelwand schloß sie ein und machte die entfernte Heckenlinie, von der sie hergekommen war, unsichtbar; sie hielt in ihrem ungestümen Lauf inne, sich der Gefährlichkeit des Meernebels bewußt werdend, der sie verräterisch zum Hohlweg zurückleiten könnte. Auf Händen und Knien kroch sie nun langsam weiter, die Blicke nah auf den Boden gesenkt, eine schmale, sandige Spur verfolgend, die sich in der Richtung hinzog, die sie einzuhalten wünschte.

Sie machte nur langsam Fortschritte, aber ihr Instinkt sagte ihr, daß sich der Abstand zwischen ihr und dem Hausierer vergrößere, und das allein war wichtig. Sie hatte keine Ahnung von der Zeit; es war drei, vielleicht vier Uhr morgens, und die Dunkelheit würde noch stundenlang andauern. Durch den Nebelvorhang fing es aufs neue zu regnen an; es war ihr, als höre sie die See von allen Seiten, es gab vor ihr kein Entrinnen; die Brandung klang nicht mehr gedämpft, sondern lauter und deutlicher als zuvor. Sie erkannte, daß sie bei ihrer Unkenntnis der Küstenlinie nicht, wie geglaubt, östlich gegangen war, sondern sich auf dem Rand eines absinkenden Klippenpfades befand, der sie, nach dem Rauschen der See zu schließen, geradewegs zum Strand bringen würde. Die Brandung lag irgendwo hinter ihr im Dunkeln, und zu ihrer Bestürzung fühlte sie, daß sie sich nicht über ihr, sondern auf gleicher Höhe mit ihr befand. Das bewies, daß hier die Klippen jäh zum Strand abfielen, und statt eines langen und gewundenen Wegs zu einer Bucht, wie sie sich das in dem verlassenen Wagen vorgestellt hatte, mußte die Flußrinne sich nur eine gringe Strecke vom Meer entfernt befinden. Die Ränder des Hohlwegs hatten den Hall der Brandung gedämpft. Eben, als sie sich darüber klar wurde, zerteilte sich der Nebel zu ihren Häupten und ließ ein Stück Himmel sehen. Unsicher kroch sie vorwärts, während der Weg sich verbreiterte und der Wind ihr wieder ins Gesicht blies. Und da kniete sie, zwischen Treibholz, Seetang, lockeren Kieseln, auf einem schmalen Strand. Ihr zu beiden Seiten steilte sich das Land empor, kaum fünfzig Ellen entfernt, und ihr gerade gegenüber brachen die sich überstürzenden Wellen am Ufer.

Nach einer Weile, als ihre Augen sich an die Schatten gewöhnt hatten, entdeckte sie sie: zusammengedrängt unter einem zerklüfteten Fels, der die Weite der Bucht überschnitt, ein kleines, schutz- und wärmebedürftiges Menschenknäuel, wortlos ins Dunkel hinaufspähend. Ihr Schweigen ließ sie um so drohender erscheinen, als sie vorher nicht geschwiegen hatten. Ihre verstohlene Haltung, die Art, wie ihre Körper sich an den Felsen schmiegten, die gespannte Wachsamkeit, mit der sie alle ihre Köpfe der herannahenden See zukehrten, das bot zusammen einen Unheil verkündenden, Furcht erregenden Anblick.

Hätten sie gesungen und gejohlt, einander zugeschrien und die Nacht mit ihrem Lärm häßlich erfüllt, während ihre schweren Stiefel die Kiesel knirschen machten, dann würde alles seinen Charakter behalten haben; doch über dieser Stille lag etwas Verhängnisvolles, etwas, das anzeigte, daß die Krise der Nacht herangenaht war. Ein kleiner, vorspringender Felsblock stand zwischen Mary und der offenen Bucht; über diesen hinaus getraute sich Mary nicht weiter vor, aus Furcht, sich zu verraten. Sie kroch bis zu diesem Fels und legte sich hinter ihm auf die Kiesel nieder. Gerade vor ihr, in direkter Blickrichtung, wenn sie den Kopf hob, stand ihr Onkel mit seinen Begleitern, alle mit dem Rücken ihr zugekehrt.

Sie wartete. Sie rührte sich nicht. Kein Laut. Nur die See brach sich mit unabwendbarer Eintönigkeit am Ufer; schmal und weiß hob sich die Brandungslinie vom Nachthintergrund ab.

Sehr langsam begann der Nebel sich zu lichten und den schmalen Umriß der Bucht zu enthüllen. Felsen traten schärfer hervor, und Klippen gewannen an Masse. Die Wasserfläche weitete sich von einem Golf zu einer nackten Landlinie, die sich endlos hinstreckte. In der Ferne, zur Rechten, wo der höchste Teil der Klippe zur See abfiel, gewahrte Mary einen schwachen Lichtstreifen. Zuerst hielt sie es für einen den letzten sich lösenden Nebel durchdringenden Stern, doch Überlegung sagte ihr, daß kein Stern weiß sei, noch im Takt des Windes vor einer Klippe schwanke. Gespannt schaute sie hin, und er bewegte sich wieder. Die Männergruppe unten auf dem Kies beachtete es nicht; ihre Blicke waren auf die dunkle See hinter der Brandung gerichtet. Und plötzlich erkannte Mary den Grund ihrer Gleichgültigkeit, und das kleine weiße Auge, das zuerst freundlich und tröstlich geschienen, wie es so tapfer allein in die wilde Nacht gewinkt hatte, wurde zum Sinnbild des Grauens.

Der Stern war ein Truglicht, das ihr Onkel und seine Gefährten dort aufgestellt hatten. Irgend jemand wachte bei dem Licht und hinderte es am Erlöschen. Sie sah eine Gestalt vor ihm vorübergehen und den Schein einen Augenblick verdunkeln; darauf brannte es wieder klar. Auf dem Klippengrund zeichnete sich die Gestalt als schwarzer Flecken ab, der sich eilig gegen den Strand zubewegte. Wer es auch immer war, er kletterte den Hang hinab zu seinen Genossen auf dem Kies. Er benahm sich wie einer, der es sehr eilig hat, und achtete nicht darauf, daß sich lose Erde und Steine unter seinen Tritten lösten und in die Bucht hinabprasselten. Der Laut störte die Männer unten auf, und zum erstenmal, seit Mary sie sah, wandten sie sich von der nahenden Flut ab und blickten zu ihm hinauf. Mary sah, wie er die Hände an den Mund legte und rief, doch der Wind faßte seine Worte und ließ sie nicht bis zu ihr hingelangen. Sie erreichten jedoch die Gruppe der wartenden Männer am Strand, die sogleich in einer gewissen Erregung aufbrachen. Einige von ihnen liefen den halben Weg zur Klippe hinauf, ihm entgegen; doch als er von neuem rief und auf das Meer deutete, da rannten sie zur Brandung hinab. Mit ihrer Stille und Schweigsamkeit war es vorbei: schwer stampften ihre Tritte auf dem Kies, ihre Stimmen suchten einander beim Tosen der See zu überbieten. Dann gebot einer – ihr Onkel; sie erkannte seine weiten Schritte und mächtigen Schultern – Stille mit der Hand. Und sie warteten alle, standen auf dem Kies, während die Wogen zu ihren Füßen brandeten. In einer dünnen Linie waren sie aufgestellt, wie Krähen hingereiht vor der weißen Bucht. Mary spähte mit ihnen hin; und aus Nebel und Dunkelheit kam ein anderer Lichtstreifen hervor, eine Antwort auf den ersten. Dieses neue Licht tanzte und flackerte, wie das andere auf der Klippe es getan hatte. Es tauchte tief hinab und war verschwunden, wie ein unter seiner Last zusammensinkender Wanderer, dann stieg es wieder auf, hoch zum Himmel zeigend, eine Hand, in die Nacht gereckt, in einem letzten, verzweifelten Versuch, die Nebelwand zu durchstoßen, die sich bisher als undurchdringlich gezeigt hatte. Das neue Licht kam auf das erste zu. Das eine rief das andere. Bald würden sie zusammen zwei weiße Augen im Dunkeln sein. Und noch immer kauerten die Männer bewegungslos auf dem schmalen Strand und warteten auf das nahe Zusammentreffen der Lichter.

Wieder sank das zweite Licht, und jetzt konnte Mary den schattenhaften Umriß eines Schiffsrumpfs erkennen: die schwarzen Sparren spreizten sich über ihm wie Finger, während unten eine weiße, schäumende See das Schiff überströmte und wieder zurückging. Näher kam das Mastlicht gegen das Licht auf der Klippe, hingezogen und festgehalten wie die Motte von der Kerze.

Mary hielt es nicht länger. Sie sprang auf und rannte hinab zur Bucht, rufend und schreiend, die Hände über dem Kopf schwingend, ihre Stimme Wind und See entgegenschleudernd, die sie spöttisch zurückstießen. Jemand ergriff sie und zwang sie zu Boden, Hände würgten sie. Sie wurde gepufft und getreten. Ihr Geschrei erstarb, erstickt unter dem rauhen Zugriff; die Arme wurden ihr auf den Rücken gedreht und zusammengebunden, wobei ihr der grobe Strick tief ins Fleisch schnitt.
Von einem Magnet gezogen, rauschte die See vom Strand zurück, und eine Sturzsee, die viel höher stieg als ihre Gefährten, brach mit Donnerkrachen auf das Schiff herab. Mary sah die schwarze Masse, die ein Schiff gewesen war, langsam auf der Seite rollen, gleich einer großen, flachen Turteltaube; die Masten und Rahen waren zusammengeschrumpfte und abgelöste Baumwollfäden. An der abschüssigen, schlüpfrigen Oberfläche der Turteltaube klebten kleine schwarze Flecken, die nicht hinabfielen; die sich wie Tellermuscheln an dem splitternden Holz festhielten; und als die auf und ab wogende, stampfende Masse unter ihnen schrecklich zerbarst, die Luft mit ihrem Getöse spaltend, da fielen sie einer nach dem andern in die weißen Schaumzungen, kleine, schwarze Tupfen ohne Halt und Leben.
Mary erfaßte eine tödliche Übelkeit; sie schloß die Augen und preßte ihr Gesicht in die Kiesel. Mit Stille und Heimlichkeit war es vorbei; die Männer, die die kalten Stunden hindurch gewartet hatten, warteten jetzt nicht mehr. Sie rannten wie Tollwütige hierhin und dorthin in der Bucht, gellend und brüllend, unsinnig und unmenschlich. Bis zu den Hüften wateten sie in den Wellen, ungeachtet der Gefahr; mit der Vorsicht war es aus. Sie langten nach dem auf und ab schwankenden, vollgesogenen Wrack, das die steigende Flut heranbrachte.
Sie waren Tiere, die knurrten und kämpften auf Planken von splitterndem Holz; einige von ihnen streiften die Kleider ab und liefen nackt in der kalten Dezembernacht umher, um sich so besser ihren Weg durch die Flut zu bahnen und mit ihren Händen in der Beute zu wühlen, welche die Wogen ihnen zuwarf. Sie plapperten und schnatterten wie Affen und rissen einander die Gegenstände aus den Händen. Einer von ihnen zündete auf der Klippe ein Feuer an; die Flamme brannte, trotz des Nieselregens, stark und hoch. Die Beutestücke wurden durch die Bucht hinaufgeschleppt und an ihrem Rand aufgehäuft. Das Feuer warf einen unheimlichen Schein über die Bucht. Was zuvor schwarz gewesen, lag nun in gelbem Glanz, der lange Schatten in die Bucht hinabschickte, wo die Männer, schrecklich geschäftig, hin und her liefen.
Als der erste Körper, vom gnädigen Tod erlöst, angeschwemmt war, drängten sie sich herzu und suchten die Überreste ab, mit forschenden

Fingern, und nachdem sie ihn völlig ausgeraubt und selbst die zerschmetterten Finger nach Ringen abgesucht hatten, ließen sie ihn auf seinem Rücken in dem Schaum, wo zuvor die Flut gewesen war.
Wie auch früher ihre Arbeitsweise gewesen sein mochte, heute abend gab es keine Methode in ihrem Tun. Sie plünderten aufs Geratewohl, ein jeder auf eigene Faust. Widerlich waren sie und betrunken, geschwellt von diesem unverhofften Erfolg – Hunde, die nach der Ferse ihres Meisters schnappten, dessen Unternehmung sich als ein Triumph erwies, dessen Ruhm und Stärke sie war. Sie folgten ihm, wie er nackt unter den Wellen herumlief, während das Wasser von seinen Körperhaaren strömte, ein Riese vor ihnen allen.
Die Flut schlug um, das Wasser ging zurück, und wieder erfüllte ein kalter Hauch die Luft. Das Licht, das über ihnen auf der Klippe geschwungen hatte und noch immer im Wind tanzte, gleich einem spaßhaften, alten Mann, dessen Spiel schon lange zu Ende ist, wurde blaß und trübe. Das Wasser nahm eine graue Färbung an, und ihr entsprach die des Himmels. Zuerst bemerkten die Männer die Veränderung nicht; sie waren noch berauscht und ganz mit ihrer Beute beschäftigt. Dann erhob Joss Merlyn seinen großen Kopf und schnüffelte in die Luft, drehte sich nach allen Seiten, beobachtete, als die Dunkelheit hinwegglitt, den hellen Klippensaum, und auf einmal brüllte er los, hieß die Männer schweigen, zeigte auf den jetzt bleichen und bleifarbenen Himmel.
Sie zauderten, blickten nochmals nach dem Wrack, das sich in dem Wellental hob und senkte, noch unangerufen und seine Begrüßung erwartend. Dann wandten sie sich und liefen die Bucht hinauf, bis zum Eingang des Flußlaufs, wieder schweigend, ohne Wort und Gebärde, und in dem zunehmenden Licht erschienen ihre Gesichter grau und faltig. Sie hatten nicht auf die Zeit geachtet. Der Erfolg hatte sie sorglos gemacht. Unversehens war die Dämmerung über ihnen angebrochen; durch zu langes Verweilen hatten sie die Anklage des Tags über sich heraufbeschworen. Die Welt um sie herum begann zu erwachen; ihre Verbündete, die Nacht, umschirmte sie nicht mehr.
Es war Joss Merlyn, der Mary den Knebel aus dem Mund nahm und der sie auf die Füße riß. Als er merkte, daß ihre Schwäche jetzt ein Teil von ihr geworden war und daß sich dagegen nichts tun ließ, denn sie vermochte weder allein zu stehen noch sonst sich irgendwie zu helfen, da fluchte er sie wütend an und schaute nach den Klippen zurück, die mit jeder Minute schärfer und bestimmter erschienen. Dann beugte er sich zu ihr nieder, denn sie war wieder zu Boden getaumelt, und warf sie über seine Schulter, als wäre sie ein Sack. Ihr Kopf hing ohne Halt, ihre Arme leblos, und sie, den Druck seiner Hände in ihrer wunden Seite, fühlte, wie sie diese

nochmals quetschten und das Fleisch scheuerten, das auf den Kieseln gelegen hatte. Er lief mit ihr den Strand hinauf zum Eingang der Hohlkehle. Seine bereits von Panik erfüllten Gefährten warfen die Reste der Beute, die sie in der Bucht aufgelesen hatten, auf die Rücken der drei Pferde, die dort angepflockt standen. Sie bewegten sich mit fieberhafter Eile und taten alles planlos, wie zerfahren und ohne jeden Ordnungssinn, während der Gastwirt, jetzt notwendig nüchtern und merkwürdig erfolglos, sie nach Noten verwünschte und anfuhr. Der Wagen, im Bord auf der halben Höhe des Flußlaufs steckend, widerstand ihren Anstrengungen, ihn herauszuziehen, und dieser plötzliche Glücksumschlag vermehrte ihre Panik und Bestürzung. Einige von ihnen flüchteten den Hohlweg hinauf, alles vergessend, nur auf ihre persönliche Rettung bedacht. Die Dämmerung war ihr Feind. Es ließ sich in ihr in der verhältnismäßigen Geborgenheit von Graben und Hecke besser allein standhalten als in Gesellschaft zu fünfen oder sechsen auf der Straße. Hier an der Küste, wo jedes Gesicht bekannt war und Fremde auffielen, wurde der Verdacht leicht geweckt, aber ein Wilddieb oder Handwerksbursche oder Zigeuner mochte allein seines Weges ziehen und Obdach und Richtung suchen. Die Zurückgebliebenen verfluchten diese Abtrünnigen. Sie stießen weiter an dem Wagen herum, und jetzt, aus Dummheit und aufgeregter Angst, wurde das Gefährt von der Böschung geworfen, so heftig, daß es sich überschlug, auf die Seite fiel und ein Rad zerbrach.

Dieses Unglück entfesselte ein allgemeines Toben im Flußlauf. Es gab eine wilde Jagd nach dem übriggebliebenen, im Hohlweg weiter oben stehenden Bauernwagen und den bereits überbürdeten Pferden. Einer, der noch auf den Führer hörte und der den Sinn für das Notwendige besaß, legte Feuer an den zerbrochenen Wagen, dessen Vorhandensein im Flußlauf sie alle in Gefahr gebracht hätte, und das Getümmel, das nun folgte – Kampf zwischen Mann und Mann um die Erlangung des Bauernkarrens, der sie nun landeinwärts bringen sollte –, war ein schreckliches Draufgehen mit Nägeln und Zähnen; Zähne wurden mit Steinen eingeschlagen, Augen von Glasscherben aufgerissen.

Wer eine Pistole besaß, der war jetzt im Vorteil, und der Gastwirt, seinen verbliebenen Verbündeten Harry, den Hausierer, an der Seite, stand mit dem Rücken gegen den Wagen und schoß in den Haufen, der, aus Furcht vor der Verfolgung, die bei Tagesbeginn anheben würde, in ihm jetzt einen Feind und Verführer sah, der ihren Untergang verschuldete. Der erste Schuß ging zu weit und streifte das gegenüberliegende weiche Bord; aber einer von den Gegnern benutzte die Gelegenheit, dem Gastwirt mit einem scharfen Kiesel das Auge aufzureißen. Joss Merlyn traf den Angreifer mit seinem zweiten Schuß. Er feuerte ihm mitten in den Leib, und während der Bursche unter seinen Gefährten zusammenbrach und sich im Kot hinkrümmte, zu Tode verwundet und wie ein Hase schreiend, traf Harry, der Hausierer, einen andern in den Hals. Die Kugel ritzte die Luftröhre, das Blut sprang hoch auf wie ein Springquell.

Das Blut brachte den Gastwirt in den Besitz des Wagens; die übrigen Empörer, hysterisch und von Sinnen beim Anblick ihrer sterbenden Genossen, kehrten sich ab wie ein Mann und eilten wie Krabben den sich teilenden Hohlweg hinauf, nur bestrebt, zwischen sich und ihren einstigen Führer eine sichere Entfernung zu bringen. Der Gastwirt lehnte mit der rauchenden, mörderischen Waffe gegen den Wagen, während ihm das Blut reichlich aus dem verletzten Auge niederlief. Nun, da sie allein waren, verloren er und der Hausierer keine Zeit. Was aus dem Schiffbruch gerettet und in den Hohlweg heraufgebracht worden war, das warfen sie auf den Karren neben Mary – kunterbuntes Durcheinander, unnütz und wertlos –, indessen der Hauptteil noch unten in der Bucht lag und von der Flut gewaschen wurde. Sie konnten nicht daran denken, ihn heraufzuholen, denn das wäre die Arbeit von etwa einem Dutzend Menschen gewesen; auch war der Frühdämmerung nun bereits das Tageslicht gefolgt und hatte die Gegend erhellt.

Die beiden Erschossenen lagen mit ausgestreckten Gliedern neben dem Karren. Ob sie noch atmeten oder nicht, das war jetzt nicht die Frage; ihre Körper waren ein Zeugnis und mußten beseitigt werden. Harry, der Hausierer, schleppte sie zum Feuer. Es brannte gut; ein gut Stück des Wagens war bereits verzehrt, während ein rotes Rad über dem verkohlten und zersplitterten Holz aufragte.

Joss Merlyn führte das verbliebene Pferd an die Deichsel. Wortlos bestiegen die zwei Männer den Wagen und brachten das Pferd in Trab.

Auf ihrem Rücken im Wagen liegend, sah Mary die niedrigen Wolken über den Himmel treiben. Die Dunkelheit war vorbei, der Morgen grau und feucht.

Sie konnte die Stimme der See noch immer hören, entfernter und weniger eindringlich, einer See, die ihre volle Gewalt vertan und die sich nun von der Ebbe wegführen ließ.

Die Räder des Wagens knirschten durch das holprige Flußbett, und bei einer Wendung nach rechts gelangte er auf den ebeneren Kiesgrund eines Wegs, der zwischen niedrigen Hecken nordwärts lief. Von fern her, über zahlreiche Felder und zerstreutes Pflugland, kam fröhlicher Glockenschall schrill und mißtönig durch die Morgenluft.

Plötzlich erinnerte sie sich: es war Weihnacht.

12

Die viereckige Glasscheibe war ihr vertraut. Sie war breiter als das Kutschenfenster und hatte vor sich eine Klinke, und die Scheibe hatte einen Sprung, an den sie sich gut erinnern konnte. Sie hielt sich mit ihren Blicken daran fest, strengte ihr Gedächnis an, und sie wunderte sich, daß sie nicht länger den Regen auf ihrem Gesicht und den steten Windzug zu fühlen bekam. Unter ihr war keine Bewegung. Ihr erster Gedanke war, der Wagen stehe still, sei neuerdings an die Böschung des Hohlwegs geworfen worden, und Geschick und Verhängnis würden sie zwingen, in schrecklicher Wiederholung ein zweites Mal zu erfahren, was sie schon einmal erlebt hatte. Mary stöhnte und warf den Kopf ruhelos hin und her. Durch ihre Wimpern sah sie neben sich die braune Wand, von der die Farbe abgeblättert war, und den rostigen Kopf des Nagels, der einstmals eine Schrift getragen hatte.
Sie lag in ihrer Kammer im Gasthaus »Jamaica«.
Der Anblick dieses verhaßten Raums, so kalt und öde er war, bedeutete wenigstens Schutz vor Wind und Regen und vor Harrys, des Hausierers, Händen. Auch konnte sie die See nicht hören. Das Tosen der Brandung würde sie nicht mehr verwirren. Käme jetzt der Tod, sie würde ihn als Verbündeten begrüßen; am Dasein fand sie nichts Einladendes mehr. Das Leben in ihr war bereits vernichtet, und der Körper, der da auf dem Bett lag, gehörte ihr nicht an. Es verlockte sie nicht, zu leben. Der Schlag hatte sie betäubt und ihr die Kraft geraubt; Tränen des Selbstmitleids quollen in ihre Augen.
Da neigte sich ein Gesicht über sie. Sie warf sich in das Kissen zurück und hielt in Abwehr die Hände vor sich, denn die wulstigen Lippen und schlechten Zähne des Hausierers blieben ihr noch immer im Sinn.
Doch da wurden ihre Hände sanft gefaßt, und die Augen, die sie anschauten, vom Weinen rotgerändert wie ihre eigenen, waren zitternd und blau.
Es war Tante Patience. Sie umarmten einander, suchten Trost in solcher Nähe, und nachdem Mary einige Zeit geweint und so ihren Kummer erleichtert und sich dem Strom der Empfindung überlassen hatte, faßte ihre Natur sich wieder, und sie fühlte sich gestärkt; etwas von der früheren Kraft und Zuversicht kehrte zurück.
»Weißt du, was geschehen ist?« fragte sie, und Tante Patience hielt ihre Hände fest, so daß sie sie nicht zurückziehen konnte, während die blauen Augen stumm um Verzeihung flehten wie ein Tier, das bestraft wird wegen eines Fehlers, den es nicht beging.
»Wie lange habe ich hier gelegen?« fragte Mary, und sie erfuhr, daß dies

der zweite Tag sei. Eine Weile blieb Mary stumm, den Sachverhalt überlegend, der für sie neu und überraschend war. Zwei Tage, das war eine lange Frist für jemanden, der erst vor ein paar Augenblicken die Dämmerung über der Küste hatte anbrechen sehen. Manches konnte sich ereignen in dieser Zeit, und sie hatte währenddessen hilflos hier auf ihrem Bett gelegen.

»Hättest du mich doch geweckt«, sagte sie barsch und stieß die Hände, die sie umfaßt hielten, zur Seite. »Ich bin kein Kind, das man wegen einer kleinen Quetschung hätscheln und päppeln muß. Für mich gibt es viel zu tun; du verstehst nicht.«

Tante Patience gab ihr, schüchtern und matt liebkosend, einen leichten Schlag.

»Du konntest dich nicht rühren«, wimmerte sie. »Dein armer Leib war blutunterlaufen und zerschlagen. Ich habe dich gebadet, während du noch bewußtlos warst. Ich dachte zuerst, sie hätten dich furchtbar verletzt, aber Gott sei Dank, es ist dir nichts Schlimmes geschehen. Deine Schrammen werden heilen, und dein langer Schlaf hat dich ausgeruht.«

»Du weißt, wer es getan hat? Du weißt, wohin sie mich geschleppt hatten?«

Bitterkeit machte sie grausam. Sie wußte, daß diese Worte wie eine Peitsche wirkten, und sie konnte sich doch nicht zurückhalten. Sie fing an, von den Männern am Strand zu reden. Jetzt war das Stöhnen an der älteren Frau, und als Mary den schmalen Mund in Bewegung sah und als die trüben blauen Augen schreckerfüllt zu ihr herüberblickten, da wurde sie ihr selber überdrüssig. Sie sprang auf ihre Beine; der Kopf schwamm ihr von der Anstrengung, und ihre Schläfen pochten.

»Was hast du vor?« Tante Patience drängte sich nervös an sie heran, aber ihre Nichte schob sie zur Seite und begann, sich anzukleiden.

»Ich hab' meine eigenen Geschäfte.«

»Dein Onkel ist unten. Er wird dich nicht aus dem Haus lassen.«

»Ich fürchte ihn nicht.«

»Mary, um deinet- und um meinetwillen, reize ihn nicht nochmals. Du weißt, was du bereits gelitten hast. Seit er mit dir heimgekehrt ist, hat er unten gesessen, weiß und schrecklich anzusehen, mit einer Büchse auf den Knien; die Türen des Gasthauses sind verrammelt. Ich weiß, du hast Furchtbares, Unsägliches gesehen und ausgestanden; aber verstehst du nicht, Mary, daß er dich wieder schlagen ..., sogar dich töten könnte, wenn du jetzt hinabgehst? ... Ich habe ihn noch nie so gesehen. Ich kann nicht bürgen für seinen Verstand. Geh nicht hinab, Mary. Auf meinen Knien bitt' ich dich, nicht zu gehen.«

Sie begann auf dem Boden zu rutschen, Marys Rocksaum zu pressen, ihre

Hände zu halten und zu küssen. Der Anblick war jammervoll, zermürbend.

»Tante Patience, ich bin weit genug gegangen, aus Treue zu dir. Du kannst nicht noch mehr erwarten. Was immer Onkel Joss einmal für dich gewesen sein mag, heute ist er ein Unmensch. All deine Tränen werden ihn nicht vor dem Gesetz retten, mach dir das klar. Er ist ein Tier, halb toll von Blut und Branntwein. Menschen sind durch ihn am Strand ermordet worden; verstehst du nicht? Menschen im Meer ertränkt. Ich sehe nur das. Mein Lebtag werde ich an nichts anderes mehr denken.«

Ihre Stimme stieg zu gefährlicher Höhe an; ein hysterischer Anfall schien nicht fern. Sie war zu folgerichtigem Denken noch zu schwach, und sie sah sich selbst auf die Landstraße hinauslaufen und um Hife schreien.

Zu spät bat Tante Patience sie, zu schweigen; der warnende Finger war mißachtet worden. Die Tür ging auf; der Wirt vom Gasthaus »Jamaica« stand auf der Zimmerschwelle. Er neigte seinen Kopf unter dem Türbalken und starrte sie an. Er sah fahl und hager aus; die Wunde über seinem Auge war noch grell rot. Er war schmierig und ungewaschen; schwarze Schatten umränderten seine Augen.

»Mir schien, ich hörte Stimmen im Hof«, sagte er. »Ich blickte durch einen Spalt im Laden, unten im Wohnzimmer, aber ich sah niemanden. Habt ihr in diesem Zimmer irgend etwas gehört?«

Niemand antwortete. Tante Patience schüttelte den Kopf; das nervöse Lächeln, das seine Gegenwart stets bei ihr heraufbeschwor, hatte sich ohne ihr Wissen auf ihrem Gesicht eingefunden. Er setzte sich auf das Bett, zupfte an den Tüchern und ließ unaufhörlich seine Blicke von der Tür zum Fenster wandern.

»Er wird kommen«, sagte er; »er muß kommen. Ich hab' mir selbst den Hals durchschnitten; ich war gegen ihn. Er hat mich einmal gewarnt, und ich lachte ihn aus; ich hörte nicht. Ich wollte das Spiel auf eigene Faust spielen. Wir sind so gut wie tot, wir alle drei hier – du, Patience, und Mary und ich. Wir sind erledigt, sag' ich euch; das Spiel ist aus. Warum gabt ihr mir zu trinken? Warum habt ihr nicht jede verfluchte Flasche im Haus zerschlagen und den Schlüssel gedreht und mich liegen lassen? Ich hätte euch nichts getan; nicht ein Haar auf eurem Kopf hätte ich gekrümmt, keiner von beiden. Jetzt ist's zu spät. Dies ist das Ende.«

Er blickte von der einen zur andern, mit hohlen, blutunterlaufenen Augen, die mächtigen Schultern zum Nacken hinaufgezogen. Sie schauten verständnislos zu ihm zurück, verblüfft und erschrocken über den Ausdruck seines Gesichts, den sie nie zuvor gesehen hatten.

»Was willst du damit sagen?« fragte Mary endlich. »Was fürchtest du? Wer warnte dich?«

Er schüttelte den Kopf, seine Hände mit den unruhigen Fingern fuhren gegen seinen Mund. »Nein«, sagte er langsam, »ich bin jetzt nicht betrunken, Mary Yellan; meine Geheimnisse hab' ich noch in meiner Gewalt. Doch ich sag' dir eines – und für dich gibt es kein Entweichen; du steckst jetzt da drin wie dort Patience –, wir haben nun Feinde auf jeder Seite. Wir haben einmal das Gesetz, und dann...« Er unterbrach sich, und wieder war in seinen Augen die alte Verschlagenheit, als er Mary ansah.
»Du möchtest gern wissen, nicht wahr?« sagte er. »Du möchtest mit dem Namen auf den Lippen aus dem Haus schlüpfen und mich verraten. Würdest mich gern baumeln sehen. Nun, ich verarge dir's nicht; ich hab' dich genug gequält, um dich für den Rest deines Lebens daran denken zu lassen. Ich hab' dich aber auch beschützt, oder nicht? Hast du es dir überlegt, wie dieses Pack mit dir umgegangen wäre, wär' ich nicht dagewesen?« Er lachte und spuckte auf den Boden; etwas von seinem gewohnten Selbst schien zu ihm zurückzukehren. »Dafür allein hast du mir ein restlos gutes Zeugnis auszustellen«, meinte er. »Niemand, außer mir, hat dich gestern nacht angerührt, und ich habe dein Gesichtchen geschont. Schnitte und Schrammen heilen, oder nicht? Nun, du armes, zerbrechliches Ding, du weißt wohl, ich hätte dich in der ersten Woche im ›Jamaica‹ haben können, wenn ich dich begehrt hätte. Du bist schließlich ein Weib. Und beim Himmel, du lägst mir jetzt zu Füßen wie deine Tante Patience, zertreten und zufrieden und anhänglich, ein anderes gottverdammtes Narrenluder. Komm da heraus! Der Raum riecht feucht und nach Verfall.«
Er taumelte auf seine Füße und zerrte sie hinter sich her in den Gang; und als sie zu der Brüstung kamen, stieß er sie unter dem Ring mit dem Kerzenstock gegen die Wand, so daß das Licht auf ihr zerschundenes Gesicht fiel. Er nahm ihr Kinn zwischen seine Hände und hielt sie einen Augenblick so und streichelte ihre Wunden mit zarten, leichten Fingern. Sie sah zu ihm auf, in Ekel und Abscheu. Die anmutigen, zarten Hände erinnerten sie an alles, was sie verloren und dem sie entsagt hatte; und als er sein verhaßtes Gesicht, gleichgültig gegen Patience, die dabeistand, zu ihr neigte und sein Mund, der so sehr dem seines Bruders glich, den ihrigen einen Augenblick berührte, da war die Täuschung vollständig und scheußlich; sie schauderte und schloß die Augen. Er blies das Licht aus. Wortlos folgte sie ihm die Treppe hinunter, während ihre Tritte in dem leeren Haus widerhallten.
Er nahm den Weg zur Küche, wo die Tür noch immer verriegelt, das Fenster verrammelt war. Zwei Kerzen auf dem Tisch erleuchteten den Raum.

Dann wandte er sich und kehrte sich gegen die Frauen; einen Stuhl heranziehend, flegelte er die Beine darüber und sah sie an, suchte mittlerweile in der Tasche seine Pfeife und füllte sie.

»Wir müssen«, sagte er, »einen Feldzugsplan ausarbeiten. Wir haben nun nahezu zwei Tage lang dagesessen, wie Ratten in einer Falle gewartet, daß man uns hole. Ich sag' euch, für mich war's genug. Auf dieses Spiel hab' ich mich nie verstanden; es gibt mir das Grauen. Muß es zu einem Strauß kommen, beim Allmächtigen, dann unter freiem Himmel.« Er paffte eine Weile aus seiner Pfeife, sah trübsinnig auf den Boden hin und stampfte mit dem Fuß auf die Steinplatten.

»Harry ist schon zuverlässig«, fuhr er fort, »aber er wird abspringen und uns das Haus auf den Kopf stellen, wenn er davon einen Gewinn für sich selbst erwartet. Die andern ..., sie sind durch die Gegend zerstreut, heulend, mit eingezogenem Schwanz, wie ein Pack Lumpenhunde. Das hat sie für immer geschreckt. Und auch mich hat es abgeschreckt, mögt ihr wissen. Ich bin jetzt nüchtern, ich erkenne den hirnverbrannten, gottlosen Handel, in den ich mich eingelassen habe; wir können von Glück reden, wir alle, wenn wir ungehängt davonkommen. Du magst lachen, Mary, mit deinem weißen, spöttischen Gesicht; für dich wird's ebenso schlimm sein wie für Patience und für mich. Auch du steckst bis zum Hals in der Sache; du entschlüpfst nicht. Warum hast du nicht den Schlüssel vor mir gedreht, frag' ich? Warum hast du mich nicht vom Trinken abgehalten?«

Seine Frau kam zu ihm herübergeschlichen; sie zupfte ihn an der Jacke und strich zur Vorbereitung der Rede mit der Zunge über ihre Lippen.

»Nun, was gibt's?« fragte er sie brüsk.

»Warum können wir uns nicht davonmachen, jetzt, eh es zu spät ist?« flüsterte sie. »Der Wagen steht im Stall; in wenigen Stunden können wir in Launceston und drüben, in Devon, sein. Wir können nachts fahren; wir könnten nach den östlichen Distrikten gehen.«

»Wie verflucht dumm du bist!« schrie er. »Begreifst du nicht, daß es Leute auf dem Weg zwischen hier und Launceston gibt, die mich für den leibhaftigen Teufel halten – die nur darauf warten, jedes Verbrechen, das irgend in Cornwall begangen wurde, auf meinen Kopf zu häufen? Das ganze Land weiß, was sich in der Weihnacht an der Küste zugetragen hat, und wenn sie uns ausreißen sehen, dann haben sie den Beweis. Gott, denkst du denn, ich habe nicht daran gedacht, loszuziehen und meine Haut zu retten? Täten wir es aber, wie würde jedermann im Lande mit Fingern auf uns zeigen. Hübsch müßten wir aussehen, über all unserem Plunder auf unserem Wagen, wie Bauern am Markttag, auf dem Platz von Launceston Abschied winkend. Nein, wir haben nur noch eine Möglichkeit, eine einzige Aussicht aus einer Million. Wir können stillsitzen; wir können mäuschenstill sein. Wenn wir hier zunächst im Gasthaus ›Jamaica‹ stillhalten, dann mögen sie sich den Kopf kratzen und die Nase reiben. Sie werden nach Beweisen suchen, versteh! Sie werden eidkräftige Beweise haben wollen, bevor sie Hand an uns legen. Und falls nicht einer aus diesem verdammten Köterpack den Angeber spielt, werden sie keinen Beweis erhalten.

›Oh, gewiß, da ist das Schiff, das sich an den Felsen den Rücken einrannte, und dort liegen Waren in der Bucht, Haufen von Waren – zum Wegholen von jemandem bereitgelegt‹, werden sie sagen. Sie werden zwei verkohlte Leichen und einen Haufen Asche finden. ›Was ist das?‹ werden sie fragen. ›Das war ein Feuer; da hat es einen Kampf abgesetzt.‹ Es wird dreckig aussehen; für manchen von uns wird es bedenklich aussehen, aber wo ist dein Beweis? Darauf antworte! Ich habe meinen Heiligen Abend wie ein ehrenwerter Bürger im Schoß meiner Familie verbracht und hab' mit meiner Nichte Löwenmäulchen und Schwarzer Peter gespielt.« Er schob die Zunge in seine Wange und blinzelte.

»Eines hast du aber doch vergessen«, sagte Mary.

»Nein, meine Liebe, das hab' ich nicht. Der Kutscher des Wagens wurde erschossen, und er fiel in den Graben, keine Viertelmeile unterhalb der Straße. Du hofftest, wir hätten den Körper dort liegen lassen, nicht? Vielleicht stößt du dich daran, Mary, aber die Leiche reiste mit uns an die Küste, und sie liegt nun, wenn ich mich recht entsinne, unter einer zehn Fuß dicken Kiesbank. Bestimmt wird ihn jemand vermissen, damit hab' ich gerechnet; da sie aber seinen Wagen nicht finden werden, wird darum kein großer Lärm entstehen. Vielleicht hatte er genug von seinem Weib, und er wollte nach Penzance fahren. Und sie haben ihn dort willkommen geheißen. Und da wir jetzt beide wieder bei Verstand sind, so kannst du mir sagen, was du in diesem Wagen zu tun hattest, Mary, und wo du gewesen bist. Wenn du mir nicht antwortest, so kennst du mich nun gut genug. Ich werde Mittel finden, die dich reden machen.«

Mary blickte nach ihrer Tante. Die Frau zitterte wie ein furchtsamer Hund, die blauen Augen auf das Gesicht ihres Gatten gerichtet. Mary überlegte blitzschnell. Es war leicht zu lügen; die Zeit war jetzt der vor allem wichtige Faktor, mit dem gerechnet und der berücksichtigt werden mußte, wenn sie und Tante Patience lebend davonkommen sollten. Darauf mußte sie spielen und ihrem Onkel genügend Strick lassen, sich daran zu hängen. Seine Zuversicht würde sich schließlich gegen ihn selber kehren. Sie hatte eine einzige Hoffnung, gerettet zu werden, und die war nicht fünf Meilen entfernt, und wartete zu Altarnun auf ein Zeichen von ihr.

»Ich will dir erzählen, wie ich jenen Tag verbracht habe«, sagte sie; »was du darüber denkst, das ist mir nicht so wichtig. Ich ging am Weihnachtstag zu Fuß nach Launceston auf den Markt. Um acht Uhr war ich müde, und als es zu regnen und zu wettern begann, war ich bald durchnäßt und zu nichts mehr imstande. Ich nahm eine Mietkutsche und sagte dem Mann, er solle mich nach Bodmin bringen. Ich dachte, wenn ich ihm sagte, nach dem Gasthaus ›Jamaica‹, dann werde er sich weigern, die Fahrt zu machen. Mehr habe ich dazu nicht zu sagen.«

»Warst du in Launceston allein?«

»Gewiß war ich allein ...«

»Und du hast mit niemandem gesprochen?«

»An einem Stand habe ich von einer Frau ein Taschentuch gekauft.«

Joss Merlyn spuckte auf den Boden. »Nun gut«, sagte er, »ich könnte dich so oder anders behandeln, du würdest dieselbe Geschichte erzählen, nicht? Für einmal bist du im Vorteil, denn ich kann's nicht beweisen, ob du lügst oder nicht. Nicht manches Mädchen in deinem Alter würde einen Tag allein in Launceston zubringen, das sag' ich dir, noch würde manche allein nach Hause fahren. Wenn deine Geschichte wahr ist, dann bessern sich unsere Aussichten. Jenen Kutscher werden sie nicht mehr hierher schicken. Verdammt noch einmal, ich möchte darauf gleich eins leeren.«

Er stieß seinen Stuhl zurück und stopfte an seiner Pfeife.

»Du wirst jetzt in deiner eigenen Kutsche fahren, Patience«, sagte er, »und Federn auf deinem Hut tragen und einen Samtrock. Ich bin noch nicht geschlagen. Ich werde zuvor die ganze Bande in der Hölle sehen. Warte nur, wir werden neu beginnen, wir werden leben wie Kampfhähne. Mag sein, daß ich nüchtern werde und sonntags zur Kirche geh'. Und du, Mary, du wirst mich in meinem Alter an der Hand führen und mir mein Essen einlöffeln.«

Er warf den Kopf zurück und lachte; doch sein Lachen brach plötzlich entzwei, sein Mund schloß sich wie eine Falle, und wieder stieß er seinen Stuhl auf den Boden und stand nun in der Mitte des Raums, den Kopf zur Seite gedreht, das Gesicht weiß wie ein Laken. »Hört«, flüsterte er heiser; »hört ...«

Sie folgten der Richtung seines Blicks zu dem Lichtstrahl, der durch den engen Spalt im Fensterladen fiel.

Etwas strich sacht am Küchenfenster hin ..., tappte leicht, sanft, verstohlen schabend über die Glasscheibe.

Es war wie der Laut einer Efeuranke, die sich vom Stamm gelöst und niederhängend gegen ein Tor oder ein Fenster schlägt, verstört und ruhelos, mit jedem Hauch des Windes. Aber es wuchs kein Efeu auf den

Schieferwänden des Gasthauses »Jamaica«, und die Fensterläden waren leer.

Das Klopfen hielt an, nachdrücklich und ohne Scheu, tap... tap... wie das Trommeln eines Schnabels: tap... tap... wie die vier Finger einer Hand.

Es gab in der Küche keinen andern Laut außer dem ängstlichen Atmen von Tante Patience, deren Hand über den Tisch zu ihrer Nichte hinkroch. Mary betrachtete den Gastwirt, wie er unbeweglich auf dem Küchenboden stand, während sein Gesicht sich als ungeheuerlicher Schatten an der Decke abzeichnete, und sie sah, daß seine Lippen in dem dunklen Gestrüpp seiner Bartstoppeln blau waren. Dann beugte er sich vor, ging auf den Zehen wie eine Katze, und indem er mit der Hand über den Boden hinglitt, umschlossen seine Finger die Büchse, die an den nächsten Stuhl gelehnt stand; keinen Moment ließ er dabei den Blick von dem Lichtspalt im Fensterladen.

Mary begann zu schlucken; ihr Hals war trocken wie Staub. Ob das Ding hinter dem Fenster ihr freundlich oder feindlich gesinnt war, die Unsicherheit machte die Wartezeit noch qualvoller. Bei aller Hoffnung sagte ihr das Herzklopfen, daß die Furcht ansteckend sei, gleich wie die Schweißtropfen auf ihres Onkels Gesicht. Zitternd und krampfig fuhren ihre Hände an ihren Mund.

Einen Augenblick wartete er neben den geschlossenen Läden, dann sprang er vorwärts, zog am Griff und riß sie auseinander; das graue Nachmittagslicht strömte plötzlich in den Raum. Ein Mann stand außen am Fenster, das fahle Gesicht an die Scheibe gedrückt, seine verstümmelten Zähne auseinanderklaffend in einem Grinsen.

Es war Harry, der Hausierer... Joss Merlyn fluchte und riß das Fenster auf. »Verdamm dich Gott, kannst du nicht hereinkommen?« schrie er. »Willst du eine Kugel in die Eingeweide, du verfluchter Schafskopf? Fünf Minuten hab' ich dagestanden wie ein Taubstummer, mein Gewehr auf deinen Bauch gerichtet. Mary, zieh den Riegel zurück; steh nicht so wie ein Gespenst an der Wand. Auch ohne dich gibt es Nerven in diesem Haus, mehr als nötig.« Wie alle heftig erschrockenen Leute gab er die Schuld an seinem Schrecken einem andern und blähte sich nun auf in dem Versuch, sich zu beruhigen.

Mary schritt langsam gegen die Tür. Der Anblick des Hausierers rief ihr auf das lebhafteste ihren Kampf im Hohlweg zurück, zugleich mit dem kräftigsten Widerwillen. Sie mußte den Blick abwenden. Wortlos öffnete sie die Tür, stellte sich dahinter, und als er die Küche betrat, drehte sie sich sogleich um und ging zu dem trüben Feuer, um dort mechanisch Torf auf die Asche zu häufen, den Rücken ihm zugewandt.

»Nun, bringst du Neues?« fragte der Gastwirt.
Der Hausierer schmatzte zur Antwort mit den Lippen und wies mit seinem Daumen über die Schulter zurück.
»Es raucht im ganzen Land«, sagte er. »Vom Tamar bis St. Ives schnattert jede Zunge in Cornwall. Ich war heute vormittag in Bodmin; die Stadt widerhallt davon, und sie sind in heller Wut und verlangen nach Blut und Gericht. Letzte Nacht schlief ich zu Camelford; ein jedes Mannsbild in dem Ort fuchtelte mit der Faust in der Luft, schwatzte mit seinem Nachbar. Das Ende des Aufruhrs kann nur eines sein, Joss, und du kennst seinen Namen?« Er machte mit der Hand eine Bewegung um seinen Hals.
»Wir müssen uns auf die Socken machen«, sagte er; »das ist unsere einzige Rettung. Die Straßen sind Gift, die nach Bodmin und Launceston von allen die schlimmsten. Ich halt' mich ans Moorland und drück' mich nach Devon oberhalb Gunnislake; das nimmt mehr Zeit, ich weiß, aber was zählt die Müh', wenn man seine Haut damit wahrt? Habt Ihr einen Bissen Brot im Haus, gute Frau? Seit gestern vormittag hab' ich kein Essen angerührt.«
Er richtete die Frage an die Frau des Gastwirts, doch sein Blick fiel dabei auf Mary.
Patience Merlyn suchte im Schrank nach Brot und Käse, mit nervösem Mund und geschäftigen Bewegungen; sie war überall, nur nicht bei ihrem Tun. Während sie den Tisch deckte, blickte sie ihren Gatten fragend an.
»Du hörst, was er sagt«, flehte sie. »Es ist Wahnsinn, hier zu bleiben; wir müssen gehn, und das gleich, solange es nicht zu spät ist. Du weißt, wie die Leute das auffassen; sie werden für dich keine Schonung kennen; sie werden dich ohne Verfahren umbringen. Um Gottes willen, hör auf ihn, Joss! Du weißt, ich denke nicht an mich, es ist deinetwegen...«
»Halt deinen Mund!« donnerte ihr Mann. »Ich hab' dich nicht um deinen Rat gefragt. Dem,was kommt, kann ich entgegentreten, allein, ohne dein Schafsgeblök neben mir. So willst du deine Hand nun auch zurückziehen, Harry? Mit eingezogenem Schwanz davonlaufen, weil eine Handvoll Pfaffen und Methodisten um dein Blut für dich zu Jesus heulen? Haben sie uns etwas bewiesen? Sag mir das. Oder hat dein Gewissen sich gegen dich empört?«
»Zum Henker mit meinem Gewissen, Joss, da spricht der pure Menschenverstand. Dieser Landesteil ist ungesund geworden, und ich verlass' ihn deshalb, solange ich noch kann. Was den Beweis angeht, so sind wir diese letzten Monate dicht genug mit dem Wind gesegelt, um Beweis zu sein. Ich bin zu dir geeilt; bin heut zu dir herausgekommen, unter Lebensgefahr, um dich zu warnen. Ich mache dir keinen Vorwurf, Joss, aber

deine Dummheit ist's, die uns in diese Pfütze gebracht hat. Du hast uns so hirnlos besoffen gemacht wie dich selbst und uns zu einer wahnwitzigen Unternehmung, an die keiner von uns dachte, an den Strand geführt. Wir hatten die Aussicht auf eine Million – und sie hat sich nur zu verteufelt gut erfüllt. Weil wir betrunken waren, verloren wir den Kopf, haben das Zeug liegenlassen und hundert Spuren am Strand umher zerstreut. Und wessen Schuld war das? Nun, ich sag': deine!« Er schmetterte seine Faust auf den Tisch, hielt sein unverschämtes gelbes Gesicht nah an das des Gastwirts, mit einem Lachen auf seinen gesprungenen Lippen.
Der Gastwirt sah ihn kalt an und langte wieder nach seiner Pfeife. »Heraus damit, Harry, was hast du vor?« sagte er, lehnte sich an den Tisch und stopfte die Pfeife.
Der Hausierer sog grinsend an seinen Zähnen. »Ich hab' gar nichts vor«, erklärte er. »Ich möchte uns allen die Sache erleichtern. Wir müssen fort, das ist klar, wenn wir nicht baumeln wollen. Aber damit steht es nun so, Joss; ich finde kein Vergnügen daran, mit leeren Händen wegzulaufen. Da liegt ein Haufen Zeug vom Strand, das wir hereingebracht und vor zwei Tagen in dem Raum dort aufgeschichtet haben. Das ist recht so, nicht? Und rechtens gehört er allen, die sich am Weihnachtsabend darum bemüht haben. Doch blieb keiner von ihnen, um seine Ansprüche zu stellen, außer dir und mir. Ich behaupte nicht, es sei viel Wertvolles darunter – das meiste ist zweifelsohne Plunder, aber warum sollte es uns nicht auf dem Weg nach Devon nützen?«
Der Gastwirt blies ihm eine Rauchwolke ins Gesicht: »Du bist also nicht allein wegen meines süßen Lächelns nach dem Gasthaus ›Jamaica‹ gekommen?« spottete er. »Ich dachte, du liebtest mich und hättest Verlangen, mir die Hand zu drücken.«
Der Hausierer grinste und rückte auf seinem Stuhl: »Nun gut, wir sind Freunde, oder nicht? Offen reden kann da nicht schaden. Die Ware liegt hier, sie zu verschieben, braucht's zwei Mann. Die Frauen da können's nicht. Was ist dagegen einzuwenden, daß wir einen Handel tätigen und darüber einig werden?«
Der Gastwirt paffte nachdenklich aus seiner Pfeife. »Du gehst mit Ideen schwanger – reihst sie auf, so hübsch wie Phantasiegetränke auf deinem Servierbrett, mein Freund. Doch angenommen, die Ware sei gar nicht mehr da. Angenommen: ich habe bereits darüber verfügt? Ich habe hier zwei Tage lang meine Beine gerührt, verstehst du, und die Kutschen fahren ja vor meiner Tür vorbei. Knabe Harry, was dann?«
Das Grinsen auf dem Gesicht des Hausierers verschwand; er schob den Kiefer nach vorn.
»Wozu der Witz?« knurrte er. »Spielst du hier im Gasthaus ›Jamaica‹ ein

Doppelspiel? Wenn ja, dann wirst du finden, daß es sich nicht bezahlt macht. Du pflegtest zu vielem gewaltig zu schweigen, Joss Merlyn, wenn Ladungen anfuhren und wenn wir die Wagen auf der Straße hatten. Ich sah manchmal Dinge, die ich nicht verstand, und habe auch Dinge gehört. Monat um Monat hast du aus diesem Geschäft glänzenden Gewinn geschlagen, allzu glänzenden, haben einige von uns gedacht, in Anbetracht des geringen Nutzens, den wir selbst davontrugen, die doch am meisten riskierten. Und wir haben dich nicht gefragt, wie du es treibst. Hör einmal, Joss Merlyn, gibt es einen Höheren, von dem du Befehle entgegennimmst?«

Wie ein Blitz war der Gastwirt bei ihm. Er faßte den Hausierer unterm Kinn, und der Mann flog hintenüber auf seinen Kopf; der Stuhl unter ihm schlug krachend auf die Steinplatten. Er erholte sich im Augenblick und erhob sich auf die Knie, doch aufragend stand der Gastwirt vor ihm und hielt die Mündung seines Gewehrs gegen den Hals des Hausierers: »Rühr dich, und du bist ein toter Mann«, sagte er sanft.

Harry sah auf seinen Bedränger, die widerlichen kleinen Augen halb geschlossen, mit gelbem, gedunsenem Gesicht. Der Sturz hatte ihn geschwächt, sein Atem ging kurz. Beim ersten Anzeichen eines Kampfs hatte sich Tante Patience flach an die Wand gestellt; schreckerfüllt suchten ihre Augen die ihrer Nichte, in vergeblichem Hilfeflehen. Mary betrachtete ihren Onkel genau; diesmal hatte sie zu seinem Geisteszustand keinen Zugang. Er senkte sein Gewehr und stieß mit dem Fuß nach dem Hausierer.

»Jetzt können wir vernünftig reden, du und ich«, sagte er. Das Gewehr im Arm, lehnte er sich wieder an den Tisch, indessen der Hausierer halb kniend, halb gebückt auf dem Boden rutschte.

»Ich bin der Führer in diesem Spiel und bin's immer gewesen«, sagte der Gastwirt langsam. »Ich habe es gehandhabt, seit dem Beginn vor drei Jahren, als wir Ladungen von kleinen Zwölf-Tonnen-Packbooten nach Padstow führten und uns mit siebeneinhalb Pence in der Tasche glücklich schätzten. Ich habe die Unternehmung erweitert, bis sie die größte im Land war, von Hartland bis Hayle. Ich Befehle entgegennehmen? Mein Gott, ich möchte den Mann sehen, der es bei mir mit Befehlen versuchte. Doch laß gut sein, das ist nun vorbei. Wir sind unsern Weg gegangen, der Tag ist um. Das Spiel ist aus, für uns alle. Du kamst heute nicht, um mich zu warnen; du kamst, um zu sehen, was du aus dem Krach für dich herausholen könntest. Das Gasthaus war verrammelt, darüber freute sich dein armseliges, kleines Herz. Du hast nicht erwartet, mich hier zu finden? Du dachtest, Patience sei hier oder Mary; und du wolltest sie leicht in Furcht setzen und nach meiner Büchse greifen, die da in

Bereitschaft an der Wand hängt, wie du das oft gesehen hast. Und dann zum Teufel mit dem Wirt vom Gasthaus ›Jamaica‹. Harry, du kleine Ratte, glaubtest du, ich sah das alles nicht in deinen Augen, als ich den Laden aufriß und dich am Fenster erblickte? Denkst du, ich habe nicht gehört, wie du vor Überraschung schnapptest, oder ich habe dein plötzliches, gelbes Grinsen nicht verstanden?«

Der Hausierer fuhr mit der Zunge über seine Lippen und schluckte. Er schielte nach Mary, die unbeweglich am Fenster saß, die knopfartigen, schwarzen Augen wachsam wie die einer bedrängten Maus. Er fragte sich, ob sie den Würfel gegen ihn ins Spiel werfen werde. Aber sie sagte nichts. Sie ließ ihren Onkel reden.

»Nun also wohl«, fuhr der fort, »wir wollen einen Handel tätigen, du und ich, wie du vorschlugst. Wir werden zu einem guten Ende kommen. Ich hab' mich umstimmen lassen, mein liebevoller Freund, und mit deiner Hilfe werden wir uns auf die Straße nach Devon machen. Es gibt hier Ware, wohl wert, mitgenommen zu werden; ich könnte sie allein nicht laden. Morgen ist Sonntag, heiliger Ruhetag. Nicht das Scheitern von fünfzig Schiffen würde die Leute dieser Gegend von ihren Knien hochheben. Es wird geschlossene Fenster geben und Predigten und lange Gesichter und Gebete für arme Seeleute, die ein Mißgeschick in des Teufels Hand gespielt; aber den Teufel suchen gehen, das werden sie am Sonntag nicht.

Vierundzwanzig Stunden haben wir noch, Harry, mein Junge; und morgen abend, wenn du dir mit dem Aufhäufen von Torf und Runkelrüben über meinem Besitz im Bauernwagen fast den Rücken gebrochen haben wirst und mir den Abschiedskuß gabst und Patience ebenso und Mary vielleicht auch – nun, dann darfst du Joss Merlyn auf den Knien danken, der dir das Leben schenkte, statt dein leibliches Teil, wie es dir zukäme, in einen Graben zu tragen, mit einer Kugel in deinem schwarzen Herzen.«

Er hob seine Flinte wieder hoch und hielt die kalte Mündung an den Hals des Mannes. Der Hausierer winselte und zeigte das Weiße seiner Augäpfel. Der Gastwirt lachte: »Du bist in deiner Art ein merkwürdiger Bursche, Harry. Ist das nicht die Stelle, wo du in jener Nacht Ned Santo trafst? Hast ihm die Luftröhre abgedeckt, und das Blut sprang im Bogen heraus. Er war ein guter Junge, Ned, nur voreilig mit seiner Zunge. Hier ist der Fleck, wo du ihn trafst, nicht?« Näher rückte die Mündung an den Hals des Hausierers. »Wenn ich jetzt einen Mißgriff täte, Harry, dann wäre deine Luftröhre so hübsch freigelegt wie die des armen Ned. Du wünschst doch nicht, daß ich einen Mißgriff tue?«

Der Hausierer vermochte nicht zu sprechen. Seine Augen rollten schielend, und er spreizte die Finger weit, als klammere er sich am Boden fest.

Der Gastwirt stellte die Büchse weg, und sich niederbeugend riß er den Hausierer auf die Beine. »Komm«, sagte er, »glaubst du, ich wolle die ganze Nacht mit dir spielen? Ein Spaß ist ein Spaß während fünf Minuten; nachher wird er quälende Last. Öffne die Küchentür, geh nach rechts und den Gang hinab, bis ich halt sage. Du kannst nicht durch die Bartür entwischen; jede Tür und jedes Fenster an diesem Ort ist versperrt. Deine Hände haben danach gejuckt, das gestrandete Gut, das wir von der Küste gebracht haben, zu erforschen. Du sollst die Nacht in dem Lagerraum unter dem allem zubringen. Weißt du, Patience, das ist das erstemal, daß wir einem im ›Jamaica‹ Gastfreundschaft gewähren. Mary zähl' ich nicht, sie gehört zum Haushalt.« Er lachte fröhlich; seine Laune hatte umgeschlagen wie ein Wetterhahn, und das Gewehr in den Rücken des Hausierers stoßend, stachelte er ihn aus der Küche und den dunklen, gepflasterten Gang hinab zu dem Lagerraum. Die Tür, durch Junker Bassat und seinen Diener auf handfeste Art und Weise eingeschlagen, war durch Bretter und Balken neu verschalt und jetzt so stark, wenn nicht noch widerstandsfähiger als zuvor. Joss Merlyn war während der letzten Wochen nicht ganz untätig gewesen.

Nachdem er hinter seinem Freund den Schlüssel abgezogen hatte, mit dem Zuspruch vor dem Weggehen, er möge nicht die Ratten füttern, deren Zahl sich vermehrt habe, kehrte der Gastwirt unter dröhnendem Lachen in die Küche zurück.

»Ich dachte es mir, Harry werde abspringen«, sagte er. »In seinen Augen sah ich das seit Wochen kommen, lange bevor wir dieses Mißgeschick hatten. Er kämpft auf der gewinnenden Seite, doch wenn das Glück sich wendet, dann beißt er dich in die Hand. Er ist eifersüchtig, vor Eifersucht gelbgrün, zerfressen von ihr, durch und durch. Er ist auf mich eifersüchtig. Alle sind sie auf mich eifersüchtig. Sie wußten, daß ich einen hellen Kopf habe, darum haßten sie mich. Was starrst du mich so an, Mary? Iß lieber dein Abendbrot und geh zu Bett. Du hast für morgen nacht eine lange Reise vor dir, und ich versichere dir, es wird keine bequeme Fahrt sein.«

Mary sah ihn über den Tisch hinweg an. Der Umstand, daß sie nicht mit ihm gehen würde, berührte sie im Augenblick nicht; mochte er darüber denken, was er wollte. Müde, wie sie war, denn der Druck von allem, was sie gesehen und getan, lastete schwer auf ihr, wimmelte es in ihr gleichwohl von Plänen.

Zu einer bestimmten Zeit, irgendwie, vor morgen nacht, mußte sie nach Altarnun. Einmal dort, war sie ihrer Verantwortlichkeit enthoben.

Andere würden dann handeln. Es würde hart sein für Tante Patience, anfangs vielleicht hart auch für sie selbst; sie verstand nichts von den Schlichen und den Vertracktheiten des Gesetzes; das Recht mußte aber endlich siegen. Es würde leicht sein, ihren und den Namen ihrer Tante zu entlasten. Sie dachte an ihren Onkel, der jetzt da vor ihr saß, den Mund voll von schalem Brot und Käse, wie er, die Hände auf den Rücken gebunden, stehen würde, machtlos zum erstenmal und für immer. Diese Vorstellung bereitete ihr ein unbeschreibliches Vergnügen; sie wandte das Bild in ihrem Kopf hin und her und malte es immer vollständiger aus. Tante Patience würde sich über kurzem erholen; und die Jahre würden hingehen und ihr endlich Ruhe bringen und Frieden. Mary war neugierig, wie sich die Gefangennahme vollziehen würde. Vielleicht würden sie an dem Tag, den er bestimmt hatte, gegen ihn ausziehen, und wenn sie auf der Straße rollten, er lachend in seiner Selbstsicherheit, sähen sie sich plötzlich von einer Schar Männer umringt, gut bewaffnet und in stattlicher Zahl, und wenn er sich ohnmächtig gegen sie wehrte, dann wollte sie sich lächelnd über ihn beugen: »Ich dachte, Onkel, du habest einen hellen Kopf«, so würde sie lächelnd zu ihm sagen, und er würde verstehen.
Sie wandte die Augen von ihm ab und nahm ihren Leuchter vom Tisch: »Ich mag heut nicht essen«, erklärte sie.
Tante Patience murmelte bedauernd und hob die Blicke von dem runden Brot auf dem Teller vor ihr, doch Joss Merlyn brachte sie mit einem Puff zum Schweigen. »Laß ihr doch ihren Dickkopf, wenn es ihr Spaß macht«, sagte er. »Was kümmert es dich, ob sie ißt oder nicht ißt? Fasten ist gut für Weiber und für Tiere; es gibt ihnen schnelle Beine. Sie wird morgen bescheiden sein. Wart, Mary, du wirst noch besser schlafen, wenn ich den Schlüssel hinter dir drehe. Ich brauche keine Schleicher im Gang.«
Seine Blicke schweiften zu der Büchse an der Wand und halb unbewußt zu dem Laden, der noch offen vor dem Küchenfenster klaffte.
»Mach das Fenster zu, Patience«, bedeutete er nachdenklich, »und lege die Stange über den Laden. Wenn du gegessen hast, dann geh zu Bett. Ich werde heute nacht die Küche nicht verlassen.«
Seine Frau blickte ihn ängstlich an, betroffen von dem Ton seiner Stimme; sie wollte reden, aber er schnitt ihr das Wort ab. »Hast du es immer noch nicht gelernt, mich ungefragt zu lassen?« schrie er. Sie erhob sich sogleich und ging zum Fenster. Mary, die brennende Kerze in der Hand, wartete an der Tür. »Nun, was stehst du da?« fuhr er sie an. »Ich hieß dich gehen.« Mary trat in den finstern Gang hinaus. Wollte ihr Onkel sitzen bleiben und nach dem Erlöschen der Kerzen, mit der Büchse über seinen Knien auf etwas warten – auf jemanden warten? Aber da kam

er durch den Vorraum, als sie die Treppe hinaufging, und folgte ihr nach, über den Treppenabsatz zu der Schlafkammer über dem Eingang.
»Gib mir deinen Schlüssel«, verlangte er, und sie übergab ihn ihm wortlos. Er zögerte einen Moment, blickte auf sie nieder, dann neigte er sich tiefer und legte seine Finger auf ihren Mund.
»Ich hab' eine Schwäche für dich, Mary«, sagte er; »du hast Geist und Courage behalten, trotz aller Püffe, die ich dir gegeben habe. Ich habe das heute abend an deinen Augen erkannt. Wäre ich jünger, ich hätte dir den Hof gemacht, Mary – ja, und dich auch gewonnen, und ich wäre mit dir weggeritten, zu einem ruhmvollen Leben, das weißt du doch?«
Sie sagte nichts. Sie sah bloß zu ihm hin, wie er da unter der Tür stand, und ihre Hand, die den Leuchter hielt, zitterte leicht, ohne daß sie es bemerkte.
Er dämpfte seine Stimme zu einem Flüstern. »Gefahr ist für mich im Anzug«, gestand er. »Das Gericht fürchte ich nicht; ich kann, wenn's zu dem kommt, mich freischwindeln. Ganz Cornwall kann mir auf den Fersen sein, ich acht' es nicht. Auf einen andern Zauber hab' ich zu merken – Schritte, Mary, die in der Nacht kommen und wieder gehen, und eine Hand, die mich niederschlagen möchte.«
Sein Gesicht sah im Halblicht alt und abgezehrt aus, und ein bedeutsames Flackern war in seinen Augen, das aufflammte, zur Rede drängte und dann wieder erstarb. »Wir werden den Tamar zwischen uns und das Gasthaus ›Jamaica‹ bringen«, sagte er und lachte; die Linie seines Mundes schien ihr quälend vertraut und bekannt wie ein Nachklang vergangener Zeiten. Er schloß die Tür hinter ihr und drehte den Schlüssel.

13

Sie war, wo sie lag, in den Kleidern eingeschlafen. Als sie die Augen öffnete, waren ihre Sinne sogleich völlig wach. Sie wartete auf die Wiederholung des Geräusches, das sie geweckt hatte. Schon nach einem Augenblick kam es wieder – eine Handvoll Erde, vom Hof her an die Fensterscheibe geworfen. Sie sprang auf und lauschte, die Möglichkeit einer Gefahr erwägend. Schließlich wurde in ihr die Neugier übermächtig: leise schlich sie im Schatten der vorspringenden Wand zum Fenster. Die Nacht war noch schwarz; überall lagerten Schatten, nur tief unten am Himmel verkündete ein Wolkenstreifen den Anbruch der Frühe.
Sie hatte sich nicht getäuscht; die Erde auf dem Fußboden war wirklich genug, und wirklich war auch die Gestalt gerade unter dem Eingang, die Gestalt eines Mannes. Sie kauerte am Fenster und wartete. Er bückte sich,

wühlte in dem kahlen Blumenbeet vor dem Wohnzimmer, hob die Hand und warf kleine Erdklumpen an ihr Fenster.
Diesmal konnte sie sein Gesicht sehen, und der Anblick entlockte ihr einen Schrei der Überraschung. Sie vergaß in diesem Augenblick völlig die Vorsicht, zu der sie sich erzogen hatte.
Da unten im Hof stand Jem Merlyn. Sie öffnete, vorwärts lehnend, sogleich das Fenster, und sie würde ihm zugerufen haben, hätte er sie nicht mit erhobener Hand zum Schweigen gebracht.
Er trat nah an die Mauer heran, legte die hohlen Hände an seinen Mund und flüsterte ihr zu: »Komm zur Tür herab und riegle sie mir auf.«
Sie schüttelte den Kopf: »Das kann ich nicht. Ich bin hier in meinem Zimmer eingeschlossen.« Er sah sie an, sprachlos und sichtlich betroffen, und blickte dann zum Haus zurück, als könne dieses von sich aus eine Lösung bieten. Prüfend ließ er die Hände über die Schieferplatten gleiten, nach rostigen Nägeln suchend, die vorzeiten beim Klettern gedient hatten und seinem Fuß eine Stütze wären. Die unteren Ziegel des Eingangs befanden sich innerhalb seiner Reichweite, aber ihre Oberfläche gewährte keinerlei Halt; es wäre nutzlos, die Beine hochzuschwingen.
»Hol mir deine Bettdecke«, rief er ihr leise zu. Sie begriff seine Absicht sofort, band das eine Ende der Decke um den Fuß ihres Bettes und warf das andere aus dem Fenster, von wo es lose über seinem Kopf herabhing. Diesmal fand er den nötigen Halt. Er schwang sich auf das niedrige Dach des Eingangs und zwängte seinen Körper zwischen den Hauswänden hindurch, während seine Füße sich an die Ziegel klammerten. Auf diese Art konnte er sich auf den Eingang ziehen und in gleiche Höhe mit dem Fenster bringen.
Er schwang seine Beine herüber und setzte sich rittlings auf den Eingang; sein Gesicht war nun dem Marys nahe, die Decke hing lose neben ihm herab. Mary mühte sich umsonst mit dem Fensterrahmen ab; das Fenster ließ sich kaum einen Fuß weit öffnen; er konnte nicht in den Raum gelangen, ohne das Glas zu zerschlagen.
»Ich werde von hier aus mit dir reden müssen«, sagte er. »Komm näher, daß ich dich sehe.« Sie kniete auf dem Fußboden ihrer Kammer, das Gesicht gegen die Fensterspalte gepreßt; eine Weile blickten sie einander wortlos an. Er sah verlebt aus, und seine Augen waren hohl wie die eines Mannes, der nicht geschlafen hat und der sehr müde ist. Um seinen Mund zogen sich Linien, die sie früher nicht bemerkt hatte.
»Ich habe dir etwas abzubitten«, sagte er endlich. »Ich hatte dich am Heiligen Abend zu Launceston ohne Entschuldigung verlassen. Du magst mir verzeihen oder nicht, je nachdem, was du fühlst; ich kann dir aber meinen Grund nicht nennen. Es tut mir leid.«

Diese schroffe Haltung stand ihm nicht; er schien sehr verändert, und die Veränderung war wenig nach ihrem Wunsch.
»Ich war um deine Sicherheit besorgt«, sagte sie. »Ich habe nach dir im ›Weißen Hirsch‹ gefragt und erfuhr dort, du habest mit einigen Herren einen Wagen bestiegen; weiter nichts, keine Mitteilung, keine Erklärung. Die Männer dort, vor dem Feuer, waren mit dem Pferdehändler, der mit dir auf dem Marktplatz gesprochen hatte. Es waren schreckliche Leute, neugierig, und ich traute ihnen nicht. Ich fragte mich, ob der Diebstahl des Ponys entdeckt worden sei. Ich fühlte mich sehr elend und zerschlagen. Ich mache dir keine Vorwürfe. Dein Geschäft ist deine Sache.«
Seine Art hatte sie verletzt. Sie hatte alles andere erwartet als das. Zuerst, als sie ihn draußen im Hof vor ihrem Fenster sah, war er für sie nur der Mann, den sie liebte, der in der Nacht zu ihr gekommen war, um in ihrer Nähe zu sein. Seine Kühle dämpfte ihre Flamme; sie zog sich sofort in sich selbst zurück, darauf zählend, daß er die leise Enttäuschung auf ihrem Gesicht nicht bemerkt habe. Er fragte sie nicht einmal, wie sie in jener Nacht heimgekommen sei, und seine Gleichgültigkeit verblüffte sie.
»Warum bist du in deiner Kammer eingeschlossen?« fragte er. Sie zuckte die Achsel, und ihre Stimme war gepreßt und tonlos, als sie antwortete:
»Mein Onkel ist kein Freund von Horchern. Er fürchtet, daß ich durch den Gang streichen und auf seine Geheimnisse stoßen könnte. Du scheinst eine verwandte Abneigung gegen Eindringlinge zu haben. Dich fragen, warum du heut nacht hier erschienen bist, hieße vermutlich dich beleidigen?«
»Oh, sei so bitter, wie du willst; ich verdien' es«, sagte er rasch. »Ich weiß, was du von mir denkst. Eines Tages werde ich imstande sein, dir alles zu erklären, wenn du dann für mich noch zu erreichen bist. Jetzt, für den Augenblick, sei ein Mann und schick deinen verletzten Stolz und deine Neugier zur Hölle. Ich geh' über gefährlichen Boden, Mary, und ein falscher Schritt kann mein Ende sein. Wo ist mein Bruder?«
»Er sagte uns, er werde die Nacht in der Küche zubringen. Er fürchtet sich vor etwas oder vor jemandem; Türen und Fenster sind verrammelt, und er ist mit seinem Gewehr bewaffnet.«
Jem lachte rauh auf: »Ich zweifle nicht, daß er sich fürchtet. Er wird sich vor Ablauf weniger Stunden noch mehr fürchten, das kann ich dir sagen. Ich kam, um mit ihm zu reden, aber wenn er mit einem Gewehr über den Knien dort sitzt, dann kann ich meinen Besuch auf morgen verschieben, wenn die Schatten gewichen sind.«
»Morgen wird es zu spät sein.«
»Was willst du damit andeuten?«
»Er will das Gasthaus ›Jamaica‹ beim Einbruch der Nacht verlassen.«

»Sagst du mir die Wahrheit?«
»Warum sollte ich jetzt lügen?«
Jem schwieg. Offenbar hatte ihn diese Mitteilung überrascht, und er mußte sie sich zurechtlegen. Mary betrachtete ihn, von Zweifel und Unentschiedenheit gepeinigt; der alte Zweifel an ihm war wieder erwacht.
Er war der Besucher, den ihr Onkel erwartet hatte, von diesem gehaßt und gefürchtet. Er war der Mann, der die Fäden des Lebens ihres Onkels in der Hand hielt. Das grinsende Gesicht des Hausierers tauchte wieder vor ihr auf, und sie hörte die Worte, die den Gastwirt in solche Wut versetzt hatten: »Hör mal, Joss Merlyn, erhältst du Befehle von einem, der über dir steht?« – Der Mann, dessen Klugheit sich der Kraft des Gastwirts bediente, der Mann, der sich in dem leeren Raum verborgen gehalten hatte.
Und wieder dachte sie an den lachenden, sorglosen Jem, der sie nach Launceston geführt, der sie geküßt und im Arm gehalten hatte. Jetzt war er ernst und schweigsam und sein Gesicht voller Schatten. Die Vorstellung eines Doppelwesens verwirrte sie und erregte gleichzeitig ihre Furcht. Er war heute nacht für sie ein Fremder, den eine dunkle Absicht erfüllte, die sie nicht verstand. Daß sie ihn von der geplanten Flucht des Gastwirts unterrichtet hatte, das war von ihrer Seite ein falscher Schritt gewesen; er könnte den Ausgang ihrer Pläne stören. Aber was immer Jem getan oder zu tun vorhatte, ob er falsch, verräterisch und ein Mörder war, sie liebte ihn in der Schwäche ihres Fleisches und war ihm eine Warnung schuldig.
»Du solltest dich vor deinem Bruder in acht nehmen«, sagte sie, »er ist in einer gefährlichen Verfassung; wer seine Pläne jetzt durchkreuzt, der wagt sein Leben. Das sag' ich dir, zu deiner eigenen Sicherheit.«
»Ich fürchte Joss nicht und hab' ihn nie gefürchtet.«
»Vielleicht nicht; aber wie, wenn er dich fürchtete?«
Darauf sagte er nichts, doch beugte er sich plötzlich vor und betrachtete ihr Gesicht und berührte die Schramme, die sich von ihrer Stirn zum Kinn hinzog.
»Wer hat das getan?« fragte er scharf und wies von der Schramme hinüber zur Quetschung auf ihrer Backe. Einen Augenblick zauderte sie und antwortete dann:
»Das geschah in der Weihnacht.«
Das Aufglänzen in seinen Augen verriet ihr, daß er verstand, von jenem Abend wußte und darum jetzt nach dem Gasthaus »Jamaica« gekommen war.
»Du warst mit ihnen an der Küste?« flüsterte er.

Sie nickte, sah ihn genau an, vorsichtig beim Reden, doch als Antwort fluchte er laut und, den Arm vorstreckend, zertrümmerte er die Glasscheibe mit seiner Faust, nicht auf Lärm und Gesplitter und das sogleich aus seiner Hand quellende Blut achtend. Die Öffnung im Fenster war jetzt groß genug zum Eintreten. Er war hindurchgeklettert und stand neben ihr im Zimmer, bevor sie begriff, was er getan hatte. Er hob sie auf, trug sie zu ihrem Bett und legte sie dort nieder. Im Dunkeln suchte er nach einer Kerze, fand sie schließlich und zündete sie an, kam zum Bett zurück, kniete daneben nieder und ließ den Lichtschein auf ihr Gesicht fallen.

Er folgte mit dem Finger den Verletzungen bis zu ihrem Nacken hinab, und als sie vor Schmerz wimmerte, da begann er rascher zu atmen, und wieder hörte sie ihn fluchen. »Ich hätte dir das ersparen können«, sagte er; das Licht ausblasend, setzte er sich neben sie aufs Bett, faßte ihre Hand, hielt sie einen Augenblick fest, drückte sie und ließ sie dann frei.

»Allmächtiger Gott, warum bist du mit ihnen gegangen?«

»Sie waren besoffen, bis zum Wahnsinn. Ich weiß nicht, ob sie noch wußten, was sie taten. Ich konnte mich gegen sie nicht mehr wehren als ein Kind. Sie waren ein Dutzend oder mehr, und mein Onkel . . ., er war der Anführer. Er und der Hausierer. Wenn du aber von der Sache weißt, was fragst du mich? Erinnere mich nicht daran, ich mag nicht daran denken.«

»Was hast du alles abgekriegt?«

»Quetschungen, Schrammen – du kannst selbst sehen. Ich versuchte zu fliehen und verletzte mir die Seite. Sie erwischten mich wieder. Unten am Strand haben sie mir Hände und Füße gebunden, haben mir den Mund verbunden, um mich am Schreien zu hindern. Ich sah das Schiff durch den Nebel kommen und konnte nichts tun – dort allein in Wind und Regen. Ich mußte sie sterben sehen.«

Ihre Stimme zitterte; sie brach ab; sie wandte sich zur Seite und barg das Gesicht in den Händen.

Er machte keine Bewegung nach ihr hin; schweigend saß er dort neben ihr auf dem Bettrand.

Sie fühlte: er war ihr fern und in sein Geheimnis gehüllt. Sie war verlassener als zuvor.

»War es mein Bruder, der dich am meisten schlug?« fragte er auf einmal.

Sie seufzte. Es war doch jetzt alles zu spät und hatte keinen Sinn mehr.

»Ich sagte dir, er war betrunken; du weißt wohl besser als ich, wozu er dann fähig ist.«

»Ja, ich weiß.« Er schwieg und faßte dann die Hand.

»Er wird dafür sterben müssen«, sagte er.

»Sein Tod wird die Menschen, die er getötet hat, nicht zurückbringen.«
»Ich denke jetzt nicht an sie.«
»Wenn du an mich denkst, so verschwende deine Neigung nicht. Rächen werde ich mich auf meine Weise. Eines wenigstens hab' ich schließlich gelernt – mich auf mich selbst zu verlassen.«
»Frauen sind zerbrechliche Geschöpfe, Mary, bei all ihrem Mut. Du bist nun von diesem Handel befreit. Sein Schlußausgang liegt bei mir.«
Sie gab ihm keine Antwort. Ihre Pläne waren ihr eigen; er hatte damit nichts zu tun.
»Was hast du vor?« fragte er.
»Ich habe noch nichts beschlossen.«
»Wenn er morgen nacht wegzieht, dann bleibt dir wenig Zeit, dich zu entschließen«, bemerkte er.
»Er erwartet, daß ich ihn begleite, und Tante Patience ebenso.«
»Und du?«
»Das wird von morgen abhängen.«
Was immer sie für ihn empfand, ihre Pläne mochte sie ihm nicht ausliefern. Er war für sie noch eine unbekannte Größe und zudem ein Feind des Gesetzes. Es ging ihr auf, daß sie, wenn sie ihren Onkel verriet, auch ihn verraten müßte.
»Wenn ich dich um etwas bäte, was wäre deine Antwort?« fragte sie. Da lächelte er zum erstenmal wieder, spöttisch und nachsichtig, wie damals in Launceston, und augenblicklich flog ihr Herz ihm zu, durch diese Wandlung ermutigt.
»Wie kann ich das sagen?« meinte er.
»Ich möchte, daß du von hier weggehst.«
»Ich gehe jetzt.«
»Nein, ich meine, weg aus dem Moorland, weg vom Gasthaus ›Jamaica‹. Ich wünsche dein Versprechen, daß du nicht hierher zurückkehren wirst. Mit deinem Bruder kann ich es aufnehmen; von seiner Seite droht mir keine Gefahr mehr. Ich wünsche, daß du morgen nicht hierherkommst. Bitte, versprich mir, daß du fortgehen wirst.«
»Was wälzest du in dir herum?«
»Etwas, das mit dir nichts zu tun hat, für dich aber gefährlich werden könnte. Mehr kann ich nicht sagen. Aber ich möchte wirklich, du trautest mir.«
»Dir trauen? Guter Gott, aber gewiß trau' ich dir. Du bist es, die mir mißtrauen dürfte, verflixtes Närrchen.« Er lachte still, beugte sich zu ihr, umschlang sie mit den Armen und küßte sie dann, so wie er sie in Launceston geküßt hatte, doch jetzt voller Bedacht, bekümmert und leidvoll.

»So spiel denn dein eigenes Spiel und laß mich das meine spielen«, sagte er. »Wenn du ein Junge sein mußt, ich kann dich nicht halten; doch um deines Gesichts willen, das ich küßte und wieder küssen werde, hüte dich vor Gefahr. Du willst dich nicht umbringen, oder? Ich muß dich jetzt verlassen; vor Ablauf einer Stunde wird es Tag sein. Und wenn unser beider Pläne fehlschlagen, was dann? Täte es dir leid, wenn du mich nie wieder sähst? Nein, es würde dir gewiß nichts ausmachen.«

»Das habe ich nicht gesagt. Du verstehst mich schlecht.«

»Frauen denken anders als Männer; sie gehen nicht dieselben Wege. Darum mag ich sie nicht; sie verursachen viel Streit und Verwirrung. Es war artig genug, dich in Launceston im Arm zu haben, Mary, aber wenn es um Leben und Tod geht wie bei meiner jetzigen Angelegenheit, dann, weiß Gott, wünsch' ich dich hundert Meilen von mir weg oder, dein Nähzeug im Schoß, irgendwo in einer reinlichen Wohnstube, wie sie zu dir paßt.«

»So war mein Leben nie, und so wird es nie sein.«

»Warum nicht? Du wirst einmal einen Farmer heiraten oder einen kleinen Handelsmann und ehrbar unter deinen Nachbarn leben. Sag ihnen nicht, du seist einmal im Gasthaus ›Jamaica‹ gewesen und habest einen Pferdedieb geliebt. Sie würden vor dir ihre Türen verschließen. Damit Gott befohlen – und dort liegt dein Glück.«

Er stand auf und ging zum Fenster, schlüpfte durch die Öffnung, die er durch die Scheibe gebrochen hatte, und die Beine über den Eingang schwingend, die eine Hand an der Decke, ließ er sich auf den Boden hinab.

Sie blickte ihm aus dem Fenster nach und winkte ihm unbewußt Lebewohl; doch er hatte sich abgewandt und war gegangen, ohne einen Blick nach ihr zurückzuwerfen, und glitt durch den Hof wie ein Schatten. Langsam zog sie die Decke zu sich herauf und breitete sie wieder über ihr Bett. Der Morgen war nah; sie würde nicht mehr schlafen.

Sie saß auf ihrem Bett, das Öffnen ihrer Tür erwartend, und sie spann an ihren Plänen für den kommenden Abend. Sie durfte während des langen Tages keinen Verdacht erwecken, mußte sich bei der Arbeit träge, vielleicht verdrossen betragen, als wäre das Gefühl in ihr endlich erstickt und sie bereit, die vorgeschlagene Reise mit dem Gastwirt und Tante Patience zu unternehmen.

Später wollte sie dann Müdigkeit vorschützen, ein Bedürfnis, vor der anstrengenden Nachtfahrt noch etwas in ihrem Zimmer zu ruhen. Und dann käme der gefährlichste Augenblick des Tages: es galt, das Gasthaus »Jamaica« heimlich und ungesehen zu verlassen und wie ein Hase nach Altarnun zu laufen. Diesmal würde Francis Davey begreifen; die Zeit

wäre gegen sie, und er müßte entsprechend handeln. Mit seiner Zustimmung würde sie dann ins Gasthaus zurückkehren, im Vertrauen, daß ihre Abwesenheit nicht bemerkt worden sei. Das wäre das Glücksspiel. Wenn der Gastwirt in ihr Zimmer ginge und sähe, daß sie verschwunden war, dann wäre ihr Leben verwirkt. Darauf mußte sie gefaßt sein. Keine Ausrede vermochte sie dann zu retten. Wenn er sie aber noch schlafend glaubte, dann würde das Spiel seinen Fortgang nehmen: Sie würden die Reisevorbereitungen treffen; sie würden sogar den Wagen besteigen und auf die Straße hinaus gelangen; damit wäre ihre Verantwortlichkeit zu Ende. Ihr Geschick läge in der Hand des Pfarrers von Altarnun. Weiter vermochte sie nicht zu denken, noch hatte sie großes Verlangen, der Zukunft entgegenzusehen.
Und so erwartete Mary den Tag. Als er gekommen war, zogen sich seine langen Stunden endlos hin; jede Minute war eine Stunde, und eine Stunde ein Stück der Ewigkeit selbst. Die Spannung war an allen sichtbar. Schweigend, mit eingefallenen Gesichtern erwarteten sie die Nacht. Wenig konnte während der Tageshelle getan werden; eine Überraschung war immer möglich. Tante Patience ging von der Küche in ihr Zimmer, unablässig hörte man sie im Gang und auf der Stiege trippeln, unbeholfen und nutzlos Anordnungen treffend. Sie packte die armseligen Kleider, die ihr noch geblieben waren, in Bündel und öffnete diese wieder, wenn die Erinnerung an irgendeinen vergessenen Lappen in ihrem Kopf aufstieg. Sie kramte ziellos in der Küche, Schranktüren öffnend und in Schubladen guckend; ratlos griff sie nach Töpfen und Pfannen, außerstande, zu entscheiden, welche mitzunehmen, welche dazulassen seien. Mary half ihr, so gut sie konnte, aber die Unwirklichkeit ihrer Aufgabe machte dies noch schwieriger; sie wußte – doch ihre Tante wußte nicht –, daß alle diese Mühe umsonst war.
Joss Merlyn betrachtete sie übellaunig und fluchte mitunter gereizt, wenn sie etwas zu Boden fallen ließ oder sich mit dem Fuß verfing und strauchelte. Seine Laune hatte über Nacht wieder umgeschlagen. Die Wacht in der Küche hatte ihn nicht besser gestimmt, und der Umstand, daß die Stunden ungestört verstrichen und sein Besucher nicht erschienen war, machte ihn womöglich noch ruheloser als zuvor.
Von dem Hausierer in dem versperrten Raum vernahm man keinen Laut; der Gastwirt ging auch nicht zu ihm, noch nannte er seinen Namen; und dieses Schweigen war an sich düster, befremdend, unnatürlich. Hätte der Hausierer an die Tür gepoltert oder Zoten gebrüllt, es würde seinem Charakter besser entsprochen haben; aber er lag dort im Dunkeln, ohne Regung und Laut, und bei allem Ekel, den Mary vor ihm empfand, schauderte sie doch im Gedanken an die Möglichkeit seines Todes.

Am Mittag saßen sie um den Küchentisch, aßen schweigend, fast wie verstohlen, und der Gastwirt, der für gewöhnlich mit dem Appetit eines Ochsen einhieb, trommelte mißvergnügt mit seinen Fingern auf den Tisch und ließ das kalte Fleisch auf der Platte unberührt. Einmal richtete Mary den Blick auf ihn und sah, wie er sie unter finsteren Brauen hervor anstarrte. Eine wilde Furcht durchfuhr sie, er könne Verdacht gefaßt und ihre Absicht durchschaut haben. Sie hatte mit seiner Stimmung in der vorigen Nacht gerechnet, bereit, darauf einzugehen, eine Neckerei mit einer Neckerei zu erwidern, seinem Willen keinen Widerspruch entgegenzusetzen. Er saß finster, außerdem in Trübsinn versunken, und das war eine Verfassung, die sie bereits früher erprobt hatte und von der sie wußte, sie könne gefährlich werden. Endlich faßte sie sich ein Herz und fragte ihn, um welche Zeit er das Gasthaus »Jamaica« zu verlassen gedenke.
»Sobald ich bereit bin«, sagte er kurz und sonst nichts mehr. »Wenn wir doch heute nacht reisen«, meinte sie, »wäre es da nicht besser, Tante Patience und ich ruhten jetzt während des Nachmittags und könnten so erfrischt die Reise antreten? Tante Patience ist seit Tagesanbruch auf den Beinen und ich auch. Soviel ich sehe, richten wir wenig aus, wenn wir hier sitzen und die Dämmerung abwarten.« Sie bemühte sich, ihrer Stimme den allergewöhnlichsten Tonfall zu geben, doch war ihr das Herz wie verschnürt, ein Zeichen, daß sie seine Antwort mit Besorgnis erwartete; und sie konnte ihm nicht in die Augen sehen. Er erwog die Sache eine Weile; um ihre Beklemmung zu verbergen, wandte sie sich ab und tat, als suche sie im Schrank herum.
»Dann ruht, wenn ihr wollt«, sagte er endlich. »Es wird später für euch beide zu tun geben. Du hast schon recht, wenn du sagst, heute nacht werdet ihr nicht zum Schlafen kommen. Also geht; ich bin euch während dieser Zeit gern los.«
Der erste Schritt war getan. Mary verzögerte noch einige Minuten mit ihrem vorgetäuschten Herumsuchen im Schrank. Sie fürchtete, es könnte verdächtig scheinen, wenn sie die Küche in Eile verließe. Ihre Tante, die stets gedankenlos jeder Suggestion unterlag, folgte ihr kleinlaut die Treppe hinauf, als sie ging, und stapfte weiter den nächsten Gang hinab in ihre eigene Kammer wie ein gehorsames Kind.
Mary betrat ihr kleines Zimmer über dem Eingang, schloß die Tür und drehte den Schlüssel. Ihr Herz klopfte im Vorgefühl des Abenteuers heftig; sie wußte kaum, hatte dabei Aufregung oder Furcht die Oberhand. Bis nach Altarnun waren es auf der Straße nahezu vier Meilen; sie konnte die Strecke in einer Stunde zurücklegen. Wenn sie das Gasthaus »Jamaica« um vier Uhr bei Abnahme des Lichtes verließ, dann könnte sie bald

nach sechs wieder zurück sein; der Gastwirt würde sie kaum vor sieben wecken wollen. Sie hatte also, um ihre Rolle zu spielen, drei Stunden, und für die Art ihres Abgangs hatte sie sich bereits entschieden. Sie wollte über den Eingang hinaus und sich von dort auf den Boden niederlassen, wie Jem das am Morgen getan hatte. Es war ein unbedeutender Sprung, und sie würde mit einer kleinen Schürfung davonkommen.
Sie zog ihr wärmstes Kleid an und band ihren alten Schal kreuzweise über die Schultern, mit zitternden, heißen Händen. Am ärgsten peinigte sie das erzwungene Warten. Einmal auf der Straße, würde das Ziel ihrer Wanderung ihr Mut einflößen und schon die Bewegung ihrer Glieder ihr Schwung geben.
Sie saß am Fenster, blickte in den kahlen Hof und auf die Landstraße, wo nie jemand vorbeizog, und wartete auf den Vieruhrschlag der Glocke im Wohnzimmer. Als sie endlich schlug, dröhnten die Schläge wie ein Alarmgeläut aus der Stille hervor und erschütterten ihre Nerven; die Tür öffnend, lauschte sie einen Augenblick und vernahm als Nachhall der Schläge Schritte und Geflüster in der Luft.
Das war natürlich Einbildung; nichts rührte sich. Die Uhr tickte in die nächste Stunde hinüber. Jetzt war jede Sekunde für sie kostbar, sie durfte kein Quentchen Zeit vergeuden. Sie schloß die Tür, drehte wieder den Schlüssel und ging zum Fenster. Sie kroch durchs Fenster, die Hände auf der Schwelle, und im nächsten Augenblick saß sie rittlings über dem Eingang und sah auf den Boden hinab.
Die Entfernung schien größer, die Ziegel des Eingangs waren schlüpfrig und boten weder Händen noch Füßen Halt. Sie klammerte sich verzweifelt an die Sicherheit des Fenstergesimses. Dann schloß sie die Augen und sprang. Schon im nächsten Moment fühlte sie den Boden unter ihren Füßen – der Aufprall war, wie sie vorausgesehen, unbeträchtlich –, aber die Ziegel hatten ihre Hände und Arme zerschürft.
Sie blickte am Gasthaus »Jamaica« empor, das unheimlich und grau, mit verschlossenen Fenstern, in der nahenden Dämmerung dastand. Dann wandte sie ihm den Rücken, instinktiv, wie einer sich von einem Totenhaus abwendet, und trat auf die Straße hinaus. Es war ein schöner Abend – das wenigstens begünstigte sie –, und sie eilte ihrem Bestimmungsort zu, die Blicke fest auf die lange weiße Straße vor ihr gerichtet. Die Dämmerung begann, es war sehr ruhig. Kein Wind regte sich. Später würde der Mond aufgehen. Sie fragte sich, hatte wohl ihr Onkel mit dieser Naturerscheinung, die sein Vorhaben beleuchten würde, gerechnet? Für sie selbst machte sie nichts aus. Heute nacht fürchtete sie sich nicht vor dem Moorland; es ging sie nichts an. Sie hatte es mit der Straße zu tun.

Sie erreichte endlich Five Lanes, wo die Straßen sich zweigten, und sie schlug die zu ihrer Linken ein, hinab zu dem steilen Hügel von Altarnun. Jetzt bemächtigte sich ihrer eine große Erregung, als sie die Lichter in den Hütten blinken sah und den freundlichen Rauch der Kamine roch. Da gab es nachbarliche Laute, die sie so lange entbehrt hatte: das Bellen eines Hundes, das Rauschen von Bäumen, das Rasseln eines Eimers, als ein Mann Wasser aus dem Brunnen zog. Da gab es offene Fenster und Stimmen aus dem Innern. Hühner gluckten hinter einer Hecke; eine Frau rief schrill einem Kind zu, das mit einem Schrei Antwort gab. Ein Karren rumpelte an ihr vorüber in den Schatten, und sein Führer bot ihr guten Abend. Da war geruhsame Bewegung, Gelassenheit und Frieden; da waren alle die alten Dorfgerüche, die sie kannte und verstand. Sie ging an ihnen vorbei und kam zum Pfarrhaus neben der Kirche. Aber keine Lichter schienen hier; das Haus lag in tödlichem Schweigen. Die Bäume schlossen es völlig ein. Wiederum hatte sie die Empfindung von einem Haus, das in seiner eigenen Vergangenheit lebte und nun schlief, ohne Wissen um die Gegenwart. Sie klopfte an die Tür und hörte die Schläge durch das leere Gebäude widerhallen. Sie schaute durch die Fenster hinein, doch ihre Augen trafen nur auf die weiche und ablehnende Dunkelheit.

Ihre Dummheit verfluchend, kehrte sie zur Kirche zurück. Gewiß war Francis Davey dort. Es war ja Sonntag. Sie zögerte einen Augenblick in unschlüssiger Haltung, als das Tor sich öffnete und eine Frau mit Blumen in der Hand auf die Straße trat.

Sie blickte Mary, in der sie eine Fremde erkannte, fest an und wäre mit einem Gutenachtgruß an ihr vorbeigegangen, hätte diese sich nicht umgewandt und wäre ihr gefolgt. »Verzeihung«, sagte sie, »ich sehe, Sie sind soeben aus der Kirche gekommen. Können Sie mir sagen, ob Herr Davey dort ist?«

»Nein, das ist er nicht«, antwortete die Frau; und dann, nach einer Weile: »Wollten Sie ihn sprechen?«

»Sehr dringend«, bejahte Mary. »Ich komme von seinem Haus, aber dort gab niemand Antwort. Wissen Sie Rat?«

Die Frau maß sie mit merkwürdigen Blicken und schüttelte den Kopf. »Tut mir leid, der Pfarrer ist fort. Er mußte viele Meilen von hier in einem andern Kirchspiel predigen. Er wird für heute abend in Altarnun nicht zurückerwartet.«

14

Zuerst starrte Mary die Frau ungläubig an. »Fort?« wiederholte sie. »Aber das ist unmöglich. Sicher ist das ein Irrtum.«
Ihre Zuversicht war so groß gewesen, daß sie diese plötzliche und verhängnisvolle Durchkreuzung ihrer Pläne gefühlsmäßig zurückwies. Die Frau schien gekränkt; sie wußte nicht, aus welchem Grund diese Fremde an ihren Worten zweifeln konnte. »Der Pfarrer verließ Altarnun gestern nachmittag«, sagte sie. »Er ritt nach dem Mittagessen fort. Ich werde das wissen, denn ich führe seinen Haushalt.«
Sie mußte in Marys Gesicht etwas von der schrecklichen Enttäuschung erkannt haben, denn sie besänftigte sich und redete nun freundlich mit ihr. »Wenn Sie mir irgend etwas für ihn hinterlassen wollen, das ich ihm bei seiner Rückkehr sagen könnte...« begann sie, doch Mary verneinte mit hoffnungsloser Gebärde; Mut und Geistesgegenwart hatten sie beim Anhören der Mitteilung verlassen.
»Es wird zu spät sein«, sagte sie verzweifelt. »Hier handelt es sich um Leben und Tod. Da Herr Davey fort ist, weiß ich nicht, an wen ich mich wenden soll.«
Aufs neue leuchtete ein Schimmer der Neugier in den Augen der Frau. »Ist jemand plötzlich erkrankt?« fragte sie. »Ich könnte Ihnen die Adresse unseres Arztes geben, wenn Ihnen das helfen kann. Von wo sind Sie heut abend hergekommen?«
Mary antwortete nicht. Sie suchte verzweifelt nach einem Ausweg aus dieser Lage. Nach Altarnun zu kommen und unverrichteterdinge wieder nach dem Gasthaus »Jamaica« zurückzukehren, das war unmöglich. Zu den Dorfbewohnern hatte sie kein Vertrauen, auch würden die ihrer Erzählung nicht glauben. Sie mußte jemanden von Ansehen und Einfluß finden – jemanden, der von Joss Merlyn und »Jamaica« wußte.
»Wo wohnt hier«, fragte sie endlich, »in nächster Nähe ein Richter?« Die Frau runzelte die Stirn und überlegte. »Es lebt keiner ganz nah bei Altarnun«, sagte sie nachdenklich. »Der nächste wäre Herr Bassat drüben in North-Hill, doch das dürfte vier Meilen von hier sein, vielleicht etwas mehr, vielleicht weniger. Ich kann es nicht bestimmt sagen, denn ich war niemals dort. Sie werden aber heut nacht nicht dorthin wollen?«
»Ich muß«, sagte Mary; »es bleibt mir nichts anderes. Verzeihen Sie, daß ich so geheimnisvoll tue, aber ich bin in großer Sorge, und nur Ihr Pfarrer oder ein Richter kann mir helfen. Sagen Sie mir, ist der Weg nach North-Hill schwierig zu finden?«
»O nein, das ist ganz leicht. Sie gehen zwei Meilen immer auf der Launceston-Straße, und bei der Kreuzung gehen Sie rechts; aber dieser

Weg ist einem jungen Mädchen nach Einbruch der Nacht kaum anzuraten; ich bin ihn selbst nie gegangen. Wildes und unsicheres Volk treibt sich bisweilen im Moor herum. In der letzten Zeit wagen wir uns nicht aus unsern Häusern; sogar auf der Landstraße gibt es Raub und Gewalttat.«

»Ich danke Ihnen herzlich für Ihren guten Rat«, sagte Mary, »doch ich habe mein ganzes Leben in einsamen Gegenden zugebracht; ich fürchte mich nicht.«

»Machen Sie, was Sie wollen«, meinte die Frau, »nur täten Sie besser, hierzubleiben und auf den Pfarrer zu warten, wenn Sie können.«

»Das ist unmöglich«, sagte Mary, »aber wenn er zurückkommt, dann könnten Sie ihm vielleicht sagen, daß..., doch warten Sie, haben Sie Tinte und Feder hier, dann schreib' ich ihm ein paar Zeilen zur Erklärung; das wird noch besser sein.«

»Kommen Sie in mein Haus, da können Sie schreiben. Sobald Sie fertig sind, bring' ich den Zettel zu ihm und leg' ihn auf seinen Tisch, dort wird er ihn gleich nach seiner Rückkehr finden.«

Mary ging mit der Frau und wartete ungeduldig, während sie in der Küche nach einer Feder suchte. Die Zeit verstrich eilig, und der neue Ausflug nach North-Hill hatte jede frühere Berechnung über den Haufen geworfen.

Sie konnte, nachdem sie einmal Herrn Bassat gesprochen hatte, kaum nach dem Gasthaus »Jamaica« zurückkehren und hoffen, ihre Abwesenheit sei nicht bemerkt worden. Ihr Onkel wäre, durch ihre Flucht gewarnt, vor der vorgehabten Zeit aufgebrochen. In diesem Fall wäre ihre Unternehmung zwecklos gewesen... Jetzt kam die Frau mit Papier und dem Federkiel; Mary schrieb in verzweifelter Eile:

»Ich kam hierher, Sie um Hilfe zu bitten, doch Sie waren fort. Wie jedermann in der Gegend, müssen Sie mit Grauen von der Strandräuberei an der Küste am Weihnachtsabend vernommen haben. Der Täter war mein Onkel, er und seine Bande vom Gasthaus ›Jamaica‹; Sie werden sich das bereits gedacht haben. Er weiß, daß über kurzem der Verdacht auf ihn fallen wird, und darum will er heute nacht das Gasthaus verlassen und über den Tamar nach Devon fliehen. Da Sie nicht hier sind, gehe ich jetzt so schnell wie möglich zu Herrn Bassat in North-Hill, um ihm alles zu sagen, auch von der geplanten Flucht, so daß er sogleich Leute nach dem Gasthaus ›Jamaica‹ senden kann, um meinen Onkel zu verhaften, ehe es zu spät ist. Ich übergebe diesen Zettel Ihrer Haushälterin, die ihn, wie ich hoffe, an einen Ort legen wird, wo Ihre Blicke sogleich nach Ihrer Heimkehr auf ihn fallen müssen.

In Eile Mary Yellan«

Sie faltete das Blatt zusammen und gab es der Frau, dankte und versicherte ihr, daß sie sich nicht vor dem Weg fürchte; und so unternahm sie nochmals eine Wanderung von vier Meilen oder mehr nach North-Hill. Schweren Herzens und im Gefühl ihrer Verlassenheit stieg sie den Hügel hinab. Es war bitter und niederdrückend, die Lichter von Altarnun hinter sich zu lassen, ohne das geringste ausgerichtet zu haben. Möglicherweise in diesem Augenblick polterte ihr Onkel an ihre Schlafkammertür und verlangte Antwort. Er würde eine Weile warten, dann die Tür einrennen, sie nicht sehen, und das zerschlagene Fenster würde ihn über die Art ihres Verschwindens belehren. Ob das seine Absichten durchkreuzte, darüber ließen sich nur Vermutungen anstellen. Wissen konnte sie nichts. Tante Patience war der Gegenstand ihrer Sorge, und sie stellte sie sich vor, wie sie die Reise antrat, wie ein zitternder Hund an der Leine seines Herrn.

Getrieben von dieser Vorstellung, eilte sie vorwärts, mit gestrecktem Kinn und geballten Fäusten.

Endlich langte sie bei der Kreuzung an; hier schlug sie den engen, sich gabelnden Weg ein, wie die Frau in Altarnun ihr angegeben hatte. Die Straße machte eine Kehre und wendete sich, wie das die Wege zu Helford pflegten, und dieser Wechsel des Landschaftsbilds, so plötzlich nach der öden Landstraße, stärkte ihre Zuversicht aufs neue. Sie war nun so heiter gestimmt, daß sie sich die Familie Bassat als höflich und freundlich vorstellte, die ihr mit Teilnahme und vollem Verständnis zuhören würde. Schließlich stand sie vor einem Tor und dem Eingang eines Fahrwegs, während der Weg sich unter ihr gegen ein Dorf hin zog.

Das mußte North-Hill sein und dieses der Sitz des Junkers Bassat. Sie ging durch eine Allee und auf das Haus zu, und in der Ferne schlug eine Kirchenuhr sieben. Sie war bereits drei Stunden vom Gasthaus »Jamaica« abwesend. Ihre Erregung kehrte zurück, als sie um das Haus herumging, das groß und abweisend dastand, denn der Mond hatte sich noch nicht so weit erhoben, um ihm ein milderes Aussehen geben zu können.

Sie zog an der großen Glocke; wütendes Hundegebell war die Antwort. Sie wartete, und dann hörte sie Schritte im Innern, und ein Diener öffnete die Tür. Er rief den Hunden befehlend zu, die ihre Nase auf den Boden streckten und Marys Füße beschnupperten. Sie fühlte sich gering und klein in ihrem alten Kleid und Schal vor diesem Mann, der auf ihre Rede wartete. »Ich bin gekommen, um Herrn Bassat in einer sehr dringenden Angelegenheit zu sprechen«, sagte sie zu ihm. »Er kennt meinen Namen nicht, wenn er mich aber nur fünf Minuten anhört, wird er über alles aufgeklärt sein. Die Sache ist verzweifelt wichtig, sonst würde ich ihn nicht zu dieser Stunde und an einem Sonntag stören.«

»Herr Bassat ist heute früh nach Launceston gerufen worden, und er ist noch nicht zurückgekehrt«, antwortete der Mann.
Diesmal vermochte Mary sich nicht zu beherrschen; ein Ausruf der Verzweiflung entschlüpfte ihr. »Ich habe einen langen Weg gemacht«, sagte sie in einem so hoffnungslosen Ton, als könnte sie damit den Junker herbeischaffen. »Wenn ich ihn nicht im Lauf dieser Stunde noch sehe, dann wird etwas Schreckliches geschehen und ein großer Verbrecher sich der Hand des Gesetzes entzogen haben. Sie sehen mich verdutzt an, aber ich rede die Wahrheit. Wäre nur jemand da, an den ich mich wenden könnte ...«
»Frau Bassat ist hier«, sagte der Mann, von Neugier gestachelt. »Vielleicht wird sie Sie empfangen, wenn Ihre Angelegenheit so dringend ist, wie Sie sagen. Folgen Sie mir, bitte, in die Bibliothek. Keine Angst vor den Hunden; sie tun Ihnen nichts.«
Mary ging durch die Halle wie in einem Traum, nur mit dem einen Gedanken, daß ihr Plan wegen eines bloßen Zufalls jetzt wieder fehlgeschlagen und sie nun völlig hilflos sei.
Das große Bibliothekszimmer mit dem flammenden Feuer erschien ihr wie etwas Unwirkliches, und sie blinzelte vor der Flut von Licht, die ihre Augen traf. Eine Frau, in der sie sogleich die vornehme Dame vom Marktplatz zu Launceston wiedererkannte, saß in einem Stuhl vor dem Feuer und las zwei Kindern etwas vor. Sie blickte überrascht auf, als Mary hereingeführt wurde.
Der Diener begann, ein wenig aufgeregt, seine Erklärung. »Diese junge Frau hat Herrn Bassat etwas sehr Ernstes mitzuteilen«, sagte er. »Ich hielt es für gut, sie Ihnen sogleich vorzustellen.«
Frau Bassat ließ ihr Buch fallen und erhob sich.
»Es ist nicht wegen der Pferde?« fragte sie. »Richards sagte mir, Salomon habe den Husten, und Diamond wolle nicht fressen. Bei diesen Unterstallgehilfen muß man auf alles gefaßt sein.«
Mary schüttelte den Kopf. »Für Ihren Haushalt besteht keine Gefahr. Ich bringe Nachrichten von ganz anderer Art. Könnte ich mit Ihnen allein reden ...«
Frau Bassat schien erleichtert, daß ihren Pferden nichts geschehen war. Sie sprach rasch mit ihren Kindern, die, gefolgt von dem Diener, aus dem Zimmer eilten.
»Was wünschen Sie denn?« fragte sie freundlich. »Sie sehen blaß und müde aus. Wollen Sie sich nicht setzen?«
Mary verneinte ungeduldig: »Vielen Dank, doch ich muß wissen, wann Herr Bassat zurückkommt.«
»Ich habe keine Idee«, antwortete seine Gattin. »Er war genötigt, heut in

der Frühe plötzlich wegzugehen, und, offen gestanden, bin ich seinetwegen sehr besorgt. Wenn dieser schreckliche Schankwirt es zum Kampf kommen läßt, und das wird er bestimmt, dann kann Herr Bassat verwundet werden, trotz der Soldaten.«
»Was meinen Sie damit?« fragte Mary rasch.
»Nun, der Junker hat sich in einer sehr gefährlichen Unternehmung wegbegeben. Ihr Gesicht ist mir unbekannt, und ich schließe, Sie sind nicht von North-Hill, Sie würden sonst von diesem Menschen mit Namen Merlyn gehört haben, der an der Straße nach Bodmin ein Gasthaus unterhält. Der Junker hatte ihn seit langem im Verdacht, furchtbare Verbrechen zu begehen, aber erst heute morgen gelangte er in den Besitz der vollen Beweise. Er brach sogleich nach Launceston auf, um dort Hilfe zu holen, und nach dem, was er mir vor seinem Weggang sagte, hatte er die Absicht, heute nacht das Gasthaus zu umstellen und seine Bewohner zu verhaften. Er wird gehörig bewaffnet sein, das gewiß, und eine stattliche Anzahl Männer mit sich haben, aber ich bin in Unruhe, bis er wieder da ist.«
Irgend etwas in ihrem Gesicht mußte Mary verraten haben, denn Frau Bassat wurde sehr blaß und ging gegen das Feuer zurück und streckte die Hand nach dem schweren Glockenzug aus. »Sie sind das Mädchen, von dem er gesprochen hat«, rief sie, »das Mädchen vom Gasthaus ›Jamaica‹, die Nichte des Wirts. Bleiben Sie dort, wo Sie sind, sonst werde ich meine Dienerschaft zusammenrufen. Sie sind das Mädchen, ich weiß es; er hat Sie mir beschrieben. Was wollen Sie von mir?«
Mary erhob ihre Hand, ihr Gesicht war ebenso weiß wie das der Frau am Feuer.
»Ich wollte Ihnen nichts zuleide tun«, sagte sie. »Bitte, läuten Sie nicht. Lassen Sie mich erklären. Ja, ich bin das Mädchen vom Gasthaus ›Jamaica‹.« Frau Bassat traute ihr nicht. Sie betrachtete Mary mit unsicheren Blicken und hielt den Glockenzug fest.
»Ich habe kein Geld hier«, beteuerte sie, »und ich kann Ihnen nicht helfen. Wenn Sie nach North-Hill gekommen sind, um Ihren Onkel zu verteidigen, dann ist es zu spät.«
»Sie mißverstehen mich«, erwiderte Mary ruhig. »Auch ist der Wirt vom Gasthaus ›Jamaica‹ nur durch eine Heirat mit mir verwandt. Warum ich dort gelebt habe, das tut jetzt nichts zur Sache, es führte auch zu weit, davon zu erzählen. Ich fürchte und verabscheue ihn mehr als irgend jemand in der Gegend, und das mit Grund. Ich kam, um Herrn Bassat davon zu unterrichten, daß der Gastwirt vorhat, heute nacht sein Haus zu verlassen und dem Gesetz zu entfliehen. Ich habe die endgültigen Beweise seiner Schuld, und ich dachte nicht, daß Herr Bassat diese besitze. Sie

sagen, daß er längst aufgebrochen ist und sich vielleicht schon beim Gasthaus ›Jamaica‹ befindet? Mit meinem Gang hierher habe ich also nur meine Zeit verloren.«

Hierauf setzte sie sich, die Hände im Schoß, und starrte ins Feuer. Sie war am Ende ihrer Kräfte und konnte für den Augenblick nicht weiter sehen. Alles, was sie sich in ihrem müden Kopf noch zu vergegenwärtigen vermochte, war, daß die Unternehmung dieses Abends eitel und nutzlos gewesen war. Sie hätte ihr Schlafzimmer im Gasthaus »Jamaica« nicht verlassen sollen. Herr Bassat wäre auf jeden Fall dorthin gekommen, und mit ihrer Einmischung hatte sie gerade den Fehler begangen, den sie zu vermeiden gewünscht hatte. Sie war zu lange ausgeblieben; inzwischen würde ihr Onkel der Wahrheit auf die Spur gekommen sein und höchstwahrscheinlich seine Flucht ins Werk gesetzt haben. Junker Bassat und seine Leute würden zu einem verlassenen Haus reiten.

Sie blickte wieder zu der Dame des Hauses auf. »Mit meinem Gang hierher habe ich etwas recht Sinnloses getan«, meinte sie niedergeschlagen. »Ich hielt es für klug und habe nun bloß mich und alle andern zum Narren gehalten. Mein Onkel wird entdecken, daß mein Zimmer leer ist, und sogleich vermuten, daß ich ihn verraten habe. Er wird das Gasthaus ›Jamaica‹ verlassen, ehe Herr Bassat dort ankommt.« Des Junkers Dame ließ den Glockenzug nun los und kam zu ihr herüber.

»Sie reden aufrichtig, und Sie haben ein ehrliches Gesicht«, sagte sie freundlich. »Es tut mir leid, daß ich Sie zuerst falsch beurteilte, aber das Gasthaus ›Jamaica‹ hat einen schrecklichen Ruf; ich glaube, es wäre jedermann so ergangen, den man plötzlich der Nichte dieses Wirts gegenübergestellt hätte. Sie befanden sich in einer schrecklichen Lage; ich finde es sehr mutig von Ihnen, daß Sie heute nacht diese vielen Meilen einsamen Wegs hergekommen sind, um meinen Mann zu warnen. Ich wäre vor Furcht wahnsinnig geworden. Die Frage ist nun, was möchten Sie, daß ich jetzt tue? Ich möchte Ihnen helfen, auf die Weise, die Sie für die richtigste halten.«

»Wir können gar nichts tun«, sagte Mary kopfschüttelnd. »Ich denke mir, ich werde hier Herrn Bassats Rückkehr abwarten müssen. Er wird nicht sehr erbaut sein, mich zu sehen, wenn er erfahren hat, was ich verpfuscht habe. Ich verdiene, weiß Gott, jeden Vorwurf ...«

»Ich werde für Sie reden«, erwiderte Frau Bassat. »Sie konnten nicht wissen, daß mein Gatte bereits von allem unterrichtet war, und ich werde ihn rasch besänftigen, falls das not tut. Seien Sie froh, daß Sie sich einstweilen hier in Sicherheit befinden.«

»Wie konnte der Junker die Wahrheit erfahren?« fragte Mary.

»Ich habe nicht die leiseste Ahnung; es wurde ganz unverhofft heute früh nach ihm verlangt, wie ich Ihnen schon sagte, und er teilte mir nur das Allernötigste mit, als sein Pferd gesattelt wurde und bevor er wegritt. Wollen Sie aber unterdessen nicht hierbleiben und solange die ganze häßliche Angelegenheit vergessen? Wahrscheinlich ist es auch schon so lange seit Ihrer letzten Mahlzeit, daß Sie halb verhungert sind.« Wieder ging sie zum Kamin hin, und diesmal tat sie ein paar Züge am Glockenstrang. Bei aller Müdigkeit und Bedrückung war sich Mary doch der Ironie der ganzen Sachlage bewußt. Da wurde ihr von der Dame des Hauses Gastfreundschaft angeboten, die ihr noch vor einem Augenblick gedroht hatte, sie von den gleichen Dienern ergreifen zu lassen, die ihr jetzt zu essen bringen sollten. Sie dachte auch an die Szene auf dem Marktplatz, als diese Dame, in Samt und mit Federhut, einen hohen Preis für ihr eigenes Pony bezahlt hatte, und sie hätte gern gewußt, ob der Schwindel an den Tag gekommen war. Wenn aber Marys Anteil an dem Betrug bekanntgeworden wäre, dann wäre Frau Bassat mit ihrer Gastfreundschaft schwerlich so freigebig.

Inzwischen war der Diener erschienen, die neugierige Nase in der Luft. Seine Herrin befahl ihm, ein Tablett mit Abendbrot für Mary zu bringen; die Hunde, die ihm ins Zimmer gefolgt waren, kamen nun, mit der Fremden Freundschaft zu schließen, schwanzwedelnd und ihre weichen Schnauzen in ihre Hand legend und sie als Hausgenossen begrüßend. Ihre Anwesenheit auf dem Landsitz von North-Hill entbehrte für sie noch immer der Wirklichkeit; sosehr sie sich bemühte. Mary vermochte Sorge und Müdigkeit nicht abzuwerfen. Sie fühlte, sie habe kein Recht, hier an einem warmen Kaminfeuer zu sitzen, während draußen in der Dunkelheit vor dem Gasthaus »Jamaica« Tod und Leben miteinander rangen.

Mechanisch und sich dazu zwingend, aß sie die nötigste Nahrung und vernahm dabei das Geplauder der Gastgeberin, die in der mißverstehenden Freundlichkeit ihres Herzens glaubte, die unablässige Unterhaltung über alles und nichts sei das einzige Mittel, einem das Schwere zu erleichtern.

Als die Uhr auf dem Kaminsims in durchdringendem Ton acht schlug, da konnte es Mary nicht mehr aushalten. Diese sich hinschleppende Untätigkeit war schlimmer als Verfolgung und Gefahr. »Verzeihen Sie«, sagte sie und erhob sich, »Sie waren so gütig zu mir, ich kann Ihnen nicht genug danken; doch ich bin in schrecklicher Angst und Sorge. Ich kann an nichts anderes als an meine arme Tante denken, die in diesem Augenblick vielleicht Höllenqualen leidet. Ich muß wissen, was im Gasthaus ›Jamaica‹ vorgeht, und sollte ich auch diese Nacht den Weg dorthin zurücklaufen.«

Frau Bassat ließ betrübt ihr Album sinken. »Freilich müssen Sie in großer

Angst sein. Ich hatte es die ganze Zeit bemerkt und versuchte, Sie abzulenken. Wie schrecklich ist das alles! Ich bin ja mitbetroffen, meines Mannes wegen. Aber Sie können unmöglich jetzt allein zu Fuß dorthin zurückkehren. Bedenken Sie, es könnte, bis Sie anlangen, Mitternacht werden, und Gott weiß, was Ihnen unterwegs zustoßen mag. Ich lasse den Wagen anspannen, und Richards wird mit Ihnen fahren. Er ist überaus zuverlässig und vertrauenswürdig, und er versteht, wenn nötig, mit der Waffe umzugehen. Sollten sich dort Kämpfe abspielen, dann können Sie das von der Höhe des Hügels aus sehen und werden erst weiter vorrücken, wenn alles vorbei ist: Ich würde selbst mitkommen, aber meine Gesundheit ist angegriffen, und ...«
»Das dürfen Sie selbstverständlich nicht tun«, rief Mary eilig. »Ich bin an Gefahr und an die nächtlichen Straßen gewöhnt. Sie aber sind das nicht. Ich mache Ihnen zu viele Umstände, wenn ich zulasse, daß Sie um diese Zeit das Pferd einspannen heißen und Ihren Stallknecht wecken. Ich versichere Ihnen, ich bin nicht mehr müde, und ich kann zu Fuß gehen.«
Doch Frau Bassat hatte bereits die Glocke gezogen. »Richards soll sogleich mit dem Einspänner vorfahren«, sagte sie dem erstaunten Diener. »Ich werde ihm das Weitere mitteilen, sobald er hier ist. Sagen Sie ihm, er solle sich beeilen, so sehr er nur kann.« Sie versah hierauf Mary mit einem schweren Mantel und einer Kapuze, einer dicken Decke und einem Fußsack und versicherte dabei fortwährend, daß nur ihr Gesundheitszustand sie hindere, die Fahrt mitzumachen, wofür Mary in hohem Grade dankbar war, denn Frau Bassat erschien nicht als der durchaus geeignete Begleiter für ein so unvorhergesehenes und gefährliches Wagnis.
Nach einer Viertelstunde kam der Wagen vor das Tor, geführt von Richards, in dem Mary sogleich den Diener wiedererkannte, der damals mit Herrn Bassat ins Gasthaus »Jamaica« gekommen war. Sein Widerstreben, an einem Sonntagabend sein Kaminfeuer zu verlassen, war bald besiegt, als er die Natur seines Auftrags kennenlernte; mit zwei großen Pistolen im Gürtel und dem Befehl, auf jeden, der den Wagen bedrohte, zu feuern, hatte er ein zugleich wildes und gebietendes Aussehen angenommen, das man an ihm vorher nicht gekannt hatte. Mary kletterte auf den Sitz neben ihm. Die Hunde bellten einen Abschiedstusch. Erst als der Fahrweg abzweigte und das Haus außer Sicht war, gab Mary sich darüber Rechenschaft, daß sie sich in eine wahrscheinlich tollkühne und gefährliche Unternehmung eingelassen hatte. Was hatte sich während ihrer fünfstündigen Abwesenheit vom Gasthaus »Jamaica« alles ereignen können! Selbst mit dem Wagen durfte sie kaum hoffen, vor halb elf dort anzukommen. Sie konnte keinen Plan ausdenken, und ihr Tun hing von

dem sich darbietenden Augenblick ab. Bei dem jetzt hoch am Himmel stehenden Mond und der linden Luft, die auf sie zuwehte, fühlte sie sich kühn genug, dem Unheil, wenn es käme, zu trotzen, und diese Fahrt zum Schauplatz des Geschehens, so gefährlich sie sei, war besser, als wie ein hilfloses Kind dazusitzen und das Geschwätz von Frau Bassat anzuhören. Der Mann Richards war bewaffnet, sie selbst würde im Ernstfall ein Gewehr zu gebrauchen wissen. Er brannte vor Neugier, doch gab sie ihm nur kurze Antworten und ermutigte ihn nicht zu weiteren Fragen.
Die Fahrt ging darum zum größten Teil schweigend vonstatten, ohne andern Laut als den stetigen Hufschlag des Pferdes auf der Straße, und ab und zu schrie eine Eule aus den stillen Bäumen. Das Band der Landstraße glänzte weiß unter dem Mond. Munter legten Pferd und Wagen jetzt die ermüdenden Meilen zurück, die Mary allein hergekommen war. Sie erkannte jede Biegung des Wegs wieder. Bald lag die wilde Strecke bis zum Gasthaus »Jamaica« vor ihnen. Selbst in ruhigen Nächten trieb hier der Wind sein Spiel, kahl und offen nach jeder Himmelsrichtung, wie die Gegend war; und heute nacht brauste er kalt und messerscharf heran, die Sumpfgerüche mit sich wehend. Noch immer gab es kein Zeichen von Mensch oder Tier auf der Straße, die in ihrem Lauf durch das Moorland anstieg und wieder absank, und so sehr auch Mary Augen und Ohren anstrengte, es ließ sich nichts vernehmen. In einer solchen Nacht würde der geringste Laut verstärkt zu hören sein, und das Nahen von Herrn Bassats Truppe, die sich etwa auf ein Dutzend Mann belief, würde nach Richards' Meinung auf zwei oder mehr Meilen Entfernung leicht vernehmbar sein.
»Wir werden sie dort unten finden, das ist das wahrscheinlichste«, sagte er zu Mary, »und den Gastwirt mit gebundenen Händen. Es wird für die ganze Nachbarschaft ein Segen sein, wenn er erst unschädlich gemacht ist, und das hätte schon früher der Fall sein können, hätte man den Junker machen lassen. Schade, daß wir nicht früher hier waren; ich denke, das war ein Spaß, als sie ihn faßten.«
»Ein schlechter Spaß, wenn Herr Bassat seinen Vogel ausgeflogen fand«, sagte Mary ruhig. »Joss Merlyn kennt diese Moorgegend wie den Rücken seiner Hand, und er wird nicht säumen, sobald man ihm nur eine Stunde oder weniger Vorsprung läßt.«
»Mein Herr ist ebenso wie der Gastwirt in der Gegend aufgewachsen«, meinte Richards; »gilt's eine Jagd durch das Land, da setz' ich jederzeit auf den Junker. Hier hat er gejagt, als Mann und als Junge, während beinah fünfzig Jahren, und wo immer ein Fuchs gelaufen ist, da war der Junker hinterher. Diesen aber, wenn ich nicht irre, werden sie fassen, noch bevor er beginnt zu laufen.«

Mary ließ ihn weiterreden; seine gelegentlichen ruckweisen Behauptungen waren ihr nicht so peinlich, wie es das artige Geschwätz seiner Herrin gewesen war, und sein breiter Rücken und sein ehrliches Gesicht flößten ihr Vertrauen ein in dieser Nacht der Prüfung.
Sie kamen zu der Wegsenke und der schmalen Brücke, die den Fluß überspannte. Ihnen gegenüber erhob sich der steile Hügel vom Gasthaus »Jamaica«, weiß unter dem Mond, und als über dem Kamm die dunklen Kamine erschienen, wurde Richards schweigsam und machte sich mit seinen Pistolen im Gürtel zu schaffen. Marys Herz pochte heftig; sie schmiegte sich eng an die Wagenwand. Das Roß hielt während des Anstiegs den Kopf gesenkt; Mary schien es, seine Hufe auf der Oberfläche der Straße hallten zu laut, sie hätte sich weniger Geräusch gewünscht.
Als sie die Höhe des Hügels fast erreicht hatten, wandte sich Richards zu ihr und flüsterte: »Wäre es nicht das beste, Sie warteten hier im Wagen an der Wegseite, und ich ginge zu Fuß weiter, um zu sehen, ob sie dort sind?«
Mary schüttelte den Kopf. »Besser, ich gehe«, sagte sie, »und Sie folgen ein paar Schritte hinter mir, oder Sie bleiben hier und warten, bis ich Sie rufe. Nach der Stille zu schließen, ist der Junker mit seinen Leuten noch nicht angelangt; es sieht so aus, als sei der Gastwirt entwischt. Wäre er aber dort – ich meine, mein Onkel, dann könnte ich eine Begegnung mit ihm wagen, was Sie nicht wagen könnten. Geben Sie mir eine Pistole, dann werde ich wenig von ihm zu fürchten haben.«
»Ich kann es kaum richtig finden, daß Sie allein gehen«, sagte der Mann unschlüssig. »Sie können mitten hineinlaufen, und ich werde nichts mehr von Ihnen hören. Es ist seltsam, diese Stille, wie Sie sagen. Ich war darauf gefaßt, Rufe und Kampflärm zu hören und über allem die Stimme meines Herrn. Diese Ruhe scheint mir unnatürlich. Sie müssen in Launceston zurückgehalten worden sein. Es wäre klüger, wenn wir dieser Spur dort hinab folgten und dort auf sie warteten.«
»Ich habe diese Nacht lange genug gewartet und bin darüber fast verrückt geworden«, erwiderte Mary. »Ich will lieber meinem Onkel Aug' in Auge gegenübertreten, als hier im Graben liegen und nichts hören und nichts sehen. Ich denke an Tante. Sie ist an alldem so unschuldig wie ein Kind; ich möchte ihr helfen, wenn ich kann. Geben Sie mir eine Pistole, und lassen Sie mich gehen. Ich kann schleichen wie eine Katze, und ich versichere Ihnen, ich laufe nicht mit dem Kopf in eine Schlinge.« Sie zog den schweren Mantel und die Kapuze, die sie gegen die Nachtluft geschützt hatten, aus und umfaßte die Pistole, die er ihr widerwillig reichte. »Folgen Sie mir erst, wenn ich rufe oder ein Zeichen gebe«, sagte

sie. »Hören Sie einen Schuß knallen, dann vielleicht ist es an der Zeit, daß Sie kommen. Aber kommen Sie in jedem Fall vorsichtig. Es ist unnütz, daß wir wie Narren alle beide in die Gefahr rennen. Was mich betrifft, so glaube ich, daß mein Onkel fort ist.«

Sie hoffte jetzt, daß dem so sei und daß der Wegzug nach Devon der ganzen Angelegenheit ein Ende gesetzt habe. Die Gegend wäre ihn so auf die billigste Art losgeworden. Er könnte, wie gesagt, ein neues Leben beginnen oder, was noch wahrscheinlicher wäre, sich irgendwo, fünfhundert Meilen von Cornwall entfernt, vergraben und zu Tode trinken. An seiner Gefangennahme war sie weiter nicht interessiert; wenn nur alles beendet und erledigt war. Sie wünschte vor allen Dingen, ihr eigenes Leben zu leben und ihn zu vergessen und die Welt zwischen sich und das Gasthaus »Jamaica« zu bringen. Vergeltung war ein leerer Wahn. Ihn, vom Junker und seinen Begleitern umringt, gebunden und hilflos zu sehen, das wäre eine geringe Genugtuung. – Sie hatte sich gegen Richards zuversichtlich geäußert, dennoch fürchtete sie trotz ihrer Waffe das Zusammentreffen mit ihrem Onkel. Sie stellte sich vor, wie sie ihn plötzlich im Gang des Gasthauses erblickte, mit schlagbereiten Händen und blutunterlaufenen Augen, die auf sie niederstierten und sie halten und zurückschauen machten nach dem schwarzen Schatten im Graben, der Richards und sein Einspänner war.

Da hob sie, den Finger am Drücker, die Pistole und sah über die Ecke der steinernen Mauer in den Hof.

Er war leer; die Stalltür war geschlossen; das Gasthaus war so dunkel und schweigsam wie vor sieben Stunden, als sie es verlassen hatte; Türen und Fenster waren verriegelt. Sie blickte zu ihrem Fenster hinauf: die Glasscheibe klaffte weit und leer, unverändert, seit sie diesen Nachmittag von dort heruntergeklettert war.

Es gab keine Radspuren, keine Anzeichen von Reisevorbereitungen. Sie schlich zum Stall hinüber und legte ihr Ohr an die Tür. Sie wartete eine Weile, und da hörte sie das Pony sich unablässig rühren; sie hörte seine Hufe auf die Kiesel schlagen.

So waren sie doch nicht gegangen, und ihr Onkel befand sich noch im Gasthaus »Jamaica«.

Sie fühlte ihren Mut sinken; sie überlegte, ob sie zu Richards und dem Wagen zurück und, wie er vorgeschlagen, dort warten solle, bis Herr Bassat und seine Begleiter ankämen. Wieder betrachtete sie das Haus mit den geschlossenen Läden. Wenn ihr Onkel beabsichtigt hätte, zu gehen, dann wäre er sicher früher gegangen. Das Bepacken des Wagens allein würde eine Stunde beanspruchen, und es war bald elf Uhr. Er mußte seine Pläne geändert, mußte beschlossen haben, zu Fuß zu gehen, aber dann

wäre Tante Patience nicht imstande, ihn zu begleiten. Mary zögerte; die Sachlage erschien befremdend unwirklich.
Sie stand am Eingang und lauschte. Sie versuchte die Türfalle zu bewegen. Sie war verschlossen. Sie unternahm einen kleinen Umweg um die Ecke des Hauses, am Eingang zur Bar vorbei und auf diesem Weg nach dem Pflanzfeld hinter der Küche. Sie trat nun leise auf und hielt sich im Schatten, und sie kam zu der Stelle, von der aus ein Kerzenlicht in der Küche durch den Spalt im Laden zu sehen wäre. Es war dort kein Licht. Sie ging ganz nahe an den Laden heran und hielt ihr Auge an den Spalt. Die Küche war stockdunkel. Sie legte ihre Hand auf den Türknopf und drehte langsam. Zu ihrem Erstaunen gab er nach, die Tür ging auf. Dieser völlig unerwartete freie Zutritt erschreckte sie, sie zauderte, einzutreten. Angenommen, ihr Onkel saß da und wartete auf sie, das Gewehr auf den Knien? Sie hatte ihre eigene Waffe, doch gab das keine Zuversicht. Sehr langsam legte sie ihr Gesicht an den Türspalt. Sie vernahm nicht den leisesten Laut. Mit zusammengekniffenen Augen vermochte sie die Asche des Herds zu erkennen, doch die Glut war fast erloschen. Sie wußte jetzt, daß sich niemand dort befand, und ein Instinkt sagte ihr, daß die Küche seit Stunden leer sei. Sie stieß die Tür weit auf und ging hinein. Der Raum strömte Kälte und Feuchtigkeit aus. Sie wartete, bis sich ihre Augen an das Dunkel gewöhnt hatten und sie die Umrisse des Küchentisches und des Stuhls daneben unterscheiden konnte. Auf dem Tisch stand eine Kerze; sie hielt sie in die schwache Glut des Feuers, wo sie sich entzündete und zu flackern begann. Als das Licht hell genug brannte, hielt sie es über ihrem Kopf hoch und blickte sich um. Die Küche allerdings zeigte Spuren von Reisevorbereitungen. Da lag auf dem Stuhl ein Bündel, das Tante Patience gehörte, und auf dem Boden sah sie Bettdecken, zum Aufrollen bereit. In der Ecke des Raums, am gewohnten Ort, lehnte das Gewehr des Onkels. Demnach hatten sie beschlossen, einen andern Tag für die Reise abzuwarten, und schliefen in den Zimmern im oberen Stock.
Die Tür zum Gang stand weit offen; die Stille wurde noch bedrückender als zuvor, eine seltsame und schreckliche Stille.
Irgend etwas war anders als sonst; ein Laut fehlte, und dem war diese Stille zuzuschreiben. Da begriff Mary, daß sie die Uhr nicht hörte. Die Uhr tickte nicht mehr.
Sie betrat den Gang und lauschte wieder. Das war es: das Haus war still, weil die Uhr verstummt war. Langsam rückte sie vor, in der einen Hand die Kerze, die schußbereite Waffe in der andern.
Sie bog um die Ecke, wo der lange, dunkle Gang in den Vorraum abzweigte, und da sah sie, daß die Uhr, die stets an der Wohnzimmerwand

neben der Tür gestanden hatte, umgestürzt auf ihrem Zifferblatt dalag. Das Glas war auf den Steinplatten zerbrochen, das Holz zersplittert. Die Wand schien dort, wo sie gestanden, eigentümlich leer; die Papiertapete an jener Stelle tief gelb, im Gegensatz zu dem verblaßten Ton der übrigen Wand. Die Uhr lag vor dem engen Vorraum. Erst als sie unten an der Treppe ankam, konnte Mary sehen, was darunter lag.
Der Wirt vom Gasthaus »Jamaica« lag, mit dem Gesicht nach unten, unter den Trümmern.
Die hingestürzte Uhr hatte ihn zuerst verborgen, denn er lag da ausgestreckt im Schatten, den einen Arm über seinem Kopf, den andern an die zerbrochene und zersplitterte Tür geklammert. Da seine Beine nach beiden Seiten auseinandergespreizt waren, wobei ein Fuß sich gegen die Holzverkleidung stemmte, sah er im Tod noch mächtiger aus als zuvor; seine große Gestalt versperrte den Eingang von der einen Wand zur andern. Auf dem Steinboden klebte Blut; und Blut, nun schwarz und fast trocken, war zwischen seinen Schultern geronnen, wo das Messer ihn erreicht hatte. Als es ihn in den Rücken traf, mußte er die Hände ausgestreckt haben und getaumelt sein und an der Uhr gerissen haben; und als er auf sein Gesicht fiel, da krachte die Uhr mit ihm zu Boden, und er starb dort, während er die Tür noch festhielt.

15

Es dauerte eine geraume Weile, bis Mary die Treppe verließ. Ihr war zumute, als sei ein Teil ihrer eigenen Kraft von ihr weggeglitten; sie fühlte sich ohnmächtig wie die Gestalt auf dem Boden. Ihr Blick ruhte auf den kleinen, nebensächlichen Dingen: den Glasscherben des zerbrochenen Uhrgehäuses, die gleichfalls mit Blut bespritzt waren, dem Flecken an der Wand, wo die Uhr gestanden hatte. Sie wurde von dem zwingenden Verlangen erfaßt, wegzulaufen, doch sie beherrschte sich und ging vom Vorraum in den Gang zurück, während die Kerze in der Zugluft flackerte; als sie jedoch die Küche erreicht hatte und die Tür zum Pflanzfeld noch offen sah, da war es mit ihrer Ruhe vorbei, und blindlings rannte sie durch die Tür hinaus in die frische, kalte, freie Luft. Wie gehetzt jagte sie über den Hof und auf die offene Straße, wo ihr das vertraute und herzhafte Gesicht von Richards entgegentrat. Er hob schützend die Hände, und sie hielt sich an seinem Gürtel, nun unter der ganzen Wucht der Nachwirkung mit den Zähnen klappernd.
»Er ist tot«, sagte sie; »dort liegt er tot auf dem Boden, ich hab' ihn gesehen.« Sosehr sie sich bemühte, sie vermochte ihr Zähneklappern und

das Zittern ihres Körpers nicht zu beherrschen. Er führte sie an den Straßenrand und zum Wagen zurück. Dort legte er ihr den Mantel um, den sie, dankbar für die Wärme, dicht um sich zog.
»Er ist tot«, wiederholte sie; »durch den Rücken erstochen. Ich sah die Stelle, wo sein Rücken durchstoßen wurde, und dort war er blutig. Er lag auf seinem Gesicht. Die Uhr war mit ihm hingefallen. Das Blut war bereits trocken; es sah aus, als habe er schon längere Zeit dort gelegen. Das Gasthaus war dunkel und still. Sonst war dort niemand.«
»War Ihre Tante anwesend?« flüsterte der Mann.
Mary schüttelte den Kopf. »Ich weiß nicht. Ich habe weiter nichts gesehen. Ich bin davongelaufen.«
Er sah ihr an, daß ihre Kräfte sie verlassen hatten und sie nahe daran war, umzusinken. So half er ihr in den Wagen, klomm selbst hinauf und nahm neben ihr Platz.
»Schon gut«, sagte er, »schon gut. Bleiben Sie hier ganz ruhig sitzen. Niemand tut Ihnen etwas. So denn. Schon gut.« Seine rauhe Stimme beruhigte sie, und sie schmiegte sich neben ihm hin, den warmen Mantel bis unter das Kinn geschlungen.
»Das war kein Anblick für ein Mädchen«, sagte er. »Sie hätten mich gehen lassen sollen. Ich möchte jetzt, Sie wären im Wagen hier zurückgeblieben. Das ist schrecklich, daß Sie ihn dort tot haben liegen sehen, ermordet.«
Reden und seine einfache Teilnahme tat ihr gut. »Das Pony war auch noch im Stall«, sagte sie. »Ich horchte an der Tür und hörte, wie es sich bewegte. Sie hatten ihre Vorbereitungen nicht einmal beendet. Die Küchentür war offen, und Pakete lagen auf dem Boden; auch Decken, bereit, in den Wagen verladen zu werden. Es muß schon vor einigen Stunden geschehen sein.«
»Ich zerbreche mir den Kopf darüber, was mein Herr tun mag«, sagte Richards. »Er muß zuvor hier gewesen sein. Ich würde aufatmen, wenn er käme und Sie ihm Ihre Geschichte erzählen könnten. Es ist hier Schlimmes geschehen, heute nacht. Sie hätten nicht herkommen dürfen.«
Beide schwiegen und sahen die Straße hinab, des Junkers Ankunft erwartend.
»Wer kann den Gastwirt umgebracht haben?« fragte Richards in nachhaltiger Verblüffung. »Er war ein gewichtiger Gegner für die meisten und dürfte seinen Mann gestellt haben. Übrigens hat wohl, trotz allem, eine ganze Anzahl die Hand in dem Handel gehabt. Wenn je ein Mann gehaßt wurde, so ist er es.«
»Das war der Hausierer«, sagte Mary langsam. »Ich hatte den Hausierer

ganz vergessen. Er muß es gewesen sein, nachdem er aus dem verriegelten Raum ausgebrochen ist.«
Sie versteifte sich auf diese Vorstellung, um eine andere los zu sein; und sie erzählte jetzt begierig aufs neue, wie der Hausierer letzte Nacht ins Gasthaus gekommen war. Das Verbrechen schien plötzlich erwiesen, es konnte gar keine andere Erklärung dafür geben.
»Er wird nicht weit laufen, bis ihn der Junker faßt«, sagte der Stallknecht, »da können Sie sicher sein. Niemand, der nicht aus der Gegend ist, kann sich in diesen Sümpfen verstecken, und ich habe von einem Hausierer Harry nie zuvor gehört. Aber freilich, sie kamen in Cornwall aus jedem Loch und Winkel, Joss Merlyns Leute, nach allem, was man sagt. Sie waren sozusagen der Abschaum des Landes.«
Er schwieg und fuhr dann fort: »Ich will ins Gasthaus gehen, wenn Sie hier auf mich warten wollen, und selbst sehen, ob er irgendeine Spur hinterlassen hat. Vieleicht findet sich etwas ...«
Mary hielt ihn am Arm fest. »Ich will nicht nochmals allein sein«, sagte sie rasch. »Mögen Sie mich für feige halten, ich könnte es nicht nochmals ertragen. Wären Sie im Innern des ›Jamaica‹ gewesen, dann würden Sie verstehen. Heute nacht liegt eine brütende Stille über dem Ort, die sich um den armen toten Körper, der dort liegt, nicht kümmert.«
»Ich kann mich an die Zeit erinnern, noch ehe Ihr Onkel dorthin gekommen war, als das Haus leer stand«, sagte der Knecht. »Wir pflegten dort die Hunde auf die Ratten loszulassen. Wir dachten uns nichts weiter dabei; es schien uns einfach ein leeres Gemäuer, wo keine Seele wohnte. Aber der Junker, müssen Sie wisssen, hielt es gut imstande, denn er rechnete auf einen Mieter. Ich selber bin aus St. Neot und kam, bevor ich dem Junker diente, nicht in diese Gegend. Aber man hat mir erzählt, daß es in früheren Zeiten viel Fröhlichkeit und gute Gesellschaft im ›Jamaica‹ gegeben habe. Freundliche, glückliche Menschen lebten in dem Haus, und für einen, der durch die Gegend reiste, stand dort immer ein Bett bereit. Die Kutschen hielten zu jener Zeit hier an, was sie jetzt nie tun, und Jagdgesellschaften versammelten sich hier, einmal die Woche, in Herrn Bassats Knabenjahren. Vielleicht wird das alles wieder einmal so werden.«
Mary verneinte mit dem Kopf. »Ich habe nur das Schlimme gesehen«, sagte sie; »ich habe nur gesehen, wie hier gelitten wurde, und die Grausamkeit und die Qual. Als mein Onkel ins Gasthaus ›Jamaica‹ kam, muß er über alles Gute seinen Schatten geworfen haben, und da starb es.«
Ihre Stimmen hatten sich zu einem Flüstern gedämpft; halb unbewußt sahen sie über ihre Schultern nach den großen Kaminen, die da vor dem Himmel standen, klar umrissen und grau unter dem Mond. Beide dachten

sie an das gleiche, doch keiner wollte es als erster zur Sprache bringen; der Stallknecht nicht aus Takt und Feingefühl, Mary nicht, weil sie sich fürchtete. Aber schließlich sprach sie, und ihre Stimme war heiser und leise.

»Auch mit meiner Tante ist etwas geschehen; ich weiß das; ich weiß, sie ist tot. Darum hab' ich mich gefürchtet, die Treppe hinaufzugehen. Sie muß dort oben im Finstern liegen, über dem Treppenabsatz. Der, der meinen Onkel umgebracht hat, der hat auch meine Tante getötet.«

Der Stallknecht räusperte sich. »Vielleicht ist sie ins Moor hinausgelaufen«, sagte er, »vielleicht rief sie auf der Straße um Hilfe...«

»Nein«, flüsterte Mary, »das hätte sie niemals getan. Sie wäre bei ihm geblieben, neben ihm kauernd, dort unten im Vorraum. Sie ist tot. Ich weiß, sie ist tot. Hätte ich sie nicht verlassen, dann wäre das niemals geschehen.«

Der Mann schwieg. Er konnte ihr nicht helfen. Schließlich war sie für ihn eine Fremde, und was sich unter dem Dach des »Jamaica« ereignet hatte, während sie dort gewohnt hatte, das ging ihn nichts an. Die Verantwortlichkeit dieses Abends drückte schwer genug auf seinen Schultern, und er sehnte die Ankunft seines Herrn herbei. Kampf und Geschrei, das war etwas, das er verstand; darin war ein Sinn. War aber wirklich, wie sie sagte, ein Mord geschehen und der Gastwirt lag dort tot, und seine Frau ebenso – nun, dann war es nicht angebracht, hierzubleiben, als wäre man selbst im Ausreißen begriffen, und im Straßengraben zu kauern; besser auf und davon und die Straße hinab, zu Licht und Laut menschlicher Behausung.

»Ich kam hierher im Auftrag meiner Herrin«, begann er ungeschickt; »aber sie sagte, der Junker würde hier sein. Da ich nun sehe, daß er nicht da ist...«

Mary hielt die Hand hoch: »Hören Sie«, sagte sie scharf, »können Sie etwas hören?«

Sie lauschten nach Norden. Unverkennbar war der schwache Hufschlag von Pferden zu hören, die von jenseits des Tals über die Schwelle des entfernten Hügels heraufkamen.

»Sie sind's«, rief Richards aufgeregt; »es ist der Junker; endlich kommt er. Schaun Sie nur, wir werden sie die Straße herabkommen und ins Tal einbiegen sehen.«

Sie warteten, und nach Ablauf einer Minute erschien der erste Reiter wie ein großer schwarzer Fleck auf der harten weißen Straße; ihm folgte ein anderer und wieder einer. Sie kamen in Reihenfolge heraus und schlossen sich wieder zusammen und bewegten sich vorwärts im Galopp; indessen spitzte der kurze kräftige Gaul, der geduldig an der Straßenseite wartete,

seine Ohren und reckte neugierig den Kopf. Das Geklapper näherte sich, und Richards, in seiner freudigen Erleichterung, rannte auf die Straße hinaus, um sie mit Rufen und Winken zu begrüßen.
Der Führer schwenkte ab und zügelte sein Tier, beim Anblick des Stallknechts einen Ruf der Überraschung ausstoßend. »Was, zum Teufel, tust du hier?« rief er, denn es war der Junker in Person, und er gab seiner Gefolgschaft ein Zeichen.
»Der Gastwirt ist tot, ermordet«, schrie der Stallknecht. »Seine Nichte ist hier bei mir im Wagen. Frau Bassat selbst hat mich hierher geschickt, Herr. Diese junge Frau wird Ihnen die Geschichte am besten mit ihren eigenen Worten erzählen.«
Er hielt das Pferd, während sein Herr abstieg, und beantwortete die eiligen Fragen, die der Junker ihm stellte, so gut er es vermochte; auch die kleine Männerschar, die ihn umringte, war begierig, mehr zu erfahren; einige stiegen gleichfalls ab, stampften und bliesen, um sich zu erwärmen, auf die Hände.
»Ist der Geselle ermordet worden, wie du sagst, dann, bei Gott, geschah ihm recht«, rief Herr Bassat; »gleichwohl hätte ich ihm lieber eigenhändig die Eisen angelegt. Man kann einen toten Mann seine Zeche nicht bezahlen machen. Geht ihr andern in den Hof; ich will sehen, ob ich etwas Vernünftiges aus dem Mädchen dort herausbringe.«
Richards, seiner Verantwortung ledig, wurde sogleich umdrängt und als eine Art Held betrachtet, der nicht allein den Mord entdeckt, sondern auch dessen Urheber festgenommen hatte, bis er nach und nach gestand, daß seine Teilnahme an dem Abenteuer nur gering gewesen sei. Der Junker, dessen Vorstellungskraft langsam arbeitete, begriff nicht, was Mary in dem Wagen tat, und betrachtete sie als Gefangene seines Knechts.
Er vernahm mit Erstaunen, wie sie die langen Meilen nach North-Hill gewandert war, in der Hoffnung, ihn dort zu finden, und, damit noch nicht genug, nach dem Gasthaus »Jamaica« zurückkehren wollte. »Das übersteigt fast meine Begriffe«, sagte er verdrießlich. »Ich glaubte Sie mit Ihrem Onkel gegen das Gesetz verschworen. Warum haben Sie mich damals angelogen, als ich am Anfang des Monats hierherkam? Da sagten Sie mir, Sie wüßten nichts.«
»Ich log nur wegen meiner Tante«, erwiderte Mary müde. »Alles, was ich damals zu Ihnen sagte, war um ihretwillen, aber ich wußte damals auch noch nicht soviel wie heute. Ich bin bereit, wenn nötig, über jeden Punkt vor einem Gerichtshof auszusagen; wenn ich es Ihnen aber jetzt zu erklären versuchte, dann würden Sie mich nicht verstehen.«
»Noch habe ich die Zeit, um zuzuhören«, sagte der Junker. »Aber das war

tapfer von Ihnen, diesen ganzen Weg nach North-Hill zu wandern, um mich zu benachrichtigen, und ich werde zu Ihren Gunsten daran denken. Doch hätte man alle diese Unannehmlichkeiten vermeiden können, und das schreckliche Verbrechen vom Heiligen Abend wäre verhütet worden, wären Sie früher offen gegen mich gewesen. Doch über alles das später. Mein Stallbursche sagt, Sie hätten Ihren Onkel ermordet aufgefunden, doch wüßten Sie über das Verbrechen weiter nichts. Wären Sie ein Mann, dann müßten Sie jetzt mit mir ins Gasthaus kommen, das will ich Ihnen indessen ersparen. Ich sehe, daß Sie genug ausgestanden haben.« Er erhob seine Stimme und rief dem Knecht zu: »Bring den Wagen in den Hof und bleib mit der jungen Frau bei ihm; wir werden in das Gasthaus eindringen.« Und zu Mary gewandt: »Ich bitte Sie, im Hof zu warten, wenn Sie Mut genug haben; Sie allein unter uns wissen über alles in dieser Angelegenheit Bescheid, und Sie sind die letzte, die Ihren Onkel lebend gesehen hat.« Mary nickte. Sie war jetzt nur noch ein passives Werkzeug des Gesetzes und mußte tun, was man ihr gebot. Wenigstens hatte er ihr die Qual erlassen, nochmals das leere Haus zu betreten und die Leiche ihres Onkels anschauen zu müssen. Der Hof, bei ihrer Ankunft im Dunkel, war nun der Schauplatz reger Tätigkeit; Pferde stampften auf den Kieseln, und da und dort erhob sich der schüttelnde klingende Ton von Gebiß und Zaum, und da waren die Tritte und die Stimmen der Männer, beherrscht von den barschen Befehlen des Junkers.

Marys Angaben entsprechend nahm er den Weg nach der Hinterseite, und bald verlor das öde und schweigsame Haus sein verschlossenes Aussehen. Das Fenster der Bar wurde aufgetan und ebenso die Fenster des Wohnzimmers; einige der Männer stiegen die Treppe hinauf und durchsuchten die leeren Gastzimmer des ersten Stocks; auch die Fenster wurden aufgeriegelt und geöffnet. Einzig die schwere Eingangstür blieb verschlossen; und Mary wußte, daß der Körper des Gastwirts ausgestreckt über der Schwelle lag.

Jemand rief in schneidendem Ton aus dem Haus; ein Stimmengemurmel antwortete, und der Junker stellte eine Frage.

Nun kamen die Geräusche deutlich durch das offene Wohnzimmerfenster in den Hof heraus.

Richards blickte zu Mary hinüber; an ihrer Blässe erkannte er, daß sie verstanden hatte.

Ein Mann, der bei den Pferden stand und nicht mit den andern ins Innere des Gasthauses gegangen war, rief dem Stallknecht aufgeregt zu: »Hörst du, was sie sagen? Es liegt noch ein anderer Leichnam dort, oben auf dem Treppenabsatz.«

Richards antwortete nichts. Mary lockerte den Mantel um ihre Schultern

und zog die Kapuze über ihr Gesicht. So verharrte sie schweigend. Und da kam auch schon der Junker selbst in den Hof und auf den Wagen zu.
»Es tut mir leid«, sagte er. »Ich habe Ihnen eine schlimme Nachricht zu bringen. Doch vielleicht haben Sie diese erwartet?«
»Ja«, sagte Mary.
»Ich glaube nicht, daß sie gelitten hat. Sie muß im Augenblick gestorben sein. Sie lag gerade am Ende des Gangs, noch innerhalb des Schlafzimmers. Erdolcht, wie Ihr Onkel. Es ist ihr sicher nicht bewußt geworden. Glauben Sie mir, es tut mir herzlich leid. Ich hätte Ihnen das ersparen mögen.« Er stand neben ihr, betrübt und linkisch, und wiederholte, sie könne nicht gelitten haben und habe nichts gemerkt, sondern sei augenblicklich getötet worden. Und als er begriffen hatte, es sei besser, Mary allein zu lassen, stapfte er zum Gasthaus zurück.
Mary saß unbeweglich in ihren Mantel gehüllt, sie betete auf ihre Art, Tante Patience möge ihr verzeihen und, wo immer sie nun sei, Frieden finden; und daß die hemmenden Ketten des Lebens von ihr abfallen und sie freilassen möchten. Sie betete auch, Tante Patience möge verstehen, was sie zu tun versucht hatte, und daß dort auch ihre Mutter sein möge und sie so nicht allein sei. Das waren die einzigen Gedanken, die ihr ein gewisses Maß von Trost gewährten, denn sie wußte, wenn sie mit Überlegung die Geschehnisse der letzten Stunden durchging, dann würde sie stets bei der Selbstanklage enden: hätte sie Tante Patience nicht verlassen, dann wäre Tante Patience jetzt nicht tot.
Nochmals vernahm man erregtes Gemurmel aus dem Haus, dann Rufe und den Laut von rennenden Füßen und den gleichzeitigen Schrei mehrerer Stimmen, so daß Richards an das offene Wohnzimmerfenster lief, seine Pflicht über den Tumult vergessend, und seinen Fuß über die Schwelle setzte. Es gab ein Krachen von splitterndem Holz, und die Läden vor dem Fenster des verrammelten Raums, den, wie es schien, bis jetzt noch keiner betreten hatte, wurden aufgerissen. Die Männer zogen die hölzerne Barrikade weg, und einer hielt ein Licht hoch, um den Raum zu erhellen; Mary konnte die Flamme in der Zugluft tanzen sehen.
Darauf verschwand das Licht, die Stimmen entfernten sich, und sie konnte Tritte nach der Rückseite des Hauses eilen hören; dann kamen sie um die Ecke in den Hof, ihrer sechs oder sieben, vom Junker geführt und, von ihnen gehalten, in der Mitte etwas, das sich wand und krümmte und sich unter heiserem, erschrockenem Geschrei zu befreien strebte. »Sie haben ihn! Das ist der Mörder!« rief Richards Mary zu. Sie schaute hinüber, schob die Kapuze aus ihrem Gesicht zur Seite und sah auf die Männergruppe, die gegen den Wagen kam. Der Gefangene blickte zu ihr hinauf, mit vor dem Lichtschein blinzelnden Augen; seine Kleider

bedeckten Spinnweben, und sein Gesicht war schwarz und unrasiert; es war Harry, der Hausierer.
»Wer ist das?« riefen sie. »Kennen Sie ihn?« Der Junker stellte sich vor den Wagen hin und ließ den Mann dicht heranbringen, so daß sie ihn gut sehen konnte. »Was wissen Sie von diesem Gesellen?« fragte er Mary. »Wir haben ihn dort in dem verschlossenen Raum, auf einem Haufen Säcke liegend, gefunden. Er bestreitet, von dem Verbrechen irgend etwas zu wissen.«
»Er gehörte zu der Gesellschaft«, sagte Mary langsam, »und er kam letzte Nacht ins Gasthaus und stritt mit meinem Onkel. Mein Onkel schloß ihn in den versperrten Raum ein und bedrohte ihn mit dem Tod. Er hatte allen Grund, meinen Onkel umzubringen, und niemand außer ihm kann es gewesen sein. Er lügt Sie an.«
»Aber er befand sich hinter verschlossener Tür; es brauchte drei oder vier von uns, um diese von außen niederzubrechen«, erklärte der Junker. »Dieser Mensch hat den Raum niemals verlassen. Sehen Sie seine Kleider an – und wie seine Augen noch durch das Licht geblendet werden. Er ist nicht der Mörder.«
Der Hausierer blinzelte verstohlen von einem seiner Wächter zum andern; seine kleinen bösen Augen blitzten nach rechts und links, und Mary erkannte, daß das, was der Junker gesagt hatte, die Wahrheit war; der Hausierer Harry konnte den Mord nicht begangen haben. Er hatte dort eingeschlossen gelegen, seit der Hausherr ihn hineingetan hatte, vor mehr als vierundzwanzig Stunden. Dort im Dunkel hatte er auf seine Befreiung gewartet, und während dieser langen Stunden war jemand in das Gasthaus »Jamaica« gekommen und wieder gegangen und hatte in der Stille der Nacht die Tat vollbracht.
»Wer immer es gewesen ist, er wußte nichts von dem dort unten eingesperrten Halunken«, fuhr der Junker fort, »und der kann uns nicht als Zeuge dienen, wie mir scheint, da er nichts gehört und nichts gesehen hat. Aber einstecken werden wir ihn und hängen, wenn er es verdient, und ich möchte dafür bürgen, er verdient es. Doch erst soll er durch das Verfahren gehen und uns die Namen seiner Gefährten nennen. Einer von ihnen hat aus Rache den Gastwirt getötet, darüber besteht kein Zweifel, und den werden wir aufspüren, und müßten wir jeden Hund in ganz Cornwall auf seine Fährte hetzen. Bringt ihr, ein paar von euch, diesen Burschen in den Stall und haltet ihn dort fest; ihr andern kommt mit mir ins Gasthaus zurück.«
Sie schleppten den Hausierer fort, der, begreifend, daß ein Verbrechen entdeckt worden war und der Verdacht möglicherweise auf ihn fallen könnte, schließlich seine Sprache wiederfand und seine Unschuld zu

beteuern begann, um Gnade wimmernd und bei der Dreieinigkeit schwörend, bis ihn einer mit Püffen zum Schweigen brachte und ihm drohte, ihm auf der Stelle den Strick zu schmecken zu geben, der da über der Stalltür hing. Da hörte er auf und murmelte Verwünschungen, indem er hin und wieder seine Rattenaugen auf Mary richtete, die nur ein paar Schritte von ihm entfernt oben in ihrem Wagen saß.

Sie wartete dort, das Kinn in die Hände gestützt, mit abgenommener Kapuze. Weder hörte sie seine Verwünschungen, noch sah sie seine verschlagenen kleinen Augen, denn sie dachte an andere Augen, die sie am Morgen angeblickt hatten, und eine andere Stimme, die von einem Bruder kalt und ruhig sagte: »Er wird dafür sterben.«

Sie hörte den sorglos auf dem Weg nach Launceston hingeworfenen Satz: »Ich habe bis zur Stunde keinen Menschen getötet«, und sie hörte die Zigeunerin auf dem Marktplatz: »Es ist Blut an deiner Hand; eines Tages wirst du einen Menschen töten.« Alle die Dinge, die sie vergessen wollte, stiegen wieder auf und erhoben gegen ihn Klage: sein Haß gegen seinen Bruder, seine gefühllose Grausamkeit, sein Mangel an Zärtlichkeit, sein verderbtes Merlynblut.

Dieses mehr als alles andere würde ihn zuerst verraten. Gleich und gleich. Einer seiner Art. Er war zum Gasthaus »Jamaica« gekommen, wie er es versprochen hatte, und sein Bruder war gestorben, wie er es geschworen hatte. Die ganze Wahrheit in ihrer Häßlichkeit und ihrem Grauen starrte ihr entgegen; sie wünschte jetzt, sie wäre geblieben und er hätte auch sie getötet. Er war ein Dieb und war gekommen und wieder gegangen wie ein Dieb in der Nacht. Sie wußte, der Beweis gegen ihn könne Stück um Stück aufgebaut werden, mit ihrer eigenen Aussage als Zeugnis; es würde um ihn ein Zaun errichtet, aus dem es kein Entrinnen gebe. Sie brauchte jetzt nur zum Junker hinzugehen und zu sagen: »Ich weiß jetzt, wer es ist, der das getan hat«, und sie würden sie alle anhören; sie würden sich wie eine auf die Jagd begierige Hundemeute um sie drängen; und die Spur würde sie zu ihm hinführen über Rushyford und durch Trewartha-Marsh nach Twelve-Men's-Moor. Vielleicht schlief er nun dort, seines Verbrechens nicht gedenkend und gleichgültig ausgestreckt auf seinem Bett in der einsamen Hütte, in der er und sein Bruder geboren waren. Mit Tagesanbruch würde er gehen, vielleicht pfeifend, seine Beine über ein Pferd schwingend, und so für alle Zeiten weg aus Cornwall, ein Mörder, wie vor ihm sein Vater.

In ihrer Vorstellung vernahm sie den Hufschlag seines Pferdes auf der Straße, weit weg in der stillen Nacht, gleichsam das Marschlied eines Abschieds. Doch Phantasie wurde Vernunft und Vernunft Gewißheit, und der Laut, den sie jetzt hörte, war nicht die Traumgeburt ihrer

angeregten Phantasie, sondern das wirkliche Trotten eines Pferdes auf der Landstraße.
Sie wandte den Kopf und lauschte, ihre Nerven aufs äußerste gespannt; und die Hände, die ihren Mantel zusammenhielten, waren feucht und kalt von Schweiß.
Der Schall des Pferdes kam noch näher. Es ging in einem steten, gleichmäßigen Schritt, weder eilig noch langsam, und das rhythmisch schwingende Lied auf der Straße fand sein Echo in ihrem pochenden Herzen.
Sie war mit Aufhorchen nicht allein. Der Mann, der den Hausierer bewachte, raunte dem andern etwas zu und spähte auf die Straße, und der Stallknecht Richards, der bei ihnen stand, lief nach kurzem Zögern ins Haus, um den Junker zu rufen. Der Hufschlag hallte nun laut, als das Pferd den Hügel erklomm; es klang wie eine Herausforderung an die friedvolle und schweigsame Nacht, und als es die Höhe erreicht hatte und um die Ecke bog und dort erschien, da trat der Junker mit seinen Leuten aus dem Gasthaus.
»Halt!« rief er. »In des Königs Namen! Ich muß wissen, was Sie in dieser Nacht auf der Landstraße tun.«
Der Reiter zügelte sein Tier und lenkte es in den Hof. Der schwarze Reitmantel erlaubte keinen Schluß auf seine Person; doch als er sich verbeugte und den Hut zog, erschien das dichte schimmernde Haar weiß unter dem Mond, und die Stimme, die dem Junker antwortete, war leise und angenehm.
»Herr Bassat aus North-Hill, glaube ich«, sagte der Fremde, und er neigte sich in seinem Sattel, ein Papier in der Hand haltend, vor. »Ich habe hier eine Botschaft von Mary Yellan im Gasthaus ›Jamaica‹, die mich in einer Schwierigkeit um Hilfe ruft; doch aus der hier versammelten Gesellschaft erkenne ich, daß ich zu spät gekommen bin. Sie können sich gewiß an mich erinnern; wir haben uns früher einmal gesprochen. Ich bin der Pfarrer von Altarnun.«

16

Mary saß allein im Wohnzimmer des Pfarrhauses von Altarnun und schaute in das schwelende Torffeuer. Sie hatte lange geschlafen und war nun erfrischt und ausgeruht; aber der Frieden, nach dem sie verlangte, war ihr noch nicht beschert worden.
Sie hatten ihr viel Güte und Geduld gezeigt; vielleicht zuviel Güte, so plötzlich und unverhofft, nach dem langen Zustand äußerster Gespannt-

heit; und Herr Bassat selbst, mit ungeschickten, wohlmeinenden Händen, klopfte ihr wie einem verletzten Kind auf die Schulter und sagte in seiner schroffen Freundlichkeit: »Jetzt müssen Sie schlafen und vergessen, was Sie alles durchgemacht haben, und denken, daß das jetzt hinter Ihnen liegt und vorbei ist. Ich kann Ihnen versprechen, wir werden den Mann bald haben, der Ihre Tante erstach, und an den nächsten Assisen wird er gehängt. Und wenn Sie sich von den Schrecken dieser letzten Monate erst ein wenig erholt haben, dann sollen Sie sagen, was Sie tun wollen und wo Sie hin möchten.«

Sie besaß keinen eigenen Willen; sie konnten für sie Beschlüsse fassen. Und als Francis Davey sein Haus für sie zum Aufenthalt anbot, da stimmte sie kleinlaut und teilnahmslos zu, bewußt, daß ihr gleichgültiger Dank eher nach Undankbarkeit klang. Und einmal mehr empfand sie die Demütigung, als Weib geboren zu sein, als man ihren geistigen und körperlichen Zusammenbruch für etwas ganz Natürliches ansah.

Wäre sie ein Mann, dann wäre ihr jetzt eine harte oder kühle Behandlung zuteil geworden. Vielleicht hätte man von ihr verlangt, daß sie jetzt sofort nach Bodmin oder Launceston reite, um dort Zeugnis abzulegen, mit dem Wink, sie möge selbst eine Unterkunft suchen und sich in der Welt zurechtfinden, nachdem alle Fragen beantwortet seien. Und sie würde, sobald sie mit ihr fertig wären, wegfahren und irgendwo auf ein Schiff gehen und ihre Überfahrt durch Arbeit verdienen; oder auf der Landstraße wandern, mit einem Silberpenny in der Tasche und mit freier Seele und freiem Herzen. Hier war sie, mit ständig aufsteigenden Tränen und schmerzendem Kopf, vom Schauplatz des Handelns mit sanften Worten und Gebärden verdrängt, eine Last und ihrer Umgebung im Weg, wie jede Frau und jedes Kind nach einem Unglücksfall.

Der Pfarrer hatte sie selbst im Einspänner hingeführt, und er wenigstens verstand zu schweigen; er stellte keine Fragen und tröstete nicht, was beides nicht beachtet worden und vergeblich gewesen wäre, sondern er lenkte das Gefährt eilig gegen Altarnun und langte dort beim Einuhrschlag der Glocke an.

Er rief seine Haushälterin aus der benachbarten Hütte, die gleiche Frau, mit der Mary am Nachmittag gesprochen hatte, und bat sie, für seinen Gast ein Nachtlager zu bereiten, was jene ohne das geringste verwunderte Geschwätz sogleich tat, gelüftetes Linnen aus ihrem eigenen Heim herbeitragend und über das Bett breitend. Sie entzündete Feuer im Rost und wärmte davor ein rauhes wollenes Nachtkleid, während Mary ihre Kleider abwarf; und als das Bett für sie gerüstet und die weichen Tücher zurückgeschlagen waren, ließ sich Mary zu ihm hinführen wie ein Kind, das man zur Wiege bringt.

Sie wollte auf der Stelle die Augen schließen, da legte sich ein Arm um ihre Schulter, und eine Stimme sagte in kühlem und überredendem Ton ihr ins Ohr: »Trinken Sie das.« Francis Davey selbst stand neben dem Bett, ein Glas in der Hand und blickte sie mit seinen seltsam blassen und ausdruckslosen Augen an.

»Sie werden jetzt schlafen«, sagte er, und sie merkte an dem bitteren Geschmack, daß er dem heißen Trank, den er ihr gebraut hatte, ein Pulver beigemischt und daß er dies getan hatte, weil er ihren erregten und qualvollen Zustand begriffen hatte.

Das letzte, an das sie sich erinnern konnte, war, daß seine Hand auf ihrer Stirn lag und diese ruhigen weißen Augen ihr zu vergessen geboten; dann schlief sie, wie er sie geheißen.

Es war bereits nachmittags vier Uhr, als sie erwachte; die vierzehn Stunden Schlaf hatten das von ihm gewünschte Werk vollbracht: des Kummers Schärfe zu lindern und sie gegen den Schmerz abzustumpfen. Das Leid um Tante Patience war weniger bohrend und das Gefühl der Bitterkeit weniger heftig. Die Vernunft sagte ihr, daß sie nicht sich selbst die Schuld zuzusprechen habe; sie hatte nur getan, was ihr Gewissen ihr zu tun befohlen hatte. Ihr verstörter Sinn hatte das Unglück nicht vorausgesehen; darin lag der Fehler.

Es blieb die Reue, aber Reue konnte Tante Patience nicht zurückholen.

Das waren ihre Gedanken während des Aufstehens. Doch als sie angekleidet war und unten im Wohnzimmer das brennende Feuer und die zugezogenen Vorhänge sah – der Pfarrer schien außer Haus zu sein –, da kehrte das alte quälende Gefühl der Unsicherheit zurück, und es schien ihr, die ganze Verantwortung für das Unglück ruhe allein auf ihren Schultern. Beständig war ihr Jems Gesicht gegenwärtig, so wie sie es zuletzt gesehen hatte, verzerrt und hager in dem falschen, grauen Licht; und aus seinen Augen und aus der Haltung seines Munds hatte sich eine Absicht kundgetan, die sie lieber nicht erkannt hätte. Vom Anfang bis zum Ende war er der unbekannte Faktor gewesen, seit jenem ersten Morgen, als er in die Bar des Gasthauses »Jamaica« gekommen war und sie absichtlich ihre Augen vor der Wahrheit verschlossen hatte. Sie war eine Frau, aus keiner andern Ursache im Himmel oder auf Erden liebte sie ihn. Er hatte sie geküßt, und für immer blieb sie an ihn gebunden. Sie, die zuvor stark gewesen war, fühlte sich als gefallen und entwürdigt, als geschwächt an Geist und Leib; und mit ihrer Unabhängigkeit war ihr Stolz dahingegangen.

Ein einziges Wort zum Pfarrer, wenn er zurückkam, eine Botschaft an den Junker, und Tante Patience wäre gerächt. Jem würde sterben wie sein Vater, mit einem Strick um den Hals; und sie würde nach Helford

heimkehren und trachten, die Fäden ihres früheren Lebens, die jetzt verwirrt und vergraben in der Erde lagen, wieder aufzunehmen.
Sie erhob sich von dem Stuhl an der Kaminseite und begann die Leinwandrahmen, die mit der Oberfläche gegen die Wand gekehrt standen, zu betrachten; abwesend drehte Mary sie ins Licht. Da war das Innere einer Kirche – vermutlich seiner Kirche, wie es schien –, in einem sommerlichen Zwielicht gemalt, mit dem Schiff bereits im Schatten. Ein seltsamer grüner Nachglanz lag auf den zum Dach ansteigenden Bogen, und dieses Licht hatte etwas Plötzliches, Unerwartetes, das ihr im Gedächtnis blieb, nachdem sie das Bild beiseite gestellt hatte, derart, daß sie zu ihm zurückkehrte und es nochmals betrachtete.
Dieser grüne Nachglanz mochte eine getreue Wiedergabe und eine Eigentümlichkeit seiner Kirche in Altarnun sein, gleichwohl gab er dem Bild eine unheimliche und gespenstische Beleuchtung; Mary wußte, wenn sie eine Wohnung besäße, dann würde sie das Bild nicht bei sich aufhängen.
Sie hätte ihr Unbehagen nicht in Worte zu fassen vermocht, aber es war, als hätte ein mit dem Wesen der Kirche nicht bekannter Geist sich seinen Weg in ihr Inneres ertastet und eine fremde Atmosphäre durch das schattendunkle Schiff verbreitet. Als sie auch die übrigen Bilder nacheinander betrachtete, da stellte sie fest, daß sie alle bis zu einem gewissen Grad in derselben Manier gemalt waren; was eine packende Studie aus dem Moorland unterhalb Brown-Willy an einem Frühlingstag hätte sein können, mit den hinter Felsen hoch getürmten Wolken, war verdorben durch die dunkle Färbung und die Form der Wolken selbst, die das Bild verengten und das Ganze mit dem überall vorherrschenden grünen Licht verdüsterten.
Erst sann sie darüber nach, ob er, als geborener Albino, einen unvollkommenen Farbensinn besitze und sein Sehvermögen an sich weder normal noch zuverlässig sei. Das wäre eine Erklärung; dennoch wurde sie, nachdem sie die Bilder wieder alle mit der Vorderseite gegen die Wand gekehrt hatte, jenes unangenehme Gefühl nicht los. Sie sah sich weiter in dem Raum um, konnte aber wenig Aufschlußreiches entdecken; er war jedenfalls spärlich möbliert. Auf seinem Pult lagen keinerlei Briefschaften, und es schien selten benutzt zu werden.
Sie trommelte mit ihren Fingern auf seinem polierten Deckel, fragte sich, ob er hier zu sitzen und seine Predigten auszuarbeiten pflegte, und auf einmal, unverzeihlicherweise, öffnete sie das niedrige Schubfach unter dem Pult. Es war leer, und nun fühlte sie sich beschämt. Sie wollte es zurückschieben, als sie bemerkte, daß sich an dem Papier, mit dem das Schubfach ausgelegt war, eine Ecke umgebogen hatte und daß auf der

andern Seite etwas gezeichnet war. Sie nahm den Bogen heraus und betrachtete die Zeichnung. Auch hier sah sie wieder das Innere einer Kirche dargestellt, doch diesmal war die Gemeinde in den Kirchenstühlen versammelt und der Pfarrer selbst auf der Kanzel. Zunächst sah Mary nichts Ungewöhnliches auf dieser Skizze; es schien ihr für einen Pfarrer, der mit der Zeichenfeder umzugehen verstand, ein höchst natürlicher Vorwurf; als sie jedoch genauer hinsah, verstand sie, was er getan hatte.

Es war keine Zeichnung, sondern eine Karikatur, ebenso komisch wie schrecklich. Die Gemeindemitglieder trugen Schal und Mütze und waren sonntäglich gekleidet, doch statt der menschlichen Gesichter hatte er Schafsköpfe auf ihre Schultern gesetzt. Die tierischen Mäuler gafften albern nach dem Prediger hin, in einer einfältigen, gedankenlosen Feierlichkeit, die Hufe hatten sie zum Gebet zusammengelegt. Die Züge jedes einzelnen Schafs waren sorgfältig ausgeführt, als sollten sie eine lebendige Seele darstellen, doch der Ausdruck war auf allen Gesichtern derselbe – der eines unwissenden und unverständigen Idioten. Der Prediger, mit seinem schwarzen Kleid und schimmernden Haar, war Francis Davey, aber er hatte sich selbst ein Wolfsgesicht gegeben, und der Wolf lachte hinab auf die Herde zu seinen Füßen. Es war eine gotteslästerliche und grauenhafte Verhöhnung. Mary legte das Papier rasch wieder in das Schubfach, mit der leeren Seite nach oben, und schob dieses zu. Dann ging sie vom Pult weg und setzte sich wieder in den Stuhl am Feuer. Sie war auf ein Geheimnis gestoßen, und sie hätte gewünscht, daß dieses unenthüllt geblieben wäre. Das ging nicht sie, sondern einzig den Zeichner und seinen Gott etwas an.

Als sie draußen seine Schritte hörte, stand sie eilig auf und rückte das Licht von ihrem Stuhl weg, damit er sie im Schatten sitzend fände und nicht in ihrem Gesicht zu lesen vermöge.

Ihr Stuhl stand mit der Rückseite gegen die Tür, und dort saß sie und erwartete ihn; er zögerte aber so lange, hereinzukommen, daß sie sich zuletzt wandte, um auf seine Schritte zu horchen, und da erblickte sie ihn hinter ihrem Stuhl stehend; er war lautlos vom Vorraum in das Zimmer getreten. Überrascht fuhr sie zusammen; da trat er ins Licht und entschuldigte seine Anwesenheit.

»Verzeihen Sie«, sagte er; »Sie hatten mich nicht so früh erwartet, und ich habe Sie in Ihren Träumen gestört.«

Sie schüttelte den Kopf und stammelte eine Entschuldigung, er erkundigte sich nach ihrem Befinden und wie sie geschlafen habe, nahm während des Redens seinen Überrock ab und stand nun in seinem schwarzen Priestergewand am Feuer.

»Haben Sie heute etwas gegessen?« fragte er, und als sie verneinte, zog er seine Uhr und sah nach der Zeit – ein paar Minuten vor sechs –, die er mit der auf der Uhr auf dem Pult verglich. »Sie haben bereits früher einmal mit mir gegessen«, sagte er; »wenn Sie nichts dagegen haben und sich genügend erholt fühlen, dann sollen Sie aber heute den Tisch decken und das Servierbrett aus der Küche holen. Hanna wird alles vorbereitet haben, und wir wollen sie nicht weiter beanspruchen. Ich meinerseits habe noch etwas zu schreiben, wenn Sie nichts dagegen einzuwenden haben.«

Sie versicherte ihm, sie sei völlig ausgeruht und wünsche sich nichts Besseres, als sich nützlich zu machen, worauf er nickte und sagte: »Um Viertel vor sieben« und ihr den Rücken kehrte; sie entnahm dem, daß sie entlassen sei.

Sie ging, durch seine unverhoffte Ankunft etwas aus der Fassung gebracht, in die Küche, froh, daß er ihr eine halbe Stunde Zeit für sich gegeben hatte, sie war vorhin für eine Unterhaltung sehr schlecht vorbereitet. Vielleicht wäre die Mahlzeit von kurzer Dauer, und einmal vorbei, würde er an sein Pult zurückkehren und sie ihren Gedanken überlassen. Hätte sie doch das Schubfach nicht geöffnet! Die Erinnerung an jene Fratzen machte sich in ihr unliebsam breit. Sie kam sich vor wie ein Kind, das sich eine Kenntnis angeeignet hatte, die ihm die Eltern versagt hatten, und das nun beschämt und schuldbewußt den Kopf hängen läßt, voller Angst, es könnte sich im Gespräch verraten. Es wäre ihr wohler gewesen, wenn sie allein in der Küche hätte essen dürfen und von ihm als Magd statt als Gast behandelt worden wäre. Unter diesen Umständen erschien ihre Stellung unbestimmt, denn Höflichkeit und Befehl gingen bei ihm merkwürdig durcheinander. Wohlvertraut mit den Küchengeräten, machte sie sich mit dem Abendbrot zu schaffen und wartete widerwillig auf den Stundenschlag. Die Kirche selbst schlug die Dreiviertelstunde und ließ ihr keine Ausflucht mehr; so brachte sie das Servierbrett ins Wohnzimmer, hoffend, daß ihr Gesicht von ihren Empfindungen nichts verriete.

Er stand mit dem Rücken gegen das Feuer und hatte den Tisch davor zurechtgestellt. Obgleich sie ihn nicht ansah, sie fühlte sich von ihm beobachtet und bewegte sich ungeschickt. Sie gewahrte auch, daß er in dem Raum einiges geändert hatte; mit einem Seitenblick bemerkte sie, daß er die Staffelei weggenommen und daß die Leinwandrahmen nicht mehr übereinandergeschichtet an der Wand standen. Auf dem Pult sah sie zum erstenmal ein Durcheinander von Papieren und Briefen, und er hatte Briefe verbrannt; die gelben, geschwärzten Fetzen lagen in der Asche unter dem Torf.

Sie setzten sich zu Tisch, und er bediente sie mit kalter Pastete.

»Ist in Mary Yellan die Neugier erstorben, daß sie sich nicht erkundigt, wie ich meinen Tag zugebracht habe?« fragte er endlich.
»Es ist nicht meine Sache zu fragen, wo Sie gewesen sind«, sagte sie.
»Da haben Sie unrecht«, sagte er, »und es ist Ihre Sache. Den ganzen Tag habe ich mich mit Ihren Angelegenheiten abgegeben. Sie wünschten meine Hilfe, oder nicht?«
Mary war beschämt und wußte kaum etwas zu erwidern. »Ich habe Ihnen noch nicht einmal dafür gedankt, daß Sie so prompt nach dem Gasthaus ›Jamaica‹ gekommen sind«, antwortete sie, »noch für mein Bett letzte Nacht und meinen heutigen Schlaf. Sie halten mich für undankbar.«
»Das habe ich nicht gesagt. Ich wunderte mich bloß über Ihre Geduld. Es hatte heute morgen noch nicht zwei geschlagen, als ich Sie einzuschlafen bat, und jetzt ist es sieben Uhr abends. Eine lange Zeit; die Dinge halten nicht von selber an.«
»Haben Sie denn nicht geschlafen, nachdem Sie mich verließen?«
»Ich schlief bis acht Uhr, frühstückte dann und bin wieder gegangen. Mein graues Pferd lahmte und war nicht zu gebrauchen; mit dem kleinen Pferd kam ich sehr langsam vorwärts. Wie eine Schnecke schlich es nach dem Gasthaus ›Jamaica‹ und vom ›Jamaica‹ nach North-Hill. Herr Bassat lud mich zum Frühstück ein. Wir waren unser acht oder zehn, und jeder schrie, so laut er konnte, seine Meinung seinem Nachbar ins taube Ohr. Es war eine Mahlzeit von einiger Länge, und ich war froh, als sie endlich vorüber war. Aber darin stimmte ich mit allen überein, daß der Mörder Ihres Onkels nicht lange in Freiheit bleiben werde.
Herr Bassat wäre in der Stimmung, sich selber zu verdächtigen. Er hat jeden Einwohner im Umkreis von zehn Meilen ausgefragt; die Zahl der merkwürdigen Personen, die gestern unterwegs waren, ist Legion. Eine Woche oder mehr Zeit wird es kosten, aus jedem die Wahrheit herauszuholen; tut nichts! Herr Bassat läßt sich nicht abschrecken.«
»Was haben sie getan – mit meiner Tante?«
»Sie wurden alle beide diesen Morgen nach North-Hill gebracht und sollen dort begraben werden. Alles das ist bereits geregelt worden; Sie brauchen sich wegen des übrigen – nun, wir werden sehen.«
»Und der Hausierer? Sie haben ihn nicht freigelassen?«
»Nein, er sitzt sicher hinter Schloß und Riegel und stößt Flüche in die leere Luft. Ich mache mir nichts aus dem Hausierer, und Sie wohl auch nicht?«
Mary legte die Gabel, die sie eben zum Mund führen wollte, nieder, samt dem noch nicht berührten Fleisch.
»Was meinen Sie damit?« fragte sie im Ton der Abwehr.
»Ich wiederhole: Sie machen sich nichts aus diesem Hausierer. Ich

verstehe es sehr gut, denn einen widerwärtigeren und unangenehmeren Burschen haben meine Augen nie gesehen. Ich hörte von Herrn Bassats Stallknecht Richards, daß Sie den Hausierer im Verdacht des Mords gehabt hatten, und das auch Herrn Bassat gesagt hätten. Daraus habe ich geschlossen, daß Sie ihn nicht mögen. Es ist für uns alle ein Jammer, daß der verschlossene Raum seine Unschuld beweist. Er wäre ein vortrefflicher Sündenbock gewesen und hätte uns viel Mühe erspart.«
Der Pfarrer aß weiter, mit ausgezeichnetem Appetit, aber Mary spielte bloß mit den Speisen herum, und als er ihr zum zweiten Mal davon anbot, nahm sie nicht.
»Wodurch hat der Hausierer sich in so hohem Grad Ihr Mißfallen zugezogen?« fragte er, auf diesem Gegenstand hartnäckig verweilend.
»Er wollte sich an mir vergreifen.«
»Ich dachte mir so etwas. Er verhält sich entsprechend einem bestimmten Typus. Sie konnten ihn doch sicher abwehren?«
»Ich glaube, ich habe ihn verletzt. Er hat mich nicht wieder angerührt.«
»Nein, das tat er vermutlich nicht. Wann ist das geschehen?«
»Am Heiligen Abend.«
»Nachdem ich Sie bei Five Lanes verlassen hatte?«
»Ja.«
»Ich fange an zu verstehen. Sie kehrten in jener Nacht nicht nach dem Gasthaus zurück? Sie trafen auf der Straße mit dem Gastwirt und seinen Freunden zusammen?«
»Ja.«
»Und sie nahmen Sie mit zum Strand, um ihrem Sport eine neue Note hinzuzufügen?«
»Bitte, Herr Davey, fragen Sie mich nichts mehr. Ich möchte von dieser Nacht nicht reden, weder hier noch künftig, noch überhaupt. Es gibt Dinge, die begräbt man am besten in der tiefsten Tiefe.«
»Sie sollen davon nicht reden, Mary Yellan. Ich mache mir Vorwürfe, weil ich Sie Ihren Weg allein habe fortsetzen lassen. So wie ich Sie jetzt sehe, mit Ihren klaren Augen und Ihrer hellen Haut und der Art, Ihren Kopf zu halten, und vor allem der Haltung Ihres Kinns, zeigen Sie wenig Spuren von dem, was Sie erduldet haben. Das Wort eines Gemeindepriesters zählt vielleicht wenig – aber: Sie haben sich ungewöhnlich tapfer gezeigt. Ich bewundere Sie.«
Sie schaute ihn an und dann wieder von ihm weg und begann ein Stück Brot zu zerkrümeln.
»Was den Hausierer betrifft«, fuhr er fort, nachdem er sich reichlich von den gedämpften Pflaumen genommen hatte, »so finde ich es von dem Mörder eine arge Unterlassung, daß er nicht in den verschlossenen Raum

geblickt hat. Er hatte es wohl eilig, aber ein oder zwei Minuten würden die Sachlage kaum weiter beeinflußt haben, und er hätte damit seiner Unternehmung einen besseren Abschluß gegeben.«
»Herr Davey, wie das?«
»Nun, indem er die Rechnung auf des Hausierers Kosten beglichen hätte.«
»Sie meinen, er hätte auch ihn töten sollen?«
»Eben das. Der Hausierer ist, solange er lebt, für die Welt keine Zierde; tot wäre er wenigstens eine Speise für die Würmer. So seh' ich es an. Sodann, hätte der Mörder gewußt, daß der Hausierer Sie angegriffen hatte, dann hätte er einen weiteren triftigen Grund gehabt für diesen andern Totschlag.«
Mary schnitt sich ein Stück Kuchen herunter, nach dem es sie nicht verlangte, und schob es zwischen ihre Lippen. Indem sie sich den Anschein gab zu essen, gewann sie etwas Haltung. Doch bebte ihre Hand, die das Messer hielt, und sie vollbrachte mit ihrem Kuchen keine bemerkenswerte Leistung. »Ich sehe nicht«, sagte sie, »was ich mit dieser Angelegenheit zu tun habe.«
»Sie haben eine zu bescheidene Meinung von sich selbst«, erwiderte er.
Schweigend aßen sie weiter, Mary mit gesenktem Kopf und fest auf ihren Teller gerichteten Blicken. Ein Instinkt sagte ihr, daß er mit ihr spiele wie der Angler mit dem Fisch an der Schnur. Schließlich konnte sie nicht länger an sich halten, sie platzte mit einer Frage heraus:
»Also haben Herr Bassat und die übrigen von Ihnen nach allem wenig Fortschritte gemacht, und der Mörder befindet sich immer noch im Weiten?«
»Oh, gar so saumselig sind wir doch nicht gewesen. Wir haben Fortschritte gemacht. Der Hausierer zum Beispiel hat in einem hoffnungslosen Versuch, seine eigene Haut zu retten, sich im Zeugenverhör wirklich angestrengt, nur hat er uns nicht viel geholfen. Er gab uns eine unverhüllte Schilderung der Schandtat, die am Heiligen Abend an der Küste verübt wurde – an der er, wie er versichert, nicht teilgenommen –, und auch einen zusammengeflickten Überblick über das, was während der vorangegangenen Monate geschehen ist. Wir hörten unter änderm von den Wagen, die bei Nacht vor dem Gasthaus ›Jamaica‹ vorgefahren sind, und die Namen seiner Gefährten, das heißt, insofern er sie kannte. Die Organisation scheint nämlich viel ausgedehnter gewesen zu sein, als bis dahin vermutet wurde.«
Mary erwiderte nichts. Als er ihr Pflaumen anbot, lehnte sie ab.
»In der Tat«, so redete der Pfarrer weiter, »deutete er noch an, der Hausherr vom Gasthaus ›Jamaica‹ sei nur dem Namen nach ihr Führer

gewesen, und Ihr Onkel habe seine Befehle von einem erhalten, der über ihm stand. Das gibt der Sache freilich ein anderes Gesicht. Die Herren gerieten in Erregung und waren etwas verwirrt. Was halten Sie von dieser Theorie des Hausierers?«

»Sie ist vielleicht richtig.«

»Ich glaube, Sie haben mir gegenüber einmal dieselbe Vermutung ausgesprochen?«

»Das könnte sein; ich habe es vergessen.«

»Wenn dem so wäre, da müßte man annehmen, der unbekannte Führer und der Mörder seien ein und dieselbe Person. Sind sie nicht dieser Ansicht?«

»Wahrhaftig, ja, ich vermute.«

»Das würde unser Forschungsgebiet beträchtlich einschränken. Wir können den großen Haufen der Gesellschaft außer acht lassen und uns nach einem umsehen, der Persönlichkeit und Intelligenz besitzt. Haben Sie jemals jemanden mit diesen Eigenschaften im Gasthaus ›Jamaica‹ gesehen?«

»Nein, nie.«

»Er muß heimlich gekommen und gegangen sein, möglicherweise in der Nacht, wenn Sie und Ihre Tante schliefen. Er dürfte die Fahrstraße nicht benutzt haben, sonst hätten Sie Hufgeklapper gehört. Es könnte aber auch sein, daß er zu Fuß gekommen ist, oder nicht?«

»Gewiß, diese Möglichkeit besteht, wie Sie sagen.«

»In welchem Falle der Mann das Moorland kennen muß, oder wenigstens hier die nächste Umgebung. Einer von den Herren war der Meinung, daß er in der Nähe lebe – das heißt, an einem Ort, der zu Fuß oder durch einen Ritt zu erreichen wäre. Und das veranlaßte Herrn Bassat, jeden Einwohner innerhalb eines Umkreises von zehn Meilen auszufragen, wie ich Ihnen am Beginn der Mahlzeit sagte. Sie sehen, wie sich das Netz um den Mörder zusammenzieht, und wenn er lange zögert, wird er ergriffen werden. Davon sind wir alle überzeugt. Sind Sie schon fertig? Sie haben sehr wenig gegessen.«

»Ich bin nicht hungrig.«

»Das tut mir leid. Hanna wird denken, daß man ihre kalte Pastete nicht zu schätzen wußte. Sagte ich Ihnen, daß ich heute einen Bekannten von Ihnen gesehen habe?«

»Nein, davon sagten Sie nichts. Ich habe keine Freunde außer Ihnen.«

»Ich danke Ihnen, Mary Yellan, für dieses hübsche Kompliment; ich werde es zu würdigen verstehen. Doch bedenken Sie, sie sind nicht strikt bei der Wahrheit geblieben. Sie haben eine Bekanntschaft, Sie sagten mir das selbst.«

»Ich weiß nicht, wen Sie meinen, Herr Davey.«
»Nun also. Hat nicht der Bruder des Gastwirts Sie nach Launceston mitgenommen?«
Mary krallte unter dem Tisch ihre Hände zusammen und grub sich die Nägel ins Fleisch.
»Der Bruder des Gastwirts?« wiederholte sie und suchte Zeit zu gewinnen. »Ich habe ihn seither nicht wieder gesehen. Ich glaubte, er habe die Gegend verlassen.«
»Nein, er war seit Weihnachten im Distrikt. Er sagte mir das selbst. In der Tat hat er erfahren, daß ich Sie beherberge, und er hat mir eine Botschaft an Sie aufgetragen: ›Sagen Sie ihr, daß ich sehr traurig bin‹, so waren seine Worte. Ich nehme an, daß sich das auf Ihre Tante bezog.«
»War das alles, was er sagte?«
»Ich glaube, er hätte noch mehr gesagt, aber wir wurden durch Herrn Bassat unterbrochen.«
»Durch Herrn Bassat? War Herr Bassat dort, als er mit Ihnen sprach?«
»Nun freilich. Mehrere der Herren waren in dem Raum. Es war gerade, bevor ich an jenem Abend von North-Hill wegging, nachdem die Besprechung für diesen Tag beendet war.«
»Wieso war Jem Merlyn bei dieser Besprechung?«
»Er hatte dazu das Recht, denke ich, als Bruder des Verstorbenen. Er schien durch diesen Verlust nicht sehr bewegt, aber vielleicht hatten sie sich nicht gut vertragen.«
»Hat – haben Herr Bassat und die Herren ihm Fragen gestellt?«
»Es wurde den Tag über eine Menge von ihnen geredet. Der junge Merlyn scheint intelligent zu sein. Seine Antworten waren sehr scharfsinnig. Er muß einen viel besseren Kopf haben, als ihn sein Bruder je besaß. Sie sagten mir, kann ich mich erinnern, daß er dürftig lebe; ich glaube, er stahl Pferde?«
Mary nickte. Ihre Finger zeichneten auf dem Tischtuch Figuren.
»Er scheint dies dann getan zu haben, wenn es nichts Besseres zu tun gab«, sagte der Pfarrer, »aber wenn sich ihm Gelegenheit bot, seine Intelligenz zu brauchen, dann ergriff er sie, und er war dafür nicht zu tadeln, denke ich. Zweifelsohne wurde er gut dafür bezahlt.«
Die leise Stimme ermüdete ihre Nerven, jedes Wort traf sie wie ein Nadelstich; sie wußte nun, daß er sie besiegt hatte, und sie vermochte nicht länger eine gleichgültige Haltung zur Schau zu tragen. Sie blickte zu ihm auf, mit Augen, aus denen sich die Qual ihrer Zwangslage verriet, und sie hielt ihm bittend ihre Hände entgegen.
»Was wollen sie mit ihm tun, Herr Davey«, rief sie.
Die blassen, ausdruckslosen Augen starrten sie an, und zum erstenmal

sah sie einen Schatten über sie hingleiten und das Flackern einer Überraschung.

»Tun?« fragte er, sichtlich verdutzt. »Warum sollten sie ihm irgend etwas tun? Ich denke, er hat mit Herrn Bassat seinen Frieden gemacht und hat nun nichts mehr zu fürchten. Nach dem Dienst, den er ihnen erwiesen hat, werden sie ihm kaum mehr alte Sünden vorhalten.«

»Ich verstehe nicht. Welchen Dienst hat er ihnen erwiesen?«

»Ihr Verstand arbeitet heute abend etwas langsam, Mary Yellan, und ich scheine für Sie in Rätseln zu reden. Wußten Sie nicht, daß Jem Merlyn gegen seinen Bruder ausgesagt hat?«

Sie sah ihn dumm an, ihr Gehirn war wie verstopft und wollte nichts leisten. Sie wiederholte seine Worte wie ein Kind, das seine Aufgabe lernt. »Jem Merlyn sagte gegen seinen Bruder aus?«

Der Pfarrer schob seinen Teller weg und begann das Geschirr auf dem Speisebrett zusammenzuräumen. »Aber gewiß«, sagte er; »das gab mir Herr Bassat zu verstehen. Es scheint, der Junker selbst traf am Weihnachtsabend in Launceston mit Ihrem Freund zusammen und brachte diesen zur Vornahme eines Experiments nach North-Hill. ›Du hast mein Pferd gestohlen‹, sagte er, ›und du bist ein ebenso großer Schurke wie dein Bruder. Ich besitze die Macht, dich morgen ins Gefängnis zu werfen, und für ein Dutzend Jahre oder mehr würdest du kein Pferd vor den Augen haben. Du kannst dich aber frei machen, wenn du mir den Beweis bringst, daß dein Bruder im Gasthaus ‚Jamaica' der Mann ist, für den ich ihn halte.‹ Ihr junger Freund bat sich Bedenkzeit aus; als diese herum war, da schüttelte er den Kopf. ›Nein‹, sagte er, ›Ihr müßt ihn selbst fassen, wenn Ihr ihn haben wollt. Ich will verdammt sein, wenn ich mich mit dem Gericht in einen Handel einlasse.‹ Doch der Junker hielt ihm eine Bekanntmachung unter die Nase. ›Schau her, Jem‹, sagte er, ›und überleg dir, was du davon halten willst. Dieses hier war am Weihnachtsabend die mörderischste Strandräuberei seit dem Scheitern der ‚Lady of Gloucester', oberhalb Padstow, im letzten Winter. Wirst du nun deine Ansicht ändern?‹ Über den weiteren Verlauf der Geschichte hörte ich den Junker wenig sagen – Sie müssen sich vergegenwärtigen, daß beständig Leute kamen und gingen –, doch konnte ich so viel erfahren, daß es Ihrem Freund gelungen war, seine Ketten abzustreifen und in der Nacht zu entfliehen, und gestern morgen, als sie glaubten, ihn für immer gesehen zu haben, kam er zurück und ging geradewegs, als dieser aus der Kirche kam, auf den Junker zu und sagte zu ihm mit der größten Kaltblütigkeit: ›Nun wohl, Herr Bassat, Sie sollen Ihren Beweis haben.‹ Und deshalb sagte ich Ihnen vorhin, Jem Merlyn habe einen besseren Kopf als sein Bruder.«

Der Pfarrer hatte den Tisch abgeräumt und das Brett in die Ecke gerückt, und er fuhr fort, seine Beine vor dem Feuer auszustrecken und es sich in dem engen, hochlehnigen Stuhl bequem zu machen. Mary achtete nicht auf seine Bewegungen. Sie starrte vor sich hin, im Innersten von seiner Mitteilung zerrissen; der Beweis, den sie mühsam und ängstlich gegen den Mann, den sie liebte, aufgebaut hatte, war wie ein Kartenhaus zusammengestürzt.

»Herr Davey«, sagte sie langsam, »ich glaube, ich bin der größte Narr, den Cornwall hervorgebracht hat.«

»Ich glaube, Mary Yellan, das sind Sie«, bestätigte der Pfarrer. Sein trockener Ton, so schneidend nach der sanften Stimme, die sie kannte, wirkte an sich wie eine Züchtigung, und sie nahm diese demütig hin.

»Was auch geschehen mag«, sagte sie hierauf, »ich werde der Zukunft jetzt mutig und ohne Scham entgegentreten können.«

»Das freut mich sehr«, warf er hin.

Sie strich ihr Haar aus dem Gesicht zurück und lächelte zum erstenmal, seit er sie kannte.

Furcht und Sorge hatten sie endlich verlassen.

Sie fragte: »Was hat Jem Merlyn außerdem gesagt und getan?«

Der Pfarrer sah auf seine Uhr und steckte sie mit einem Seufzer wieder ein. »Ich möchte die Zeit haben, Ihnen noch weiter zu erzählen«, sagte er, »aber es ist schon fast acht Uhr. Die Stunden eilen zu sehr für uns beide. Ich glaube, wir haben jetzt genug von Jem Merlyn gesprochen.«

»Sagen Sie mir noch eines – war er in North-Hill, als Sie von dort weggingen?«

»Ja. Tatsächlich jagte mich seine letzte Bemerkung nach Hause.«

»Was hat er Ihnen gesagt?«

»Er wandte sich nicht an mich selbst. Er gab seine Absicht bekannt, heute nacht nach Warleggan zu reiten und dort den Schmied aufzusuchen.«

»Herr Davey, jetzt treiben Sie Ihr Spiel mit mir.«

»Bestimmt nicht. Warleggan liegt eine weite Strecke von North-Hill, aber ich darf sagen, er wird seinen Weg im Finstern finden.«

»Was berührt das Sie, wenn er den Schmied aufsucht?«

»Er will dort den Nagel vorweisen, den er in der Heide, unten in dem Feld beim Gasthaus ›Jamaica‹, aufgelesen hat. Der Nagel stammt von einem Pferdehuf; die Sache war liederlich besorgt worden. Der Nagel war neu, und Jem Merlyn als Roßdieb kennt die Arbeit jedes Schmieds im Moorland. ›Sehen Sie hier‹, sagte er zum Junker, ›das fand ich diesen Morgen in dem Feld hinter dem Gasthaus. Mit Ihrer Erlaubnis reite ich jetzt nach Warleggan und werfe dies, als schlechte Arbeit, Tom Jorry ins Gesicht.‹«

»Ja, aber was weiter?« fragte Mary.
»Gestern war Sonntag, nicht? Und am Sonntag treibt kein Schmied sein Handwerk, es sei denn, er habe für seinen Kunden einen großen Respekt. Nur ein einziger Reisender kehrte gestern bei Tom Jorrys Schmiede ein, und das war, mutmaßlich, gegen sieben Uhr abends. Der Reiter setzte seinen Ritt gegen das Gasthaus ›Jamaica‹ fort.«
»Woher wissen Sie das?« fragte Mary.
»Weil der Reiter der Pfarrer von Altarnun gewesen ist.«

17

Stille erfüllte den Raum. Wiewohl das Feuer stetig weiterbrannte, war ein Frost in der Luft, der vorher nicht gewesen war. Jeder wartete auf die Rede des andern. Mary hörte Francis Davey wieder schlucken. Endlich sah sie ihm ins Gesicht und sah, was sie erwartet hatte; die farblosen, unbewegten Augen, die sie über den Tisch herüber anblickten, schienen nicht länger kalt, sondern brennend in der weißen Maske seines Gesichts und endlich lebendig. Sie wußte nun, was er sie wollte wissen lassen, aber sie schwieg; sie suchte im Nichtwissen ihre Zuflucht und rechnete mit der Zeit als ihrem einzigen Verbündeten.
Seine Augen zwangen sie zu sprechen; sie wärmte weiter ihre Hände am Feuer und zwang sich zu einem Lächeln: »Sie gefallen sich heute abend in Geheimnissen, Herr Davey.«
Er antwortete nicht sogleich; sie hörte, wie er schluckte, dann beugte er sich in seinem Stuhl vor und wechselte unvermittelt den Gesprächsgegenstand.
»Sie haben heute, kurz bevor ich ankam, Ihr Vertrauen in mich verloren«, sagte er. »Sie gingen zu meinem Pult und fanden die Zeichnung und wurden verwirrt. Nein, ich habe Sie nicht beobachtet. Ich bin kein Schlüssellochgucker; aber ich sah, daß das Papier verschoben war. Sie fragten sich, wie Sie sich schon früher gefragt hatten: ›Was für ein Mensch ist dieser Pfarrer von Altarnun?‹ Und als Sie draußen auf dem Weg meine Schritte hörten, da kauerten Sie sich dort in Ihrem Stuhl am Fenster hin, um mir nicht ins Gesicht sehen zu müssen. Schrecken Sie nicht vor mir zurück, Mary Yellan; wir brauchen einander nichts mehr vorzumachen, wir können offen sein miteinander, Sie und ich.«
Mary wandte sich ihm zu und wieder von ihm ab; in seinen Augen lag ein Geständnis bereit, das zu lesen sie fürchtete. »Es tut mir sehr leid, daß ich Ihr Pult geöffnet habe«, erklärte sie; »das war eine unverzeihliche Handlung, und ich weiß nicht, wie ich dazu kam. Was die Zeichnung

betrifft, so verstehe ich nichts von diesen Dingen; ob sie gut oder schlecht ist, kann ich nicht beurteilen.«
»Ob gut oder schlecht, wichtig ist, ob sie Sie erschreckt hat?«
»Ja, Herr Davey, das hat sie.«
»Sie haben sich wiederholt: ›Dieser Mann ist von Natur ein Kakerlak, und seine Welt ist nicht meine Welt.‹ Damit hatten Sie recht, Mary Yellan. Ich lebe in der Vergangenheit, dort, wo die Menschen nicht so armselig bescheiden waren wie heutzutage. Oh, ich denke nicht an eure Geschichtshelden in Wams und geschlitzter Hose und spitzen Schuhen – sie waren nie meine Freunde –, sondern an den Beginn der Zeiten, als Meer und Ströme noch eins waren und die alten Götter über die Hügel schritten.«
Er erhob sich von seinem Sitz und stand nun vor dem Feuer, eine hagere, schwarze Gestalt mit weißen Haaren und Augen, und seine Stimme klang sanft, wie sie sie zuerst gehört hatte.
»Wenn Sie Kenntnis der Vergangenheit besäßen, dann würden Sie mich verstehen«, sagte er, »aber Sie sind eine Frau, die bereits im neunzehnten Jahrhundert lebt, und darum muß Ihnen meine Sprache fremd sein. Ja, ich bin innerhalb der Natur ein Verstoß und innerhalb der Zeit. Ich gehöre nicht hierher und wurde mit einem Groll gegen dieses Zeitalter und gegen die Menschheit geboren. Frieden zu finden im neunzehnten Jahrhundert ist schwer. Mit der Ruhe ist es vorbei, selbst auf den Hügeln. Ich hoffte, sie in der christlichen Kirche zu finden, aber das Dogma machte mir übel, und die ganze Einrichtung ist auf einem Märchen aufgebaut. Christus selbst ist ein Strohmann, eine Puppe, von Menschen selbst geschaffen. Indessen, von diesen Dingen werden wir später reden können, wenn wir das Fieber und den Sturm der Verfolgung hinter uns haben. Wir haben die Ewigkeit vor uns. Wenigstens hindern uns weder Gepäck noch Last, wir reisen unbeschwert, wie sie vorzeiten reisten.«
Mary sah zu ihm hin, die Seitenlehnen ihres Stuhles umklammernd: »Ich verstehe nicht, Herr Davey.«
»Oh, Sie verstehen mich sicher sehr gut. Sie wissen bereits, daß ich den Hausherrn vom Gasthaus ›Jamaica‹ getötet habe und seine Frau dazu; auch der Hausierer lebte nicht mehr, hätte ich von seinem Dortsein gewußt. Sie haben sich die Geschichte zusammengereimt, jetzt, während ich zu Ihnen sprach. Sie wissen, daß ich es war, der jeden Schritt, den Ihr Onkel unternahm, gelenkt hat und daß er nur dem Namen nach der Führer gewesen ist. Ich habe nachts mit ihm hier gesessen – er dort in Ihrem Stuhl –, die ausgebreitete Karte von Cornwall vor uns auf dem Tisch. Joss Merlyn, der Schrecken der Gegend, seinen Hut in den Händen drehend und militärisch grüßend, wenn ich mit ihm sprach. Er war in dem

Spiel so ohnmächtig wie ein Kind, ohne meine Befehle ein armer polternder Bramarbas, der kaum seine rechte Hand von seiner linken zu unterscheiden vermochte. Seine Eitelkeit war das, was uns zusammenhielt; je größer sein Ruf unter seinen Spießgesellen war, um so mehr freute ihn das. Wir hatten Erfolg, und er diente mir gut; niemand sonst wußte um das Geheimnis unserer Zusammenarbeit.
Sie, Mary Yellan, waren der Block, an den wir anstießen. Mit ihren grauen, fragenden Augen und Ihrem tapfer nachspürenden Verstand kamen Sie zu uns, und da wußte ich, daß das Ende nahe sei. Auf jeden Fall hatten wir das Spiel bis zur äußersten Grenze getrieben, und es war Zeit, ein Ende zu machen. Wie sehr haben Sie mich gequält mit Ihrem Mut und Ihrem Gewissen, und wie habe ich Sie dafür bewundert! Bestimmt haben Sie mich in dem leeren Zimmer des Gasthauses gehört und haben sich in die Bar hinabgeschlichen und das Seil am Balken gesehen: das war die erste Herausforderung.
Und dann gingen Sie Ihrem Onkel durch das Moorland nach, der mit mir eine Zusammenkunft in Roughtor hatte, und nachdem Sie ihn in der Dunkelheit verloren, stießen Sie auf mich und machten mich zu Ihrem Vertrauten. Nun, ich wurde Ihr Freund, gab Ihnen guten Rat, wie ihn kein Richter besser hätte erteilen können. Ihr Onkel wußte nichts von unserem seltsamen Bündnis, auch hätte er es nicht verstehen können. Er hat sich durch Ungehorsam seinen Tod selber zugezogen. Ich wußte von Ihrem Entschluß und daß Sie ihn bei der ersten Gelegenheit verraten wollten. Die bot er Ihnen nicht; doch nur die Zeit hätte Ihren Verdacht zum Schweigen bringen können. Aber am Weihnachtsabend mußte Ihr Onkel sich bis zum Wahnsinn betrinken, sich wie ein Wilder oder ein Narr benehmen und das ganze Land in Aufruhr bringen. Da wußte ich, daß er sich selbst geliefert hatte und mit dem Strick um den Hals seinen letzten Trumpf ausspielen und mich als Meister bezeichnen werde. Darum mußte er sterben, und auch Ihre Tante, die sein Schatten war; und wären Sie selbst im Gasthaus ›Jamaica‹ gewesen letzte Nacht, als ich dort war, Sie auch ..., nein, Sie hätten nicht sterben müssen.«
Er neigte sich zu ihr, und ihre beiden Hände fassend, stellte er sie auf die Füße, so daß sie gerade in seine Augen blicken konnte.
»Nein«, wiederholte er, »Sie hätten nicht sterben müssen. Sie wären mit mir gekommen, so wie Sie heute nacht mit mir kommen werden.«
Sie starrte ihn an und sah fest in seine Augen. Sie sagten ihr nichts – sie waren kalt und klar wie zuvor –, aber sein Griff um ihre Handgelenke war fest und ließ auf kein Nachlassen hoffen.
»Sie sind im Unrecht«, sagte sie; »Sie hätten mich getötet, so wie Sie mich jetzt töten werden. Ich werde nicht mit Ihnen kommen, Herr Davey.«

»Lieber tot als in Unehre?« fragte er lächelnd, und die dünne Linie zerbrach die Maske seines Gesichts. »Ich stelle Sie nicht vor diese Entscheidung. Sie haben Ihre Kenntnis von der Welt aus alten Büchern, Mary, wo der Böse einen Schwanz unter dem Rock trägt und Feuer atmet. Sie haben sich als ein gefährlicher Gegner erwiesen, und ich möchte Sie lieber an meiner Seite haben; das ist ein Tribut. Sie sind jung, und Sie besitzen eine gewisse Anmut, die ich sehr ungern zerstören möchte. Außerdem wollen wir die Fäden unserer früheren Freundschaft, die heute abend in die Irre ging, wiederaufnehmen.«

»Sie haben recht, mich als ein Kind und eine Närrin zu behandeln, Herr Davey«, sagte Mary. »Ich bin beides gewesen, seit ich an jenem Novemberabend mit Ihrem Pferd zusammenstieß. Was an Freundschaft zwischen uns gewesen sein mag, war Hohn und Unehre, und Sie gaben mir Ihren Rat, während auf Ihren Händen das Blut eines Unschuldigen noch kaum getrocknet war.

Mein Onkel war wenigstens ehrlich; betrunken oder nüchtern schwatzte er von seinen Verbrechen nach den vier Winden und träumte von ihnen bei Nacht – zu seinem Entsetzen. Aber Sie – Sie tragen das Kleid eines Priesters Gottes, um sich gegen Verdacht zu schützen; Sie verbergen sich hinter dem Kreuz. Sie reden zu mir von Freundschaft ...«

»Ihr Abscheu und Ihre Empörung gefallen mir um so mehr, Mary Yellan«, antwortete er. »Es lebt in Ihnen etwas von dem Feuer der Frauen der Vorzeit. Ihre Kameradschaft ist nicht zu verachten. Lassen wir jetzt die Religion aus dem Spiel. Wenn Sie mich besser kennen, dann kehren wir zu ihr zurück, und ich werde Ihnen erzählen, wie ich Schutz vor mir selbst im Christentum gesucht habe und wie ich fand, daß dieses auf Haß, Gier und Eifersucht beruht – lauter dem Zivilisationsmenschen eigene Merkmale –, während das alte heidnische Barbarentum einfach und klar gewesen ist.

Ich fühlte mich in der Seele krank ... Arme Mary, die Sie mit Ihren Füßen fest im neunzehnten Jahrhundert stehen und mich mit Ihrem verwirrten Faunsgesicht anschauen, der ich mich selbst für ein Naturspiel halte und einen Schandfleck für Ihre kleine Welt. Sind Sie bereit? Ihr Mantel hängt im Vorraum, und ich warte.«

Sie trat an die Wand zurück, ihre Augen auf die Uhr gerichtet; er aber hielt ihre Handgelenke immer noch fest und schraubte seinen Griff noch fester.

»Verstehen Sie mich«, sagte er freundlich, »das Haus ist leer und die jammervolle Gewöhnlichkeit eines Schreis würde von niemandem vernommen werden. Die gute Hanna sitzt in ihrer Hütte, an ihrem eigenen Feuer, auf der anderen Seite der Kirche. Ich bin stärker, als Sie glauben.

Ein armes weißes Frettchen sieht schwächlich aus und kann Sie täuschen – Ihr Onkel aber kannte meine Kraft. Ich möchte Ihnen nichts antun, Mary Yellan, und an der Spur von Schönheit, die Sie besitzen, nichts verderben um meiner eigenen Ruhe willen; beides jedoch werde ich tun müssen, wenn Sie mir widerstehen. Kommen Sie! Wo ist die Abenteuerlust, die Sie besaßen. Wo sind Ihr Mut und Ihre Kühnheit?«

Sie sah auf der Uhr, daß er seine Spanne Zeit bereits überschritten hatte und ihm so nur noch wenig übrigblieb. Er verstand seine Ungeduld zu verbergen, aber sie verriet sich aus dem Flackern seines Blicks und den zusammengepreßten Lippen. Es war halb neun Uhr; Jem würde jetzt mit dem Schmied von Warleggan gesprochen haben. Zwölf Meilen lagen vielleicht zwischen ihnen, aber nicht mehr. Und Jem war nicht ein solcher Narr wie sie. Sie dachte blitzschnell, wog die Erfolgs- und Fehlaussichten gegeneinander ab. Wenn sie jetzt mit Francis Davey ging, dann war sie für diesen ein Hemmschuh und eine Bremse: das war unvermeidlich, und er mußte damit gerechnet haben. Die Verfolger würden ihm bald dicht auf den Fersen sein, und schließlich würde ihn ihre Gegenwart verraten. Weigerte sie sich aber, mitzugehen, dann hatte sie wahrscheinlich ein Messer in ihrem Herzen zu gewärtigen, denn mit einem verwundeten Begleiter würde er sich, trotz aller Schmeichelreden, nicht belasten.

Kühn hatte er sie genannt und abenteuerlustig. Gut, er sollte sehen, was ihr an Mut geblieben war, und daß sie ihr Leben so gut aufs Spiel zu setzen verstand wie er das seine. War er geisteskrank – und dafür hielt sie ihn –, dann würde seine Krankheit seinen Untergang beschleunigen; war er dagegen nicht wahnsinnig, dann würde sie für ihn auch ferner der Stein des Anstoßes sein, der sie von Anfang an gewesen war, und ihren Mädchenwitz gegen seinen Verstand einsetzen. Sie hatte auf ihrer Seite das Recht und das Vertrauen in Gott, und er war ein Verstoßener in einer selbstgeschaffenen Hölle.

Sie lächelte jetzt und sah ihm in die Augen; ihr Entschluß war gefaßt.

»Ich komme mit Ihnen, Herr Davey«, sagte sie, »aber Sie werden mich als einen Dorn in Ihrem Fleisch empfinden und einen Stein auf Ihrem Weg. Am Ende werden Sie es bereuen.«

»Kommen Sie als Feind oder Freund, das macht mir nichts aus«, sagte er zu ihr. »Sie werden der Mühlstein um meinen Hals sein, und ich werde Sie darum nur um so mehr lieben. Sie werden Ihre Ziererei und all das klägliche zivilisierte Getue bald von sich abtun, das sie als Kind angenommen hatten. Ich werde Sie lehren, zu leben, Mary Yellan, wie Mann und Weib seit mehr als viertausend Jahren nicht mehr gelebt haben.«

»Sie werden an mir keinen guten Begleiter haben auf Ihrer Straße, Herr Davey.«

»Straße? Wer spricht von Straße? Wir gehen über das Moor und über die Hügel und treten auf Granit und Heide wie vor uns die Druiden.«
Sie hätte ihm ins Gesicht lachen mögen, aber er ging zur Tür und hielt sie für sie offen, und sie verbeugte sich spöttisch vor ihm, als sie in den Gang hinaustrat. Eine wilde Lust nach Abenteuern erfüllte sie nun wirklich; sie hatte keine Furcht vor ihm und fürchtete sich nicht vor der Nacht. Alles war ihr einerlei, denn der Mann, den sie liebte, war frei, und es klebte kein Blut an seinen Händen. Sie durfte ihn lieben, ohne sich zu schämen, und das laut hinausschreien, wenn ihr der Sinn danach stand; sie wußte, was er für sie getan hatte, und daß er zu ihr zurückkehren würde. In ihrer Vorstellung hörte sie ihn, sie beide verfolgend, auf der Straße hinter ihnen herreiten und hörte seinen triumphierenden Schrei.
Sie folgte Francis Davey zum Stall, wo die Pferde gesattelt standen; das hatte sie nicht erwartet.
»Wollen Sie nicht im Einspänner fahren?« fragte sie.
»Sind Sie allein nicht schon Hindernis genug?« fragte er. »Nein, Mary, unbeschwert und frei müssen wir reisen. Sie können reiten; jede Frau, die auf einem Bauernhof aufgewachsen ist, kann reiten. Ich werde Ihren Zügel halten. Auf Speed ist kein Verlaß. Das Tier wurde heute tüchtig drangenommen, um so gewisser würde es uns im Stich lassen; der Graue lahmt, wie Sie wissen, und würde uns eine schwache Meilenzeit einbringen. Ach, Restless, diese Abreise ist zur Hälfte deine Schuld, wenn du das nur wüßtest. Als du dein Eisen in die Heide warfst, da verrietst du deinen Herrn. Zur Strafe sollst du nun eine Frau auf deinem Rücken tragen.«
Die Nacht war finster, ein herber Dunst lag in der Luft, und es wehte ein frostiger Wind. Niedrig treibendes Gewölk hatte den Himmel überzogen, der Mond war ausgelöscht. Es würde kein Licht auf ihren Weg fallen, die Pferde würden ungesehen bleiben. Es schien, der erste Wurf sei zu Marys Ungunsten gefallen, und die Nacht begünstigte den Pfarrer von Altarnun. Sie stieg in den Sattel und fragte sich, ob ein Schrei oder wilder Hilferuf das schlafende Dorf aufwecken würde; eben als dieser Gedanke sie durchzuckte, fühlte sie seine Hand, die ihren Fuß in den Bügel schob. Als sie zu ihm hinüber sah, gewahrte sie den stählernen Glanz unter seinem Mantel, er hob den Kopf und lachte:
»Das wäre ein Narrenstück gewesen, Mary«, sagte er. »Sie gehen zeitig schlafen in Altarnun, und um die Stunde, da sie sich rühren und die Augen reiben, wäre ich weg und dort unten im Moorland, und Sie – Sie lägen auf Ihrem Gesicht, das feuchte Gras zum Kissen, und mit Ihrer Jugend und Schönheit wäre es vorbei. Kommen Sie. Wenn Sie kalte Hände und Füße haben, so wird der Ritt Sie erwärmen, und Restless trägt Sie gut.«

Sie antwortete nicht, aber sie faßte die Zügel. Zu weit hatte sie sich in dieses Spiel eingelassen, nun mußte sie es zu Ende spielen.
Er bestieg den Rotbraunen, den er mit Marys Gaul durch eine Leine verbunden hatte, und so begannen sie wie zwei Pilger ihre phantastische Reise.
Als sie an der stillen, verschatteten und umzäunten Kirche vorbei waren, grüßte der Pfarrer mit dem Hut und entblößte sein Haupt.
»Sie hätten mich predigen hören sollen«, sagte er leise. »Sie saßen dort wie Schafe in den Bänken, genau wie ich sie gezeichnet habe, mit offenen Mäulern und schlafenden Seelen. Die Kirche war ein Dach über ihren Köpfen, mit vier steinernen Mauern. Und weil sie ehedem von menschlichen Händen gesegnet worden war, hielten sie sie für heilig. Sie wissen nicht, daß unter dem Grundstein die Gebeine ihrer heidnischen Ahnen liegen und die alten Granitaltäre, auf denen geopfert wurde, lange bevor Christus an seinem Kreuz gestorben. Ich habe um Mitternacht in der Kirche gestanden, Mary, und in die Stille gelauscht; da ist ein Raunen und ein ruheloses Geflüster, das tief aus dem Grund emporsteigt und von der Kirche von Altarnun nichts weiß.«
Sie gelangten an den Rand des Moors und zu der holperigen Strecke, die zu der Furt führte, und jenseits davon und durch den Strom zu dem großen schwarzen Herzen des Moorlands, wo es weder Wege noch Pfade mehr gab, nur grobes, büscheliges Gras und tote Heide. Beständig stießen die Pferde sich an den Steinen, oder sie versanken in dem weichen Grund, der die Sümpfe säumte, aber Francis Davey fand seinen Weg so sicher wie der Falke in der Luft. Rings um sie herum ragten die Felszacken hoch und verbargen, was hinter ihnen lag, und die beiden Pferde verloren sich zwischen den abschüssigen Hügeln.
Seite an Seite suchten sie ihren Weg durch das tote Farnkraut mit seltsamen, unheimlichen Schritten.
Marys Hoffnung begann zu wanken; sie schaute über ihre Schulter zurück nach den schwarzen Hügeln, die ihr das Gefühl ihrer Kleinheit gaben. Meilen dehnten sich zwischen ihr und Warleggan, und schon gehörte North-Hill zu einer andern Welt.
»Wohin geht unsere Reise?« fragte sie endlich, und er sah sie lächelnd an unter seinem großen Hut und zeigte nach Norden.
»Eine Zeit wird kommen, da Diener des Gesetzes über den Küsten von Cornwall ihre Runden machen werden«, sagte er. »Ich sagte Ihnen das, als Sie das letztemal mit mir zusammen ritten, nach dem Besuch in Launceston. Heute und morgen aber werden wir keine derartigen Einmischungen erleben; nur Möwen und Wildvögel hausen auf den Klippen von Boscastle bis Hartland. Der Atlantische Ozean war früher

mein Freund; wilder und unbarmherziger vielleicht, als mir lieb war, aber mein Freund immerhin. Sie haben, glaube ich, von Schiffen gehört, Mary Yellan, obwohl Sie in jüngster Zeit nicht von ihnen reden mochten; ein Schiff wird es sein, das uns von Cornwall wegtragen soll.«

»Also werden wir England verlassen, Herr Davey?«

»Was würden Sie anderes vorschlagen? Nach dem heutigen Tag muß der Pfarrer von Altarnun sich den Wellen anvertrauen und wiederum als Flüchtling von der Heiligen Kirche wegtreiben. Sie werden Spanien sehen, Mary, und Afrika, und etwas von der Sonne lernen. Sie werden, wenn Sie wollen, den Wüstensand unter Ihren Sohlen fühlen. Mir ist es gleichgültig, wohin wir gehen. Sie sollen wählen. Was lachen Sie und schütteln den Kopf?«

»Ich lache, weil alles, was Sie sagen, Herr Davey, überspannt und unmöglich ist. Sie wissen so gut wie ich, daß ich bei der ersten Gelegenheit von Ihnen weglaufen werde, vielleicht schon im ersten Dorf. Ich kam heute nacht mit Ihnen, weil Sie mich sonst getötet hätten, aber im hellen Licht des Tages, innerhalb Hör- und Sichtweite von Männern und Frauen, werden Sie so hilflos sein, wie ich es jetzt bin.«

»Wie Sie wollen, Mary Yellan. Ich bin für das Wagnis bereit. Sie vergessen in Ihrer glücklichen Zuversicht, daß die Nordküste von Cornwall mit dem Süden nichts gemein hat. Sie kommen, wie Sie mir sagten, von Helford, wo sich die frischen Heckenwege am Flußufer hinziehen und wo ihre Dörfer sich aneinanderreihen und Hütten an der Straße stehen. Diese Nordküste werden Sie kaum so gastlich finden. Sie ist so unbebaut und einsam wie diese Moorgegend selbst, und außer dem meinen werden Sie kein Menschengesicht erblicken, bis wir an dem Hafen ankommen, den ich meine.«

»Nehmen wir an, es sei so«, sagte Mary in einem etwas prahlerischen Ton, den ihr die Angst eingab; »nehmen wir sogar an, die See sei erreicht, und wir befänden uns auf Ihrem Schiff und hätten die Küste hinter uns. Heiße das Land, wie es wolle, Afrika oder Spanien, glauben Sie denn, ich werde Sie dorthin begleiten, ohne Sie als einen Menschenmörder anzuzeigen?«

»Sie werden es bis dann vergessen haben, Mary Yellan, seien Sie überzeugt davon.«

»Vergessen, daß Sie die Schwester meiner Mutter getötet haben?«

»Ja, und noch einiges dazu. Das Moorland vergessen und das Gasthaus ›Jamaica‹ und Ihre eigenen unsicheren kleinen Füße, die über meinen Weg gestolpert sind. Vergessen Ihre Tränen, die Sie auf der Landstraße von Launceston geweint haben, und den jungen Mann, der sie verursachte.«

»Herr Davey, Sie belieben persönlich zu sein.«
»Es beliebte mir, an Ihre wunde Stelle zu rühren. Oh, beißen Sie nicht die Lippen, und runzeln Sie nicht die Stirn. Ich kann Ihre Gedanken lesen. Ich sagte Ihnen früher, ich habe in meinem Leben Bekenntnisse gehört, und ich kenne die Frauenträume besser, als Sie selbst sie kennen. Dem Bruder des Gastwirts habe ich das voraus.«
Er lächelte wieder, und sie wandte sich ab, um nicht seine Augen sehen zu müssen, die sie entwürdigten.
Schweigend ritten sie weiter. Der Boden war nun morastig und trügerisch, und obwohl Mary auf keiner Seite mehr Land sehen konnte, erkannte sie doch an dem linden, weichenden Gras, daß sie von Sümpfen umgeben waren.
Das erklärte die Furcht der Pferde. Sie blickte zu ihrem Gefährten hinüber, und sie erfaßte an der Gespanntheit seines Profils und seinem fest geschlossenen Mund, daß er sich mit jedem Nerv auf ihren Weg konzentrierte. Francis Davey kannte das Moorland, aber auch er war nicht unfehlbar und nicht gewiß, den Weg nicht zu verlieren. Er schaute nach rechts und nach links, hielt, um besser zu sehen, seinen Hut in der Hand, und schon glänzte die Feuchtigkeit auf seinem Kleid und auf seinen Haaren. Mary sah, wie der nasse Nebel vom Grund heraufstieg. Sie roch den säuerlichen und faulenden Tang der Pflanzen. Und da, ihrem weiteren Vordringen sich entgegenstellend, stieg eine große Nebelbank aus der Nacht, eine weiße Wand, die jeden Geruch und Ton erstickte.
Francis Davey zog den Zügel an; augenblicklich gehorchten die beiden Pferde, zitternd und schnaubend, während der Dampf aus ihren Flanken sich mit dem Nebel mischte.
Sie warteten eine Weile, denn ein Moorlandnebel kann so plötzlich wieder verschwinden, wie er kommt; aber dieses Mal gab es kein Aufhellen in der Luft und keine Spur der Auflösung. Er hing um sie herum wie Spinngewebe.
Francis Davey wandte sich an Mary; wie ein Geist sah er aus neben ihr, mit dem Nebel auf den Wimpern und im Haar und seinem weißen, wie stets unergründlichen Gesicht.
»Die Götter sind gegen mich«, sagte er. »Ich kenne diese Nebel seit langem; dieser hier wird sich vor einigen Stunden nicht lichten. Jetzt weiter durch die Sümpfe vorzudringen, das wäre ein noch größerer Wahnwitz als zurückzukehren. Wir müssen die Dämmerung abwarten.«
Sie antwortete nicht; ihre frühere Hoffnung erwachte wieder, aber sogleich bedachte sie, daß der Nebel für Flüchtling und Verfolger gleicherweise ein Hindernis sei.

»Wo sind wir?« fragte sie, und während sie sprach, faßte er wieder ihren Zügel und trieb die Pferde nach links, von dem niedrigen Grund hinweg, bis sie auf festerem Heideboden und lockeren Steinen gingen, während der weiße Nebel sie begleitete.
»Sie werden endlich eine Raststätte finden, Mary Yellan«, sagte er, »und eine schützende Höhle und Granit für Ihr Lager. Morgen wird die Welt Ihnen zurückgegeben sein, doch heute nacht sollen Sie bei Roughtor schlafen.«
Die Pferde gehorchten dem Zwang. Langsam und schweren Ganges stiegen sie durch den Nebel empor zu den schwarzen Hügeln.
Später saß Mary, wie ein Phantom in ihren Mantel gehüllt, mit dem Rücken gegen einen hohen Stein. Sie hatte ihre Knie ans Kinn hinaufgezogen und die Arme dicht um die Knie gelegt, aber auch so fand die rauhe Luft den Weg durch die Falten ihres Kleides und leckte an ihrer Haut. Der große, zerklüftete Gipfel des Felsens erhob sein Haupt zum Himmel, wie eine Krone über dem Nebel, und unter ihnen hingen beharrlich und unverändert die Wolken, eine dicke, undurchdringbare Wand.
Die Pferde waren zum Schutz gegen einen Felsblock gestellt worden; sie steckten die Köpfe kameradschaftlich zusammen, aber auch sie waren ängstlich und unruhig und blickten hin und wieder nach ihrem Herrn. Er saß abseits, einige Ellen von seiner Begleiterin entfernt: zuweilen fühlte sie seine überlegenden Blicke auf sich ruhen, die Erfolgsaussichten abwägend. Sie war beständig auf der Hut und zur Abwehr bereit; und wenn er sich plötzlich bewegte oder auf seiner Steinplatte anders setzte, dann lösten sich ihre Hände von ihren Knien und warteten mit geballter Faust.
Er hieß sie schlafen, doch kein Schlaf wollte sich heute nacht bei ihr einfinden. Mit Unterbrechungen verfiel sie dann doch immer wieder in einen Traum, und darin erschien ihr der Pfarrer als eine riesige, phantastische Gestalt mit weißen Haaren und Augen, die ihren Hals berührte und ihr ins Ohr flüsterte. Sie kam in eine andere Welt, bevölkert mit Menschen von seiner Art, die ihr den Zutritt mit ausgebreiteten Armen verwehrten. Darauf erwachte sie wieder, durch den bissigen Wind in die Wirklichkeit zurückgerufen, und nichts war verändert, weder Dunkelheit noch Nebel, noch die Nacht selbst, nur daß die Zeit inzwischen sechzig Sekunden fortgeschritten war.
Aus ihrem letzten Traum erwachte sie und fühlte seine Hand auf ihrem Mund; es war kein Traumgespinst ihres irrenden Geistes, sondern bittere Wirklichkeit. Sie wollte mit ihm ringen, aber er hielt sie fest, sprach in strengem Ton in ihr Ohr und gebot ihr, sich still zu verhalten.
Er band ihr die Hände auf dem Rücken zusammen, weder grob noch eilig,

sondern mit kühler und ruhiger Überlegung, und verwendete dazu seinen eigenen Gürtel. Die Bindung war wirksam, schmerzte aber nicht, und er glitt mit dem Finger unter den Riemen, um sich zu vergewissern, daß er ihre Haut nicht scheuerte.

Sie sah ihn hilflos an und sog sich gleichsam an seinen Augen fest, als könnte sie dadurch von dem, was in seinem Gehirn vorging, etwas erfahren.

Er zog darauf ein Taschentuch aus seiner Rocktasche, faltete es und legte es auf ihren Mund und knüpfte es hinter ihrem Kopf zusammen; Sprechen oder Schreien war ihr so unmöglich, sie mußte dort liegenbleiben und auf den Fortgang des Spiels warten. Er half ihr auf die Füße und führte sie einen kleinen Weg über die Granitblöcke hinaus bis zum Abhang des Hügels. »Zum Heil von uns beiden mußte ich das tun, Mary«, sagte er. »Als wir uns gestern nacht auf den Weg machten, hatte ich nicht mit dem Nebel gerechnet. Wenn ich nun verliere, so ist er die Ursache. Nun merken Sie auf, und Sie werden verstehen, warum ich Sie gefesselt habe und warum jetzt Ihr Stillsein unsere Rettung bedeuten könnte.«

Er stand am Rand des Hügels, hielt sie am Arm und zeigte in den weißen Nebel hinab. »Horchen Sie«, sagte er wiederholt. »Sie hören vielleicht schärfer als ich.«

Sie begriff, daß sie länger geschlafen haben mußte, als sie gedacht hatte, denn über ihnen war die Dunkelheit gewichen und der Morgen angebrochen. Die Wolken trieben niedrig und wie mit dem Nebel verwoben über den Himmel, während im Osten eine schwache Glut die blasse, zögernde Sonne ankündigte.

Der Nebel hielt immer noch an und überdeckte das Moorland unten wie ein weißes Tuch. Sie folgte der Richtung seiner Hand, konnte aber nichts erblicken als Nebel und die dunstigen Stämme der Heidegewächse. Sie horchte, wie er sie gebeten hatte, und von sehr weit her, aus dem Nebel heraus, kam ein Ton, halb Schrei und halb Ruf, wie Befehlslaut durch die Luft. Anfangs war er zu schwach zum Unterscheiden und ungewöhnlich gestuft, nicht wie Menschenruf und Menschenstimme. Er kam näher und durchbebte mit einer gewissen Erregung die Luft. Francis Davey, Haar und Wimpern noch mit Nebel behängt, fragte Mary:

»Wissen Sie, was das ist?«

Sie sah ihn an und schüttelte den Kopf; sie hätte es ihm auch nicht zu sagen vermocht, wenn ihr das Reden möglich gewesen wäre. Nie zuvor hatte sie diesen Laut vernommen. Er lächelte, ein langes und grimmiges Lächeln, das wie eine Wunde sein Gesicht durchschnitt:

»Ich habe es einmal gehört, und ich hatte vergessen, daß der Junker

Bluthunde in seinen Ställen hält. Es ist zu unserer beider Schaden, Mary, daß ich daran nicht gedacht hatte.«
Sie verstand; und völlig im klaren über den Sinn der entfernten, gierigen Laute, blickte sie mit erschrockenen Augen ihren Gefährten an und dann die zwei Pferde, die so geduldig wie immer bei den Granitplatten standen.
»Ja«, sagte er, ihrem Blicke folgend, »wir müssen sie freilassen und ins Moorland hinabjagen. Sie sind uns nicht mehr von Nutzen und würden uns das Pack noch eher auf den Hals bringen. Armer Restless, du würdest mich nochmals verraten.«
Mit schwerem Herzen sah sie ihm zu, als er die Pferde losband und zum Hügelhang hinführte. Dann bückte er sich zum Boden, nahm Steine auf und bewarf damit heftig ihre Flanken; sie begannen auf dem feuchten Farnkraut der Hügelseite zu gleiten und zu taumeln; als sein Steinhagel andauerte und ihr Erhaltungstrieb erwachte, flohen sie mit entsetztem Schnauben den steilen Felssturz hinab, Blöcke und Erde losreißend, und entschwanden dem Blick in den Nebelschwaden.
Das Hundegekläff kam näher, nun anhaltend und in tiefer Stimmlage. Francis Davey sprang zu Mary, entledigte sich seines hinderlichen langen Rocks und warf seinen Hut in die Heide.
»Kommen Sie«, rief er. »Ob Freund oder Feind, wir sind jetzt in der gleichen Gefahr.«
Sie kletterten den Hügel hinauf, zwischen Blöcken und Granitplatten, er den Arm um sie geschlungen, denn ihre gebundenen Hände machten das Fortkommen schwierig; sie stapften durch und über Klüfte und Felsen, wateten knietief durch nasses Farnkraut und schwarze Heide und klommen immer höher gegen die Spitze des Roughtor hinan. Hier, auf dem eigentlichen Gipfel, war der Granit ungeheuerlich geformt; schief und verdreht, hatte er das Aussehen eines Daches. Mary lag unter der großen Steinplatte, atemlos und aus ihren Schürfwunden blutend, während er über ihr weiter hinaufstieg, in den Höhlungen des Steines Fuß fassend. Er reichte ihr die Hand herab, und obwohl sie den Kopf schüttelte und zu verstehen gab, sie könne nicht weiter, bückte er sich, richtete sie auf, zerschnitt ihre Fessel und nahm das Taschentuch von ihrem Mund.
»Dann retten Sie sich selbst, wenn Sie können«, rief er, während seine Augen in dem bleichen Gesicht glühten und sein weißes Haar im Wind wehte. Sie hielt sich an einer etwas über zehn Fuß hohen Steinplatte fest, erschöpft und schwer atmend, indessen er über ihr höher klomm und sich weiter von ihr entfernte. Das Bellen der Hunde hatte etwas Unirdisches und Unmenschliches, so wie es durch die Nebeldecke heraufscholl, und der Chor klang nun zusammen mit den Rufen und dem Geschrei der

Männer. Ein erregtes Getümmel durchtobte die Luft, um so schrecklicher, als nichts dabei zu sehen war. Die Wolken eilten über den Himmel, die gelbe Sonnenglut erschien über einem Dunsthauch von Nebel. Der Nebel zerteilte sich und löste sich auf. Er erhob sich aus der Tiefe als gewundene Rauchsäule, um in die ziehenden Wolken einzugehen, und das Land, das er solange bedeckt hatte, lag blaß und wie neugeboren unter dem Himmel. Mary schaute den Hügelhang hinab, und da sah sie Menschen, wie kleine Tupfen, bis zu den Knien in der Heide stehen. Das Sonnenlicht überströmte sie, während die Hunde, karminbraun gegen den grauen Fels, ihnen voranliefen.

Heftig verfolgten sie die Fährte; es waren fünfzig Mann oder mehr, rufend und zu den großen Steintafeln hinaufzeigend; und als sie näher kamen, hallten die Stimmen der Hunde durch die Spalten und winselten in den Höhlen.

Die Wolken teilten sich, wie sich zuvor der Nebel geteilt hatte; ein Stück blauer Himmel zeigte sich über ihren Köpfen.

Wieder rief jemand, und ein Mann, der in der Heide kniete, kaum fünfzig Ellen von Mary entfernt, hob seine Büchse an die Schulter und feuerte.

Das Geschoß prallte an dem Granitklotz ab, ohne sie zu treffen, und als er aufstand, erkannte sie in dem Schützen Jem Merlyn; er hatte sie nicht gesehen.

Er schoß wieder; diesmal pfiff die Kugel nah an ihrem Ohr vorbei, und sie fühlte die Luft, die sie durchschnitt, in ihrem Gesicht.

Die Hunde schlängelten sich durch das Farnkraut und wieder hinaus; einer von ihnen lief zum Fuß des hervorspringenden Felsens und beschnupperte mit seiner mächtigen Schnauze den Stein.

Da gab Jem nochmals einen Schuß ab. Als Mary über sich in die Höhe sah, hob sich Francis Daveys große, schwarze Gestalt vom Himmel ab. Er stand hoch über ihrem Kopf auf einer breiten, altarähnlichen Platte. Einen Augenblick schien er dort wie eine Statue hingestellt, und sein weißes Haar wehte im Wind; dann breitete er seine Arme aus, wie ein Vogel, der fortfliegen will, seine Schwingen ausbreitet; und plötzlich sank er um und stürzte hinab; von seiner Granitspitze in die feuchte nasse Heide und auf die kleinen zerbröckelten Steine.

18

Es war ein frostiger, heller Tag im frühen Januar. Die für gewöhnlich spannentief mit Kot oder Wasser gefüllten Löcher und Wegspuren waren mit einer dünnen Eisschicht überdeckt, die Radgeleise weiß von Reif.

Dieser Reif hatte seine weiße Hand auch auf das Moorland selbst gelegt; in blasser und unbestimmter Färbung erstreckte es sich bis zum Horizont, ein dürftiger Gegensatz zu dem klaren, blauen Himmel. Das kurze Gras knirschte unter den Tritten wie Kies. Die ganze Landschaft lag in der rauhen, gläsernen Gewalt des Winters. Mary wanderte allein im Twelve-Men's-Moor; der Wind brauste ihr ins Gesicht, und sie wunderte sich, daß Kilmar, ihr zur Linken, für sie alles Drohende verloren hatte und nun nicht mehr war als ein schwarzer, narbiger Hügel unter dem Himmel. Vielleicht hatte Kümmernis sie für die Schönheit blind gemacht und sie Mensch und Natur in ihrer Vorstellung vermengen lassen; die Düsterkeit der Moorlandschaft hatte seltsam mit ihrer Furcht und dem Haß ihres Onkels und dem Gasthaus »Jamaica« zusammengeklungen. Das Moorland war noch öde, die Hügel standen verlassen, doch seine frühere Bedrohlichkeit war verschwunden; gleichmütig konnte sie darüber hinwandern.

Sie hatte nun die Freiheit, zu gehen, wohin sie wollte, und ihre Gedanken waren auf Helford und die grünen Täler des Südens gerichtet. Sie fühlte ein tiefes Heimweh und das Verlangen nach dem Anblick freundlicher, vertrauter Gesichter. Sie gehörte ihrem Boden und wollte zu ihm zurück und wie ihre Vorfahren mit der Erde verwurzelt sein. Helford hatte ihr das Leben gegeben, und würde sie sterben, dann wäre sie wiederum ein Teil von ihm. Ihr Weg war gewählt; ihn zu begehen schien ihr richtig und gut. Sie wollte nicht länger zaudern, wie sie es, schwach und unentschlossen, während der ganzen Woche getan hatte, sondern, wenn sie zum Mittagessen kam, Herrn Bassat ihren Entschluß mitteilen. Sie waren liebenswürdig und wollten ihr Bestes – zu sehr vielleicht, mit ihrem Zureden, daß sie wenigstens für den Winter bei ihnen bleiben möge, und damit sie sich nicht als eine Last empfinde, hatten sie ihr auf das artigste erklärt, daß sie ihr in ihrem Haushalt eine Stelle anweisen wollten – als Kinderfräulein vielleicht oder als Gesellschafterin von Frau Bassat selbst.

Diesen Vorschlägen hatte sie ein sanftes, doch ungeneigtes Ohr geliehen, sich zu nichts verpflichtet, ausgesucht höflich und beständig dankend für das, was sie ihr bereits Gutes erwiesen hatten.

Der Junker, derb und aufgeräumt, neckte sie wegen ihres Schweigens während der Mahlzeit. »Ich bitte Sie, Mary, lächeln und danken, das ist an seinem Ort schon recht, aber Sie müssen sich zu etwas entschließen. Sie sind, um allein zu leben, zu jung, und, ich sag's Ihnen ins Gesicht, Sie sind dazu zu hübsch. Sie fänden hier ein Heim in North-Hill, Sie wissen es, und meine Frau vereinigt ihren Wunsch, daß Sie bleiben möchten, mit dem meinen. Es gäbe viel zu tun, wissen Sie, viel zu tun. Blumen zu schneiden für das Haus, Briefe zu schreiben und die Kinder zu schelten. Ich versichere Ihnen, Sie hätten die Hände voll zu tun.« Und im Wohnzimmer sagte Frau Bassat fast dasselbe und legte dabei freundlich ihre Hand auf Marys Knie. »Wir haben Sie so gern im Haus, warum wollen Sie nicht auf unbegrenzte Zeit bleiben? Die Kinder beten Sie an; Henry sagte mir gestern, es brauchte nur ein Wort von Ihnen, und er würde Ihnen sein Pony schenken! Und das ist viel für ihn, das kann ich Ihnen sagen. Wir möchten Ihnen einen frohen Aufenthalt bereiten, und Sie würden mir Gesellschaft leisten, wenn Herr Bassat abwesend ist. Verlangt es Sie immer noch nach Ihrem Heim in Helford?«

Da lächelte Mary und dankte ihr aufs beste, aber sie vermochte nicht in Worte zu fassen, was die Erinnerung an Helford für sie bedeutete.

Sie dachten, die Spannung der letzten Monate wirke noch ständig in ihr nach, und in ihrer Güte bemühten sie sich, einen Ausgleich zu schaffen. Aber die Bassats führten in North-Hill ein offenes Haus, und die Nachbarn in der Runde kamen meilenweit her; jetzt natürlich alle mit dem einen Gesprächsgegenstand auf den Lippen. Fünfzig- und hundertmal mußte Junker Bassat seine Geschichte erzählen, und die Namen Altarnun und »Jamaica«, die sie gern für immer losgeworden wäre, wurden ihr völlig zum Ekel.

Außerdem gab es für ihre Abreise noch einen anderen Grund: sie selbst war zu sehr Anlaß der Neugier und der Unterhaltung geworden; die Bassats, mit einem kleinen Anflug von Stolz, pflegten sie ihren Freunden als eine Heldin hinzustellen.

Sie bemühte sich, ihre Dankbarkeit zu bezeigen, aber wohl fühlte sie sich unter ihnen nicht. Sie waren nicht von ihrer Art. Sie waren von anderer Rasse, anderer Klasse. Sie achtete sie, mochte sie leiden und hatte ihnen gegenüber den besten Willen, aber sie konnte sie nicht lieben.

Sie zogen sie in ihrer Herzensgüte, wenn Gesellschaft anwesend war, in ihre Unterhaltung, darauf bedacht, daß sie nicht abseits saß; sie aber sehnte sich nach der Stille ihres Schlafzimmers oder nach der wohnlichen Küche des Stallknechts Richards und seiner pausbackigen Frau.

Der Junker, seinen Humor ausspielend, fragte sie um Rat und Meinung und lachte herzlich über jedes Wort, das er selber sagte: »Die Pfarrstelle zu Altarnun ist vakant. Wollen Sie nicht Pfarrer werden, Mary? Ich wette, sie gäben einen besseren ab, als der letzte einer gewesen ist.« Und sie mußte dazu lächeln und wunderte sich, daß er so stumpf war und nicht daran dachte, was seine Worte für schmerzliche Erinnerungen in ihr hervorriefen.

»Nun, Schmuggel treiben wird niemand mehr im Gasthaus ›Jamaica‹«, sagte er dann wohl; und wenn es nach mir geht, wird man dort auch nicht mehr trinken. Ich werde alle diese Spinnweben aus dem Ort wegfegen, und ist erst reingemacht, dann wird in seinen Wänden kein Wilddieb noch Zigeuner sein Gesicht zeigen. Ich werde einen ehrlichen Burschen hineinsetzen, der nie in seinem Leben Branntwein gerochen hat; er wird um seinen Leib eine Schürze tragen und das Wort ›Willkommen‹ über seine Tür schreiben. Und wissen Sie, wen er zuerst als Gast haben wird? Je nun, Mary, Sie und mich.« Und er lachte laut auf und klatschte sich auf den Schenkel, während Mary sich ein Lächeln abzwang.

An diese Dinge dachte sie, als sie allein über Twelve-Men's-Moor wanderte. Sie wußte, sie würde North-Hill sehr bald verlassen müssen; die Leute dort waren nicht ihre Leute, und allein in den Wäldern und bei den Flüssen von Helford würde sie Frieden und Zufriedenheit wiederfinden.

Ein Wagen kam von Kilmar her auf sie zu gefahren; wie ein Hase hinterließ er Spuren in dem weißen Frost. Er war das einzige, was sich auf der schweigenden Ebene bewegte. Mißtrauisch sah sie auf ihn, denn in dieser Gegend gab es keine Wohnungen, außer Trewartha, dort im Tal von Withy-Brook, und sie wußte, daß Trewartha leer stand. Auch hatte sie seinen Besitzer nicht mehr gesehen, seit er beim Roughtor auf sie geschossen hatte. »Er ist ein undankbarer Schuft, wie die übrigen seiner Sippe«, sagte der Junker. »Wenn es nach mir ginge, säße er jetzt für eine hübsche lange Zeit im Gefängnis, die seinen Sinn brechen würde. Ich habe ihn kleingekriegt, und er ist zu Kreuz gekrochen. Ich gebe zu, er hat sich nachher gut betragen, er hat uns ermöglicht, Sie aufzuspüren, Mary, und jenen Halunken im schwarzen Rock; aber er hat mir nie auch nur dafür gedankt, daß ich ihm aus der Patsche geholfen habe, und soviel ich weiß, ist er nun auf und davon. Es gab noch keinen Merlyn, der es zu etwas gebracht hätte; er wird den Weg gehn, den sie alle gehen.« Also stand Trewartha leer, und die Pferde verwilderten mit ihren Gefährten und schweiften frei über das Moorland, und ihr Herr war weggeritten mit einem Lied auf den Lippen, wie sie das vorausgesehen hatte.

Der Wagen kam näher gegen die Böschung des Hügels, und Mary schirmte ihre Augen vor der Sonne, um seinen Fortschritt zu verfolgen. Das Pferd beugte sich unter der Anstrengung, und sie sah, es schleppte eine seltsame Last von Töpfen und Pfannen, Matratzen und Stöcken. Jemand zog mit seiner Habe über Land. Aber auch jetzt verfiel sie noch nicht auf die Wahrheit, und erst als der Wagen unter ihr stand und der Fuhrmann, der daneben ging, zu ihr hinaufblickte und winkte, erkannte sie ihn. Sie stieg zu dem Fahrzeug hinab, gleichmütigen Gesichts, und fing an, mit dem Pferd zu reden und ihm den Hals zu klopfen, während Jem einen Stein unter das Rad stieß und dort festkeilte.

»Geht es dir besser?« rief er hinter seinem Wagen hervor. »Ich hörte, du habest das Bett gehütet.«

»Da hat man dir falsch berichtet«, sagte Mary. »Ich war dort in jenem Haus zu North-Hill und seiner Gegend; etwas Besonderes hat es mit mir nie gegeben, außer daß ich meine Umgebung haßte.«

»Es ging ein Gerücht, du würdest dort bleiben, als Gesellschafterin von Frau Bassat. Das wird vermutlich der Wahrheit näher kommen. Nun, du wirst bei ihnen ein leichtes Leben haben, das glaub' ich sagen zu können. Ohne Zweifel sind sie freundliche Menschen, wenn man sie näher kennt.«

»Sie haben mir mehr Güte erwiesen als irgend jemand in Cornwall, seit meine Mutter gestorben ist, das allein ist für mich maßgebend. Aber ich werde trotz allem nicht in North-Hill bleiben.«

»Oh! Du willst das nicht?«

»Nein, ich gehe heim nach Helford.«

»Was willst du dort?«

»Ich werde versuchen, die Farm wieder in Betrieb zu setzen, oder wenigstens auf dieses Ziel hin arbeiten, denn jetzt habe ich das Geld dazu nicht. Aber ich habe dort Freunde und auch Freunde in Helston, die mir zum Beginn helfen werden.«

»Aber wo willst du leben?«

»Es gibt kein Haus im Dorf, in dem ich nicht Unterkunft finden könnte, wenn ich wollte. Wir pflegen eine nachbarliche Gesinnung im Süden, mußt du wissen.«

»Ich habe nie Nachbarn gehabt, darum kann ich dir nicht widersprechen, aber ich hatte immer das Gefühl, in einem Dorf zu leben, das sei wie in einer Schachtel sitzen. Man streckt die Nase über sein Tor in eines andern Mannes Garten, und wenn seine Kartoffeln größer sind als die meinen, dann wird darüber geschwatzt und verhandelt; und man weiß, kocht man sich zum Abendessen ein Kaninchen, dann hat er den Geruch davon in seiner Küche. Verdammt noch einmal, Mary, das ist kein Leben.«

Sie mußte lachen, denn er rümpfte in drolligem Abscheu die Nase. Dann warf sie einen Blick auf seinen vollgeladenen Wagen.

»Was tust du damit?« fragte sie.

»Ich habe, genau wie du, einen Haß gegen meine Umgebung«, sagte er. »Ich möchte fort aus dem Geruch von Sumpf und Torf und weg von dem Anblick von Kilmar dort, mit seinem häßlichen Gesicht, das mich von der Frühe bis zur Dämmerung mürrisch ansieht. Hier ist meine Heimat Mary, alles, was ich davon je gehabt habe, liegt hier im Wagen, und ich nehme es mit mir und stelle es wieder auf, wo immer es mir beliebt. Ich war ein Landstreicher seit meiner Knabenzeit; immer ohne Bande oder

Wurzeln oder Neigungen für lange Dauer; und ich glaube, ich werde auch als Landstreicher enden. Das ist für mich das einzige Leben in dieser Welt.«

»Es liegt kein Frieden und keine Ruhe in dem unsteten Leben, Jem. Das Dasein an sich ist eine lange Reise, man braucht seiner Bürde nichts hinzuzufügen. Es kommt eine Zeit, da will man sein eigenes Stück Boden haben und seine vier Wände und sein Dach und einen Ort, um seine armen, müden Beine auszustrecken.«

»Mary, wenn du so willst – das ganze Land ist mein, mit dem Himmel als Dach und der Erde als Bett. Du begreifst nicht. Du bist nur eine Frau, und dein Heim ist dein Reich und alle die vertrauten kleinen Dinge der Alltäglichkeit. Ich habe nie so gelebt und werde nie so leben. Ich habe eine Nacht auf dem Hügel geschlafen und die andere in einer Stadt. Ich liebe es, mein Glück hier und dort und überall zu suchen, mit Unbekannten als Gefährten und Vorüberreisenden als Freunden. Heute treffe ich einen Mann auf der Straße und bleibe bei ihm, eine Stunde oder auch ein Jahr; und morgen ist er wieder fort. Wir sprechen verschiedene Sprachen, du und ich.«

Mary fuhr fort, das Pferd zu beklopfen, und sie fühlte das gute warme Fleisch unter ihrer Hand; Jem sah ihr zu, mit der Spur eines Lächelns im Gesicht.

»Welchen Weg gehst du?« fragte sie.

»Irgendwohin östlich vom Tamar, es ist mir einerlei«, sagte er. »Ich werde nie mehr in den Westen zurückkommen, oder erst, wenn ich alt und grau bin und eine Menge Dinge vergessen habe. Ich dachte daran, nordwärts bis hinter Gunnislake zu ziehen und mich dann nach dem Innern zu wenden. Sie sind dort reich und allen andern voraus. Vielleicht werde ich eines Tages Geld in meinen Taschen haben und zu meinem Vergnügen Pferde kaufen, statt sie zu stehlen.«

»Es ist eine häßliche, schwarze Gegend in den Midlands«, bemerkte Mary.

»Ich kümmere mich nicht um die Farbe des Bodens«, antwortete er. »Der Torf im Moorland ist schwarz, nicht? Und so ist der Regen, wenn er in eure Schweinekoben zu Helford fällt. Wo ist da ein Unterschied?«

»Du redest, um zu reden, Jem; es ist keine Vernunft in dem, was du sagst.«

»Wie kann ich vernünftig sein, wenn du dich so an mein Pferd schmiegst und dein wildes, tolles Haar mit seiner Mähne vermengst, und wenn ich dazu weiß, daß ich in fünf oder zehn Minuten Frist ohne dich dort jenseits des Hügels sein werde, den Tamar vor Augen, während du nach North-Hill zurückwanderst, um mit Junker Bassat Tee zu trinken?«

»So schieb deine Reise auf und komme auch du nach North-Hill.«
»Sei nicht so verflucht närrisch, Mary. Siehst du mich mit dem Junker Tee trinken und seine Kinder auf meinen Knien schaukeln? Ich gehöre nicht zu dieser Klasse, und du auch nicht.«
»Das weiß ich. Und eben darum geh' ich nach Helford zurück. Ich habe Heimweh, Jem; ich möchte den Duft des Flusses wieder riechen und in meiner Landschaft wandern.«
»Dann geh; kehr mir den Rücken und mach dich auf. Nach etwa zehn Meilen wirst du auf eine Straße kommen, die dich nach Bodmin führen wird und von Bodmin nach Truro und von Truro nach Helston. Einmal in Helston, wirst du deine Freunde wiedersehen und bei ihnen wohnen, bis deine Farm für dich bereit ist.«
»Du bist heute sehr hart und grausam.«
»Ich bin hart mit meinen Pferden, wenn sie wild und widerspenstig sind; aber ich liebe sie darum nicht weniger.«
»Du hast, solange du lebst, nie irgend etwas geliebt, Jem Merlyn«, sagte Mary.
»Ich hatte nicht oft die Gelegenheit, das Wort anzuwenden, so steht's«, erwiderte er.
Er ging nach der Hinterseite des Wagens und stieß den Stein unter dem Rad hervor.
»Was tust du nun?« fragte Mary.
»Mittag ist bereits vorbei, und ich sollte auf der Straße sein. Ich habe lange genug hier gehalten«, sagte er. »Wärst du ein Mann, dann bäte ich dich, mit mir zu kommen. Du würdest deine Beine auf den Bock schwingen und deine Hände in deine Taschen stecken, und Schulter an Schulter würden wir uns aneinander reiben, solange es dir gefiele.«
»Ich würde das jetzt tun, wenn du mich südwärts brächtest.«
»Ja, aber ich bin gehalten, nach dem Norden zu ziehen, und du bist kein Mann, sondern nur eine Frau, und du würdest das auf deine Kosten erfahren, wenn du mit mir kämst. Geh dort aus dem Geleise, Mary, und verwickle das Leitseil nicht. Ich geh' nun. Lebe wohl!«
Er nahm ihr Gesicht zwischen seine Hände und küßte es, und sie sah, daß er lachte. »Wenn du als alte Jungfer in Halbfingerhandschuhen in Helford unten sitzen wirst, dann wirst du an das denken«, sagte er, »und es wird dir bleiben bis ans Ende deiner Tage. ›Er stahl Pferde‹, wirst du zu dir sagen, ›und er machte sich nichts aus den Frauen; nur mein Hochmut ist schuld, daß ich jetzt nicht bei ihm bin.‹«
Er bestieg den Wagen und sah auf sie herab, knallte ein wenig mit der Peitsche und gähnte. »Bevor es Nacht ist, werde ich fünfzig Meilen machen«, sagte er, »und dann werde ich in einem Zelt am Wegrand

schlafen wie ein junger Hund. Ich werde Feuer anzünden und zum Abendessen Speckschnitten braten. Wirst du an mich denken?«

Doch sie hatte ihm nicht zugehört; sie stand, das Gesicht nach Süden gewandt, zögernd und händeringend. Jenseits dieser Hügel wechselte die öde Moorgegend in Weideland, in Täler und Ströme. Am fließenden Wasser warteten auf sie die Ruhe und der Frieden von Helford.

»Es ist nicht Hochmut«, sagte sie zu ihm; »du weißt, daß es kein Hochmut ist; ein Weh ist es in meinem Herzen, das nach Hause verlangt und nach allen Dingen, die ich verloren habe.«

Er antwortete nicht, sondern zog den Zügel an und pfiff seinem Pferd zu.

»Warte«, sagte Mary, »warte, halt ihn an und gib mir deine Hand.«

Er legte die Peitsche auf die Seite, reichte zu ihr hinab und zog sie in einem Schwung neben sich auf den Sitz.

»Was nun?« fragte er. »Und wohin soll ich dich führen? Du kehrst Helford den Rücken, weißt du das?«

»Ja, ich weiß«, sagte sie.

»Wenn du mit mir kommst, dann wird es ein hartes Leben sein und zuweilen ein wildes, Mary, mit keiner Wohnstatt irgendwo und wenig Ruhe und Behagen. Männer sind schlechte Kameraden, wenn die Laune sie überkommt, und ich, bei Gott, von allen der schlechteste. Es wird ein armseliger Tausch sein für deine Farm und wenig Aussicht auf den Frieden, nach dem dich verlangt.«

»Ich wage es, Jem, und versuche es mit deinen Launen.«

»Liebst du mich, Mary?«

»Ich glaube, Jem.«

»Mehr als Helford?«

»Ich kann darauf überhaupt nicht antworten.«

»Warum sitzt du dann jetzt hier neben mir?«

»Weil ich gern will; weil ich es muß; weil dies, für jetzt und immer, der Ort ist, wo ich hingehöre«, sagte Mary.

Da lachte er, nahm ihre Hand und übergab ihr die Zügel, und sie warf keinen Blick über ihre Schulter zurück. Ihr Gesicht blieb dem Tamar zugewandt.